KB067183

유일한 적수

2권

초판 1쇄 찍은 날 | 2014년 10월 01일
초판 1쇄 펴낸 날 | 2014년 10월 10일

지은이 | 이채영
펴낸이 | 서경석

편 집 장 | 권태완
편 집 | 최고은

펴낸곳 | 도서출판 청어람
등록번호 | 제387-1999-000006호
등록일자 | 1999. 5. 31
어람번호 | 제5-0388호

주소 | 경기도 부천시 원미구 부일로 483번길 40 서경B/D 3F (우) 420-822
전화 | 032-656-4452 팩스 | 032-656-4453
http://www.chungeoram.com
E-mail | chungeorambook@daum.net

ISBN 979-11-316-9225-7 04810
ISBN 979-11-316-9223-3 (SET)

2
유일한 적수
이채영 장편 소설
Chungeoram romance novel

도서출판 청어람

Contents

7. 올가미

CCTV가 자신에게로 고정된 것을 본 이준은 후드를 고쳐 쓸까 하다가 생각을 고쳤다. 이미 자신이 누구인지, 왜 여기까지 온 것인지 상대가 알고 있을 확률이 높았다. 대신 지금이라도 도망쳐야 하는 게 아닐까 하는 마음에 발길을 비스듬히 꺾을 때였다. 마치 이준의 생각을 읽은 것처럼 지잉 소리와 함께 대문이 열렸다. 검은 양복을 입은 남자 두 사람이 나왔다.

"들어오라고 하십니다."

정중한 목소리와 달리 그들에게서 나오는 기세가 삼엄했다. 여기서 거절하면 저들은 자신을 끌고 갈 확률이 높았다.

"그러죠. 대신 전화 한 통만 할게요. 일행이 있어서요."

"그쪽은 걱정하지 않으셔도 됩니다. 저희 쪽 사람들이 이미 출발했습니다. 지금쯤 도착했겠군요."

남자의 말에 이준의 미간이 미미하게 구겨졌다.

"무슨 짓을 하는 겁니까?"

"설이준 씨만 저희 말을 잘 따라주시면 아무 일도 없을 겁니다."

남자의 입술에 온화한 미소가 걸렸다. 이준은 입술을 씹었다. 작정하고 쳐놓은 덫에 자신이 걸렸다. 이준은 소장의 안위를 걱정하며 남자의 뒤를 따라 집 안으로 들어섰다. 거대한 대문에 걸맞게 정원 또한 거대한 규모를 자랑하고 있었다. 그 정원을 따라 키가 큰 나무들이 즐비하게 늘어서서 사람들의 시선을 차단하고 있었다. 집 안에 들어선 이준이 멈칫했다. 짙은 갈색과 검은색으로 인테리어 되어 있는 집은 무게감이 지나쳐 중압감까지 느껴졌다. 마치 모든 것이 죽어버린 관 속 같은 느낌이었다.

"어서 와요, 설이준 씨."

무거운 공기가 흐르는 거실 중간에서 윤 회장이 온화한 미소를 지은 채 서 있었다. 설마 했던 사실이 진실로 판명 나자 이준은 가슴이 무너지는 것을 느꼈다.

대체 왜? 어째서?

뱉지 못할 질문이 머릿속을 꽉 채웠다.

"편하게 앉아요. 마시고 싶은 거나 먹고 싶은 게 있나요?"

윤 회장이 거실 소파에 앉으며 흉터 진 얼굴로 웃어 보였다.

"아뇨. 지금은…… 아무것도 먹고 싶지 않습니다."

"왜요? 독극물이라도 탔을까 봐?"

"아닙니다."

"그럼 생각하던 협박범이 수호가 아니라서 그런가?"

패를 감추지 않고 곧장 드러내는 윤 회장을 이준이 불안한 표정으로 쳐다보았다.

"왜 그러신 겁니까?"

"일단 앉아요. 시간 많잖아요? 할 이야기도 많을 테고."

윤 회장의 손짓에 따라 이준은 무거운 걸음을 옮겨 거실 소파에 가 앉았다. 푹신한 소파와 달리 이준의 마음은 더욱 무거워졌다. 차라리 이게 몰래카메라였으면 좋겠다는 터무니없는 생각까지 들었다.

얼마 후, 가사도우미가 이준에게 차를 내밀었다.

"마셔요."

"아뇨, 괜찮습니다."

"왜요? 이번에도 독이라도 탔을까 봐 그래요? 걱정하지 말아요. 그런 하급 짓은 안 하니까요."

윤 회장은 웃으며 찻잔을 들었다. 우아한 몸짓으로 차를 마시는 윤 회장의 얼굴은 평온했다. 하급 짓. 그는 차에 독극물 따위 넣는 건 일도 아니라는 듯 말하고 있었다. 도저히 인자한 저 입술에서 나온 말이라곤 믿기지 않았다.

이준은 자신의 바지에 땀이 난 손바닥을 문지르며 잔뜩 경계한 얼굴로 윤 회장을 바라보았다.

"미행 솜씨가 훌륭하다는 말 들었어요. 하마터면 깜빡 속을 뻔했다더군요. 거리 조절도 훌륭하고, 방향도 훌륭하고. 역시 불륜 전문 담당이라서 그런가 봐요?"

"뒷조사를 하셨군요."

"우리 공현이와 관련된 일이니까요. 내가 아니면 누가 우리 공현이한테 그렇게 관심을 가지겠어요? 뭐, 이런 구질구질한 이야기는 접어두죠. 안 그래도 설이준 씨를 한번 봐야겠다는 생각을 했어요. 공현이가 설이준 씨를 곁에서 싸고돈다죠?"

"잘못된 이야기입니다."

이준의 딱딱한 대답에 윤 회장의 입술이 길게 늘어났다.

"겸손하군요. 그게 아니라면 공현이와 거리가 있는 척하고 싶거나. 그렇지만 나도 듣는 게 있고, 보는 게 있어요."

윤 회장의 입술이 부드럽게 휘었다. 이준은 곧장 임 씨 아줌마를 떠올렸다. 윤공현의 스케줄과 집 안 생활 모든 것을 알고 있는 사람. 몇 해째 공현의 집에서 근무했다는 말만 믿고서 그녀를 믿은 것이 화근이었다. 가장 먼저 임 씨 아줌마를 의심했어야 했는데. 이준은 입술을 씹으며 후회했으나, 이미 늦었다는 걸 알고 있었다.

"우리 공현이가 설이준 씨를 싸고도는 데엔 그만한 이유가 있겠죠. 뭐, 그런 건 궁금하지 않아요. 내가 하고 싶은 말은 하나뿐이니까요."

이준은 고개를 들어 윤 회장을 바라보았다.

"나를 도와줘야겠어요, 설이준 씨. 내가 다른 보디가드를 보내줬는데 번번이 거절하지 뭡니까."

역시나. 이준은 윤 회장이 순순히 자신의 정체를 드러낸 이유가 있을 거라고 생각했다. 이준은 빠르게 머리를 굴렸다.

"하나 여쭙고 싶은 게 있습니다."

"말하세요."

"그렇게까지 사장님을 감시하는 이유가 뭔가요?"

"감시라……. 어감이 별로군요."

윤 회장은 낮게 웃으며 찻잔을 부드럽게 쓸었다.

"인간에게도 여러 종류가 있죠. 그중 우리 공현이는 안타깝게도 위험 요소가 많아 제어를 해줘야 하는 녀석이죠. 누군가가 자신을 감시하고 있으며, 언제나 위협당하고 있다고 생각해야 공현이는 언행을 조심합니다. 어쩌겠습니까. 귀찮더라도 내가 그 역할을 해야죠."

"그게 무슨……."

이준은 도저히 이해가 안 간다는 얼굴로 윤 회장을 바라보았다. 윤 회장의 말에 의하면 공현은 마치 조련되지 않은 짐승 같은 느낌이었다. 윤 회장이 느릿하게 고개를 들어 이준의 하얀 얼굴을 바라보았다.

"공현이에 대한 이야기는 이쯤 하죠. 이런 식으로 시간을 때우면서 머리 굴리는 거, 더는 보고 싶지 않군요."

그는 분명 웃고 있었으나, 눈빛은 얼음처럼 차가웠다. 반사적으로 이준은 마른침을 삼켰다. 윤 회장과 대화를 나누며 시간을 벌 생각이었다. 최대한 안전하게 이 집을 벗어날 방법에 대해 강구하던 중이었는데 그마저도 간파당했다. 이준은 자신의 앞에 있는 남자가 녹록지 않은 사람임을 다시 깨달았다. 더는 머리를 굴리는 것이 힘겨웠다.

"세게 원하시는 게 뭡니까?"

"이제야 제대로 이야기할 마음이 생겼나 보군요."

"네."

"일을 그만뒀으면 해요."

"……."

윤 회장의 말에 이준의 얼굴이 미미하게 굳었다. 동시에 윤 회장의 얼굴에 짙은 미소가 걸렸다.

"생각했던 바가 이게 아닌가 보죠? 내가 설이준 씨를 포섭할 거라고 생각했나 봐요?"

"……."

"처음부터 내 사람이 아닌 사람은 끝까지 내 사람일 수가 없죠. 특히 설이준 씨 같은 사람은 내 사람이 될 수 없어요."

윤 회장의 목소리가 낮게 가라앉았다. 그 목소리 끝엔 짙은 미움과 삐뚤어진 마음이 담겨 있었다. 이준은 윤 회장의 눈을 똑바로 쳐다보았다. 윤 회장은 다시금 따스하게 웃어 보였다.

"금전적인 문제는 걱정하지 말아요. 우리 소환이가 제시했던 것의 두 배로 줄 테니까. 그 돈을 받고 나서 윤공현도, 나도, 소환이도, 우리 집안일도 모두 잊어요. 평온한 삶으로 돌아가는 거예요. 어때요? 괜찮지 않아요?"

"왜 사장님을 혼자 두려고 하시나요?"

"우리 공현이는 위험한 녀석이니까요. 죽을 때까지, 그렇게 혼자 있어야 해요. 누구와도 어울리지 않고, 지금처럼 평생 혼자서 있는 게 어울리죠."

이준은 숨이 턱 막혔다.

죽을 때까지, 혼자 있어야 하는 사람.

자신의 방에서 꼼짝도 하지 않는 공현의 모습이 떠올랐다. 다른 사람과 늦은 밤 맥주를 함께 나눠 마시는 것도 처음이라고 했던 사람, 대학 가는 것도 포기한 채 게임 개발에 매진했다는 사람. 외로움이 당연해져서 외롭다는 게 어떤 것인지 인지조차 못 하는 사람.

갑자기 공현의 외로운 뒷모습이 떠올라 이준은 목이 콱 메었다.

"그러니 더 이상 공현이를 괴롭히지 말고 떨어져요. 이 이상 공현이를 흔들면 위험한 건 설이준 씨니까요."

이준은 윤 회장을 빤히 바라보았다.

"……시죠?"

이준의 자그마한 목소리에 찻잔에 입술을 대던 윤 회장의 시선이 움직였다. 그러나 뒤이어진 말에 윤 회장의 미간이 확 좁아졌다.

"왜 사장님을 무서워하시죠?"

"지금, 무슨 말을 하는 건가요, 설이준 씨?"

"무서워하시는 것 같아서요."

그렇지 않다면 이토록 경계할 리가 없다. 자신이 겪어온 바로 윤공현은 위험한 사람이 아니었다. 오히려 귀찮음을 많이 타는

쪽에 속했다. 그런 윤공현을 위험한 인물이라고 낙인찍어 끊임없이 협박하고, 감시하고, 관찰하고 있다는 것은, 그가 윤공현을 두려워하고 있다는 반증이었다.

대체 왜?

"그럴 리가요."

윤 회장의 입술이 삐딱하게 휘었다. 그러나 이준은 이미 확신한 듯 표정에 변화가 없었다. 윤 회장의 눈썹이 추켜올라 가며 표정이 서서히 식어갔다. 어느새 윤 회장의 얼굴엔 어떠한 표정도 남아 있지 않았다. 인간 같지 않았다. 밀랍으로 얼굴을 만들어도 이것보단 생기 넘치겠다는 생각이 들 만큼 딱딱했다.

윤 회장은 찻잔을 내려놓은 후 느릿하게 이준에게 얼굴을 들이밀었다. 그는 느릿하게 이준의 얼굴을 아래위로 훑었다. 눈빛이 난도질하듯 얼굴을 헤집었다. 한참이나 이준의 얼굴을 바라보던 윤 회장은 이준이 바짝 얼어붙는 걸 보고서야 만족스러운 듯 다시 웃었다.

"이미 설이준 씨한테는 윤공현의 냄새가 풀풀 나네요."

윤 회장의 낮은 목소리가 뱀처럼 몸을 타고 올라왔다. 서늘하고, 축축하며, 한없이 기분 나쁜 목소리. 이준은 억지로 윤 회장을 쳐다보았다. 눈을 떼는 순간 죽어버릴 것 같았다. 윤 회장은 제 앞에서 억지로 버티고 있는 이준을 보며 말을 이었다.

"철없고, 어리석고, 제어할 줄 모르는 그런 위험한 냄새. 소환이의 제안을 덥석 받아들여서 이런 위험하고 무모한 일에 뛰어들 때부터 직감했지만, 정말이지 최악이네요. 지금 이 일에 쏟고 있는 관심을 모두 버려요. 그리고 공현이한테서 떨어져요. 지금 누리고 있는 청춘을 계속해서 즐기고 싶다면."

"이준아! 이준아!"

자신을 성급하게 부르는 목소리에 야트막한 언덕을 오르던 이준이 고개를 들었다. 하얗게 질린 얼굴을 하고 있는 소장이 자신을 향해 손을 빠르게 흔들고 있었다.

"왜요?"

"괜찮아? 다친 곳은 없어? 녀석들이 뭐래?"

소장은 다급하게 이준을 아래위로 살피더니 그걸로 부족하다는 듯 앞뒤로 살피기 시작했다. 정신없이 자신을 뱅글뱅글 돌리는 소장의 손에서 힘겹게 벗어난 이준은 한숨을 내쉬었다.

"아휴, 정신없어요. 갑자기 왜 이래요?"

"너 가자마자 그 녀석이 나타났었어!"

"그 녀석요?"

"우리가 미행하던 녀석! 내 평생 그렇게 날랜 녀석 처음 봤어. 반항할 틈도 없이 휴대폰도 다 뺏기고……. 그래서 난 너한테 무슨 일 생긴 줄 알고 얼마나 조마조마했는 줄 알아? 갑자기 그 녀석들이 말도 없이 사라져서 난 너한테 탈이라도 난 줄 알고……."

소장은 말을 하다 말고 다리에 힘이 풀렸는지 털썩 주저앉았다. 이준은 숨을 고르는 소장을 쳐다보며 절망했다. 자신이 덫에 걸렸다는 사실이 여실히 느껴졌다. 자신의 허술한 대처로 하마터면 소장까지 잘못될 뻔했다. 상대는 녹록지 않은 사람이었다.

“소장님은 다친 곳 없어요?”

이준이 힘 빠진 목소리로 물었다.

“반항하다가 팔 몇 번 꺾인 거 말곤 없어. 지금 내가 문제야? 네가 문제지? 어디 갔다 온 거야? 그 집은 뭔데? 대체 일이 어떻게 돌아가는 거야?”

소장이 다급하게 소리쳐 물었다.

“일단 여길 벗어나요. 이 동네라면 지긋지긋하니까.”

“그래. 일단 타. 나도 도망치고 싶다.”

핸들을 잡은 채 최대한 빠른 속도로 동네를 벗어나던 소장은 흘깃 이준을 보았다. 조수석에 앉은 이준은 멍하게 창밖을 바라보고 있었다.

“이준아.”

“네?”

“무슨 일 있었던 건지 이야기 안 해줄 거냐?”

“별일 없었어요.”

이준의 목소리가 덤덤했다.

“그게 말이 돼?”

“그냥, 일 그만두래요.”

“지금 하고 있는 일?”

"네."
"그래서 뭐라고 했는데?"
"생각해 보겠다고 하고 나왔어요."
"순순히 풀어주든?"
"내일까지 결정 내리래요."

이준은 창틀에 팔꿈치를 대고서 주먹에 머리를 받친 자세로 힘없이 대답했다. 이준은 나오기 직전 윤 회장과 나눴던 대화를 떠올렸다.

생각할 시간을 달라는 이준의 말에 윤 회장은 인자하게 웃는 얼굴로 '오늘 우리가 만난 사실을 발설하지 않을 거라고 믿을게요.' 라고 한마디 덧붙였다.

"그래서 어떻게 할 건데?"
"글쎄요."

이준은 복잡한 표정으로 대답했다. 공현을 협박하는 범인만 잡으면 될 거라고 생각했다. 그런데 예상외로 범인을 알게 되면서 더 많은 일이 시작되려 하고 있었다.

자신이 협박범의 정체를 윤소환에게 말하면 믿어줄까. 윤 회장의 평판과 권력, 그리고 자신의 위치를 보건대 불가하다. 윤 회장이 오늘 기꺼이 정체를 드러낸 것은, 자신이 협박범의 정체를 밝혀도 무마시킬 능력이 있기 때문이었다.

곰곰이 생각에 잠겨 있던 이준은 윤 회장의 눈과 태도를 떠올렸다. 눈썰미가 좋고 감이 발달한 자신이 윤 회장에게서 여태껏 어떠한 낌새도 읽어내지 못한 이유는 하나였다.

"난 우리 공현이를 위해서 이러는 거예요."

그는 진실로 자신의 행동이 정당하다고 믿고 있었다. 그래서 그에게서는 이상한 낌새를 전혀 느낄 수 없었다. 마치 거짓말을 진실로 믿고 있는 범죄자에게 거짓말탐지기가 무반응을 보이는 것처럼.

"이준아."

소장의 조심스러운 부름에 이준이 느릿하게 고개를 돌렸다. 소장은 붕어처럼 입술만 뻥끗거리고 있었다.

"편하게 말하세요."

"지금 하는 일, 접으면 안 되겠냐?"

"소장님!"

"위험해서 그래. 지금 하는 일에서 손 떼자."

소장이 핸들을 꽉 쥔 채 심각한 표정으로 말했다.

"여기까지 왔는데 어떻게 그래요?"

"여기까지 왔으니까 하는 말이야! 지금 여기서 더 가면 네가 위험해. 너만 감 발달한 거 아니다. 나도 느끼는 게 있고, 눈치가 있는 놈이야. 지금 이 상태로 가다간 정말 큰일 나! 우리 같은 자그마한 보디가드 업체가 해결할 수 있는 문제가 아니라고."

"소장님."

"그래, 내가 소장이다. 내가 이 일의 책임자야. 그러니까 고집

그만 피우고 내 말 들어. 혹시 돈 때문에 그래? 나도 네 사정 안다. 어서 돈 모아서 사진관도 사고 집도 사고 싶겠지. 그래도 그렇지, 목숨 걸고 일하는 거 아니야. 그거 알면 네 엄마가 눈 감으시겠어? 그러니까 네 엄마 생각해서라도 이 일 관둬."

"돈 때문이긴 한데, 그게 이유의 전부는 아니에요."

"뭐?"

"지금 제가 포기하면 사장님 위험해요. 아니, 위험하진 않겠죠. 그렇지만 평생 저렇게 살아야 해요. 누가 보낸 건지도 모르는 협박 소포 받으면서, 매일 매 순간 감시당하는 기분으로 저렇게 살아야 한다고요! 불쌍하잖아요!"

"네 성격 다 안다. 정의롭고 사람 좋아하지. 그래. 나도 네 사장 불쌍해! 그렇지만 이건 그런 측은지심으로 덤빌 만한 일이 아니란 말이야! 고집부리지 말고, 이번 일 접어! 네가 못 접겠다면 내가 말하마!"

도저히 못 참겠다는 듯 소장은 핸들을 쾅 치며 소리쳤다. 이준이 사진을 찍겠다며 골목으로 내려간 이후, 자신을 에워싸던 사람들에게선 위험한 냄새가 났다. 돈 아래에선 무엇이든 할 수 있는 조직의 냄새. 몸도 날래고 행동에도 거침이 없었다. 이준이 그 사람들을 모두 대적할 수 있을 리 없었다. 소장은 그런 식으로 이준을 잃고 싶지 않았다.

소장이 고함을 내지른 후, 자동차 안의 공기가 싸해졌다. 이준은 허무하다는 얼굴로 소장의 굳은 옆얼굴만 바라보았다.

자신도 이길 수 없는 싸움이라는 걸 알고 있다. 세상에서 가장 상대하기 어려운 적은 단순히 능력 있고, 힘이 센 상대가 아니다. 자신이 하는 일이 옳고 정당하다고 믿는 사람이었다. 그런 유의 사람에겐 집념이 있었다. 그런데 지금 윤공현의 적인 윤 회장에겐 집념과 능력, 권력, 힘이 모두 있었다. 현실적으로 생각한다면 이준은 공현의 손을 놓는 게 맞았다.

그런데 왜일까. 공현의 손을 놓는다는 생각을 하면 눈가가 뜨거워지면서 뜨거운 무언가가 속에서 울컥하고 치솟아 오르는 것은.

그 손을 놓을 수 있을까. 공현이 홀로 우두커니 그 집에 남아 있을 생각을 하면 마음이 아려서 견딜 수가 없었다.

미운 말만 골라 해도 미워할 수 없는 사람이었다. 매일 못된 얼굴로 자신을 쳐다보지만, 정작 함께 밥을 먹겠다며 기다리는 사람이었다. 난생처음 짬뽕을 먹은 후로 냉장고에 붙은 중국집 전화번호를 뚫어져라 쳐다보던 남자였다. 그런 사람을 어떻게 다시 지옥 속에 내버려 둘 수 있을까. 이제야 자신을 '친구' 라고 부르는 사람인데.

"내 친구는 네가 처음이야."

언젠가 던지듯 꺼낸 그의 말이 떠올랐다. 이준은 괴로움에 눈을 감았다. 그때 지잉 하고 주머니에 든 휴대폰이 길게 진동했다.

—이모

이준은 갑작스레 걸려온 이모의 전화가 의아했다. 자신의 전화가 일에 방해가 될까 전화하기를 주저하던 분이었다.

"네, 이모."

[이준아! 아휴, 내가 너한테 전화 안 하려고 했는데…….]

이모의 목소리에 안타까움과 다급함이 묻어났다. 이상한 낌새를 느낀 이준은 휴대폰을 고쳐 잡으며 전화에 집중했다.

"무슨 일이에요?"

[이태가 사고를 쳤어.]

"사고요?"

이준은 가슴이 철렁 내려앉았다. 이어진 이모의 말에 이준의 얼굴이 희게 질렸다.

"얼른 갈게요."

전화를 끊은 후 이준은 소장을 쳐다보았다.

"무슨 일 생겼대?"

소장이 눈을 크게 뜬 채 물었다.

"소장님, 경찰서로 가주세요."

"경찰서? 왜?"

"이태가 사고 쳤대요."

"이태가? 한동안 얌전하더니, 왜?"

"자세한 건 나중에 설명할게요. 경찰서로 가주세요."

"이런, 젠장. 하필이면 이럴 때……."

작게 욕을 중얼거린 소장이 다급하게 핸들을 꺾으며 이리저리 차선을 변경했다. 자동차에 여기저기 몸을 부딪친 이준이 억지로 몸의 균형을 잡으며 소리쳤다.

"이렇게까지 달릴 필요 없어요! 윽!"

그러나 얼마 못 가 이준의 몸이 앞뒤로 흔들렸다. 소장은 핸들을 홱 꺾으며 난처한 얼굴로 소리쳤다.

"진작 말 못 해서 미안한데, 아까부터 미행당하고 있었어."

"뭐라고요?"

이준이 무슨 소리냐는 듯 소리쳤다.

"아까 걔들인 모양이다. 걔들이 이제 작정하고 너랑 나랑 감시할 모양이다. 그게 아니면 못한 할 말이 있던지. 하여튼 쟤들한테 이태 얼굴 보여줄 순 없잖아. 따돌릴 테니까 있어봐!"

소장의 대답에 이준은 고개를 홱 돌렸다. 한 대의 검은 차가 자신의 차를 노골적으로 뒤따르고 있었다.

"꽉 잡아!"

소장의 외침에 이준은 다리를 벌리고서 시트와 차 문을 꽉 잡았다. 소장이 차를 험하게 몰기 시작했다. 얼마간 도로를 질주한 끝에 소장은 백미러를 흘깃 보더니 급하게 차를 멈춰 세웠다.

"내려."

소장이 다급하게 뒤를 힐끗거리며 말했다.

"여기서요?"

"그래. 넌 이태한테 가봐라. 녀석들이 곧 쫓아올 거야! 어서 내려!"

"고맙습니다, 소장님!"

이준은 감사의 인사를 한 후, 빠르게 자동차에서 내렸다. 소장의 자동차가 순식간에 복잡한 도로 사이로 사라졌다. 이준은 공중전화 박스에 들어가서 상황을 살폈다. 소장의 말대로 얼마 후 자신들을 쫓던 자동차가 빠르게 지나갔다.

이준은 혼란스러운 표정으로 도로를 바라보았다. 윤 회장은 순순히 자신을 풀어주었다. 그런데 어째서 이제야 다시 미행을 시작한 걸까.

"결정 내리는 데 최대한의 도움을 주죠."

집에서 벗어나기 전, 윤 회장이 했던 말이 떠올랐다. 혹시 도움이라는 게 이런 식의 압박을 말하는 것일까. 이준은 갑자기 소름 끼친 팔을 문질렀다. 그는 사이코패스였다. 길을 잃은 사람처럼 멍청하게 공중전화 박스에 기대서 있던 이준은 뒤늦게 정신을 차렸다.

"이태!"

이준은 서둘러 도로로 달려가 택시를 잡았다.

경찰서 안은 많은 사람들로 뒤엉켜 복잡했다. 이준은 꽤 많은

사람 중에서도 이태를 한 번에 찾아냈다. 이태의 곁에는 덩치 큰 남자가 씩씩거리며 눈을 부릅뜨고 있었다. 막막한 표정으로 두 사람을 지켜보던 이준이 걸음을 막 옮길 때였다. 휴대폰이 길게 진동했다.

—사장

이준은 잠시 고민하다 전화를 받았다. 좀처럼 전화하지 않는 사람이 전화했을 땐 그만한 이유가 있을 거라는 생각이 들었다.

"네, 사장님."

[너, 어디야?]

그의 목소리가 착 가라앉아 있었다. 그제야 이준은 자신이 아무 말 없이 외출했음을 깨달았다.

"그게……."

이준은 어떻게 설명해야 하나 잠시 고민하며 말끝을 늘였다.

[어디길래 이렇게 시끄러워? 무슨 일이야?]

"경찰서예요. 동생이 사고를 쳐서요."

이준은 뺨을 긁적이며 난처한 얼굴로 말했다.

[동생?]

"네. 동생이 폭력사건에 휘말렸어요. 말하고 나왔어야 했는데 경황이 없어서 그냥 나왔네요. 죄송해요. 최대한 빨리 처리하고 가겠습니다."

[어디 경찰서야?]

"이모네 하숙집 근처 경찰서예요. 최대한 빨리 정리하고 복귀할게요."

"이준아!"

그때 이태의 곁에 보호자로 서 있던 이모가 이준을 발견하곤 손을 흔들었다. 이모의 얼굴색이 흙빛인 걸로 봐선 상황이 굉장히 좋지 않아 보였다.

"사장님, 제가 급해서요. 또 연락드리겠습니다."

이준은 통화를 급하게 끝낸 후 이모의 곁으로 다가갔다.

"이모."

"어휴, 생각보다 일찍 왔구나. 다행이다."

안도하는 이모를 향해 애써 웃어 보인 이준은 자신을 흘깃 보고는 고개를 푹 숙이는 이태를 보았다. 이준은 이태를 등진 채 자신을 노려보고 있는 덩치 큰 남자 앞에 섰다. 남자는 사진관 소유주의 아들로, 그는 이태에게 맞아서 울긋불긋한 얼굴을 잔뜩 구긴 채 노려보고 있었다.

"죄송합니다."

이준이 빠르게 허리를 90도로 굽혀 사과했다.

"누나! 누나가 왜 사과해?"

이태가 버럭 소리쳤다.

"입 다물어!"

이준이 살벌한 표정을 짓자, 이태가 움찔했다. 이준이 저런 표정을 지을 땐 진심으로 화가 났다는 뜻이었다. 그러나 이태도 할 말이 많았다.

"잘못한 거 아는데, 그래도 이건 아니잖아."

이태가 끝까지 고집을 못 꺾겠다는 듯 웅얼거렸다.

하교하던 길에 부서지고 있는 사진관을 보았다. 다급한 마음에 남자에게 달려가서 '우리 가족사진은요? 어디 있어요? 그건 제대로 있어요?' 라고 물었으나, 돌아온 답변은 '내가 그딴 거 신경 쓰게 생겼어? 산만하게 굴지 말고 저리 꺼져!' 였다. 이태는 울컥했으나 꾹 참고서 남자에게 '사진은 어디 있어요? 곧 돈 모을 수 있어요. 얼른 모을 테니까 사진 무사하죠?' 라고 다시 한 번 물었다. 그러나 사진관 소유주의 남자는 비리게 웃으며 '돈? 하, 미안한데 이거 어쩌지? 집값이 올라서 이전에 말한 것보다 금액이 더 올랐어. 너희 누나한테 말해. 전에 말한 금액보다 2천만 원 더 모으라고. 그럼 사진 보여줄게.' 라며 빈정거렸다.

그 순간 이태는 가족사진을 사겠다며 악착같이 돈을 모으고 있는 누나가 떠올랐다. 부들부들 떨고 있는 이태를 보며 남자가 쐐기를 박았다.

"아니면 너희 누나 좀 반반하게 생겼던데 예쁘게 해서 오라고 해. 여성스럽게 입고, 머리 좀 기르고, 화장도 좀 하고 말이야. 그럼 혹시 알아? 내가 깎아줄지?"

그 말에 이태는 정신을 놓았고, 어느새 경찰서에 앉아 있었다.

이태는 목 끝까지 차오른 말을 차마 뱉지 못하고 입술을 꽉 깨문 채 이준을 바라보았다. 수많은 감정이 왔다 갔다 하는 이태의 얼굴을 보며 이준은 마음이 싸해졌다. 욱하는 성질이 있어서 학교에서 미친개로 한때 유명했지만, 요즘의 이태는 함부로 주먹을 휘두르지 않았다. 함께 엄마 사진을 보면서 '다시는 함부로 주먹 쓰지 않을게. 엄마한테 자랑스러운 아들, 누나한테 당당한 동생이 될게.' 라고 울면서 다짐한 후로 한 번도 싸운 적이 없었다. 그런 이태가 주먹을 휘둘렀을 땐 그만한 일이 있었을 거라는 생각이 들었다. 이준은 이태를 믿고 있었다. 그러나 믿음과 별개로 사건이 지나치게 컸다. 다른 사람도 아니고 동네에서 성질 고약하기로 소문이 자자한 사진관의 아들 얼굴을 저 모양으로 만들어놨다. 들리는 말로는 조직폭력배와도 관련이 있다고 했다. 그런 사람에게 걸렸으니 쉽게 풀려날 방법이 없었다.

"죄송합니다."

이준은 이태를 등진 채 다시 한 번 사진관의 남자에게 허리를 굽혔다. 그러자 사진관의 남자가 허리를 펴더니 이태를 턱으로 가리키며 말했다.

"하, 저 새끼가 아직도 정신을 못 차렸네? 야! 이 새끼야! 지금 사리분별이 안 돼? 아무리 부모가 없어서 교육을 못 받았다지만 어디서 눈을 똑바로 떠? 내가 내 사진관을 팔고 부수겠다는데, 네가 뭔데 갑자기 달려들어서 인부들을 뜯어말려?"

"죄송합니다."

이준이 허리를 굽혀 다시 한 번 사과했다. 사진관 남자가 흘깃 이준을 쳐다보았다.

"이것 봐. 내 얼굴 보여? 내가 이 꼴을 당하고 합의해 줄 것 같아? 절대로 안 해!"

"저랑 잠시만 이야기를 나누시죠."

이준이 사진관의 남자를 끌어당겼다.

"놔! 내가 너랑 이야기를 왜 해?"

사진관 남자가 이준의 팔을 더럽다는 듯 뿌리쳤다. 그러고는 눈을 치켜뜬 채 이준의 아래위를 노려보았다.

"절대로 니들 남매 용서 안 해."

"죄송합니다. 아직 애가 혈기가 넘치고 사리분별을 못 해서 그렇습니다. 제가 대신 싹싹 빌겠습니다. 어떻게 하면 합의 보시겠어요?"

"합의? 방금 내가 한 말 못 들었어? 내가 합의해 줄 것 같냐고! 절대로 안 해. 어디 한번 인생이 폭삭 망해봐야 정신을 차리지."

사진관 남자의 얼굴을 보던 이준은 터져 나오려는 한숨을 꾹 참았다. 그는 진심으로 화를 내는 게 아니었다. 일부러 화를 내는 중이었다. 합의할 의사가 없음을 밝혀서 상대방을 더 애태우게 한 뒤 좀 더 높은 합의금을 받아낼 생각이었다. 이준은 그의 얄팍한 수를 알아챘으나 저지할 방법이 없었다. 그저 빌고 비는 수밖에.

"죄송합니다."

"누나, 됐어. 합의하지 마. 나도 합의할 생각 없어. 저 새끼가 여태껏 우리한테 한 짓을 생각해 봐!"

"설이태!"

이준이 이태를 소리쳐 불렀다. 일부러 보란듯이 삐딱하게 앉아 다리를 꼬고 있던 이태는 경찰을 보며 말했다.

"경찰 아저씨, 저도 합의 안 할 겁니다. 소년원을 가든, 사회봉사 시간을 받든 상관없어요. 그냥 진행해 주세요."

"하! 이봐, 학생. 어려서 뭘 모르나 본데 지금 그럴 처지가 아니야."

경찰이 기막힌 얼굴로 이태에게 말한 후, 사진관의 남자에게로 시선을 옮겨 말을 이었다.

"그리고 아저씨, 들어보니 잘한 것도 없던데 대충 합의하시죠? 어차피 청소년인데다가 초범이라서 크게 처벌도 안 돼요. 대충 합의하는 게 어른인 그쪽도 이득일 겁니다."

"뭐라고요? 사람 얼굴이 지금 이 꼴이 됐는데, 어리다고 봐주면 됩니까? 예?"

"잘하신 거 없더만요."

"지금 말이면 답니까?"

이어 경찰관과 사진관의 남자가 싸우다시피 대화를 나누는 동안, 이준은 이태의 어깨를 세게 움켜쥐었다. 그리고는 핏발 선 눈으로 이태를 노려보았다.

"설이태! 너, 미쳤어?"

"미치긴 내가 왜 미쳐? 누구보다 정상이야. 저 인간을 때린 건 내 잘못이야. 그러니까 내가 내 죗값만 받겠다는 거잖아. 왜 누나가 저 인간한테 싹싹 빌어? 저 인간이 우리 얼마나 무시했는지 기억 안 나?"

"나. 아주 또렷하게 나. 그렇지만 그 일과 지금 이 일은 별개야. 어떤 이유에서든 네 폭력이 정당화되진 않아."

"내가 매일 사진관 앞에서 사진을 보고 가는 걸 알고 난 후로, 저 인간이 우리 가족사진에다가 일부러 천까지 덮어놨더라."

이태의 목소리가 마지막엔 가늘게 떨렸다. 학교와 사진관의 위치는 정반대였으나, 이태는 시간이 더 걸리더라도 사진관이 있는 방향으로 등교했다. 오며 가며 가족사진 보는 것이 이태의 유일한 낙이었다. 그 낙을 안 사진관의 남자는 붉은색 천으로 덮어 사진을 가렸다. 순간 이준은 숨이 턱 막히는 것을 느꼈다. 이태의 울컥한 마음이 절절하게 느껴진 탓이었다. 그러나 이준은 마음을 다잡았다.

"설이태, 네 마음 잘 알겠어. 그래도 네가 잘한 건 아냐."

"알아."

"내가 늘 하는 말, 기억해?"

"……."

이태가 입술을 씹으며 시선을 옆으로 피했다.

"사과할 일은 만들지 않는다. 만약 사과할 일을 만들었다면 싹싹 빈다."

이준의 진지한 목소리에도 이태는 끝까지 입을 열지 않았다. 이태의 고집에 이준은 눈을 질끈 감았다. 이태는 끝까지 사진관의 남자에게 사과할 생각이 없었고, 사진관의 남자는 이번 기회로 합의금을 많이 받을 생각이었다.

어떻게 해야 하나, 막막했다. 왜 불행은 이렇게 한꺼번에 몰려오는 것일까.

이준은 일단 자신이 당장 합의금으로 지불할 수 있는 금액이 얼마인지 고민할 때였다.

"설이준."

낯익은, 그러나 여기선 들릴 리 없는 목소리가 들렸다. 이준은 반사적으로 눈을 번쩍 떴다. 뒤를 돌아보자 정장 차림의 윤공현이 거짓말처럼 서 있었다. 칙칙한 경찰서에서 그만이 반짝반짝 빛나고 있었다.

"사, 사장님."

"누구 맘대로 외출하래? 내 안전은 누가 책임질 거야? 너 없는 틈에 나쁜 놈이 들이닥치면 책임질 거야?"

공현은 눈을 살짝 치켜뜨며 이준에게 물었다. 이준은 당황한 얼굴로 공현을 쳐다보았다.

"여, 여기는 어떻게……?"

"이모네 하숙집 근처 경찰서를 검색하니까 여기 딱 하나 나오더군. 혹시나 해서 왔는데 역시나 여기 있네. 아직도 해결 못 한 거야?"

공현은 미간을 좁히며 의자에 앉아 있는 잘생긴 소년과 덩치 큰 남자, 그리고 근심과 궁금증이 뒤섞인 표정을 짓고 있는 이모를 주르륵 훑어보았다. 공현은 이준과 닮은 듯 닮지 않은 잘

생긴 소년이 이준의 동생이라는 것을 단박에 알아보았다. 이준과 다른 것이 있다면 반항기 넘치는 눈빛이었다. 이어 공현의 시선이 덩치 큰 남자에게로 향했다. 자신을 보고 경계와 호기심이 뒤섞인 시선을 던지는 눈빛엔 욕심이 가득했다.

피곤한 인간한테 걸렸군.

공현은 그렇게 생각하며 홀로 혀를 끌끌 찼다.

"네. 아직 해결 못 했어요. 나가 있으시면 최대한 빨리 정리하고 갈게요."

"지금껏 정리 못 한 일을 무슨 수로?"

공현이 까칠하게 물었다.

"그건 제가 알아서 할게요."

"비켜."

이준의 대답을 무시한 채 공현은 경찰관에게 다가갔다. 공현이 경찰관에게 무어라 이야기를 하는 도중, 정장 차림의 남자가 나타나 공현에게 다가섰다. 공현의 곁에 선 남자는 경찰관과 사진관의 남자에게 자신의 명함을 건네주며 말했다.

"이 사건을 맡을 변호사입니다."

갑작스럽게 나타난 남자와 변호사로 인해 사진관의 남자 표정이 오묘해졌다. 가난하고 힘없는 남매일 거라고 생각해서 합의금으로 거하게 뜯어낼 생각이었는데, 갑자기 사장님이라 불리는 사람이 나타나더니 변호사까지 등장했다.

"무슨 일이야!"

이어 헐레벌떡 경찰서 안으로 남자 하나가 뛰어 들어왔다. 이준은 눈을 동그랗게 뜬 채 윤소환을 쳐다보았다. 소환은 공현의 어깨를 덥석 쥐었다.

"무슨 일이야! 갑자기 '죽을 것 같아. 경찰서로 와.' 라는 문자는 뭐야!"

소환은 다급하게 공현의 아래위를 살폈다. 그러나 문자 내용과 달리 윤공현은 괜찮다 못해 지나치게 멀끔한 모습이었다. 오히려 반듯한 정장 차림에 오늘따라 근사한 외모가 빛을 발하고 있었다.

"어. 죽을 뻔했어. 내 안전을 책임져야 할 보디가드가 부재중이었거든."

공현이 심드렁한 목소리로 말했다.

"뭐? 인마?"

기가 차다는 듯 소환이 반문했다.

"온 김에 사건 하나만 해결해."

"뭐?"

"폭력 사건에 휘말린 어린 학생 하나만 구해줘."

소환은 공현이 손가락으로 척 가리킨 곳으로 고개를 돌렸다. 그곳엔 어안이 벙벙한 표정으로 자신을 쳐다보고 있는 어린 학생이 보였다.

"와, 진짜 설이준 씨랑 똑같이 생겼네!"

소환은 자신도 모르게 감탄해서 소리쳤다. 그러다 소환은 자신을 멍하게 쳐다보고 있는 사람들을 발견했다. 구성을 보건대 어떤 사건인지 한 번에 감이 잡혔다. 사람들을 스윽 훑던 소환은 눈을 가늘게 뜬 채 공현을 쳐다보았다.

"이것 때문에 날 부른 거지?"

"여기는 내 변호사."

공현은 말을 돌리며 자신의 그림자처럼 서 있는 남자를 척 하니 가리켰다.

"야."

"10분 내로 해결해 줘. 피곤하거든."

"하아, 진짜. 내가 이걸 왜 해야 하는데?"

아무리 자신이 검사라지만 자신의 권한이 아닌 구역에서 활동하긴 쉽지 않은 일이었다. 자칫 잘못하다간 검사의 권력 남용이라는 이유로 역풍을 맞을 수도 있었다. 몸 사리는 소환을 공현이 그럴 줄 알았다는 듯 덤덤하게 바라보았다.

"거실에 있는 내 게임기 고장 내놨더라?"

"……그, 그건."

"게임 CD도 하나 깨놓고. 내가 참 아끼는 거였는데."

"……."

"윤소환 검사의 소행이라는 증거를 모아놨어. 물론 주거 침입의 현장도 CCTV 화면을 확보해 두었고."

"친척끼리 꼭 그래야겠냐?"

"그러니까. 친척끼리 이 정도도 못 해줘?"

"……."

"어때? 이 사건을 어서 해결하고 싶은 의욕이 샘솟지?"

"어, 그래. 젠장. 호랑이 기운이 샘솟는다."

소환이 어금니를 꽉 깨문 채 팔을 걷어붙였다.

"8분 남았어."

공현이 덤덤하게 한마디 덧붙였다.

"알았어, 이 나쁜 놈아!"

소환은 곧장 경찰관에게 다가가 '이 구역 검사님 성함이 어떻게 됩니까?' 라고 물었다. 갑작스러운 검사의 등장으로 경찰의 어깨가 굳었다.

그사이 변호사는 이태의 얼굴을 이리저리 살피더니 '이런, 맞으셨네요. 그럼 일방폭행이 아니라 쌍방과실이네요. 거기다가 미성년자를 폭행이라…….' 라고 모두가 들릴 수 있게 중얼거렸다.

사진관의 남자는 갑작스럽게 반전된 분위기에 눈을 휘둥그레 떴다. 사진관의 남자가 이 상황을 남 일처럼 바라보고 있는 공현을 쳐다보았다. 대체 뭐 하는 사람이기에 검사와 변호사를 모두 소환한단 말인가. 고작 이깟 일에!

"최대한 빠르게 일 처리하죠."

검사가 말하자, 변호사가 고개를 끄덕였다. 호랑이 기운이 샘솟은 검사와 그림자 같은 변호사의 화려한 앙상블로 인해 사건이 마무리되는 덴 7분도 채 걸리지 않았다.

화장실에 들어간 이태는 거울 속의 자신을 보았다. 얼굴이 하

얗게 질려 있었다. 손바닥도 땀으로 흥건하게 젖어 있었다. 누나가 피땀 흘려 번 돈을 탕진하는 것이 아까워서 합의하지 말라고 했지만, 실제로 그렇게 될까 봐 무서웠다.

이태가 콸콸 쏟아져 나오는 수돗물로 세수를 했다. 삐끄덕 소리와 함께 화장실 문이 열렸다. 눈가의 물을 훔쳐 내며 고개를 든 이태는 정장 차림의 남자와 눈이 마주쳤다.

등장과 동시에 검사와 변호사를 불러와 절대로 합의하지 않을 것처럼 굴던 사진관의 남자에게서 결국 합의서를 받아낸 그 남자였다. 돈 한 푼 지불하지 않고서.

“뭘 그렇게 쳐다봐? 설이준이랑 똑같이 생겨가지고.”

공현이 삐딱하게 말했다.

“안 닮았는데요. 저희 누…… 아니, 저희 형이랑요.”

이태는 이준이 ‘내가 일하는 곳의 사장님이야. 날 남자로 알아. 말조심해.’라고 속삭였던 말을 기억해 냈다. 공현은 황급히 말을 바꾸는 이태의 목소리에 픽 하니 웃었다.

“비켜.”

공현의 말에 이태는 자신도 모르게 한 걸음 물러섰다. 공현은 화장실 세면대 앞에 서서 손을 씻으며 거울에 비친 이태를 쳐다보았다. 눈이 마주치자 흠칫한 이태는 잠시 우물쭈물하더니 입을 열었다.

“뭐 하시는 분이세요?”

처음 등장부터 예사롭지 않아 내내 궁금했었다.

“게임 회사 CEO.”

공현이 무심하게 대답했다.

"게임 회사 CEO도 정장 입고 다녀요?"

이태가 의아하다는 얼굴로 물었다.

"아니. 대부분 트레이닝복."

공현은 뒷주머니에서 손수건을 꺼내 손을 닦으며 대답했다.

"그럼 왜 정장을……?"

"폭력 사건이면 합의를 해야 할 테고, 합의하려면 정장이 좀 더 전투적이니까. 굳이 이유를 하나 더 보태자면 검사, 변호사랑 나란히 섰을 때 꽤 잘 어울리기도 하고."

거울 속에 비친 이태의 표정이 오묘해졌다. 전혀 이해를 못한 얼굴이었다.

같은 핏줄인데 이해력은 설이준보다 별로구나.

공현은 픽 웃었다. 우물쭈물 거리던 이태는 공현을 흘깃 보더니 고민 끝에 입을 열었다.

"오늘 도와주셔서 감사합니다."

"감사한 김에 한마디 해도 될까?"

"네, 뭐든지요."

"주먹을 휘두른 후의 상황까지 책임질 수 없다면 주먹 휘두르지 마."

"……."

"네 주먹은 결국 네 가족을 무릎 꿇게 만들어."

거울 속에 비친 공현의 눈빛이 서늘해졌다. 이태는 자신도 모르게 입술을 씹었다. 공현은 명함지갑에서 명함을 꺼내 내밀었다.

"받아."
이태가 얼떨떨한 얼굴로 명함을 바라보았다. 대체 이걸 왜 주냐는 얼굴이었다.
"이런 일이 생기면 나한테 연락해, 설이준 괴롭히지 말고."
"네? 대체 왜……."
공현은 얼떨떨하게 바라보는 이태의 교복 앞주머니에 명함을 넣으며 싱긋 웃었다.
"난 설이준이 싹싹 빌고 무릎 꿇는 상황에 처하는 걸 원하지 않거든."
"……."
"너 때문에 설이준이 또 저런 표정 짓게 되면 그땐 너도 가만히 안 둬."
공현은 화장실 문을 밀고 나갔다. 화장실에 홀로 남겨진 이태는 뒤늦게 마른침을 꼴깍 삼켰다. 분명 웃으면서 건넨 말이었는데, 이태는 소름이 끼쳐서 한참을 움직일 수가 없었다.

"들어가세요, 이모. 오늘 고생하셨어요."
하숙집 앞에 선 이준은 그새 지친 얼굴을 하고 있는 이모를 보며 말했다.
"그래. 너도 고생했어. 그런데 저 남자는 누구니?"
"지금 일하고 있는 곳의 사장님이에요."

"사장? 뭐 하는 회산데?"

"게임 회사요."

"그래? 젊은 사람이 능력 있구나."

이모가 혀를 내두르며 흘깃 공현을 쳐다보았다. 훤칠한 키에 깔끔하게 생긴 외모 탓에 처음 봤을 땐 연예인인 줄 알았다. 고개를 든 공현은 눈이 마주치자 허리를 굽혀 깍듯하게 인사를 건넸다. 이모도 반사적으로 허리를 굽혀 인사를 했다. 이모는 이준의 팔을 꽉 붙들었다.

"살갑진 않아도 좋은 사람처럼 보이는구나. 그런데 게임 회사 사장을 왜 보디가드 해주고 있어?"

"게임 회사니까 보안이 철저해야 하잖아요. 그래서 제가 고용된 거예요."

이준은 대충 둘러댔다.

"그렇구만. 알았어. 가는 길에 꼭 고맙다고 인사 전하고."

"알겠어요, 이모. 피곤하실 텐데 들어가 보세요. 이태야, 너는 사고 치지 말고."

이준의 말에 이태가 민망한지 눈을 아래로 내리깔았다.

"알았어. 앞으로 조심할게."

이태의 목소리가 땅굴을 파고 들어갔다.

"후우, 그래. 가볼게."

"누나."

돌아서던 이준은 이태의 급한 부름에 멈춰 섰다. 돌아서자 우물쭈물 거리고 있는 이태가 보였다. 하고 싶은 말이 있으면 하라는 듯 쳐다보자 이태가 눈을 데굴데굴 굴리다가 입을 열었다.

"저 형, 멋지더라."

"뭐?"

"그냥, 멋있더라고. 친하게 지내."

"……."

이준은 황당한 얼굴로 이태를 쳐다보았다. 같이 화장실 다녀오더니 무슨 일이 있었던 걸까. 혹시 공현이 이태한테 약이라도 먹인 걸까.

"가볼게."

이준은 이모와 이태가 하숙집으로 들어가는 것을 끝까지 지켜보고서야 걸음을 돌렸다. 공현은 자동차에 기대서 있었다. 공현의 머리 위로 눈부신 햇살이 쏟아져 내렸다. 드문드문 부는 바람에 머리카락이 날리었다. 저 모습을 보고 있자니 시끄럽던 마음이 차분하게 가라앉았다.

"뭐 해. 이리 와."

공현이 손을 내밀며 말했다. 이준은 그런 그의 손을 물끄러미 바라보았다. 문득 처음 윤공현을 보았을 때가 떠올랐다. 타인과 눈 마주치는 것조차 경멸하던 사람. 자신의 몸 끝에 누군가가 닿을까 봐 한껏 웅크리고 있던 남자가 어느새 자신에게 손을 내밀고 있었다. 너를 믿는다, 라고 말하지 않아도 어느새 윤공현의 마음이 자신에게 기울었음이 느껴졌다. 올곧은 눈빛과 반듯한 손끝, 비틀림 없이 깨끗하게 말려 올라가 있는 입꼬리가 그것을 증명하고 있었다.

이준은 공현의 앞으로 다가섰다. 한 걸음 떨어진 거리에 서서 이준은 공현을 향해 씩 웃어 보였다.

"고맙습니다. 사장님, 능력 있던데요? 변호사라는 사람은 진짜 변호사예요? 사장님이 알고 있는 변호사가 있어요? 갑님을 부를 생각은 어떻게 했어요? 전 생각도 못 했어요. 머릿속이 하얗게 변했거든요."

떠벌떠벌 말하는 이준과 달리 공현은 입도 뻥긋하지 않았다. 이준은 공현과 상관없이 계속해서 말을 이었다.

"가끔 보면 사장님도 참 똑똑한 것 같아요."

"……."

"칭찬하는데 왜 그런 표정을 지어요? 칭찬한 사람 무안하게."

이준은 건조한 표정을 짓고 있는 공현을 보며 물었다.

"그래, 난 똑똑해. 넌 멍청하고."

"에이, 또 그렇게 말한다. 꼭 그렇게 못된 말을 해야 직성이 풀려요?"

"그럼 어떻게 말할까? 억지로 웃으면서 쓸데없는 말을 주절주절 늘어놓는 사람한테?"

"……."

"기분 좋은 일이 없을 땐 웃지 마. 힘들 땐 힘들다고 말하고. 솔직한 척은 혼자 다 하면서 왜 이럴 때 어울리지도 않게 연기질이야?"

이준의 목울대가 아래위로 오르내렸다. 안 들키기 위해서 최대한 밝은 척했는데, 눈치 빠른 윤공현은 애초부터 꿰뚫어 보고 있었다. 이준은 고개를 푹 숙인 채 낡은 운동화 끝으로 바닥을 문질렀다.

"일단 타. 가족들이 볼 수도 있으니까."

운전석에 탄 공현을 흘깃 본 이준은 조수석에 올라탔다. 집으로 돌아가는 내내 공현은 한마디도 하지 않았다. 이준은 그 점이 고마웠다. 아까 전부터 목에 가시라도 걸린 것처럼 목구멍이 따끔거려서 한마디도 할 수 없었다. 이준은 물끄러미 창밖을 바라보았다.

사진관이 무너졌다. 가족사진은 어디로 갔는지 행방이 묘연해졌다. 사진관의 남자는 더 이상 자신에게 가족사진을 팔지 않을 게 분명했다. 들리는 말로는 이전에 가족끼리 함께 살았던 집도 재개발에 들어간다고 했다. 이제 돈을 모아야 하는 이유조차 사라졌다. 윤공현을 지켜야 할 이유도 함께 사라진 셈이다.

그나저나 소장님은 무사할까. 소장님의 차를 무자비하게 뒤따르던 자동차가 떠올랐다. 경황이 없어 소장님을 잊고 있었다니. 집에 가자마자 소장님에게 전화를 해봐야겠다는 생각을 하며 이준은 조수석에 몸을 파묻었다.

얼마나 달렸을까, 자동차가 멈춰 섰다.

"다 왔어. 내려."

공현이 시동을 껐다. 어느새 주차장에 도착했다. 이준은 숨을 깊게 들이마시며 공현을 보았다. 공현은 운전석에서 내리고 있었다. 뒤따라 자동차에서 내린 이준은 어느새 자신의 코앞에 와 있는 공현과 마주쳤다.

"사장님."

이준은 말을 하면서 반사적으로 웃었다. 그러나 억지로 웃는 탓에 이준의 표정이 한껏 일그러져 있었다. 공현의 미간이 좁아졌다.

예쁘지도 않은 게 억지로 웃으니까 더 못나 보인다. 그래서 그런가. 마음도 아프다.

"참 못났다."

공현은 일부러 얼굴을 더 구기며 툭 하고 말을 던졌다.

"또 구박해요?"

"구박받을 짓만 하니까."

"그럼, 사장님. 구박받을 짓 하나만 더 하면 안 돼요?"

"뭔데?"

"손, 한 번만 잡아줄래요?"

"……."

"그냥, 한 번만요."

이준의 쌍꺼풀 없이 큰 눈이 초승달처럼 휘었다. 그러자 물기가 고여들었다. 공현은 그 눈을 뚫어져라 쳐다보며 손을 내밀었다. 손가락이 유난히 긴 손이었다. 이준은 그 손을 바라보다가 맞잡았다.

"아아, 사장님도 손은 따뜻하구나. 늘 차갑게 말해서 얼음인 줄 알았어요."

이준은 그 말을 끝으로 입을 다물었다. 이유는 모르겠지만, 문득 이 손을 한 번쯤 잡아보고 싶었다. 공현의 손은 생각보다 더 따뜻했다. 잠시 공현의 손을 잡고 있던 이준은 천천히 그 손을 놓았다.

"됐어요. 고마워요. 이제 그만 들어……."

이준이 말을 멈췄다. 허공에 놓인 이준의 손을 공현이 도로 잡아당겨 끌어안았다. 이준은 먼 곳을 바라보며 마른침을 삼켰다. 윤공현이 자신을 안았다는 사실이 믿기지가 않았다.

"나도 그냥 한 번만 너 좀 안아보자."

"……."

공현의 말에 이준은 여전히 먼 곳을 바라보며 눈만 깜빡였다. 과도하게 어색했다. 자신도 윤공현을 끌어안아야 하는 건가 고민할 때였다.

"손 같은 걸로 위로가 될 리 없잖아."

이준은 입술을 꽉 깨물었다.

아, 위로가 필요했구나.

위로를 받고 산 적이 없어서 공현이 말할 때까지 마음이 그걸 필요로 하는지 몰랐다. 등에 닿은 커다란 손에서 온기가 느껴졌다. 몸이 맞닿은 곳마다 미지근한 온기가 점점 뜨겁게 달아올랐고, 결국 가슴에 고여 있던 물까지 끓어 넘쳤다.

투툭. 이준의 눈에서 눈물이 떨어졌다.

또다시 엄마를 잃은 기분이었다. 아무리 다른 생각을 하려고 해도 사진관이 무너졌다는 사실이, 가족사진이 사라졌다는 사실이 자꾸만 떠올라서 가슴이 몇 번이나 무너졌다.

동시에 윤공현을 놓아야 한다는 생각이 자꾸만 자신을 아프게 만들었다. 자신이 포기하면 윤공현은 영원히 이 삶에서 벗어나지 못한다. 자신이 믿고 있는 사람에게서 협박을 당하면서, 자신을 집에 가둔 채 살아갈 거다.

그걸 눈 뜨고 지켜볼 수 있을까.

이준은 공현의 옷자락을 꽉 움켜쥐었다. 공현의 눈이 느릿하게 옆으로 기울었다. 이준의 몸이 가늘게 떨렸고, 호흡이 불안정하게 흔들렸다. 아까 전부터 어깨 위로 눈물이 떨어졌다. 공현은 이준을 조금 더 끌어안았다. 울지 마, 라고 말하고 싶은 걸 입안으로 우겨넣었다. 울지 말라고 말하면 억지로 눈물을 참아낼 설이준이니까. 차라리 울더라도 자신이 보는 앞에서 우는 게 나았다.

비록 자신의 마음이 데인 것처럼 홧홧하게 뜨거워지더라도.

“수고하셨어요.”

이준은 퇴근하는 임 씨 아줌마의 등을 보며 꾸벅 고개를 숙였다. 현관문을 밀고 나가려던 임 씨 아줌마는 멈칫하더니 이준에게로 걸어왔다. 그러더니 이준의 손을 덥석 붙잡았다.

“조바심에 한마디만 할게.”

무슨 말이냐는 표정으로 이준은 임 씨 아줌마를 쳐다보았다.

“최대한 빨리 마음의 결정 내려요. 그러니까 내 말은…… 여기에서 하루라도 빨리 떠나라는 말이에요.”

임 씨 아줌마의 노골적인 말에 이준은 목이 뻣뻣해졌다. 지금 무슨 말을 하는 거냐, 라는 구질구질한 말은 필요 없었다. 임 씨 아줌마가 말하는 게 무슨 말인지 한 번에 알아들었으니까.

임 씨 아줌마의 눈동자는 더할 나위 없이 진지했다. 아마도 회장 측으로부터 자신에 관련된 이야기를 들은 모양이었다. 임 씨 아줌마는 불안하게 눈동자를 움직이더니 최대한 목소리를 낮춰 속삭였다.

"나한테 이준 총각을 감시하라는 말이 떨어졌어."

이준은 뒷덜미에서 소름이 끼치는 걸 느꼈다. 그럴 거라고 예상했지만, 실제로 그럴 줄이야.

"……왜 그걸 저한테 말씀하시는 거예요?"

이준은 임 씨 아줌마를 보며 물었다.

"그야…… 나는 어쨌든 소포만 전달해 주고 돈만 받으면 되는 입장이지만, 이준 총각은 다칠 수도 있으니까. 이준 총각이 다치면 죄책감이 들 것 같아서. 이러면 안 되지만 정이 들었나 봐. 이준 총각 다치는 게 싫어."

"말씀만으로도 감사합니다."

"최대한 빨리 떠나. 회장님은 좋은 사람이 아니야."

임 씨 아줌마의 목소리가 낮게 가라앉았다. 이준이 아무 말도 못 하고 있자 임 씨 아줌마는 '알았지? 내 말 들어!' 라며 연신 재촉했다. 이준은 알겠다는 듯 고개를 끄덕였다. 임 씨 아줌마가 문을 밀고 나가는 모습을 끝까지 지켜보던 이준은 뒷덜미를 문질렀다. 소름 끼친 곳이 오돌토돌 만져졌다.

이준은 곧장 부엌으로 들어갔다. 접시를 찾는 척, 그릇을 씻는 척, 냉장고를 뒤지는 척하며 느릿하게 움직였다. 빈 그릇에 시리얼과 우유를 부으며 이준은 가슴을 쓸어내렸다. 다행히 도청장치나 몰래카메라 같은 건 설치되어 있지 않았다. 이틀째 임씨 아줌마가 퇴근한 후엔 이렇게 온 집 안을 뒤지며 설치된 것이 없는지 확인하느라 바빴다. 입맛 떨어진 입에 시리얼을 억지로 우겨 넣은 이준은 닫혀 있는 공현의 방을 보았다. 내일이 정식 게임 오픈일이라더니 정신없이 일하는 모양이었다.

그래도 얼굴은 보여주지.

공현의 얼굴을 보면 정신없이 널뛰는 마음이 조금은 가라앉을 것 같은데. 이준은 한숨을 내쉬며 방으로 돌아왔다.

때마침 휴대폰이 짧게 울었다. 이준은 느릿하게 휴대폰을 열어젖히다 얼굴을 와락 찌푸렸다.

"이 새끼가……."

이준은 입술 새로 욕지거리를 뱉었다. 발신표시 없는 휴대폰 번호로 사진 한 장이 수신되어 있었다. 그 사진 속의 피사체는 이준의 이모가 운영하는 하숙집이었다. 누가 이런 문자를 보냈는지 확인하지 않아도 알 만했다. 이준의 눈동자가 불안하게 흔들렸다. 이모와 이태는 이준의 유일한 가족이었다. 그들이 다치면 이준도 살 수가 없다. 휴대폰을 침대에 올려둔 이준은 그 자리에 쭈그려 앉았다. 다리에 힘이 풀렸다.

침대에서 기어가다시피 걸어간 이준은 아래에 숨겨둔 서류봉투를 꺼냈다. 여태껏 자신이 모았던 자료가 정리되어 있었다.

그러나 자료의 양이 턱없이 부족해서 이걸로 고소도 불가능했다. 이준이 초조한 얼굴로 서류를 들여다보다 한숨을 내쉬며 휴대폰을 열었다. 이모네 하숙집과 서류를 번갈아 보던 이준은 눈을 지그시 감았다.

사람은 선택을 해야 한다. 선택함에 있어서 가장 우선순위가 되는 것은 무엇이 더 소중하느냐, 무엇이 더 승률이 높으냐였다.

툭.

이준의 손에서 서류봉투가 떨어졌다. 잠깐 떨리던 이준의 손끝이 미련을 접으려는 듯 안으로 말렸다.

8. 소용돌이치는 일

똑똑. 공현은 닫힌 방문을 두드렸다. 분명 방 안에 있는 게 확실한데 답변이 돌아오지 않았다.

"들어간다."

공현이 문고리를 돌리기도 전에 먼저 방문이 열렸다. 이준이 서 있었다. 이준은 적잖이 놀란 얼굴을 하고 있었다. 잠깐 졸았는지 짧은 머리카락이 삐쭉삐쭉 솟아 있었다. 공현은 손을 들어 여기저기 뻗친 이준의 머리카락을 꽉 눌러주었다.

"때리는 거예요?"

이준이 물었다.

"정리해 주는 거야."

"그러니까 제 목숨을 정리 중인 거냐고요."

"정리 한번 당해볼래?"

"아뇨. 목숨은 소중한 거니까요."

따박따박 말대꾸하는 내내 이준의 표정에선 놀라움이 사라지지 않았다. 반사적으로 공현의 미간이 좁아졌다. 주차장에서 충동적으로 포옹을 한 이후, 만 하루 만에 보았는데 반가움은커녕 이준의 표정이 이상한 게 마음에 들지 않았다.

"그 표정, 뭐야?"

"사장님이 노크를 한 게 이상해서요."

"예전에도 했을 텐데?"

공현은 삐딱하게 서서 대답했다.

"예전에도 했지만 요즘에는 안 하고 벌컥벌컥 열어젖혔잖아요. 왜 이래요? 갑자기 사람이 바뀌면 위험한 거라던데."

"나도 예의라는 걸 키우기로 했거든."

"갑자기 왜요?"

"너랑 나랑 같이 살려면 필요하니까."

공현은 당연한 거 아니냐는 듯 대답했다.

"제, 제가 사장님이랑 같이 살아요?"

이준은 그게 무슨 소리냐는 얼굴로 공현을 빤히 쳐다보았다.

"네가 좋아하는 갑님과 계약 끝나면 나랑 계약하기로 한 거 잊었어?"

"……."

"이미 구두계약 마쳤어. 어기면 고소장 날릴 거야. 몇 해에 걸쳐서 지긋지긋한 법정 싸움 하고 싶지 않으면 빠져나갈 생각 같은 거 접어."

공현의 말에 이준은 입을 다물었다. 그런 이준을 공현은 조금 불안한 눈으로 쳐다보았다. 어제 이후로 이준의 상태가 이상했다. 갑자기 말수가 줄고, 힘이 없어지고, 신경이 잔뜩 곤두선 듯했다. 이런 극적인 변화가 심리적인 불안에서 기인한다는 것을 알기에 공현은 불안해졌다. 자신도 모르게 설이준이 연기처럼 스르륵 사라질까 봐서.

이준은 슬그머니 자신의 방문을 닫으며 밖으로 나왔다. 깨끗하게 정리된 방을 보여주고 싶지 않았다.

"갑자기 제 방은 왜 오신 거예요? 게임 점검해 보라고요?"

이준은 애써 밝은 목소리로 물었다.

"그건 지긋지긋하게 했잖아."

"그럼요?"

"따라와."

공현이 앞서 걸었다. 뒤따라 부엌으로 걸어간 이준은 입을 떡 벌렸다.

"이게 다 뭐예요?"

"저녁."

"이걸 누가 다 먹어요?"

이준은 장난치냐는 듯 물으며 식탁을 가리켰다. 꽤 넓은 식탁 위로 짜장면, 짬뽕, 탕수육, 팔보채가 가득 놓여 있었다. 성인 네 명이서 먹기에도 많은 양이었다. 그러나 기겁하는 이준과 달리 공현은 천연덕스럽게 대답했다.

"먹다 보면 먹혀. 이거 다 먹어."

"신종 괴롭힘이에요?"

이준은 진지하게 공현을 쳐다보며 물었다. 공현은 자리에 앉아 팔짱을 낀 채 이준을 흘깃 쳐다보았다.

"넌 대체 나를 어떻게 보고 있는 거야?"

"그야……."

"됐어, 말하지 마. 대답 들으면 기분 나쁠 것 같아. 앉아서 먹어."

"이걸 다요?"

"맛있는 거 잔뜩 먹고 나면 기분 좋아진다며."

그 말은 언제 기억해 둔 걸까.

이준은 식탁 의자를 빼다 말고 놀란 얼굴로 공현을 쳐다보았다. 공현은 자연스럽게 이준의 앞에 놓인 짜장면 그릇의 포장을 벗겨냈다.

"먹고 싶은 만큼 배터지게 먹어. 힘없이 돌아다니는 거 보기 싫어."

"……."

"다른 걸 먹고 싶으면 말해, 그것도 사줄 테니까."

"갑자기 왜 이래요?"

힘들게 마음 결정했는데.

이준은 혼란스러운 얼굴로 공현을 쳐다보았다.

"뭐가."

"혹시 미쳤어요? 갑자기 너무 친절하잖아요."

이준이 불안한 표정을 지었다. 공현은 식탁 의자에 반듯하게 앉아 이준을 올려다보았다. 이준의 얼굴 위로 수많은 감정이 스치는 것이 보였다. 공현은 이준의 얼굴을 찬찬히 살피며 입술을 달싹였다. 그러나 입술만 닿았다 떨어질 뿐 좀처럼 대답이 나오지 않았다. 기다림에 지쳐 이준이 대답 듣기를 포기할 즈음, 공현의 목소리가 들렸다.

"너한테 좋은 사람이 되고 싶어졌어."

"……."

"네가 나한테 그렇듯이."

어색하게 이어지던 공현의 말을 듣던 이준의 입이 자그맣게 벌어졌다. 분명 자신의 귀로 들었는데 제대로 들은 게 맞는지 믿기지 않았다. 얼음처럼 굳어 있는 이준을 똑바로 쳐다보며 공현은 다시 한 번 더 말을 꺼냈다.

"그러니까 내 말은…… 너한테 친구 이상의 사람이 되고 싶다고."

식탁 위에 가득 차려진 음식을 어떻게 먹어치웠는지 모르겠다. 홀린 것처럼 멍하게 자리에 앉아서 식탁 위에 있는 음식을 우걱우걱 먹어치웠다. 보다 못한 공현이 이준의 손목을 잡아채며 '먹다가 죽을 생각이야? 누가 그렇게 하찮게 죽으래?' 라고 말리지 않았다면 배가 터져 죽었을지도 모를 일이었다. 그때가 되어서야 이준은 자신이 순식간에 눈앞에 놓인 짜장면, 탕수육의 절반을 먹어치웠다는 것을 알아챘다.

배부르다는 핑계로 방으로 돌아온 이준은 문에 기대선 채 멍하게 바닥을 바라보았다.

"그러니까 내 말은…… 너한테 친구 이상의 사람이 되고 싶다고."

팔짱을 낀 채 자신을 똑바로 바라보며 건넨 윤공현의 말에 심장이 널을 뛰었다. 그는 차분하게 말을 했지만, 조금 긴장한 듯 마른침을 삼켰다.

그 모습을 보고 있자니 자신의 심장도 거세게 뛰기 시작했다. 드디어 자신이 미친 건가. 사람이 순식간에 미친다는 건 말이 안 되지만, 미치기 직전의 조짐이 있긴 했다. 이를테면 주차장에서 윤공현에게 안겼을 때 '떨어지고 싶지 않다.' 라는 생각을 했다던가. 그래, 미친 게 틀림없었다. 그래서 평소처럼 '사장님이 드디어 제 매력을 알아보네요.' 라고 능청스럽게 받아치지 못한 거다.

이제 여길 나가야 하는데…….

"하아, 진짜."

이준은 머리를 세게 쓸어 넘겼다. 생각하면 할수록 점점 머릿속이 복잡해지는 기분이었다. 이준은 에라, 모르겠다는 심정으로 침대에 뛰어들었다.

❖ ❖ ❖

이준은 있는 힘을 다해 응급실을 향해 뛰었다. 자동문 열리는 시간조차 더디게 느껴져서 이준은 그 앞에서 발을 동동 굴렀다. 문틈으로 뛰어 들어간 이준은 곧장 침대에 누워 있는 이태를 발견했다. 눈앞이 아득해지는 기분이었다. 순간 수만 가지의 생각이 교차했다. 저기 있는 게 이태가 아니었으면 좋겠다는 생각과, 왜 이태가 저기 있나 하는 생각.

"설이태!"

이준이 짜내듯이 이태의 이름을 불렀다.

"이준아!"

이태의 곁에 앉아 있던 이모가 이준을 발견하고 눈물 젖은 얼굴로 불렀다.

"이모, 이게 무슨 일이에요?"

이준이 다급하게 이모의 앞에 섰다.

"그러게나 말이다."

이모의 말을 들으며 이준은 이태 앞에 섰다. 침대에 누워 있는 이태의 꼴은 엉망진창이었다. 여기저기 타박상은 물론이고 크게 다쳤는지 붕대엔 핏기까지 내비치고 있었다. 엉망진창인 꼴도 가슴을 덜컥 내려앉게 했지만, 더 무서운 것은 눈을 감고 있는 이태였다.

"교통사고라면서요."

"응."

"근데 꼴이 왜 이래요? 이건 교통사고가 아니잖아요."

이준은 이태의 얼굴을 살폈다. 대체 어떻게 교통사고가 나야 사람 얼굴이 얻어맞은 것처럼 퉁퉁 붓는단 말인가.

"나도 모르겠다. 입안이 퉁퉁 부어서 이태한테는 아무 말도 못 들었어."

"의식은 있는 거예요?"

"그래, 다행히 의식은 있어. 방금 진통제 맞고 잠들었다."

"범인은요?"

"뺑소니야. 범인이 누군지 몰라. 병원비는 또 어떻게 한다니……. 어휴."

"하……."

이준은 기가 막힌 얼굴로 이태를 바라보았다. 입안이 퉁퉁 부어서인지 뺨이 불룩했다. 어딘가 얻어맞은 사람처럼 몸의 이곳저곳에 푸르스름한 멍이 들어 있었다. 이태의 꼴을 살펴볼수록 이준은 가슴이 무겁게 내려앉았다.

"요즘따라 왜 자꾸 이런 일이 생기는 건지…… 원."

"요즘따라요?"

이상한 낌새를 느낀 이준이 고개를 돌려 이모를 쳐다보았다. 이모는 간이의자에 힘없이 앉아서 고개를 끄덕였다.

"그래. 이태가 자꾸 누가 쫓아오는 것 같다고 하질 않나, 하숙집에 있던 학생들이 죄다 나가겠다고 말하지를 않나……. 얼마 전에는 마당에 죽은 쥐도 여럿 발견되고……. 안 그래도 입에

풀칠하고 사는 것도 힘든데 왜 자꾸 이런 일이 벌어지는 건지, 원.”

“……언제부터 그랬어요?”

“며칠 됐지.”

“저한테 왜 아무 말도 안 했어요?”

“어차피 멀리 있는 너한테 말해봤자 무슨 도움이 되겠어. 너 걱정이나 시키는 거지.”

이모가 한숨을 푹 내쉬며 고개를 숙였다. 며칠 새에 이모의 얼굴이 폭삭 늙어 있었다. 이준은 그런 이모를 바라보다가 고개를 돌려 이태의 얼굴을 망연히 바라보았다.

이것이 우연일까.

띠링 하고 울리는 휴대폰을 주머니에서 꺼냈다. 액정에 들어 있는 사진을 확인한 이준의 얼굴이 하얗게 질렸다. 피를 철철 흘리며 바닥에 누워 있는 이태의 모습이었다. 뒷덜미가 서늘해지면서 소름이 끼쳤다.

윤 회장, 이 새끼가……!

이준의 얼굴이 파리하게 질렸다.

“누…… 누나.”

소란스런 응급실 소리 위로 아주 자그마한 소리가 섞여들었다. 주의 깊게 듣지 않았다면 못 들었을 소리였다. 이준이 얼른 고개를 돌렸다.

“어, 이태야. 정신 들어? 괜찮아?”

“누, 누나.”

통통 부은 눈두덩이를 억지로 끌어 올린 채 이태가 이준을 쳐다보고 있었다. 이준은 다급하게 이태에게 다가갔다.

"그래. 누나, 여기 있어."

이태는 손끝으로 미미하게 이준에게 오라는 손짓을 했다. 손짓이 다급하고 절박해 보였다. 이준은 얼른 이태의 입술 근처로 귀를 가져다 댔다. 이태가 통통 부은 입술을 억지로 움직여 말을 뱉었다. 뭉개진 발음으로 더듬더듬 이태가 말을 이어갈수록, 이준의 얼굴에선 표정이 사라졌다. 말을 마친 이태가 이준을 잠시 바라보다가 눈을 스르륵 감았다.

"조심해. 이거 사고가 아니야."

이어 이태는 자신을 친 자동차 번호를 말했다. 그 자동차의 번호는 이미 이준이 알고 있는 번호였다. 윤 회장. 이준의 목울대가 오르내렸다. 머릿속이 희게 질리면서 눈앞이 아득해졌다.

"왜? 이태가 뭐래?"

지켜보고 있던 이모가 다급하게 물었다.

"자기, 괜찮으니까 안심하래요."

이준은 억지로 놀란 마음을 추스르며 대답했다.

"그래? 그 말밖에 안 해?"

"네."

"길게 이야기하는 것 같더니."

"입안이 부어서 느리게 발음하느라 그래요. 이모는 들어가서

쉬세요. 제가 지켜볼게요."

"어휴, 그래. 좀 부탁한다. 하숙집을 계속 비워둘 수가 없어서."

이모는 짐을 주섬주섬 싸고도 한참이나 이태에게서 눈을 떼지 못했다. 사고 소식을 들은 이후 벌렁거리던 심장이 아직도 진정되지 않았다. 이모는 쿵쿵거리는 심장 위에 손을 얹고서 속상한 얼굴로 말했다.

"네 어미도 너무하지. 자식들이 이렇게 고생하는데 복을 주지는 못할망정, 애들이 이 꼴이 되도록 저승에서 뭐 한다니?"

"이모."

"속상해서 그런다, 내가 속이 상해서. 어휴. 난 가보련다."

이모는 이 꼴 저 꼴 더는 보기 싫다는 듯 응급실을 빠져나갔다. 이준이 응급실을 나가는 이모의 뒷모습을 바라볼 때였다. 응급실 문 곁에 서 있는 남자와 눈이 마주쳤다. 순간 등골이 서늘해졌다. 이준은 그가 누군지 단박에 알아보았다. 윤 회장의 수족이었다. 주먹을 불끈 쥔 이준은 성큼성큼 그를 향해 걸어갔다. 그는 아주 자연스러운 걸음으로 응급실을 빠져나갔다. 이준은 그를 뒤따라 뛰었다. 이준이 그를 겨우 따라잡았을 땐 인적 드문 병원 뒷길이었다.

"이게 무슨 짓이야! 사람을 쳐? 죽었으면 어쩔 뻔했어? 이 개새끼들아!"

이준은 남자의 멱살을 움켜쥔 채 버럭 소리 질렀다. 남자가 이준의 손목을 잡았다. 이준은 자신의 손목에 가해지는 어마어마한 통증에 숨을 들이마셨다. 이게 사람 힘이라고? 이준은 눈을 부릅뜬 채 남자를 노려보았다. 웬만한 남자에게도 밀리지 않는 자신이었다. 그런데 이 남자에겐 꼼짝도 할 수 없었다.

"윽."

"이게 시작입니다."

남자가 무미건조하게 말했다. 이준은 대답 대신 남자를 쳐다보았다.

"설이준 씨가 고민하는 시간이 길어질수록, 지금보다 더 안 좋은 일들이 많아질 겁니다."

"으윽. 내가 너희들 가만히 둘 것 같아?"

핏발이 선 채 소리치는 이준을 보며 남자는 미소 지었다.

"모두들 그렇게 말했죠."

"……."

"그 사람들 모두 다 똑같은 결과를 맞이했고요."

"……."

"오늘 내로 결정 내리셔야 합니다. 둘 다를 지킬 수 있는 일은 없습니다. 한쪽을 잃던지, 두 쪽을 다 잃던지. 이번에는 속력을 줄였지만 다음엔 줄이지 않을 겁니다. 제가 무슨 말을 하는지, 아시겠죠?"

남자가 탁 소리 나게 이준의 손을 밀어냈다. 이준의 몸이 종잇장처럼 힘없이 밀려났다. 이준은 시뻘게진 눈으로 멀어지는 남자의 뒷모습을 노려보았다. 그러다 분을 참지 못하고 욕설을 뱉으며 눈에 보이는 것들을 걷어찼다.

화가 나서 미칠 것 같다. 자신이 멍청해 보여서 화가 나고, 동생이 저 꼴을 당할 때까지 모르고 있었던 것이 화가 나고, 아무 힘이 없는 자신이 싫어서 화가 났다. 자신이 이만큼 무기력하고 무능해 보인 적이 없었다. 이를 바득바득 갈던 이준은 헝클어진 머리를 쓸어 넘기며 호흡을 골랐다. 막 잡은 생선처럼 정신없이 펄떡거리는 심장을 꽉 눌렀다. 이럴수록 냉정해야 한다.

생각하자, 설이준.

이준은 거칠게 호흡하며 머리를 굴리기 시작했다.

신고를 할까. 신고를 하면 저 남자를 잡아넣을 순 있어도, 윤 회장을 잡지는 못한다. 윤 회장을 잡기 위해선 결정적인 증거가 필요하다. 자신이 결정적인 증거를, 과연 찾을 수 있을까. 그럴 만한 시간은 있을까. 찾는다고 하더라도 과연 세상이 자신의 편을 들어줄까. 가진 것이 많은 윤 회장을 이길 수 있을까.

갑자기 자신이 이 세상의 먼지보다 더 못한 존재로 느껴졌다. 이준은 고통스러운 얼굴로 고개를 숙였다.

힘없이 터덜터덜 응급실로 돌아온 이준은 간호사에게 한 시간 후 병실로 옮겨질 거라는 안내를 받았다. 이준은 알겠다고 대답을 한 후 이태가 누워 있는 침대에 걸터앉았다. 이준은 이태의 머리카락을 쓸어 넘기다가 멈칫했다. 손바닥이 새빨개졌다. 물인 줄 알았는데 이태의 머리를 적시고 있던 것은 피였다.

이준의 목울대가 아프게 오르내렸다. 아무리 삼켜도 삼켜지지 않는 무언가가 목에 걸린 기분이었다.

"제발 조심해."

이태는 무언가를 알고 있는 듯 그렇게 말했다. 그들이 이태에게 무언가를 말했을지도 모른다. 자신이 빠르게 선택할 수 있도록. 이제 선택해야 한다. 자신에게 가장 중요한 사람이 누구인지 이 사고로 뼈저리게 깨달았다.

다만 어떻게 말해야 할지…….

이준의 표정이 아프게 변했다. 다시금 힘없는 자신이 싫어졌다.

"설이준."

이태를 멍하게 바라보던 이준이 고개를 돌렸다. 공현이었다. 이 순간에 가장 보고 싶지 않은 사람을 목격했다. 그렇다고 못 본 척 할 순 없는 터라 이준은 힘없이 자리에서 일어났다.

그는 집에서 입던 옷차림 그대로였다. 기다리다가 성질에 못 이겨 집을 박차고 나온 모양이었다. 그래 놓고 그는 여유로운 척하고 있었다. 급하게 나온 걸 들키기 싫은 듯이. 공현의 생각이 이젠 모조리 읽혔다. 어느새 이토록 가까워진 걸까. 이준은 다시금 울컥하고 솟아오르는 무언가를 꽉 눌러 참으며 물었다.

"어떻게 오셨어요?"

"쪽지."

안방에 붙여놓은 쪽지를 공현이 들어 보였다.

"아아."

이준은 그제야 기억난다는 듯 짧게 소리 냈다. 정신없이 나오는 중에도 이준은 공현이 자신을 찾을까 봐 메모를 안방에 붙여두었다. 자신이 어디 있는지 알아야 안심하는 윤공현을 위해 어느 병원 응급실인지까지 소상히 적어두었다.

"기다리라고 말씀드렸잖아요."

이준이 힘없이 말했다.

"기다릴 수가 있어야지."

공현은 무표정했지만, 팔짱을 낀 채 손가락을 까딱거리는 폼이 불안해 보였다. 공현은 고개를 돌려 이태를 확인했다. 엉망진창인 몰골을 보곤 얼굴을 확 찌푸렸다.

"교통사고라며. 대체 얼마나 크게 사고 난 거야? 꼴이 왜 저래?"

"그러게요. 좀 크게 났나 봐요."

공현은 이준을 바라보았다. 동생이 사고 나서인지 이준의 표정은 말이 아니었다. 더군다나 힘이 다 빠진 표정과 어깨를 축 늘어뜨린 모습이 여간 신경 쓰이는 게 아니었다. 가족이라면 아주 끔찍한 설이준인데. 이준이 가장 환하게 웃을 때가 가족 이야기를 할 때라는 걸 공현은 잘 알고 있었다.

공현의 손끝이 움찔했다. 위로해줘야 할 것 같은데, 어떻게 해야 할지 모르겠다. 이전엔 얼결에 끌어안았지만, 지금은 응급실이라 그런 식으로 위로해 줄 수도 없었다.

"입원해야겠네. 병실은?"

공현이 툭하니 말을 던졌다.

"한 시간 뒤에 나온대요."

"6인실?"

"네."

"기다려. 1인실엔 자리 있을 거야. 1인실로 옮겨서 꼼꼼하게 치료받아."

"괜찮아요."

돌아서서 간호사에게 다가가는 공현을 이준이 붙잡았다.

"내가 안 괜찮아. 혹시 병원비 걱정하는 거라면 할 필요 없어. 병원비도 나한테 청구해. 내가 다 지불할 테니까."

"사장님이 왜요?"

이준의 질문에 공현은 잠시 말문이 막혔다. 당연히 설이준에게 생긴 문제는 자신이 처리해야 한다는 생각이 들었다. 왜 그런 생각이 들었는지. 언제부터였는지 알지도 못한 채.

"내가 너한테 주는 의료복지야."

가까스로 답변을 떠올린 공현이 대답했다.

"제 고용주는 윤소환 씨인데요."

이준의 말에 공현의 미간이 확 좁아졌다.

"윤소환이랑 계약 파기해. 그리고 나랑 다시 하면 되잖아. 나랑 살면서 왜 자꾸 윤소환을 언급해? 윤소환 좀 잊어버려."

공현은 이준의 입에서 윤소환이 언급되는 게 싫은 듯 얼굴을 구겼다. 이준은 공현의 반응이 우스운 듯 힘없이 픽 웃었다.

그 표정을 본 공현의 얼굴이 조금 누그러졌다. 처음 응급실에 들어왔을 때 힘없이 침대에 걸터앉아 있는 이준의 뒷모습을 본 순간 마음이 와르르 소리를 내며 무너졌었다. 그 모습이 보기 싫어서 '설이준' 하고 멀리서 불렀다. 뒷모습과 똑같은 얼굴을 보는 순간 다시 마음이 와르르 무너졌지만. 지금은 설이준이 웃을 수만 있다면 자신의 전 재산쯤은 탈탈 털어도 상관없을 것 같았다.

이준은 공현을 웃으면서 바라보다가 그의 어깨 너머로 보이는 누군가를 보고는 멈칫했다. 이준의 시선이 자연스럽게 응급실 안을 훑었다. 점점 이준의 시선이 경악으로 물들어갔다.

이곳을 주시하는 사람의 수는 다섯. 환자로 위장해 침대에 누운 사람이 셋, 보호자를 가장해서 응급실에 서 있는 사람이 둘. 그들이 누군지 이준은 단박에 알아챘다. 윤 회장이 제시한 시간을 넘긴 순간 저 사람들이 움직일 거라는 건 확인하지 않아도 자명한 일이었다. 자신을 압박하기 위해 일부러 자신이 아는 얼굴로 배치해 두었다. 이준의 등골이 서늘해졌다.

윤 회장은 미친놈이 틀림없었다. 더 큰 문제는 그 미친놈을 자신이 이길 수 없다는 것이었다. 자신이 버티면 버틸수록 이태도, 공현도 다치고야 말 거다. 눈앞이 캄캄해지면서 가슴이 덜컥 내려앉았다.

이미 결론은 나 있었다. 아무리 고민하고 생각해도…… 자신이 할 수 있는 건 없었다.

"잘됐네요."

핏기가 가신 얼굴로 이준이 한참 만에 입을 열었다.

"뭐가."

"1인실로 옮겨주신다니까요. 근데 의료복지 말고 퇴직금으로 정산해 주세요."

"뭐?"

공현이 짧게 물었다. 이준은 그의 얼굴을 덤덤하게 바라보며 답했다.

"못 들으셨어요? 퇴직금으로 처리해 달라고요. 사장님의 보디가드, 이제 안 한다고요."

일부러 주변 사람들이 들으라는 듯 크게 말했다. 순간 팔짱을 끼고 있던 공현의 팔이 탁 풀렸다. 못 들을 걸 들은 사람처럼 공현의 얼굴이 하얗게 굳는 걸 본 이준은 입술을 깨물었다.

이태의 옆에 있으면서도 고민했다. 어떻게 말해야 공현의 마음이 덜 다칠까. 그러나 방금 공현을 본 순간 알았다. 그런 말 따윈 존재하지 않는다는 것을. '그만둔다'는 그 사실만으로도 윤공현이라는 사람은 상처받는다. 그리고 그 말을 하는 자신도 다치고야 말았다.

"그 말, 취소해."

공현의 목소리가 전보다 낮아졌다.

"……."

"그럼 없던 걸로 해줄 테니까."

"……."

"못 들은 걸로 할게."

"뱉은 말을 어떻게 없던 걸로 해요? 그리고 진심이에요. 동생이 다쳐서 당분간 동생 옆에 있어야 할 것 같아요. 이모네 하숙집 사정도 어려워져서 거기도 조금 챙겨야 할 것 같아요."

"그거 내가 해줄게. 간병인 필요하면 써. 하숙집? 내가 홍보업체 이용해서 홍보해 줄게. 시설이 낙후된 거면 수리해 줄게. 필요한 거 있으면 말만 해. 다 해줄 테니까."

"왜 그렇게까지 하시는데요? 사장님, 저 내쫓고 싶어서 안달하셨잖아요. 제가 나간다면 좋아해야 하는 거 아니에요?"

이준은 농담처럼 뱉으며 웃었다. 웃으면서 공현과 헤어지고 싶었다. 이기적이라는 거 알지만, 공현이 먼저 '그래, 알았어.' 하고 순순히 대답하면서 돌아서 주길 바랐다. 그러나 공현은 그럴 생각이 전혀 없어 보였다.

"안 좋아. 아니, 싫어. 설이준 없는 그 집, 이제 상상이 안 돼."

공현이 단호하게 말했다. 보이지 않아도, 들리지 않아도 설이준은 언제나 느껴지는 사람이다. 그 사람이 사라지려 한다는 게 믿기지 않았다. 공포. 공현은 설이준의 부재를 자신이 공포로 느낀다는 사실을 깨달았다.

"휴가 처리 해줄게."

"……."

"쉬고 싶은 만큼 쉬고 와. 기다리고 있을 테니까."

안쓰러울 정도로 공현의 얼굴이 하얗게 질렸다. 여기서 자신이 그만둔다는 말을 하면 무너질 것 같은 얼굴을 하고 있었다.

그 얼굴을 보는데 이준은 무언가가 울컥하고 치솟아올랐다. 아무래도 웃으면서 헤어질 수 없을 것 같았다.

이준은 애써 그 얼굴을 외면하며 고개를 돌렸다. 잠들어 있는 이태를 보며 이준은 주먹을 꽉 쥐었다. 지금 독해지지 않으면 이태를 잃는다. 유일한 가족을 자신 때문에 잃을 수 없었다. 그건 엄마로 충분했다.

이준은 주먹을 불끈 쥔 채 몸을 빙글 돌려세워 공현을 마주 보았다.

"왜 말귀를 못 알아들어요? 이렇게 빙빙 돌려 말해도 눈치 빠른 사람이니까 척 하고 알아들어야 하는 거 아니에요? 사장님 뒤꽁무니 졸졸 쫓아다니는 게 힘들다잖아요. 범인인지 뭔지 금방 잡을 수 있을 줄 알았는데, 못 잡겠어요. 언제 나타날지도 모르겠고."

이준의 말에 공현의 얼굴이 딱딱하게 굳었다. 이준은 그 얼굴을 바라보며 계속해서 독한 말을 내뱉었다.

"나랑 상관없는 범인이니 뭐니 잡으려다가 귀한 시간 허비할 순 없잖아요. 그리고 점점 피곤해지기도 하고, 재미도 없어졌어요."

"그만해."

공현의 입술 새로 차가운 목소리가 흘러나왔다. 그러나 그의 얼굴은 여전히 무너지기 직전의 모습처럼 위태로웠다. 이준은 주먹을 꽉 쥐었다. 손톱이 아프게 손가락을 파고들었다. 이 정도 통증으로 떨리는 마음을 잠재울 수 없다는 걸 알면서도 이준은 손바닥을 괴롭혔다. 이준은 억지로 입꼬리를 끌어 올리며 비웃었다.

"제가 평생 사장님 뒤를 졸졸 따라다닐 거라고 생각한 거 아니죠? 일시적인 계약이었잖아요. 계약 관계를 친구라느니 뭐니 그딴 걸로 착각한 거 아니죠? 그런 게 가능할 리 없죠. 사람 관계에 돈이 개입되는 순간 순수한 관계가 되긴 힘들어요. 돈벌이도 별로 안 될 것 같고, 피곤하기도 하고, 사장님 비위 맞춰가면서 하하호호 웃는 것도 힘들고요. 그래서 이제 그만두려고요. 저도 제 삶이 있잖아요."

이준은 자신이 무슨 소리를 하는지도 모른 채 떠벌렸다.

"입 다물어."

공현이 다시 한 번 차갑게 떨어졌다.

"사장님도 이참에 알아두세요. 우리는 절대로 친구가 될 수 없어요. 그러니까……."

공현의 손이 허공에 들렸다. 이준은 차라리 그 손으로 자신의 입을 힘껏 때려주길 바랐다. 자신이 더 이상 아무 말을 뱉을 수 없도록. 차라리 그게 덜 힘들 것 같았다.

그러나 아프게 때릴 거라는 예상과 달리 공현은 그저 이준의 입을 아프지 않게 틀어막을 뿐이었다. 이준의 입을 틀어막은 공현은 아무 말도 하지 못한 채 한참이나 이준을 바라보았다.

"……알았어."

"……."

"……무슨 말인지 알았으니까, 그만해."

"……."

"제발, 그만해."

작게 중얼거리는 공현의 눈동자가 상처투성이로 변했다. 공현의 손이 힘없이 떨어졌다. 그는 그러고도 한참이나 이준을 바라보다가 돌아섰다. 공현이 돌아서는 순간 이준은 자신도 모르게 움찔했다. 조금만 자제력이 덜했더라면 공현을 붙잡을 뻔했다.

응급실을 빠져나가는 공현의 모습이 뿌옇게 변했다. 이내 뺨 위를 긁으며 무언가가 떨어져 내렸다.

"하……."

이준은 자신의 신발 코에 묻은 물 자국을 보고서야 자신이 울고 있음을 알았다.

"으흡."

울고 있다는 사실을 알자 걷잡을 수 없는 눈물이 터져 나왔다. 이준은 다른 사람들에게 보이지 않기 위해 벽을 보고 섰다. 울음이 멎지 않았다. 온 얼굴이 흥건해지도록 눈물을 흘리며 이준은 생각했다.

분명 지금쯤 괴로워해야 할 건 윤공현인데, 왜 자신이 이토록 괴로운 것이냐고.

"누나."

이태의 부름에 이준은 고개를 들었다. 일주일 새에 몸이 많이 나은 이태는 제법 사람의 꼴을 하고 있었다. 입안도 많이 가라앉아서 발음이 분명해졌다. 1인실에서 편안히 안정을 취한 덕분이었다.

일주일 전, 공현이 응급실을 나간 지 10분도 되지 않아 간호사가 다가와 '병실로 올라가실 준비 하세요.' 라는 말을 했다. 6인실이 벌써 나왔냐고 묻자, 간호사는 '1인실로 접수하셨던데요?' 라며 오히려 물어왔다. 원무실로 달려가 확인해 보니 누군가가 이미 병원비를 선불로 수납했다고 했다. 병원비가 선불이 가능하냐고 묻자, 막무가내로 현금을 들이밀었다는 것이었다. 이준은 금액을 반납하려고 몇 번이나 공현에게 전화를 걸었지만 답변을 듣지 못했다. 이어 소환에게 전화를 걸었으나, 그도 연락이 되지 않았다.

고민 끝에 이준은 이태를 1인실에 입원시켰다. 다른 사람들의 감시가 없는 곳에서 이태를 편안하게 쉬게 하고 싶었다. 1인실 이용료와 병원비는 나중에 공현에게 돌려줄 생각이었다.

잘 지내고 있을까.

이준은 새삼 공현을 생각하자 가슴에서 통증이 몰려오는 것을 느꼈다. 뒤돌아서서 가던 그의 뒷모습이 떠올랐다. 온통 상처투성이로 남아 있던 눈동자와.

"누나."

이준은 억지로 공현의 생각을 접으며 이태를 쳐다보았다.

"왜?"

이준이 쳐다보자, 이태가 얼굴을 찌푸렸다.

"뭐 하고 있어?"

"뭐가?"

"그거 말이야."

이태가 손짓으로 사과를 가리켰다. 껍질을 다 깐 사과를 계속해서 빙빙 돌려 깎고 있었다. 어느새 사과는 뼈대만 남아 있었다. 아, 하는 소리와 함께 이준은 사과를 내려놓았다.

"미안. 잠시 다른 생각을 좀 한다고. 새로 깎아줄게."

"됐어."

"그래도……."

"됐다니까. 사과 못 먹어서 죽은 귀신이 붙은 것도 아니고. 아까 전부터 나한테 사과만 먹이고 있는 거 알아? 누나, 요즘 이상해. 아주 많이 이상해."

붕대를 칭칭 감은 이태가 도저히 이해 못 하겠다는 얼굴로 이준을 바라보았다.

이준의 상태가 이상했다. 툭하면 넋을 놓았고, 어떤 날은 갑자기 자다가 울기까지 했다. 엄마가 돌아가신 후로 눈물 한 방울 안 흘리며 독하게 살아온 이준이었기에 놀라움은 어마어마했다. 처음엔 자신의 교통사고로 인해 이준이 많이 놀란 거라고 생각했다. 그러나 자신의 몸이 제법 아물어도 이준의 상태는 좀처럼 호전되지 않았다. 병실 침대에 누워야 할 사람은 이준이 아닐까, 하는 생각도 들었다.

"무슨 일 있어?"

이태가 물었다.

"아니."

아니라고 대답하지만 이준의 상태는 그렇지 않았다. 이태는 눈을 가늘게 뜨고서 이준을 바라보았다.

"일은 안 나가?"

"관뒀어."

"왜? 그 형님, 대단히 멋지던데."

이태의 말에 이준은 잠시간 아무 말도 잇지 못했다.

"왜 그만뒀냐니까."

"대단히 멋진…… 그 사람한테 내가 별 도움이 못 되어서."

이준은 잠시 호흡을 고른 후에야 말을 이을 수 있었다. 공현을 생각하면 심장 한 켠이 욱신거렸다. 자신의 편이라곤 아무도 없는 그 집에서 또 스스로를 고립시키고 있을 모습을 생각하면 불덩이가 온 속을 헤집고 다녔다. 안타까움, 동정, 불쌍함, 그 어떤 단어로도 설명되지 않을 마음이었다. 그러나 자신은 그런 마음조차 가질 자격이 되질 못했다. 가족들을 살리겠다고 공현을 포기한 건 자신이었다.

이준의 손이 동그랗게 안으로 말렸다. 마치 죄인처럼 어깨를 웅크린 채 눈을 내리까는 이준의 모습을 이태는 물끄러미 바라보았다.

"나한테 일어난 사고, 그 형이랑 관련 있는 거야?"

"아니."

"누나, 내가 이전에도 말했지? 지지리 연기 못 한다고. 나한테 어줍잖게 연기하려고 하지 마. 누나만큼은 아니지만 눈치가 빠르고 촉이 있는 편이니까."

이태는 이준만큼은 아니지만 어느 정도 사람의 감정이나 거짓말을 분류해 낼 줄 알았다. 눈빛, 손끝, 표정만 봐도 알 수 있었다.

이태의 말에 이준의 표정이 단번에 무너져 내렸다. 금방이라도 울 것처럼 위태로운 얼굴을 하고 있는 이준을 보며 이태는 숨을 깊게 들이마셨다.

"누나."

이준은 대답 대신 고개를 들어 이태를 바라보았다. 이태는 붕대가 칭칭 감긴 손으로 이준의 손을 잡았다. 손끝으로 거친 이준의 손이 느껴졌다. 여자 손이 맞나 의심스러울 만큼 투박한 손. 처음부터 이준의 손이 이랬던 것이 아니라는 걸 알기에 이태는 마음이 묵직해졌다.

"어릴 땐 누나가 희생하는 게 당연하다고 생각했어. 나보다 나이가 많았고, 누나는 늘 내게 어른이었으니까. 그런데 지금 생각해 보면 아니더라. 누나가 아르바이트 시작한 나이가 열여섯 살이었어. 그때 그 쪼끄마한 몸으로 아르바이트를 세 개나 뛰었어. 그러면서도 가난해서 공부 못 한다고 욕먹을까 봐 전교 30등 안에는 꼭 들었고. 열여섯이면 지금의 나보다 어린 나이라는 걸 이제야 알겠더라."

열여섯의 작은 몸으로 이준은 부지런히 뛰어다녔다. 돈을 벌기 위해, 기죽지 않기 위해, 집을 사기 위해, 좋은 누나가 되기 위해서.

이준의 뜀박질엔 정작 '자신을 위한 무언가'는 늘 없었다. 이태가 이준의 손을 꽉 움켜쥐었다.

"그만큼 했으면 됐어, 누나. 나 때문에, 이모 때문에, 엄마 때문에 뭔가를 더 이상 포기하지 마. 이제는 누나가 하고 싶은 대로 해."

"못 들은 걸로 할게."

"누나, 찢어진 입으로 열심히 말했는데 못 들은 척하면 어떻게 해?"

"너, 그 사고를 당하고도 그런 말이 나와? 이것보다 훨씬 더 큰일을 저지를 수 있는 사람이야."

이준의 목소리가 대번에 낮아지면서 날카로워졌다. 이준은 지금 이 병실 밖을 서성이는 사람, 간호사, 의사 등 모든 사람이 의심스러웠다. 윤 회장 같은 사이코패스는 자신의 목적 달성을 위해서라면 무슨 짓이라도 할 수 있는 사람이었다.

"역시 이번 사고가 누나랑 그 형님과 관련이 있는 거구나?"

이태의 말에 이준은 아차한 표정을 지었다.

"그럴 줄 알았어."

생각 외로 이태는 덤덤하게 반응했다.

"알았으니까 이제 더는 쓸데없는 소리 하지마."

"누나, 이번엔 내가 방심해서 그래."

이태가 안심하라는 듯 말했다.

"아니, 니가 그 사람을 몰라서 그래."

이준은 파리하게 질린 얼굴로 고개를 가로저었다. 그런 이준을 보며 이태는 자신이 생각하던 것보다 상황이 더욱 심각하다는 것을 알아챘다. 그러나 이태는 물러설 수 없었다. 이대로 내버려 뒀다간 자신의 누나가 폭삭 내려앉을 것만 같았다. 이토록 위태로워 보이는 설이준은 처음이었다.

"그럼 딱 한 번만 더 시도해 봐."

이태가 고민 끝에 말했다.

"뭘?"

"누나가 하고 싶은 거."

"……."

"마지막으로 시도하고, 마음의 짐을 벗어 던져. 누나도 누나 성격 잘 알잖아. 지금 여기서 포기하면 누나는 평생 마음의 짐을 안고 살아야 해. 마지막으로 딱 한 번, 누나가 해볼 수 있는 만큼 해보고 그때 마음 접어. 스스로에게 최선을 다했다는 변명은 할 수 있게 해줘야지."

이태의 말에 이준은 입술을 꽉 깨물었다. 그러고는 고개를 가로저었다.

"아니, 난 못 해."

"누나."

"그만해. 내가 알아서 할 테니까."

더는 대화를 사절하겠다는 듯 이준은 귀를 틀어막은 채 자리에서 벌떡 일어났다. 곧장 1인실에 딸린 화장실로 걸어간 이준은 거울에 비친 제 모습을 보았다. 제 얼굴이 애처로우리만큼

하얗게 질려 있었다.

이태의 말에 잠깐 흔들렸다. 그러고 싶다. 공현에게 달려가 딱 한 번만 그를 위해 윤 회장에게 부딪쳐 보고 싶었다. 그렇지만 도전하기엔 잃을 것들이 너무 많다. 이태와 이모의 모습이 눈동자 위를 지나쳐 갔다. 가족들을 잃을 순 없다.

두려움에 바짝 움츠러든 자신의 모습을 바라보던 이준은 괴로움에 눈을 질끈 감았다.

이태가 퇴원한 지 사흘이 지난 늦은 밤, 이준은 가족들 몰래 집 밖으로 나왔다. 골목에 줄지어 서 있는 자동차 중 낡은 자동차로 걸어갔다.

이준은 주먹을 들어 창문을 탕탕 두들겼다. 자동차 안에선 어떤 반응도 오지 않았다. 그러나 이준은 줄기차게 자동차의 창문을 두들겼다. 얼마 후 자동차 창문이 스르륵 내려갔다. 허름한 옷차림을 하고 있는 감시자가 조금 놀란 얼굴로 이준을 바라보았다. 자신을 알고 있을 줄 몰랐다는 얼굴이었다.

이준은 쓰게 웃었다. 낡은 자동차에 유난히 짙은 선팅. 한자리에서 꼼짝도 하지 않는 데도 불구하고 반질반질한 문고리. 이건 사람이 드나든다는 증거였고, 한자리에 있다는 건 지켜볼 누군가가 있다는 뜻이었다. 이준은 회색 차가 나타난 지 삼 일 만에 윤 회장이 아직도 자신을 감시하고 있다는 것을 알아챘다.

어쩌면 집 안 곳곳 도청장치를 설치해 뒀을지도 모르고, 하물며 자신의 휴대폰까지 복제폰을 만들어 감시하고 있을 수 있다는 생각이 들었다. 윤 회상은 확신이 생길 때까지 끊임없이 자신을 감시할 게 분명했다.

이준은 감시자를 내려 보며 말했다.

"윤 회장님한테 전해주세요. 이틀 후에 윤공현 씨 집을 방문해야겠다고요."

"불가합니다."

남자가 딱 잘라 거절했다. 이준은 한숨을 길게 내쉬며 창문틀에 팔을 올렸다.

"짐 가지러 가야 해요."

"불가합니다."

"거기 두고 온 짐이 꽤 많아요. 다 필요한 짐이라고요."

"가져다 드리겠습니다."

"내 짐은 내가 챙겨요."

"불가합니다."

고장 난 라디오처럼 남자는 반복해서 같은 이야기를 했다. 이준은 창문을 닫으려고 하는 남자의 손을 잡아챘다. 그리고는 날카롭게 노려보았다.

"동생이 죽을 뻔했어요. 동네에선 알 수 없는 하숙집 괴담이 퍼지고 있고요. 이모네가 폭삭 망하게 생겼다고요. 이런 상황인데 어떤 미친 인간이 생판 남을 돕겠다고 목숨을 걸어요? 간단히 짐만 챙겨올 거니까 안심하라고 전해주세요. 어차피 그 집에 감시자가 있을 건데 제가 딴짓할 수 있겠어요? 이틀 후까지 윤 회장님으로부터 아무 말 없으면 허락받은 걸로 알겠어요."

이준은 제 할 말만 한 후 허리를 펴고 일어났다. 돌아서서 하숙집으로 들어가는 길 내내 이준은 숨이 턱 막혔다. 고작 며칠 동안 감시를 당했을 뿐이다. 그런데도 이렇게 미칠 것 같았다. 샤워를 하다가 공연히 흠칫하기도 했고, 길을 가다가도 숨이 턱 막혔다. 공현은 대체 그 긴 시간을 어떻게 버틴 걸까. 이준은 울컥하고 치솟아오르는 무언가를 꽉 눌러 참았으나 뜨거워진 눈가까지는 어쩔 도리가 없었다.

이틀이 지나도록 윤 회장으로부터는 어떤 연락도 오지 않았고, 이준은 짐을 챙기러 공현의 집까지 왔다. 이준은 숨을 깊게 들이마셨다가 내쉬며 아파트를 쳐다보았다. 근무하게 된 첫날보다 지금이 더 떨렸다. 이준이 낯익은 경비원은 별말 없이 그녀를 들여보내 주었다. 이준은 공현의 집 앞에 섰다.

벨을 눌러야 하나, 비밀번호를 눌러야 하나.

고민 끝에 이준은 쓰게 웃으며 벨을 눌렀다. 얼마 후, 임 씨 아줌마가 현관문을 열며 나타났다.

"안녕하세요."

"네."

평소라면 반갑게 인사를 건네야 할 임 씨 아줌마의 목소리에 긴장감이 가득했다. 이준은 반사적으로 신발을 확인했다. 낯선 구두가 두 켤레 놓여 있었다. 집 안으로 들어간 이준은 거실에 앉아 있는 세 남자를 보았다. 공현, 윤 회장, 그리고 낯선 남자가 있었다. 거실에 멈춰 선 이준은 공현에게서 눈을 뗄 수 없었다.

하얗게 질린 피부, 며칠 새에 안쓰러울 만큼 말라 있는 몰골을 보자 발끝으로 피가 빨려 나가는 기분이었다. 며칠 내내 밥 한술 못 뜨고, 토막잠도 못 잔 얼굴이었다.

결벽증이 있는 데다 어떤 상황에서도 자기 관리를 하던 공현이 저런 몰골이라니. 이준은 죄책감을 느꼈다.

이렇게 비겁하게 도망치게 될 줄 알았다면 공현을 흔드는 게 아니었다. 친구라는 말을 함부로 쓰는 게 아니었다. 영원히 함께 있어줄 것처럼 구는 게…… 아니었다. 뒤늦은 죄책감이 가슴을 아프게 때렸다.

"이게 누구죠? 여긴 어쩐 일인가요?"

윤 회장이 가증스럽게 놀란 얼굴을 한 채 물었다. 이준은 윤 회장의 앞에 놓인 찻잔을 바라보았다. 뜨거운 김이 올라오고 있었다. 그도 온 지 얼마 되지 않았다. 아마 자신이 출발했다는 보고를 받음과 동시에 움직였을 확률이 높았다.

"짐…… 가지러 왔습니다."

이준은 짧게 대답했다. 이준의 목소리를 들은 공현이 고개를 느릿하게 돌렸다. 믿을 수 없다는 듯, 공현의 눈이 잠시 초점을 되찾았다. 그러나 그것도 잠시였다. 짐 가지러 왔다는 말을 이해한 순간, 소나기를 맞은 불꽃처럼 한순간에 초점이 사라졌다. 완전한 끝. 공현은 흐릿한 눈으로 한참이나 이준을 바라보았다. 그러다 더는 보지 못하겠다는 듯 고개 돌리는 모습을 바라보던 이준은 입술을 깨물었다.

윤 회장은 괴로움으로 망가지는 공현의 얼굴을 흘깃 바라보며 짙은 미소를 흘렸다.

"그래요. 그럼 조심해서 챙겨가요. 공현아, 우리는 하던 이야기를 마저 하자꾸나. 여기는 네 새로운 보디가드다. 동생처럼 편안하게 생각해라. 인사해요. 여기는 내 조카 윤공현."

윤 회장이 고개를 조금 꺾자, 곧바로 곁에 서 있던 남자가 허리를 굽혀 인사를 건넸다.

"잘 부탁드립니다."

공현은 자신에게 인사를 하는 보디가드를 쳐다보지 않았다.

"비용 부분은 신경 쓸 거 없다. 내가 다 알아서 하마."

"……."

"힘든 게 있으면 언제든지 나한테 전화하고. 혹시 전화하기 곤란하면 보디가드한테 시켜도 된다."

윤 회장의 얼굴에 인자한 미소가 피어올랐다.

"네, 감사합니다."

대답하는 공현의 목소리에 어떤 온기도 담겨 있지 않았다. 그는 이 모든 상황을 귀찮아하고 있었다. 그걸 알면서도 윤 회장은 끊임없이 공현에게 말을 건넸다. 마치 고통스러워하는 공현의 모습을 즐기기라도 하는 것처럼.

"그리고 수호 소식 들었다. 그 녀석이 쓸모없는 짓을 했더구나. 너랑 같은 탐정게임을 출시하다니……. 내가 따끔하게 혼냈다. 사과하는 의미에서 네 게임 회사에 투자는 내가 하도록 하마. 언제까지 작은 회사로 만족할 수 없잖니."

윤 회장의 말에 이준의 눈이 크게 부릅떠졌다. 윤 회장은 게임 회사에 투자를 하다가 결국 공현의 게임 회사를 집어삼킬 목적이었다. 보다 못해 한 걸음 다가서는 이준의 앞을 새로운 보디가드가 막아섰다.

"뭡니까."

이준이 키가 큰 새로운 보디가드를 노려보았다.

"짐 챙겨서 나가시죠."

새로운 보디가드는 '네가 여기 낄 자리가 없다.' 라고 온몸으로 말하고 있었다. 이준은 새로운 보디가드 어깨 너머로 공현과 윤 회장을 보았다. 게임 회사를 이야기하는 데도 공현은 텅 빈 눈을 내리깐 채 미동도 하지 않았다. 윤공현이 유일하게 자기 존재감을 드러내는 곳이 게임이었다. 그는 그 게임마저도 귀찮아하고 있었다.

어째서 그렇게까지!

이준은 공현의 어깨를 잡아 흔들고 싶었다. 정신 차리라고. 당신이 이렇게 잠깐 넋 놓는 사이에 윤 회장은 당신이 가진 걸 다 빼앗아갈 수 있다고. 내가 사라졌다고 본인의 삶까지 내팽개치면 어쩌냐고.

감정에 못 이긴 이준이 움찔거릴수록 새로운 보디가드의 경계는 더 삼엄해졌다. 윤 회장은 어느새 이곳을 바라보고 있었다. 그녀를 지켜보고 있던 윤 회장의 입가에 짙은 미소가 피어올랐다. 윤 회장이 공현의 고통뿐만 아니라, 이준의 괴로움마저 즐기고 있었다.

"어서요."

새로운 보디가드가 재촉하며 이준의 어깨를 꽉 움켜쥐었다. 어깨에서 극심한 통증이 밀려왔다. 물러서지 않으면 가만두지 않겠다는 경고성 행동이었다.

이준은 숨을 들이마시면서 공현을 바라보았다. 어떤 소리가 들려도, 어떤 상황에 처해도 상관없다는 듯 공현은 무기력하게 시선을 내리깔고 있었다. 이준은 입술을 깨문 채 뒤로 돌아섰다. 방으로 들어간 이준은 자신을 대신할 새로운 보디가드의 감시하에 방을 둘러보았다. 자신의 짐은 모두 그대로였다. 그러나 아주 미묘하게 짐의 위치가 달랐다. 누군가의 손을 탔다는 것이 느껴졌다.

아마도 임 씨 아줌마겠지. 다른 사람일 수도 있다. 짐을 챙겨가기 전 윤 회장이 자신의 짐을 한 번쯤 점검했으리라 예상했었다. 아무래도 상관없었다.

이준은 가방을 벌린 채 그곳에 손에 닿는 대로 짐을 쑤셔 넣었다. 옷, 게임기, 책. 순서에 상관없이 손에 닿는 대로 쑤셔 넣었다. 가방에 물건을 넣을 때마다 무언가가 자꾸 울컥하고 치솟아올라서 목구멍이 화끈거렸다. 눈앞으로 무기력하게 앉아 있는 공현의 모습이 떠올랐다.

"마지막으로 시도하고, 마음의 짐을 벗어 던져."

그 순간 이태의 목소리가 머릿속을 웅 하고 울렸다.

그럴 수 없다. 자신의 힘은 미비해서 그에게 어떤 도움도 될 수 없다.

"마지막으로 딱 한 번, 누나가 해볼 수 있는 만큼 해보고 그때 마음 접어."

그 한 번으로 모든 걸 잃을 수도 있다.

"스스로에게 최선을 다했다는 변명은 할 수 있게 해줘야지."

안 된다고, 그런 거 불가능하다고, 그러다가 모두가 죽을 수도 있다고 소리치고 싶은데…… 윤공현의 모습이 너무도 또렷하게 떠올랐다. 동시에 자신을 향해 잔인하게 웃고 있던 윤 회장이 떠올랐다. 그는 자신의 승리를 확신한 채 축배를 든 얼굴을 하고 있었다.

이준은 입술을 씹었다. 얼마나 세게 깨물었는지 피가 흐른다는 것조차 인지하지 못했다. 이준은 간이 테이블을 보았다. 정확히 윤 회장의 존재를 안 후, 혹시나 하는 마음에 간이 테이블 아랫면에 붙여놓은 USB를 떠올렸다.

이게 마지막이다. 딱 한 번만. 이태의 말대로 스스로에게 최선을 다했다는 변명을 하기 위함이다. 그리고 자신이 했다는 증거만 없으면 될 일이다. 윤 회장 모르게 공현이와 소환에게 진짜 범인에 대한 자료를 넘겨주면 된다. 남은 일은 두 사람에게 맡기면 된다. 그렇게 생각하자 이준의 머릿속이 빠르게 굴러가기 시작했다.

이준은 등으로 새로운 보디가드가 볼 수 없게끔 가린 후 조용히 테이블 아래를 만졌다.

있다!

이준은 테이블 아래의 짐을 챙기는 척하면서 USB를 뜯어서 소맷자락에 감추었다.

"빨리 하시죠."

새로운 보디가드가 재촉했다.

"다 됐어요."

이준은 자리에서 일어났다.

"가시죠."

"잠시만요. 화장실 좀 다녀올게요."

"안 됩니다."

새로운 보디가드가 거절했다. 그럴 거라 예상한 이준은 심드렁한 표정으로 말했다.

"왜요? 화장실에 제가 무슨 짓이라도 할까 봐서 그래요? 그랬으면 진즉에 했겠죠. 화장실에도 제 짐이 있어서 그래요. 그것들 새로 사려면 다 돈인데, 지불해 주실 거예요? 윤 회장님이 그렇게 해주신대요? 가서 물어볼까요?”

이준의 말에 새로운 보디가드의 인상이 구겨졌다. 잠시 갈등하던 보디가드가 타협점을 제시했다.

“대신 문은 닫으시면 안 됩니다.”

“알았어요.”

이준은 화장실 문을 활짝 열고 들어갔다. 욕실은 물기 한 점 없이 바싹 말라 있었다. 이준은 그곳에서 자신의 오랜 부재를 깨달았다. 속이 따가웠으나 이준은 아무렇지 않은 얼굴로 칫솔 건조대를 열었다. 건조대의 뚜껑에 가려 보디가드의 시야가 차단된 것을 확인한 이준은 칫솔을 뽑아낸 자리에 USB를 빠르게 꽂았다. 건조대 뚜껑을 닫은 후 치약, 수건을 순서대로 챙겨서 화장실 밖으로 나왔다.

물건을 가방에 챙겨 넣은 이준은 현관으로 가다 말고 돌아섰다. 아슬아슬하게 공현의 옆모습이 보였다. 그는 아까 전과 조금도 다를 바 없는 얼굴을 하고 있었다. 그러다 시선을 느꼈는지 그가 고개를 들었다.

눈이 마주쳤고, 이준은 자신도 모르게 입술을 열었다. 무슨 말을 하고 싶은 건지도 모른 채 그냥 어떤 말이라도 하고 싶었다. 그러나 무슨 말을 해야 할지 몰라 빈 입술만 달싹거렸다. 그 순간 새로운 보디가드가 이준의 시야를 차단했다.

“가시죠.”

이준은 아쉬운 표정으로 대답 대신 눈을 내리깐 채 돌아섰다. 신발을 꿰어 신고 집 밖으로 나온 이준은 등 뒤에서 쿵 하고 닫히는 소리를 들었다. 단지 문이 닫혔을 뿐인데, 심장이 덜컹 내려앉았다.

윤 회장과 윤공현을 두고 나왔다.

윤 회장은 또 얼마나 잔인한 말로 공현의 가슴을 후벼 팔까.

"무능해."

엘리베이터를 탄 이준은 거울 속에 비친 자신의 모습을 보며 중얼거렸다. 울컥하고 치솟으려는 눈물을 억지로 참으며 이준은 휴대폰을 꺼내 들었다. 아직은 할 일이 있었다. 윤 회장이 모르게 공현과 소환에게 신호를 보내야 한다. 이준은 눈을 부릅뜬 채 공현에게 문자를 보냈다.

이상한 낌새를 느낀 것은 이준이 공현에게 문자를 보낸 직후였다. 어딘지 콕 집어 말할 수 없지만, 자신에게로 향하는 시선이 느껴졌다. 극도로 예민해진 자신이 잘못 느낀 게 아닌가 의심했지만, 확실히 누군가가 자신을 바라보고 있었다.

누구지?

이준은 길을 건너는 척하며 아무렇지 않게 좌우를 살폈다. 사람이 많은 곳이라 누구인지 알 수가 없었다. 이준은 애써 태연한 척 길을 건넜고, 계속해서 사람이 많은 길로만 다녔다. 시선이 끊임없이 따라왔다. 큰 도로가에 자리한 프랜차이즈 카페로 들어간 이준은 자신을 뒤따라 들어오는 사람의 얼굴을 바라보았다. 커플들, 혹은 여자 무리만 들어올 뿐이었다. 처음엔 그들이 아닐까 의심했으나, 그들은 이준을 지나쳐 자연스럽게 2층으로 올라갔다.

"주문하시겠어요?"

"아이스아메리카노로 주세요."

이준은 커피 값을 계산한 후 일부러 창가에서 보이지 않는 가장 구석진 자리에 앉았다. 이준은 시선을 빠르게 굴렸다. 공현에게 분명히 사직의 뜻을 밝혔고, 모든 것이 정리되었는데 왜 자신을 따라오는 걸까. 일단 따라오는 이유는 중요하지 않았다. 자신이 어떻게 해야 할지가 중요했다.

두려움과 불안함으로 엉켜드는 머릿속을 억지로 차분하게 만들며 이준은 생각했다. 아, 소리와 함께 이준의 눈이 크게 벌어졌다.

윤소환.

이준은 이태의 병원 생활, 윤 회장, 윤공현한테 신경 쓰느라 정작 소환에게 사직의 뜻을 밝히지 않았다. 실제로 소환은 휴가를 내고 해외에 체류 중이었다. 개인적인 일로 해외에 갔다고만 들었을 뿐, 무슨 일인지는 듣지 못했다.

이준은 날짜를 확인했다. 아주 다행스럽게도 이틀 전이 소환의 귀국일이었다. 고로 이준에겐 소환을 한 번 만날 수 있는 기회가 남았다는 뜻이었다. 물론 윤 회장의 수족들이 철저하게 감시할 확률이 높았지만.

칫솔 건조대에 넣어놓은 USB 사본이 있었다면 좋았을 텐데.

일단 이준은 아쉬운 대로 소환을 만나기로 했다. 휴대폰을 꺼내던 이준은 잠시 멈칫했다. 다시금 어디선가 시선이 느껴졌다. 주변을 둘러보았으나 누군지 알 수 없었다. 이준은 자연스럽게 휴대폰에 들어온 메시지를 확인하는 척하며 남자 화장실로 향했다. 이준이 소환에게 전화를 하려는 순간, 벨이 울렸다. 번호를 확인한 이준은 마른침을 꼴깍 삼켰다. 윤 회장의 번호였다.

지금 이 전화를 받으면 곤란하다. 윤 회장이 어떤 생각을 하는지 모르는 와중에 그의 전화를 받는 건 좋은 생각이 아니었다. 입술을 깨물고 있던 이준은 세면대에 물을 틀어 휴대폰을 빠뜨렸다. 이윽고 휴대폰이 물거품 소리를 내며 통신이 끊어졌다.

아까운 휴대폰. 할부 아직 남았는데.

이준은 인상을 쓰며 한숨을 훅 내쉬었다. 때마침 남자 화장실 문을 열고 낯선 남자가 들어왔다. 이준은 남자를 빠르게 훑어보았다.

묵직한 가방, 눌러쓴 모자 양쪽으로 삐져나온 감지 않은 머리카락, 흙이 묻은 신발, 오히려 자신을 경계하는 듯한 눈초리.

남자는 이준을 보자 흠칫하더니 그녀를 빙 둘러갔다. 이 남자다, 싶은 마음에 이준은 난처한 표정을 지으며 남자에게 다가갔다.

"저기요, 죄송한데 전화 한 통만 빌릴 수 있을까요? 휴대폰이 물에 빠져서요. 지금 급하게 약속을 잡아야 하거든요."

"아, 그게 저도 휴대폰 배터리가……."

"드릴 건 없고 성의 표시로 3만 원 드릴게요."

남자가 귀찮다는 얼굴로 거절하려는 뜻을 내비치자 이준이 먼저 말했다. 남자는 이준이 내민 3만 원을 보고 흔들리는 표정을 지었다.

"정말 급한 약속이라서 그래요. 꼭 좀 부탁드리겠습니다."

이준이 울 것 같은 얼굴로 말하자 남자는 한숨을 내쉬더니 3만 원을 받아갔다. 그리고는 주머니에 들어 있는 휴대폰을 내밀었다.

"짧게 쓰고 주세요."

"네."

이준은 남자의 휴대폰으로 곧장 어디론가 전화를 걸었다.

제발 받아라. 제발 받아.

그러나 소환은 전화를 받지 않았다. 절망적인 표정으로 이준은 남자에게 사정해서 문자 한 통을 보낼 수 있었다.

[갑님, 오늘 꼭 봤으면 좋겠습니다. 홍곡로 1번가 커피숍에 있어요. 기다리겠습니다.]

전송한 문자와 통화 내역을 삭제한 후 이준은 남자에게 휴대폰을 돌려주었다.

"감사합니다."

화장실에서 나온 이준은 일부러 보란 듯이 젖은 휴대폰을 보며 낭패라는 표정을 지었다. 이준은 일부러 티슈를 한 움큼 뽑아 휴대폰을 틀어막았다.

"설이준 씨."

등 뒤에서 검은 그림자와 함께 남자의 목소리가 들렸다. 차분하지만 온기 한 점 없는 목소리가 누구의 것인지 이준은 잘 알고 있었다. 돌아선 이준은 자신을 바라보고 있는 윤 회장의 수족과 마주쳤다. 평소 정장 차림이었던 것과 달리 그는 캐주얼한 차림에 모자를 푹 눌러쓰고 있었다.

"찾으십니다."

누가 자신을 찾는 건지 이준은 한 번에 알아들었다.

"누가요?"

그러나 한 번 더 물었다.

"누구신지는 누구보다 잘 아실 텐데요."

쓸데없이 시간 늘이지 말라는 듯 수족이 맞받아쳤다.

"따라오시죠."

남자가 돌아섰다. 대답 같은 건 필요 없다는 태도였다. 생각보다 빠른 윤 회장의 호출에 이준은 마른침을 삼키며 남자를 뒤따랐다. 볼모로 가족들이 잡혀 있는 이상 자신이 도망칠 수 있는 길은 없었다.

부디 공현이 자신의 신호를 알아듣길 바랄 뿐이었다.

이준이 탑승하자마자 자동차가 출발했다. 이준이 자동차에 탔음에도 윤 회장은 보고 있는 서류에만 눈을 둘 뿐, 아는 척하지 않았다. 이럴 거면 왜 태운 거냐는 말이 목 끝까지 차올랐다.

자동차가 낯선 길로 접어들었다. 이준은 더는 참지 못하고 윤 회장의 호랑이 같은 옆얼굴을 보며 물었다.

"어디로 가는 겁니까?"

"거리를 배회하고 있다기에 데려다 주려고 태웠습니다."

"그럴 필요 없습니다. 근처 지하철역에 내려주십시오."

"사람 성의를 무시하면 쓰나."

윤 회장이 마침내 서류에서 이준에게로 시선을 옮겼다. 그는 인자한 웃음을 지으며 이준을 바라보았다. 동시에 얼굴을 가로지른 그의 흉터가 흉하게 비틀렸다.

"휴대폰이 물에 빠졌다죠?"

"네."

"공교롭게 내가 딱 전화했을 때 물에 빠졌군요."

"손이 미끄러졌습니다."

"그렇겠죠."

"아직까지 절 감시하고 있다는 거 압니다. 이제 감시하실 필요 없습니다. 사장님에게 사직의 뜻을 정확히 밝혔고, 더는 엮일 일이 없을 겁니다."

"그런가요."

윤 회장은 알 듯 말 듯한 웃음을 지어 보였다. 분명 눈과 입꼬리는 인자한 호를 그리고 있는데도 불구하고 등줄기에선 식은땀이 흘러내렸다. 생각해 보면 윤 회장의 웃음은 늘 한결같았다. 이를 드러내지 않고 차분하게 짓는 미소. 마치 타인의 호의를 얻기 위해 연습한 웃음 같았다. 이준이 윤 회장의 웃음에 대한 의문을 갖는 사이, 그는 이준에게 보고 있던 서류를 내밀었다.

"한 번 찬찬히 봐요."

이준은 윤 회장이 내민 서류를 받아 들었다. 서류를 넘기던 이준의 얼굴이 서서히 굳어갔다. 자신이 모르는 사이에 소장이 윤 회장의 뒷조사를 했다는 증거였다. 이 일이 위험하니 자신보고 손 떼라고 했던 사람이 소장이었다.

그런데 그가 왜 이런 짓을!

끝까지 자신이 이 일을 하겠다고 고집을 피우니까 도움이 되려고 이런 모양이었다. 아무래도 어린 자신보다 능수능란한 자신이 하는 게 낫다고 판단했을 테고. 미리 소장에게 연락하지 못한 자신의 불찰이 컸다. 이준은 입술을 씹었다. 윤 회장이 어떤 오해를 했는지 안 봐도 훤했다.

"사람들이 말과 행동이 같다면 제가 덜 피곤할 텐데 말이죠."

윤 회장의 따스한 음성이 귓가에 닿았다. 섬뜩해진 이준은 서류를 꽉 쥐었다.

"오해가 있는 것 같습니다. 제가, 시킨 거 아닙니다. 그리고 소장님의 잘못도 아닙니다. 제가 이 일을 관둔지 몰라서 생긴 오해입니다."

"그렇겠죠."

이준은 서류의 마지막 장이 뜯어진 것을 보았다. 그걸 확인한 이준은 더할 나위 없는 섬뜩함을 느꼈다. 자신에게 보여주지 못할 기밀. 그렇다는 건 소장이 윤 회장의 기밀을 알았을 수도 있다는 말이었다.

"소장님은…… 어디 있습니까?"

"역시 똑똑한 사람은 길게 말하지 않아도 되니까 편하네요."

"어디 있냐고 물었습니다."

"걱정 마세요. 곧 보게 될 겁니다."

자동차가 윤 회장의 집 앞에 멈춰 섰다. 운전사가 열어주는 뒷문으로 빠져나가는 윤 회장을 확인한 이준이 뒤따라 내리려고 할 때였다. 윤 회장은 고개를 가로저었다.

"내리는 건 좋은 생각이 아니에요. 내가 허락하기 전에 자동차에서 내리면, 화가 날 것 같군요. 똑똑한 사람이라 이미 파악했겠지만, 난 화난 대상에게 화를 내지 않아요. 그건 너무 싱거운 복수니까. 자고로 복수는 죽을 만큼 괴롭게 만들어줘야 하지 않겠어요? 그런 의미에서 설이준 씨는 참 싱거운 사람이에요. 괴롭힐 것들이 많아서."

이준이 입술을 씹으며 주먹을 쥐었다. 이준의 눈동자가 벌겋게 물들어갔다. 화를 내고 있는 이준의 얼굴을 보며 윤 회장의 입꼬리가 조금 더 말려 올라갔다. 세상에서 가장 즐거운 것을 바라본 얼굴이었다.

"지금 무슨 소리를 하고 있는 거야! 무슨 짓을 꾸민 거야! 대체 우리 가족들한테, 소장님한테 무슨 짓을 하는 거냐고!"

이준이 더는 참지 못하고 발악하듯 소리쳤다.

"가는 길에 차근차근 생각해 봐요. 이 자동차가 소장이 있는 곳까지 데려다 줄 겁니다."

윤 회장이 내림과 동시에 자동차 문이 닫혔다. 이준은 고개를 돌렸다. 어느새 운전석과 좌석 사이로 두툼한 유리벽이 올라가고 있었다. 손을 뻗었을 땐 이미 늦었다. 유리벽을 두들기고, 자동차 뒷문을 잡아당겼으나 소용없었다.

"문 열어! 열라고, 이 새끼들아!"

있는 힘껏 발버둥 쳤으나 어떤 소리도 돌아오지 않았다. 이준은 자신의 가쁜 숨소리가 천둥소리처럼 크게 들리는 것을 느끼며 깨달았다.

자신이 갇혔다는 것을.

—깜빡하고 칫솔 두고 가요. 꼭 버려주세요.

공현은 이준이 보낸 문자를 물끄러미 바라보았다.

아주 오랜만에 한다는 소리가 기껏.

공현의 건조한 눈동자에 강렬한 아픔이 터졌다가 서서히 사그라졌다.

"사장님."

임 씨 아줌마가 공현을 불렀다. 느릿하게 돌아서는 공현을 본 임 씨 아줌마는 저절로 한숨이 나오는 것을 느꼈다. 며칠 새에 공현은 다른 사람이 되었다. 식사를 입에 대지 않아 바짝 마르고, 평소의 예민함과 까칠함을 잃은 지 오래였다. 이틀 전엔 연락 두절 상태의 사장을 찾아 회사 직원들이 들이닥쳤다. 그러나 공현은 그들에게 어떤 말도 하지 않았다. 공현의 묵묵부답을 못 이긴 직원들은 '실망입니다, 사장님!' 이라고 소리치며 돌아갔다. 공현은 내내 창가에 서서 밖을 바라보고만 있었다. 마치 누군가가 돌아오길 기다리는 사람처럼.

"저는 그만 퇴근하겠습니다."

임 씨 아줌마가 더는 공현을 보지 못하고 눈을 내리깔았다.

"그러세요."

"그리고 저……."

임 씨 아줌마가 어렵게 말문을 열었다. 공현이 텅 빈 눈으로 임 씨를 물끄러미 바라보았다.

"그만뒀으면 해서요. 남편 병이 악화가 되어서 시골로 내려가야 할 것 같아요."

"그러세요."

어렵게 말한 임 씨 아줌마가 당혹스러우리만큼 공현의 대답은 빨랐다. 대화가 끝나자 할 말이 없어졌다. 임 씨 아줌마는 꾸벅 인사를 한 후 방문을 닫고 나갔다. 한참 후에 탕 하고 문이 닫히는 소리가 들렸다.

공현은 고개를 돌려 창문 너머를 바라보았다. 어스름한 오후였다. 눈이 닿는 먼 곳으로 해가 저물었다. 그 모습을 맥없이 바라보던 공현은 입술에 힘을 주었다.

또 누군가가 떠났다. 집이 텅 빈 것만 같다. 이 세상 모든 소리가 사라진 자리에 또다시 이준의 목소리가 들렸다. 하루에 몇 번씩 응급실에서 이준이 뱉은 말들이 돌아와 가슴을 때리고 달아났다. 그중 가장 아픈 말은 친구라도 될 줄 알았냐는 비아냥이 아니었다.

"저도 제 삶이 있잖아요."

그 말을 듣고서야 알았다. 설이준에겐 돌아갈 삶이 있었다. 자신을 사랑해 주는 가족, 일이 있는 따스한 공간. 그런 설이준에게 위협이 뒤따르는 자신의 삶에 남아 있으라는 것은 가혹했다. 자신이 멍청했다, 설이준이 자신의 곁에 영영 남아줄 거라고 믿다니.

지금이라도 설이준이 정신 차리고 자신을 떠나서 다행이었다.

그래도 줄 것이 아직 있는데…….

공현은 휴대폰을 꺼내 이준에게 전화를 할까 하다가 참았다. 지금도 보고 싶어 못 견디겠지만, 죽을 만큼 보고 싶어질 때 쓸 마지막 카드였다. 공현은 휴대폰을 꽉 쥐며 주머니에 밀어 넣으려고 할 때였다. 휴대폰이 울렸다.

—윤소환

공현은 무시할까 하다가 이준의 이야기일지도 모른다는 생각에 휴대폰을 받았다.

[어디야?]

소환이 대뜸 물었다.

"집."

[목소리가 왜 그래? 어디 아파?]

"무슨 일이야."

시답잖은 소리를 단칼에 차단했다.

[이준 씨 좀 바꿔봐.]

"없어."

[어디 갔어? 언제 들어와?]

소환의 물음에 공현은 숨을 깊게 들이마셨다. 설이준에 관한 소식은커녕 소환이 자신에게 이준의 안부를 묻고 있었다.

"설이준한테 직접 연락해."

[연락이 안 되니까 하는 말이지. 이전 휴재폰번호로 전화하니까 불통이고, 문자 온 번호로 전화하니까 이상한 남자가 받아서 되레 누구냐고 소리 지르고. 이게 무슨 일인가 싶어서 너한테 전화해 봤지.]

"문자?"

[어. 처음 보는 번호로 이준 씨한테 문자가 왔더라고. 오늘 홍곡로 1번가 카페에서 기다리겠다고 하길래 가봤는데 없잖아. 점원한테 인상착의를 말해도 모르겠다고 대답하고. 문자 온 번호로 전화했더니 누군지 모르는 사람이 화만 내고. 일단 이준 씨 오면 연락 줘. 난 바빠서 이만 끊는다.]

소환과의 통화가 끝났다. 공현의 고개가 비스듬히 기울어졌다.

윤소환은 아직 모르는 건가. 소환에게 말하지 않고 관뒀다라…….

이준의 성격상 그럴 리가 없었다. 누구보다 책임감이 강한 사람이었다. 소환이 해외에 가서 연락할 길이 없었다는 건 이해한다. 문제는 왜 이준이 소환과 협의도 하지 않은 채 그만뒀냐는 거였다. 마치 무언가에 쫓기듯이.

공현은 통화 시간이 깜빡거리는 액정을 물끄러미 바라보았다. 무언가 싸한 기분이 들었다. 뒷목부터 발끝까지 날카로운 얼음이 한순간에 확 스치고 지나가는 느낌. 불현듯 무언가를 떠올린 공현은 방문을 밀고 나갔다가 자신을 바라보고 있는 새로운 보디가드와 눈이 마주쳤다.

"어디 가십니까."

"내가 내 집에서 움직이는 것까지 보고해야 해?"

공현의 날카로운 물음에 보디가드가 입을 다물었다. 공현은 문턱에 서서 보디가드를 쳐다보았다.

사람에겐 분위기라는 게 있다. 살아온 인생의 길을 따라 묻은 흔적들이 쌓이고 쌓여 나는 분위기. 그것은 아무리 감추려고 해도 눈빛, 손끝, 머리끝에서 풀풀 흘러나오는 법이었다. 그리고 눈앞의 사람은 절대로 보디가드를 할 사람이 아니었다. 왜 이런 사람을 윤 회장이 자신의 옆에 붙여놨는지 공현은 잘 알고 있었다.

"안방 화장실에서 따뜻한 물이 안 나와."

"연락하겠습니다."

“들어가서 고쳐.”

“저는 보디가드입니다.”

“그러니까. 고용되었으면 시키는 건 다 해야지. 내가 이전에 고용했던 보디가드는 만능이라 집수리는 물론이고 요리, 집안일까지 다 했어. 넌 서서 뭐 하는 거지? 난 너처럼 꿔다 놓은 보릿자루 같은 인간이 제일 싫어. 뭐 해? 들어가서 확인해 봐.”

공현의 말발에 못 이긴 보디가드가 눈을 내리깐 채 방으로 들어서는 것을 보았다. 공현은 보디가드가 화장실로 들어가는 것을 흘깃 보았다.

“고치고 있어. 난 다른 쪽 욕실 상태를 보고 올 테니까.”

공현은 곧장 현관 옆 욕실로 향했다. 칫솔 건조대에 칫솔이 보이지 않았다. 대신 그 자리에 USB가 놓여 있었다.

왜 생각지도 못했을까, 설이준이 칫솔 따위로 문자를 할 사람이 아니라는 것을.

하나를 떠올리자 수십 가지가 연달아 떠올랐다. 자신을 바라보던 측은한 이준의 시선과 윤 회장에게 호의를 보이던 이전과 달리 적대감을 보이던 태도, 자신을 미행하듯 따라붙는 새로운 보디가드를 가만히 내버려 두던 모습까지도.

하나를 생각하자 연달아 다른 것들이 떠올랐다. 응급실에서 이상하리만치 자신에게 화를 내던 이준의 모습까지도 떠올랐다.

설이준이 감시당하고 있다! 공현은 목이 뻣뻣해지는 걸 느꼈다.

"사장님."

새로운 보디가드의 부름이 들렸다. 공현은 USB를 조심스럽게 챙겨 든 채 화장실을 나섰다.

"확인 결과 무사합니다."

보디가드가 딱딱하게 대답했다.

고장 난 적이 없으니까 무사할 수밖에.

"그래? 일시적이었나 보네. 알았어."

공현은 문을 닫고 방으로 들어섰다. 문밖을 서성거리는 보디가드의 발소리가 들렸다. 컴퓨터 앞에 앉은 공현은 서둘러 USB를 포트에 꽂았다.

해가 모두 저물어가고 있었다. 불이 꺼진 컴컴한 방의 창가에 선 윤 회장은 먼 곳을 바라보았다. 시선의 끝에 쌍둥이처럼 똑같이 생긴 산 두 개가 나란히 이어져 있었다.

"왼쪽은 네 것, 오른쪽은 내 것이야. 우리처럼 저 산도 쌍둥이야."

윤 회장은 누군가의 목소리를 떠올렸다. 자신의 쌍둥이 형제인 윤우연. 태어날 때부터 감정이라는 게 무엇인지 모르는 자신과 달리, 자신과 똑같이 생긴 우연은 감성이 풍부한 사람이었다. 잘 웃고, 잘 울고, 소소한 일에 즐거워했다. 마치 태양처럼 번쩍번쩍 빛이 나는 그를 사람들은 무척 사랑했다. 그는 다른 사람들의 기대에 부응할 만큼 따뜻한 사람이었고, 능력 있는 사람이었다. 사람들은 모두 입 모아 그를 칭찬했고, 그는 그 칭찬에 기꺼이 응답이라도 하듯 완벽하게 자라났다.

"대단해. 저 나이에 저렇게까지 해내다니."
"겸손한 것 좀 봐. 집안의 복이야."
"대단해."

사람들의 칭찬이 줄지었다. 그런 그에게 유일한 오점은 비슷하게 생긴 이란성 쌍둥이인 자신이었다.

"잘 봐. 이게 웃는 거야. 이게 우는 거야. 따라 해봐. 너도 할 수 있어."

우연은 자신에게 웃음, 울음, 분노, 즐거움, 괴로움을 알려주기 위해 부단히 애썼다. 그의 간절한 기도와 노력 덕분인지 자신은 몇 가지 감정을 깨우칠 수 있었다. 물론 그가 원치 않았던 감정들만.

분노, 괴로움, 그리고 타인의 괴로움에서 비롯된 즐거움.

우연은 타인이 고통스러워할 때만 즐거워하는 자신을 보며 괴로워했다. 모두 스스로의 탓이라고 여기며 그는 끝까지 자신을 보듬으려고 했다. 우연은 자신을 붙잡고 울기도 했고, 감정을 가르치려 애썼고, 그가 잔인한 짓을 일삼을 때마다 실수라고 치부하며 대신 울었다. 그러고는 자신을 끌어안은 채 '너의 잘못이 아니야. 이건 아직 깨닫지 못해서 그래. 할 수 있어. 내가 도와줄게. 네가 나쁜 게 아니야.'라고 끊임없이 귓가에 속삭였다. 그럴 때마다 우연의 따스한 품에서 생각했다.

자신을 위해 온몸으로 노력하는 이 사람이 무너진다면 자신은 울게 될까. 눈에서 뜨거운 눈물이 흐른다는 것이 어떤 것인지 느낄 수 있을까.

감정이 결여된 자신을 모두가 포기할 때에도, 형제인 우연만큼은 포기하지 않았다. 그는 자신의 손을 잡고 끊임없이 웃었다. 사람들이 사랑해 마지않는 부드럽고 환한 미소. 우연은 자신에게 그 미소를 짓게 하기 위해 끊임없이 노력했다.

그리고 마침내 우연의 기도가 이루어졌다. 자신은 우연과 똑같이 미소 짓게 될 수 있게 되었다. 윤우연, 그가 죽는 날에.

윤 회장은 창가에 비치는 자신의 미소를 그윽하게 바라보았다. 자신의 형제와 똑같은 미소였다. 점점 죽음으로 향하면서 우연은 무슨 생각을 했을까. 어떤 생각을 했든 상관없다. 이미 죽어버린 인간의 생각 따위 중요치 않았다.

윤우연이 모두에게 천사였을지 모르지만, 자신에겐 오만하기 그지없는 사람이었다. 사람은 모두 다르다. 자신은 감정이 없게 태어났고, 그것이 불편한 적 없었다. 오히려 윤우연이 자신을 불편하게 만들었나. 자신을 감정 없는 불쌍하고 불행한 인간으로 낙인찍어 모두에게 버림받게 만들었다. 감정이 결여된 자신에게 억지로 감정을 불어넣으려고 하다니. 그건 마치 생기 없는 인형에게 웃음을 가르치는 것과 같았다. 그리고 긴 세월이 지난 지금, 우연과 비등하게 오만한 인간을 만났다.

설이준.

감정 없이 무탈히 살아가고 있는 윤공현에게 감히 자신의 허락도 없이 생기를 불어넣으려는 인간. 윤우연처럼 수많은 표정을 갖고 있는 설이준은 공현에게 감정을 알려주었고, 멍청한 윤공현은 그 감정을 서서히 배워가고 있었다. 검게 잠재워진 공현의 눈빛이 이따금씩 반짝이는 것을 볼 때마다 소름이 끼쳤다.

"회장님, 결정하셔야 할 것 같습니다."

어두컴컴한 공간 한쪽에 장식품처럼 서 있던 수행비서가 시간을 체크하며 말했다. 본래 이 정도의 시간이라면 설이준이 어딘가에 도착했을 시각이었다. 한 시간이면 될 거리였지만, 윤 회장의 고민이 깊어지는 바람에 자동차가 몇 시간째 도로를 배회하는 중이었다.

윤 회장의 고개가 비스듬히 기울었다.

"자네는 오른쪽이 좋은가, 왼쪽이 좋은가?"

윤 회장이 인자한 목소리로 물었다. 뜻을 이해한 비서가 곤혹스러운 얼굴로 아무 말을 잇지 못하자 윤 회장은 싱긋 웃으며 손가락으로 오른쪽 산을 가리켰다.

"나이가 드니까 기억이 나지 않는군. 윤우연이 있는 곳이 저기였지?"

"죄송합니다."

"아니야. 그때 자네는 없었으니까. 아! 기억나는군. 저기였어."

윤 회장의 손이 왼쪽 산을 가리켰다. 왼쪽 산 중턱을 가리키던 윤 회장은 웃으며 말했다.

"비슷한 인간끼리 비슷한 곳에서 만나게 해줘야지. 그래야 덜 외롭지. 안 그런가?"

윤 회장의 웃음소리가 낮게 깔리며 바닥을 무겁게 긁어냈다. 쇳소리만큼 날카로운 소리에 남자는 입술을 꽉 깨물었다. 사람의 입에서 악마의 소리가 흘러나오고 있었다. 그때였다. 삐리릭, 소리와 함께 벨이 울렸다.

"윤공현입니다."

수행비서의 말에 윤 회장의 웃음이 사그라졌다.

"분위기를 망치기는."

그는 못마땅한 듯 돌아섰다. 수행비서가 내민 휴대폰을 윤 회장이 받아 들었다.

"공현이구나."

못마땅한 목소리를 낸 게 언제였냐는 듯 그의 입술에선 다정다감한 목소리가 흘러나왔다.

[어디십니까.]

"집이지. 넌 어디니?"

[보고받으셨을 텐데요.]

"이런, 무슨 소리를 하는 게냐. 보고라니, 누가 들으면 오해하겠구나."

[설이준, 어쨌습니까?]

공현의 물음에 윤 회장의 눈이 나른하게 늘어났다.

이런, 생각보다 일찍 알아냈군.

그러나 윤 회장은 아무것도 모른다는 목소리로 답했다.

"이준 씨의 행방을 왜 나에게 묻는 거냐?"

[설이준, 어쨌냐고 묻고 있잖습니까.]

공현의 목소리가 낮게 억눌리며 사납게 퍼졌다. 공현은 자신이 이준을 사라지게 만들었다고 확신하고 있었다. 윤 회장의 입꼬리에 머물러 있던 웃음이 점차 사그라졌다.

보름달이 두꺼운 회색빛 구름에 가렸다. 삽시간에 윤 회장의 얼굴이 어둠에 묻혔다. 윤공현이 설이준에 대해서 묻고 있다는 것은, 자신의 정체를 알고 있다는 말이었다. 윤 회장은 언젠가 윤공현이 기억을 되찾을 거라고 생각했고, 그때를 대비해서 늘 감시하고 있었다. 요즘 들어 부쩍 자신을 대하는 태도가 미적지근하다 싶더니만, 기억이 난 모양이었다. 뭐, 그래 봤자 별 상관없었다. 늘 최악의 사태에 대비를 해두곤 했으니까.

"글쎄다. 나는 모르는 일이라서."

[빙빙 돌려 이야기할 생각 하지 마시죠. 후회하기 싫으시면.]

"오호라. 뭐가 있다고 말하는 게냐? 그런데 어쩌지? 나는 별로 동하지 않는데."

[기억이 돌아왔습니다.]

"그런 것 같구나."

윤 회장은 건조한 목소리로 무심하게 대답했다.

[11년 전에.]

"……."

[그동안 내가 멍청하게 가만히 있었다고 생각하는 건 아니겠지?]

공현이 반말을 툭 뱉음으로써 가면을 벗었다. 창가를 톡톡 두들기던 윤 회장의 손이 허공에서 멈췄다. 1년 내외라고 생각했는데, 11년 전이라. 이건 예상과 다르다. 생각과 달라진 계획 때문에 윤 회장의 얼굴이 서늘하게 식었다. 왼쪽 산, 오른쪽 산을 번갈아 보며 윤 회장이 말했다.

"이런 이야기는 얼굴을 보고 해야지."

표정과 달리 목소리는 한없이 다정다감했다.

[찾아가죠.]

"아니, 내가 가마. 기다리거라."

일방적으로 전화를 끊은 윤 회장의 한쪽 입꼬리가 비틀리며 올라갔다.

"멍청한 녀석."

공현은 현관문을 보았다. 윤 회장은 마치 제집처럼 현관문의 비밀번호를 해제시킨 후 집 안으로 들어섰다. 이미 그럴 거라고 예상하고 있었기에 공현은 그다지 놀라지 않았으나, 불쾌한 것까진 숨길 수 없었다. 윤 회장의 등 뒤로 수행비서가 따라왔다. 공현은 자연스럽게 수행비서의 옷과 손을 살폈다.

"설마 흉기를 찾고 있는 거냐? 녀석, 내가 그럴 리가 있겠니."

윤 회장이 다정한 목소리로 말하며 소파에 앉았다. 윤 회장은 고개를 들어 우뚝 서 있는 공현을 바라보았다.

"나조차도 깜빡 속았구나. 11년이라니. 그 긴긴 시간 숨긴 이유를 어디 한번 들어볼까?"

"그런 사소한 대화나 나누자고 부른 거 아닙니다."

"이런, 나한테는 사소한 게 아닌데."

"설이준이 살아서 돌아오면 대답해 드리죠. 그게 아주 궁금하실 테니까."

공현의 목소리가 냉랭했다.

저게 본래 제 얼굴이구나.

윤 회장은 등골이 서늘할 만큼 차가운 표정을 짓고 있는 공현을 보며 생각했다. 저 얼굴을 용케도 꽁꽁 숨겨놓고 자신을 속이고 있었다. 자신이 윤공현을 얕잡아보고 있었다는 생각이 들었다. 그러나 윤 회장은 계속해서 다정한 얼굴로 웃었다.

"성격 하고는. 걱정하지 말거라. 아직 내 말이 떨어지기 전까지 설이준 씨가 다칠 일은 없을 거다. 이래 봬도 그 정도는 아는 사람이라서 말이다. 그래, 네가 설이준 목숨값으로 내놓을 수 있는 게 뭐지? 네가 갖고 있는 것 중에 내가 탐나는 게 없는데."
윤 회장의 느긋한 말에 공현은 주머니 속에 들어 있는 USB를 꺼내 보였다.
"11년 전부터 지금껏 모은 자료야. 당신이 누군지, 무슨 짓을 한 건지 객관적인 자료부터 나의 증언까지 모두 담겨 있는 자료."
공현의 말에 윤 회장의 등 뒤에 서 있던 수행비서가 튀어 나갈 것처럼 움찔했다. 윤 회장이 손을 들어 수행비서를 저지했다.
"그 안의 자료가 얼마만큼의 가치가 있는지 확인해 보지 않곤 모를 일이지."
윤 회장은 일부러 느긋하게 대답했다. 거래에서 가장 중요한 것은 기선제압이었다. 누가 더 유리한 지점을 차지하고 휘두르느냐. 지금 급한 쪽은 자신이 아니라 공현이었다. 윤 회장은 그 점을 정확히 직시하고 있었고, 더불어 즐거워하고 있었다. 어떤 수를 써도 넌 나를 이기지 못한다는 표정을 보며 공현은 서늘한 표정을 지었다.
"모두 기억나."
공현이 차분하게 말했다. 윤 회장은 그게 뭐 어쨌냐는 듯 비웃었다.
"그래. 그럼 알겠구나. 그 기억이 얼마나 잔인하고 비통한 것인지. 네 충격도 엄청나겠지. 네 눈으로 직접 아비의 시신을 봤으니. 그래, 범인은 떠올랐니? 공소시효가 끝나긴 했지만 내가 힘써주마. 범인이 누구지?"

윤 회장이 상체를 앞으로 기울이며 뱀처럼 속삭였다.

말할 수 없겠지.

윤 회장의 웃음이 디욱 짙어졌다.

그날, 어린 윤공현이 본 것은 고작해야 얼굴에 화상을 입고 쓰러진 남자와 쓰러진 남자를 바라보며 웃고 있는 남자니까. 누가 누군지 구분할 수 없을 만큼 똑같은 옷차림, 헤어스타일을 한 남자를 구분할 수 있을 리 없었다. 더군다나 그 사건은 정체를 알 수 없는 흉악범의 소행으로 끝이 났다.

"그날, 비통하게 나의 형이 죽었지. 나는 그 모습을 보고 실성을 했었고. 그날의 기억이 떠오르니까 괴롭구나. 아무리 쓰레기 같은 성격을 가진 사람이라도 내 형이었는데. 늘 그렇게 죽게 될까 봐 노심초사 그를 위해 빌었는데."

말과 달리 윤 회장의 얼굴에선 웃음이 떠나질 않았다. 마치 그 표정만 지을 수 있는 사람처럼.

"나는 그 형을 웃게 하려고 참 애썼다. 그건 모든 친척들, 그리고 너도 알 거다. 오늘은 여기서 대화를 그만 마무리 짓자꾸나. 더는 이야기해 봤자 나올 것도 없을 것 같고."

윤 회장이 비통한 얼굴로 자리를 털고 일어났다.

"윤태성."

막 돌아서던 윤 회장이 움찔했다. 윤 회장의 고개가 느릿하게 돌아갔다. 금기의 언어를 뱉자 거실의 분위기가 싸하게 내려앉았다.

"돌아가신 어른의 이름을 함부로 부르는 게 아니다."

윤 회장이 혀를 끌끌 찼다. 마치 못 배운 놈을 바라보듯 눈빛에 혐오감까지 서려 있었다. 공현의 입술이 비틀어졌다.

"난 당신을 부른 거야."

"……."

"돌아가신 건 윤우연이겠지."

"……."

"당신이 쓰고 있는 그 이름의 주인, 내 작은아버지."

공현의 말이 이어지자 윤 회장의 얼굴이 싸하게 굳어갔다.

"이 정도면 나와 대화할 생각이 들어?"

공현이 말하자 찬찬히 윤 회장의 입꼬리가 아래로 내려갔다. 마주 보는 것만으로도 섬뜩한 윤 회장의 무표정을 보며 공현의 입꼬리가 비스듬히 휘어졌다.

이 표정이 진짜 본 얼굴이겠구나.

범인이 정체를 보일 때는 대상을 살해할 마음까지 먹고 있다는 증거였다. 그러나 지금 공현에겐 아무런 상관 없었다. 설이준만 괜찮다면 뭐든 할 수 있었다. 공현은 그 얼굴을 보며 편안하게 말을 이었다.

"내가 말했잖아, 난 당신이 생각하는 것보다 훨씬 많은 것을 알고 있다고. 그쪽이 쌍둥이 형제인 윤우연을 죽인 윤태성이잖아. 그리고 지금 윤우연의 이름으로 살고 있고."

말이 끝나기가 무섭게 집 안의 공기가 모조리 사라진 기분이었다. 아무리 숨을 쉬어도 공기가 폐까지 도달하지 못하는 듯했다. 점차 집 안의 풍경이 사라지고, 그날의 풍경이 차올랐다.

작은아버지인 우연의 별장에서 머무르던 어느 날. 어스름하게 해가 저물고 있는 오후가 되어서야 방문을 벌컥 열고 들어간 공현은 두 사람을 보았다. 얼굴에 화상을 입은 한 사람은 바닥에 쓰러져 있었고, 또 다른 화상을 입은 사람은 피를 흘리며 쓰러져 있는 사람을 보고서 인자한 미소를 짓고 있었다. 구분할 수가 없었다.

누가 자신을 버리고 간 친아버지인 태성인지, 누가 자신을 거둬 키워준 우연인지.

그리고 이해할 수 없었다. 왜 두 사람의 얼굴이 화상을 입었는지. 부엌도 아닌 서재에서 얼굴만 화상을 입은 사람들이라니. 눈부터 입술까지 대각선으로 길게 이어진 붉은 아가미 같은 상처가 섬뜩했다.

멍하게 남자를 바라보는 사이 웃고 있는 남자와 눈이 마주쳤다. 그는 놀라지 않았다. 얼굴에 화상을 입고도 기이할 정도로 평온한 그의 얼굴을 발견함과 동시에 온몸으로 소름이 끼쳤다. 공현은 도망가려고 했으나, 쓰러진 남자의 머리에서 흘러나온 피가 신발을 축축하게 적시고 있었다.

넌 도망칠 수 없어.

짙은 핏방울이 그렇게 말하고 있었다. 어디로 도망치든 흔적이 남을 것 같았다.

“공현이구나.”

남자는 웃음을 거두며 비통한 표정을 지으려 애쓰는 듯했으나, 그럴수록 얼굴로 웃음이 환하게 번져 갔다. 섬뜩했다.

"나도 방금 보았단다. 경찰에 신고해 줄래? 이건 사고야. 살인범을 어서 잡아야 해. 이렇게 슬플 수가."

남자의 목소리가 또박또박하게 끊어졌다. 마치 어설픈 연기를 하는 광대처럼 그의 입꼬리는 계속 위를 향하고 있었다. 남자가 굳이 책상 위에 놓인 전화기를 등진 채 공현에게 한 발자국씩 다가왔다.

"경찰에 신고하자."

공현은 목이 졸린 사람처럼 희게 질린 얼굴로 남자를 바라보다가 그 자리에서 넘어졌다. 누군가가 뒤에서 공현의 머리를 내리친 탓이었다. 온 세상이 흔들렸다. 천장, 벽면을 빠르게 훑던 시선이 마침내 바닥으로 내리꽂혔을 때 공현은 마지막으로 보았다.

바닥에 누워 있는 남자의 애처로운 눈을.

그는 그때까지 살아 있었다. 그리고 공현은 그가 누구인지 단박에 알아보았다. 자신의 아버지인 윤태성은 울 수 없는 사람이었기에.

"무슨 소리를 하는 거냐. 어릴 때 머리를 다치더니 이상한 소리를 늘어놓는구나."

윤 회장의 말을 듣고서야 공현은 깊게 숨을 들이마셨다. 오래전 별장의 풍경이 모두 사라지고, 비로소 자신의 집이 보였다.

"나도 처음엔 속았어."

공현은 윤 회장을 똑바로 응시했다.

"깨어나 보니 아무 기억도 없고, 당신은 내 작은아버지와 똑같이 웃으면서 '괜찮니?' 라고 물었으니까. 내가 기억하는 내 아버지는 웃을 줄 모르는 사람이었거든. 무표정 아니면 비틀린 표정밖에 짓지 못하는 사람이었으니까. 친척들도 쉽게 믿었지. 그땐 경황이 없고, 당신은 철저하리만큼 윤우연과 똑같이 행동했으니까."

그 날, 사건은 평소 윤태성에게 적대감이 있던 흉악범이 들이닥쳐 태성을 살해하던 와중에 그를 말리던 우연이 얼굴에 화상을 입었다고 퍼졌다. 이래저래 의심할 구석이 많았으나, 친척들은 이 일을 모두 쉬쉬하며 덮었다. 윤우연이 죽은 게 아니라 앓던 이인 윤태성이 죽은 것이었기에 그럴 수 있었다. 그 덕분에 윤태성은 아주 손쉽게 윤우연인 척할 수 있었다.

"그런데 당신이 간과한 게 있어. 다른 사람은 다 속여도 날 속일 수가 없는 게 있어."

공현의 말에 윤 회장의 눈이 가느스름해졌다. 어느새 그의 얼굴에 웃음기가 증발했다. 사납게 치켜 올려진 그의 얼굴을 바라보며 공현은 입을 열었다.

"이 집안사람 중 유일하게 내가 두 사람을 겪어봤다는 것."

"……."

"그리고 내가 당신 아들이라는 사실."

윤 회장의 얼굴이 점차 무섭게 굳어갔다.

"당신이 윤태성이야, 미쳐 버린 그 윤태성."

공현은 씹어뱉듯이 그 말을 뱉었다. 죽어도 하고 싶지 않았던 말.

친아버지인 태성은 친척 일가가 쉬쉬하긴 했지만 잔혹한 성정의 사람이었다. 동물 학대는 물론이고 나이가 들어서는 동급생을 향한 폭력이 잔인해서 전학 조치까지 받았다. 이후 결혼하면 달라질 거라는 친척들의 생각에 의해 결혼을 해서 아이를 낳았으나, 그의 잔혹함은 날이 갈수록 더해갔다. 어머니는 도망치다가 이유를 알 수 없는 사고로 죽었고, 자신은 그의 손에서 학대를 당했다. 그러나 태성을 향한 일가친척의 혐오는 이미 극에 달한 상태로 태성의 아들조차 사람 취급하지 않았다. 그 일을 뒤늦게 알게 된 우연은 법적 조치를 가해 자신을 강제로 데려와 거둬 키운 것이었다.

"증거가 없는 말은 명예훼손이란다."

윤 회장이 다정하게, 그러나 온기가 조금도 담기지 않은 목소리로 말했다.

"나도 증거가 없길 바랐어. 내가 잘못 안 거라고. 당신 손바닥에 남아 있는 흉터를 보기 전까진…… 그랬어. 그 흉터는 내가 윤태성한테 남긴 거거든."

윤 회장이 손을 움켜쥐었다. 일곱 살, 얻어맞는 것이 너무도 아파서 몸부림치던 중 윤태성이 밀렸다. 등 뒤에 있던 난로의 화구를 손바닥으로 짚으며 난 화상 자국이었다.

"이런 상처는 흔하지."

"그래. 그런 상처는 흔해도 친자 확인은 흔하지 않지."

"……."

"친자 검사를 했어. 당신과 내가 부자 관계로 입증되었고."

"망상이 심해졌구나. 협박을 당하더니 미친 게야. 걱정하지 말아라. 내가 다 알아서 해주마. 좋은 곳에서 치료받으면 얼른 낫게 될 게야."

윤 회장은 인자하게 웃으며 수행비서 쪽으로 고개를 돌렸다. 기이하게 꺾인 윤 회장의 목 각도를 보던 수행비서는 흠칫했다. 윤 회장이 화가 났다는 증거였다. 수행비서는 얼른 휴대폰을 꺼냈다. 정신병원에 연락해 쥐도 새도 모르게 가둘 생각이었다. 그리고 죽을 때까지 나오지 못할 거다.

"내가 설마 아무 준비 없이 당신과 독대했을 거라고 생각하나 봐?"

공현의 비웃음 섞인 목소리에 윤 회장의 고개가 돌아왔다. 그의 얼굴에 웃음기는 조금도 남아 있지 않았다. 눈앞에서 사람이 피를 흘리고 쓰러져도 꼼짝도 않을 것 같은 냉담한 얼굴로 공현을 바라보았다.

"사람들을 고용했어. 세 시간 뒤에 내가 확인 전화를 하지 않을 때, 내가 오늘 만난 사람을 조사하라고. 오늘 협박범을 만날 생각이라고 해놨거든. 내가 전화하지 않으면 단박에 경찰, 검찰은 물론이고 전국구로 날 찾기 위해 사람이 풀릴 거야. 블랙루트를 당신만 알고 있다고 생각한 건 아니겠지?"

윤 회장의 눈빛이 단박에 사납게 변했다. 블랙루트는 암흑가 쪽 사람들로, 돈만 주면 시키는 일은 뭐든지 하는 사람들이었다. 블랙루트는 접근이 어려워서 찾는 데 꽤 많은 시간을 필요로 했다. 그렇지만 결국 찾을 순 있다. 공현이 바라는 것은 블랙루트 사람들이 무언가를 해주는 것이 아니었다. 자신이 움직일 수 있을 만큼의 시간만 벌어다주면 되었다.

"이제 나랑 제대로 된 거래를 할 생각이 들어?"

공현의 목소리가 한결 느슨해졌다. 빠져나갈 구멍은 만들어 놓지 않았다.

"조건은?"

윤 회장의 말에 공현은 말했다.

"설이준, 지금 어디 있어?"

"알려줄 테니 조건을 하나 더 걸지."

어느새 차분하게 말하는 윤 회장을 보며 공현의 얼굴이 찌푸려졌다. 그는 생각을 마친 듯 윤 회장은 찬찬히 집 안을 둘러보았다.

"여기 있는 모든 전자제품을 압수, 폐기하마."

USB가 원본이라고 하더라도 복사본은 어디든 저장해 둘 수 있다. 윤 회장은 치밀하게 그 계산까지 마친 모양이었다.

"마음대로 해."

공현의 허락이 떨어지자마자 윤 회장은 공현에게 한 발자국 다가섰다. 그리고는 공현의 얼굴을 빤히 바라보며 상냥한 목소리로 속삭였다.

"그래. 이렇게 보니 내 자식답구나. 치밀하고, 지독하고, 공격적이고."

윤 회장의 손이 공현의 턱을 움켜쥐었다. 그는 마치 유명한 화가의 작품을 감상하듯 천천히 공현의 얼굴을 살폈다.

"내가 언제 윤우연을 죽여야겠다고 생각했는 줄 아니?"

"……."

"이렇게 날 쏙 빼닮은 네가 감히 내 앞에서 윤우연을 아버지라고 부를 때다."

"……."

"윤우연을 죽게 만든 건 너다, 윤공현."

공현의 턱이 딱딱하게 굳는 것이 손바닥을 타고 느껴지자 윤 회장의 입가에 웃음이 번졌다. 자신의 앞에서 사람들이 긴장하고, 겁먹고, 무서워하는 것을 보면 가슴 밑바닥에 희미한 열기가 번졌다. 이 즐거움을 가르쳐 준 건 윤우연의 실수였다.

"넌 날 많이 닮았어. 그게 득이지만, 실이기도 하지."

윤 회장은 교과서에서 배운 것처럼 반듯한 미소를 흘리며 공현의 안경을 빼냈다.

"몰래카메라 안경이라……."

윤 회장은 뚝 소리 나게 안경을 반으로 부수었다. 공현의 얼굴이 삽시간에 굳는 것을 보며 윤 회장은 '이런 얕은수를 쓰다니.' 라고 작게 중얼거렸다.

"넌 입 다물고 내 감시하에서 아무것도 모른 채 살았으면 조금 더 오래 살았을 거다. 부질없이 사람 하나 구하겠다고 네 목숨을 버릴 줄이야. 이런 건 윤우연을 닮았단 말이지. 화나게 말이지."

윤 회장이 돌처럼 굳어 있는 공현을 보며 한 걸음 물러섰다. 그리고는 한마디 덧붙였다.

"이제 설이준이 있는 곳으로 가보렴, 그 별장으로."

"혹시나 신고를 한다거나 그런 허튼 생각을 하고 있다면 접어두는 게 좋을 거다. 검찰, 경찰 쪽에 내 사람들이 없다고 생각하는 건 아니겠지? 네가 도착할 때까지 설이준이 살아 있길 바란다면 소환이에게도 연락하지 않는 게 좋을 거다."

돌아서서 나가는 공현의 뒤통수에 대고 윤태성은 상냥한 목소리로 속삭였다. 철저하게 연습해서 만들어진 목소리로 말한 후, 그는 수행비서를 시켜 공현의 집에 자리한 모든 기계를 뜯어내기 시작했다. 그 모습을 흘깃 보면서도 공현은 이미 짐작하고 있었다는 듯 눈 한 번 깜빡이지 않았다.

윤태성은 태생부터 잔인한 사람이다. 그런 그가 여태껏 좋은 사람인 척 연기를 하면서 도 닦듯이 생활하진 않았을 거다. 그는 어디선가 자신의 잔인한 성격을 해소하고 있었을 것이고, 그때마다 자신과 연결되어 있는 경찰 쪽, 검찰 쪽 사람들의 도움을 받았으리라는 건 어렵지 않게 짐작할 수 있었다.

빠르게 지하주차장으로 내려간 공현은 곧장 자동차에 올라탔다. 순식간에 속도를 높여 지하주차장을 빠져나가면서 공현은 주문을 외듯 끝없이 중얼거렸다.

"제발, 설이준. 제발. 제발."

무사하기를.

❖ ❖ ❖

공현의 집에 있는 모든 물건을 회수할 것을 명령한 후, 윤 회장은 자동차 앞에 서서 담배를 꺼내 물었다. 그 곁에 수행비서가 그림자처럼 다가섰다.

"보는 눈이 많습니다."

"그러니까 더더욱 여기서 담배를 피워야지. 내가 꽁지 빠지게 도망가는 모습을 보이면 다른 사람들이 오해할 거 아닌가."

윤 회장은 짙은 웃음을 흘리며 담배를 입에 물었다. 얼마 후 그의 입술 새로 회색빛 담배 연기가 흘러나갔다. 윤 회장은 눈을 가늘게 뜬 채 먼 곳을 바라보았다.

"예상외였어. 그렇게 일찍 기억이 돌아왔을 줄이야. 다 알면서 속아주고 있을 줄은 미처 몰랐군. 거기다가 내 눈을 피해서 자료를 모으기까지 하다니, 대단한 녀석이 아닌가."

윤 회장은 수행비서가 듣는지 마는지 신경 쓰지 않은 채 혼잣말처럼 말을 이어갔다.

"내 피를 물려받아서겠지. 그래, 그랬으면 나를 배신하진 말았어야지."

윤 회장이 초점 없는 멍한 눈으로 어딘가를 바라보며 중얼거렸다.

열 살쯤이었을 거다. 자신만 보면 시끄럽게 빽빽 울어대거나 겁먹은 눈으로 쳐다보기 일쑤였던 공현이 자신과 똑같이 생긴 윤우연을 보면서 방긋 웃었을 때가. 다른 사람들이 윤우연의 편을 드는 건 이해할 수 있어도, 자신의 자식만큼은 그래선 안 되는 거였다. 죽어도 윤우연을 '아버지'라고 불러서는 안 되는 거였다. 특히 자신의 눈앞에서만큼은.

자신은 나름 최선을 다했다. 자신처럼 비리비리하게 살지 말라고 강하게 키워준 은혜도 모른 채 손바닥에 화상을 남겼다. 그 사실 하나만으로도 죽어 마땅하지만, 자신의 분신이었기에 기꺼이 목숨을 살려주었다. 그랬으면 더더욱 납작 엎드려 살았어야 했는데, 윤공현은 실망스럽게도 결정적인 순간에 늘 어리석다.

마치 지금처럼.

"금방 도착할 겁니다."

수행비서가 이젠 마음의 결정을 내려야 한다는 말을 돌려 전했다. 윤 회장은 피우고 있던 담배를 수행비서가 내민 간이 재떨이에 비벼 껐다. 후욱, 마지막 담배 연기가 입술 새로 빠져나갔다.

"발에 걸리는 돌덩이는 뽑아내고, 불필요한 싹은 잘라내야지. 블랙루트에서 윤공현과 거래한 사람들을 찾아내. 그리고 나머지는 오는 길에 시킨 대로 하고."

윤 회장이 평소의 무감정한 얼굴을 드러낸 채 말했다. 몇 번을 보았음에도 마주할 때마다 사람이 아닌 것 같은 기이한 느낌을 주는 얼굴이었다. 수행비서는 흠칫하려는 걸 억지로 참은 채 내납했다.

"알겠습니다."

수행비서가 허리를 굽혔다. 윤 회장은 고개를 들어 쾌청한 하늘을 바라보았다.

윤공현은 실수를 했다. 블랙루트라는 생각지 못한 방법으로 머리를 굴렸지만, 그것으로 인해 오히려 끝이 날 테니까.

"재미있는 걸 못 보게 되었구만. 아쉬워."

윤 회장이 낮게 혀를 찼다.

9. 제발

별장은 공현의 집으로부터 한 시간 반 정도 떨어진 곳에 위치해 있었다. 그 거리를 공현은 30분 만에 달려서 도착했다. 자동차를 아무렇게나 주차해 둔 후 공현은 곧장 별장 이곳저곳을 뒤졌다. 가장 먼저 야외에 마련되어 있는 창고의 셔터부터 열어젖혔다. 그러나 그곳은 텅 비어 있었다. 욕설을 뱉은 공현은 다급하게 별장 안으로 뛰어 들어갔다. 별장은 깨끗하게 관리되어 있었으나, 사람이 지내지 않아 서늘한 고요함만이 감돌았다.

"설이준!"

공현이 목소리를 높여 외쳤다.

"설이준! 어디 있어! 대답해 봐!"

어떤 소리도 돌아오지 않았다.

"설이준!"

1층을 빠르게 샅샅이 뒤지던 공현은 불현듯 스친 생각에 발길을 멈추었다. 공현의 시선이 2층으로 이어지는 계단으로 향했다. 끼익, 끼익. 낡은 계단에서 섬뜩한 소리가 퍼져 나왔다.

2층으로 뛰어 올라간 공현은 윤우연의 서재 앞에 멈춰 섰다. 손바닥에 와 닿는 문고리가 지독하게 차갑다. 공현은 자신도 모르게 마른침을 삼켰다. 하필이면 이곳이라니. 문고리가 서서히 돌아갔고, 마침내 끼익 소리를 내며 열렸다.

설마 했다. 그리고 그 설마가 역시나가 되었다. 바닥에 설이준이 누워 있었다. 윤우연이 누워 있던 자세 그대로. 기시감에 눈앞이 아찔해 왔다.

"설이준!"

가슴이 철렁 내려앉은 공현은 손을 뻗어 설이준을 안았다. 설이준의 몸이 미역처럼 축 늘어져서 꼼짝하지 않았다.

"설이준…… 설이준!"

정신 차려, 그런 말도 입 밖으로 나오지 않았다. 그저 이름만 입안에서 뱅뱅 돌 뿐이었다. 공현은 설이준의 코 아래에 손가락을 가져다 댔다. 얕은 숨이 손가락에 닿는 것이 느껴졌다. 다행히 숨은 쉬고 있었다. 단순 기절이었다. 마치 어린 시절 자신이 그러했듯이. 그제야 공현은 안도의 한숨을 흘리며 눈을 질끈 감았다.

이준이 쓰러져 있는 걸 본 순간, 친부와 자신은 다르다고 생각을 하면서 살의가 솟았다. 윤태성을 찢어발겨 죽이는 생각만으로 온 머릿속이 가득 찼다. 입안의 살을 사리물며 공현은 이준이 편하도록 안아 들다가 그녀의 몸에 난 상처를 보았다. 온몸이 상처투성이였다.

이준은 자신이 싸움을 잘한다고 생각하고 있었다. 아마 자신의 운동신경을 믿고 온 힘을 다해 발악했을 거다. 그러다 쓰러질 땐 무슨 생각을 했을까. 자신을 찾았을까. 매순간 자신이 설이준을 찾듯이.

공현의 시선이 습해졌다.

자신의 삶에 이준을 끌어들이는 게 아니었다.

자신이 이준을 좋아해선 안 되는 거였다.

처음부터 어떤 이유로든…….

툭. 입안에서 비릿한 피 냄새가 퍼졌다. 기어코 입안의 살이 찢어졌다. 공현은 이준을 번쩍 안아 들었다. 큰 키와 달리 뼈대가 가는 탓인지 별달리 무겁지 않았다.

이 여린 몸으로 자신을 지키겠다고 했다. 이 작은 몸으로 죄책감을, 가장의 의무를, 보디가드의 책임을 떠안고 있었을 이준이 안타까워서 온 마음이 타들어가는 듯했다.

혹시 몰라 발소리를 죽인 채 1층으로 내려온 공현은 주위를 살핀 끝에 별장을 벗어날 수 있었다. 마당 한가운데 타이어 자국이 길게 나 있었다. 그 끝에 세워진 자동차로 걸어간 공현은 뒷좌석 문을 열어 조심스럽게 이준을 태웠다.

곧 데려다 줄게.

공현은 안타까움이 가득한 시선으로 이준을 바라보았다. 혹시나 이준이 넘어질까 봐 한 번 더 점검한 후 뒷좌석 문을 닫은 공현은 운전석으로 향하며 휴대폰을 꺼내 들었다. 혹시 몰라 윤소환의 이름으로 개통한 후 자신의 자동차에 넣어둔 휴대폰이었다. 이준을 손에 넣었으니 이제 윤소환에게 연락할 차례였다. 그러나 휴대폰은 먹통 상태였다. 수신은커녕 발신조차 할 수 없는 상태였다.

그럴 리가.

아무리 산골 깊은 곳이라 해도 전화가 불통일 정도는 아니었다. 운전석에 올라타기 전 공현은 무심코 고개를 들었다가 멈칫했다. 자동차 와이퍼 사이에 종잇조각이 끼워져 있었다.

—내 선물이다.

누가 쓴 건지 모르게 흘려 쓴 글씨. 그러나 누가 썼는지 단박에 감이 오는 메모. 그 메모 아래에 재벌 상속자 윤태성을 살해한 흉악범이 형을 마치고 출소했다는 신문의 일부분이 스크랩되어 있었다.

"이런!"

어금니를 사리문 공현은 종이를 구기며 재빨리 주위를 둘러보았다. 공현의 목울대가 빠르게 오르내렸다. 천천히 시선을 내린 공현의 얼굴이 서늘하게 굳었다. 타이어가 운행 불가능할 정도로 너덜너덜해져 있었다. 때마침 공현의 발등을 그림자가 서서히 덮었다. 공현은 고개를 들었다.

"오랜만이야."

넝마 차림의 검은 그림자가 흰 이를 드러내며 웃었다.

❖ ❖ ❖

이준은 아주 멀리서 희미하게 밀려드는 소리에 의식이 깨어났다. 소리가 한 번 감지되자 점차 크게 들렸다. 쿵. 쿵. 무언가가 들이받는 소리였다. 그 소리에 맞춰 몸이 흔들렸다. 파도에 몸이 실린 듯했다.

뭐 하는 거지. 난 어디에 있는 거지. 내가 뭘 하고 있었더라. 자동차에서 끌려 나와 별장으로 옮겨진 후…….

하나둘 떠올리던 차에 이준은 눈을 번쩍 떴다. 쿵, 하고 차가 흔들렸다. 동시에 이준의 뒤통수가 창문을 들이박았다.

"아!"

뒤통수를 감싸 쥔 채 이준은 차를 둘러보았다. 익숙한 자동차였다. 생각해 볼 것도 없이 윤공현의 차였다. 윤공현을 찾기 위해 사위를 살피던 이준은 또 한 번 쿵 하고 들이받아 생기는 진동에 몸의 중심을 잡기 위해 지탱해야 했다. 억지로 몸에 힘을 준 이준은 자동차의 창문을 보고 뻣뻣하게 굳었다. 운전석이 온통 피투성이였다.

"이게 무슨…… 사장님!"

이준은 다급하게 자동차 문을 열고 나갔다. 자동차는 웬 창고에 들어와 있었다. 주변을 두리번거리던 이준은 창고 구석에서 배를 움켜쥔 채 앉아 있는 공현을 발견했다.

"사장님!"

이준의 목소리를 듣자 공현이 서서히 눈을 떴다.

"일어났네."

그의 목소리가 쩍쩍 갈라졌다.

"여긴 어디예요? 사장님은 어디서…… 이 피는 뭐예요!"

이준이 놀란 얼굴로 소리 질렀다. 티셔츠로 배를 꾹 누르고 있는 공현의 손이 시뻘겋게 물들어 있었다. 손뿐만이 아니었다. 손에 닿은 티셔츠, 입고 있는 티셔츠까지 모조리 피를 빨아들여 벌겋게 물들어 있었다. 이준의 얼굴이 하얗게 질렸다.

"설마…… 찔렸어요? 누구한테요?"

"말 시키지 마."

"누가 그랬어요? 죽여 버릴 거야!"

그 순간 쿵 하고 다시 한 번 창고의 셔터가 흔들렸다. 그 힘이 얼마나 어마어마한지 셔터에 맞닿아 있는 자동차까지 앞뒤로 흔들릴 정도였다. 이준은 그제야 자신이 차 안에서 느꼈던 진동의 정체가 저것임을 알았다. 얼마나 많이 내려친 건지 셔터가 이미 한껏 휘어져 있었다.

"누구예요? 날 납치한 놈이죠? 사장님까지 이래 놓은 거예요? 기다려요. 내가 처리하고 올게요."

이준이 들썩거리는 걸 공현이 잡아챘다.

"앉아."

"금방이면 돼요."

"내 말 들어."

공현의 얼굴이 찌푸려졌다.

"할 수 있어요! 금방이면 돼요! 조금만 기다려 줘요!"

이준의 말에도 불구하고 공현은 이준의 손을 움켜쥐었다.

"일단 내 말부터 들어."

고통에 일그러진 공현은 한 자씩 뱉는 것조차 버거워 보였다. 그의 이마에서 땀이 후드득 떨어져 내렸다. 이준은 묻고 싶은 것들이 턱 끝까지 차올랐으나 꾹 참은 채 공현의 얼굴을 바라보았다.

"저 밖에 있는 사람은 니가 상대할 만한 사람이 아니야."

"그건 붙어봐야 알잖아요."

"여기 싸우러 왔어?"

"그건 아니지만……."

"여기로 나가. 그리고 곧장 마을로 달려가. 윤소환한테 아버지 소유의 별장에 있다고 전해. 그럼 알아들을 거야."

공현의 손이 뒤쪽에 닿은 벽을 가리켰다.

"벽이잖아요."

"문이야."

공현은 벽 사이에 미세하게 이어진 틈을 가리켰다.

대체 창고에 왜 이런 문이 있는 거야.

이준은 벽 모양으로 생긴 문을 멍하게 쳐다보았다. 그러다 시선을 내려 공현을 바라보았다.

"그러니까, 지금 나보고 혼자 나가라고요? 사장님은요?"

"이걸 보고도 그런 말이 나와?"

공현은 피에 젖은 자신의 손을 턱으로 가리키며 물었다.

"그래도요!"

"이 상태로 달리기는커녕 걷지도 못해."

"내가 혼자 나갔는데 저 새끼가 저 셔터문 뚫고 들어오면요? 그때 사장님 죽는 거 아니에요?"

"말 길게 시키지 말랬어."

말하는 것이 버거운지 공현의 호흡이 점차 흐트러졌다. 이준은 갑갑하다는 얼굴로 공현을 바라보았다.

"창고 문 시끄럽게 두드리는 저 새끼를 같이 처리하고, 그때 마을로 내려가면……."

"내가 그전에 죽을 것 같아서 이러잖아!"

"……."

"그러니까 내려가서 윤소환한테 전화해. 의사 불러서 여기에나 데리러 오라고. 알았어?"

피를 토하듯 꺼내는 공현의 말에 이준은 입을 다물었다. 윤소환은 똑똑한 남자다. 그 남자가 이렇게 판단한 때에는 분명 그럴 만한 이유가 있는 거다. 더 말을 시켰다간 공현이 이 자리에서 당장 죽을 것 같아 이준은 몸을 일으켰다.

"알았어요."

"소리 최대한 줄여. 문은 여기야."

공현이 말한 벽을 더듬거리자 손바닥에 먼지가 잔뜩 묻어 나왔다. 문틈으로 억지로 손톱을 밀어 넣어 끌어당기자 푸스스하고 먼지가 날리더니 아주 조금씩 문이 열리기 시작했다. 조금씩 조금씩 문이 열릴수록 창고를 두드리는 세기는 점차 강해졌다.

셔터는 얼마 못 가 잠금장치가 끊어질 듯했다. 이준은 입술을 꽉 깨문 채 있는 힘을 다해 문을 당겼고, 마지막으로 푸스스 먼지가 흩어짐과 동시에 열렸다. 문 너머로 빽빽한 나무들이 길게 이어진 숲이 드러났다.

"이게 대체 무슨……."

판타지 영화에나 나올 법한 숲을 보며 이준은 낮게 중얼거렸다. 나무들이 얼마나 빽빽하게 들어차 있는지 하늘이 보이지 않았고, 길이 온통 검게만 보였다. 이 길로 달려가면 과연 마을이 나올까. 이세계로 떨어지는 건 아닌지 걱정스러웠다.

그러나 이준은 일단 놀란 마음을 추스르며 돌아보았다. 공현이 눈을 감은 채 헐떡거리고 있었다. 어느새 티셔츠는 이전보다 더욱 붉어져 있었다. 윤공현을 살리는 게 먼저다. 이준은 입안의 살을 질끈 깨문 후 말했다.

"다녀올게요, 사장님. 정신 잃으면 안 돼요. 그동안 살아 있어요."

공현은 대답할 힘도 없는지 미약하게 고개를 끄덕였다. 이준은 마치 마음을 다잡으려는 듯 주먹을 불끈 쥔 채 문밖으로 뛰어 나갔다.

문이 닫혔다. 공현은 이준이 사라진 문을 뒤늦게 바라보았다.

쿵. 쿵. 곧 부서질 것처럼 창고가 흔들렸다. 한 시간은 버틸 수 있을까? 아니, 30분도 버티기 힘들 거다, 이 속도로 가다가는. 셔터가 부서지면 어떻게 될까. 최악의 상상이 머릿속을 지나갔다. 상처를 감싼 손에 힘이 점점 풀려갔다. 배를 가리고 있던 공현의 손에 힘이 풀리면서 티셔츠 사이로 칼자루가 불쑥 튀어 나왔다. 공현은 암담한 얼굴로 자신의 배에 꽂혀 있는 칼을 보았다.

'오랜만이야.' 라고 살인자가 말한 순간, 뱃속이 차가워졌다. 동시에 이물감과 함께 고통이 밀려들었다. 순식간에 상황이 파악됐다. 더욱 거센 고통이 밀려들기 전에 공현은 운전석에 올라탔다. 일단 차 문을 모두 잠근 후 주머니에서 열쇠를 꺼내 시동을 켰다. 움직일 때마다 배에서 피가 울컥거리며 쏟아져 나왔다. 그 모습을 살인자는 창문 너머로 바라보며 황홀한 표정을 지었다.

이런 피는 오랜만이야, 라는 듯이.

공현은 곧장 차를 움직였다. 너덜거리는 타이어 때문에 온몸이 덜컹거렸다. 고통은 수배가 되었다. 공현은 절뚝거리며 자신에게로 다가오는 남자를 바라보다 떨리는 손끝으로 핸들을 쥐었다. 그는 보란 듯이 자동차로 걸어오고 있었다. 네가 날 칠 수 있겠어? 그는 온몸으로 공현에게 그렇게 물었다. 공현은 뒤를 돌아 잠들어 있는 이준을 보았다.

죽이지 않으면 죽는다.

공현은 자동차로 남자를 밀쳤다. 그러나 끝내 밟아버린 브레이크 때문에 남자는 뒤로 밀려 저만치 날아가는 정도였다. 욕을 뱉으며 공현은 곧장 차를 돌려 셔터가 열려 있는 창고로 들어갔다. 창고에 들어가자마자 자동차는 연기를 내뿜으며 그 상태로 퍼졌다. 공현이 자동차 운전석에서 내리자 멀리서 목소리가 들렸다.

"그 아비의 그 자식이구만. 재미있어. 아주 재미있어. 하하하하!"

공현은 창고를 향해 절뚝거리며 걸어오는 남자를 바라보다 온 힘을 다해 셔터를 내렸다. 웃고 있던 남자의 얼굴이 일그러졌다. 남자는 이전보다 훨씬 더 절뚝거리는 걸음으로 창고를 향해 달려왔다. 간발의 차로 아슬아슬하게 창고의 셔터를 내릴 수 있었다. 그러고는 다섯 개의 잠금장치로 셔터를 잠갔다. 그 이후 공현은 탈진 상태가 되어 꼼짝도 할 수 없게 되었다.

아까 이 창고의 셔터를 열어둔 것이 행운이었다. 이곳은 6.25를 겪은 후 전쟁 혹은 각종 재난에 트라우마가 생긴 공현의 조부가 설계한 별장이었다. 그 때문에 별장, 창고들은 각기 벽을 가장한 문, 비상식량, 혹은 기타 등등의 트랩들을 갖고 있었다.

그러나 이 창고의 비밀을 발견하고 알고 있는 사람은 공현뿐이었다. 친부의 폭행으로 인해 어디론가 숨고 도망치는 것이 일상이 된 그가 여느 때처럼 창고에 숨어 있다가 발견한 장소였다. 그는 몇 번이나 이곳에 숨었고, 누구도 발견하지 못하는 비밀 창고를 가진 것에 만족했다.

과거의 일을 생각하던 공현은 기가 막히다는 듯 픽 웃었다. 아이러니했다. 친부로 인해 죽게 된 와중에 친부에 의해 발견된 통로로 도망칠 수 있게 되다니.

공현의 입가에서 웃음이 파스스 사라졌다. 계절에 맞지 않게 공현의 이마에서 땀이 뚝뚝 흘러내렸다. 손끝이 파르르 떨렸고,

의식이 희미해지려 하고 있었다.

이럴 줄 알았으면 설이준한테 키스라도 해보는 건데. 아니면 여자라는 걸 알고 있다고 이야기라도 해볼걸. 놀라는 얼굴이라도 보고 싶은데. 생각은 많았으나 사실 그 어떤 것도 할 수가 없었다. 설이준에게 조금이라도 가까이 다가가면 와락 안고서 놔주고 싶지 않을 것 같았다. 어떻게 찾은 설이준인데. 그냥 이대로 영원히 같이 있자고 조를 것만 같았다. 그래서 공현은 평소보다 더 딱딱하게 말할 수밖에 없었다.

"거기 안에만 있을 거야? 재미없게?"

문 너머에서 남자의 목소리가 들렸다. 마치 늪에 빠진 것처럼 질척거리고 답답한 목소리였다. 공현은 대답하지 않았다.

"이 정도 해도 열리지 않는 창고라니. 실망이군."

남자의 말에 공현은 픽 하고 웃었다. 전쟁을 대비해 깐깐한 성격으로 유명한 조부가 만든 창고다. 허투루 만들지 않았다. 탱크로 밀어붙일 것까지 감안해서 만든 창고였다. 그걸 알았기에 공현은 자동차로 무작정 여기로 향한 것이다.

"안에서 죽어버린 건 아니지? 더 놀고 싶은데, 아쉽지만 이젠 끝낼 때가 왔어. 계약한 시간 내에 처리해야 하거든."

쓸데없이 친절하게 주절주절 읊어주는 남자의 목소리를 들으며 공현은 미간을 찌푸렸다. 죽을 땐 죽더라도 설이준의 목소리를 되새기며 죽고 싶지, 저런 목소리를 듣고 싶은 게 아니었다.

"이제 그만 고별인사를 해야겠어. 아쉽네. 그럼 안녕."

남자의 말이 끝남과 동시에 공현은 얼굴을 찌푸렸다. 창고 문을 부수지 못했는데 안녕이라니. 설마……. 이윽고 다가오는 남자의 발걸음 소리가 들렸다. 쿵, 쿵. 이전과는 다른 강도의 세기로 무언가가 창고의 온 주변을 두드리기 시작했다. 그것이 물체가 아니라 액체라는 것을 알게 되는 데는 얼마 걸리지 않았다. 셔터 문 틈 사이로 무언가 밀려들어 오고 있었다. 냄새가 순식간에 코를 찔렀다.

휘발유가 온 창고를 가득 메우기 시작했다.

얼마쯤 달렸을까. 땀이 온 얼굴을 적셨다. 공현이 일러준 대로 직진으로 있는 힘껏 달려간 이준은 옹기종기 모여 있는 세 집을 보았다. 자그마한 텃밭을 가꾸는 농촌 가구로 보였다. 그곳으로 달려가며 이준은 입으로 끊임없이 '제발'을 외쳤다.

제발 저곳에 사람이 살기를. 제발 저곳에 전화가 있기를. 제발 윤공현이 살아 있기를.

있는 힘을 다해 가장 가까운 집에 도착했을 때, 때마침 낡은 문이 열리며 백발의 노인이 걸어 나왔다. 노인은 기둥을 짚고 서서 숨을 헐떡거리는 이준을 보고 멈칫했다.

"게 누구요?"

"저기, 헉…… 헉…… 죄송한데 전화 한 통만 빌려…… 헉, 헉, 주세요."

한 문장을 이을 수 없을 만큼 숨이 찼다. 헉헉거리는 이준을 잠시 바라보던 노인은 귀퉁이에 놓여 있는 아주 낡은 유선 전화기를 내밀었다.

"여기 있소."

"감사합니다."

숨을 가쁘게 내쉬며 이준은 꾸벅 인사를 했다. 전화기를 귀에 가져다 댄 이준은 곧장 번호를 눌렀다. 손끝이 벌벌 떨려서 몇 번이나 실수할 뻔했다. 겨우 열세 개의 번호를 모두 눌렀고, 이윽고 전화 신호음이 흘렀다.

다행이었다, 전화가 이곳에 있었다는 것이.

"제발, 제발, 제발. 윤소환. 제발, 제발."

이준은 주문을 외듯이 쉴 틈 없이 제발을 외쳤다.

[여보세요.]

"제발……. 검사님! 저예요, 설이준!"

이준이 탕 소리 나게 바닥을 쳤다.

[거기 어디예요? 이 번호는 뭡니까?]

무언가를 알고 있는 사람처럼 윤소환이 소리쳤다.

"아버지 소유의 별장! 아세요? 산속에 깊이 파묻혀 있는 곳! 여기로 와주세요! 사장님이 죽어가요!"

자신이 말을 뱉고도 가슴이 선득해졌다. 윤공현이 죽는다. 피를 철철 흘리며 자신을 바라보고 있던 윤공현의 모습을 떠올리자 눈앞이 아득해졌다.

[공현이가요?]

"길게 말할 시간 없어요. 그 별장의 창고에 갇혀 있어요. 자세한 건 만나서 설명해 줄 테니까, 빨리 와주시면 안 돼요? 와서 사장님 좀 구해주세요!"

[알았어요.]

통화가 끊어졌다. 순간적으로 이준의 팔이 축 늘어졌다. 지금 당장 공현을 향해 달려가야 하는데 온 다리에서 힘이 빠져 꼼짝도 할 수 없었다. 얼굴에서는 눈물인지 땀인지 모를 것들이 끝도 없이 떨어져 내렸다.

이럴 시간이 없다.

대청마루에 힘없이 앉아 있던 이준이 억지로 몸을 일으킬 때였다.

"이거 마시고 가요."

이가 빠진 그릇에 말간 물이 담겨 있었다. 이준은 고개를 돌려 노인의 푸른빛이 도는 눈을 바라보았다. 구부정한 자세로 앉아 있는 노인은 잔잔한 얼굴을 하고 있었다.

"마시고, 숨 좀 돌리고 가요. 그러다가 젊은이가 죽겠소."

"괜찮습니다. 전화기 빌려주셔서 감사합니다. 이 은혜는 잊지 않고 꼭 갚겠습니다."

이준은 마음만 감사히 받고서 물을 거절했다. 물을 마시면 뛸 때 몸이 무거워서 속도를 낼 수가 없다. 더욱이 지금은 물 한 모금조차 목구멍으로 넘길 수가 없었다. 윤공현은 쉴 틈 없이 피를 뱉어내고 있을 텐데.

"그래도 그렇게 달려가다간…… 어?"

이준을 설득하려고 말문을 이어가던 노인의 시선이 하늘 어딘가에서 멈췄다. 노인의 푸른빛이 도는 눈동자에 공포와 의문이 감돌았다. 섬뜩했다. 동시에 위험하다는 생각이 뇌리를 강렬히 스치고 지나갔다. 빌어먹을 촉이 다시금 발동했다. 이준은 설마, 제발 아니기를, 수많은 바람을 속으로 되뇌면서 천천히 고개를 돌렸다.

회색 연기가 하늘을 가르고서 위로 치솟고 있었다. 노인이 의아하다는 목소리로 중얼거렸다.

"저기에 불이 났는가 보오."

"윤 검사님! 이러시면 안 됩니다! 무슨 일인지 모르는데……."

조수석에 앉은 수사관은 손잡이를 잡은 채 벌벌 떨었다. 수사관은 미치고 팔짝 뛸 노릇이었다. 출근 후 소환은 업무를 모두 미룬 채 오전 내내 넋이 나간 사람처럼 모니터만 바라보고 있었다. 그러다가 무언가가 마음에 안 드는지 자리에서 벌떡 일어나 창문에 머리를 쿵쿵 박았다. 그런 이상 증세를 오전 내내 보이기에 무슨 일이냐고 조심스럽게 물었다가, 알 것 없다는 대답만 돌려받았다.

늘 웃고 다니고, 능글맞게 굴던 윤 검사가 정색한 채 점심까지 거르자 검찰청엔 알 수 없는 소문이 파다하게 돌았다. 실연했다더라, 아버지가 위독하시다더라 등등. 기운이 다 빨려 나간 사람처럼 늘어져 있던 윤소환이 몸을 벌떡 일으킨 것은 한 통의 전화를 받은 후였다. 그는 마치 그 전화만 기다리고 있었던 사람처럼 행선지도 말하지 않은 채 자신을 끌고 나섰다.

'출동입니다.' 라고 말한 것과 달리 그는 본인의 자동차에 몸을 실었다. 그때까지만 해도 수사관은 윤 검사가 왜 하고많은 검찰차를 내버려 두고 본인의 자동차에 앉은 건지 몰랐다. 윤 검사는 고속도로에서 시속 200km로 밟아대고 있었다. 하늘이 도와 아무리 도로가 텅 빈 상태라지만, 핸들을 조금만 잘못 꺾어도 목숨이 달아날 판이었다.

"검사님! 이러시면! 으악! 위험합니다! 화물차요! 죽으려면 혼자 죽지, 멀쩡한 저는 왜 데려가시려는 겁니까! 검사님인 줄 알았는데 제 저승사자였습니까?"

"입 다물어요."

"벌써 과속카메라에 몇 번이나 찍혔을 겁니다!"

"찍혀도 내가 찍혀요."

"이러려고 자가용 타신 거죠?"

수사관의 피맺힌 절규에도 불구하고 소환은 더 이상 입을 열지 않았다. 소환의 입장에선 200km도 덜 밟는 중이었다.

메일을 받은 것은 오늘 오전이었다. 제목은 '나야, 윤공현.' 중국 계정의 메일이라 제목이 아니었다면 삭제할 뻔했다. 메일 안에 담긴 내용은 가히 충격적이었다.

윤우연과 윤공현의 친자 관계 성립 문서였다. 그럴 리가 없었다. 소환은 자신의 눈을 의심했다. 그러나 이어 첨부된 자료들을 보고 소환은 말을 이을 수가 없었다. 윤태성과 윤우연의 손바닥 상처 부위 일치 사진, 과거 윤우연의 웃는 얼굴과 미묘하게 다른 현재의 윤우연의 웃는 얼굴까지…….

윤공현을 협박하던 사람이 윤우연, 자신의 아버지였다. 아니, 정확히 말해서 죽은 줄 알았던 자신의 삼촌이었다. 소환은 그 사실을 안 후부터 당장에라도 검사실을 뛰쳐나가 윤우연의 멱살을 틀어잡고 싶었다. 그러나 공현의 메일이 걸렸다.

—내가 전화할 때까지 기다려 줘. 형한테도 감시원이 붙었을 거야. 잘못 움직이면 나뿐만 아니라 설이준도 죽어. 그러니까 하루만 참아.

죽는다는 말을 쉽게 적어놓은 메일을 보고 소환은 화가 치밀어 올랐다. 윤공현은 모든 걸 다 알고 있었다. 자신을 협박하는 사람이 누군지, 그 사람의 실체가 무엇인지, 알면서도 여태껏 자신에게 언질이 없었던 것이다. 화가 나서 공현의 말을 어기고 싶었다.

—미안해, 형.

그 한 줄이 아니었다면 그랬을 거다. 어떤 마음으로 적었을지 도무지 짐작되지 않는 그 한 줄 때문에 소환은 차마 일어날 수가 없었다. 머저리같이 윤공현이 전화하기만을 기다리는 것도 힘들었지만, 자신의 실수로 윤공현과 설이준이 다치는 건 더욱 싫었다.

윤공현은 누구보다 똑똑한 놈이었다. 그래서 믿었다. 1초마다 마음이 뒤바뀌고, 모니터 속 자료를 보다가 좌절하기를 수없이 했으나 어금니를 꽉 깨물고서 참았다. 그런데 이제 와서 죽어간다니. 믿고 기다렸는데, 죽어간다니.

"누구 마음대로, 이 새끼가."

소환의 비틀린 입술 새로 마그마처럼 시뻘건 분노가 뚝뚝 흘러내렸다.

"거, 검사님?"

수사관이 하얗게 질린 얼굴로 물었다. 어느새 자동차가 숲길로 들어섰다. 수사관은 불안한 눈으로 좌우를 살폈다. 여긴 대체 어디야. 묻고 싶지만 윤 검사의 기세가 워낙 흉흉해서 더 이상 묻지 못했다.

"서울 지역 말고 경기도권 경찰한테 연락하세요. 살인 미수, 협박, 감금의 사태가 일어났으니 나중에 질책당하기 싫으면 지금 제가 말한 주소로 당장 날아오라고요."

"아, 알겠습니다."

누구보다 경찰이 보고 싶었던 수사관은 얼른 휴대폰으로 경찰에게 신고했다. 검사가 수사관인 자신을 납치했으니 구하러 오라는 말을 덧붙일까 말까 고민하면서.

내려온 길로 다시 뛰어 올라간 이준은 황망한 눈으로 불타오르고 있는 창고를 보았다. 다리에 힘이 풀리면서 무릎이 꺾였다. 이준은 바닥에 무릎을 꿇고 앉았나. 창고의 벽면에 기대어 앉아 있던 공현의 모습이 머릿속을 스쳐 지나갔다. 반사적으로 눈꼬리에서 눈물이 주르륵 흘러내렸다. 불을 끄기에도 너무 늦었다.

"……공현…… 윤공현…… 윤공현!"

이준은 공현을 불렀다. 자그맣던 목소리가 점점 커져서 비명이 되었다. 흙을 움켜쥐고서 바닥을 내려치며 공현의 이름을 애타게 불렀다. 그러나 돌아오는 답은 불길이 타닥거리는 소리뿐이었다.

"이게 뭐야…… 그러기에 같이 도망가면 됐잖아! 다른데 숨어라도 있던가. 이제 어쩔 거야! 이제 어쩔 거냐고!"

못 한 말이 아직 많다. 사실대로 말해줘야 할 것도 있다. 해주고 싶은 것들도 많고, 아직 받고 싶은 것도 많다. 함께하고 싶은 것도 많고…… 그냥 다 필요 없이 함께 있고 싶다. 언제부터 그런 마음이었는지 모르겠지만, 함께 있고 싶다.

그런데 손가락에서 흙이 흘러나가듯이 윤공현이 빠져나갔다. 자신의 삶에서 소리소문도 없이 스르륵. 이건 명백한 반칙이자 계약위반이다.

"이런 게 어딨어, 이런 게! 이런 게 어딨냐고!"

이준이 앉은 자리에서 발악했다. 무엇을 해야 할지 아무것도 생각나지 않았다. 그저 윤공현이 저 속에서 타 죽었을 거라는 것 말고는 떠오르지 않았다.

"……설이준."

그때, 바람을 타고 자그마한 소리가 귓속을 파고들었다. 바닥을 내려치며 울던 이준은 고개를 번쩍 들었다. 잘못 들은 건가? 그러기엔 확실히 들었는데. 이준은 다급하게 주위를 살폈다. 커다란 나무 뒤로 피에 젖은 팔이 보였다.

"설이준."

바람에 섞인 희미한 목소리가 다시 들렸다. 다리에서 힘이 풀린 이준은 무릎걸음으로 그곳까지 걸어갔다. 돌부리에 찍힌 무릎에서 피가 나는데도 느낄 수가 없었다. 커다란 나무 뒤로 향한 이준의 눈이 부릅떠졌다. 이전보다 더욱 피범벅이 된 윤공현이 그곳에서 숨을 헐떡거리며 쉬고 있었다. 그가 무사히 탈출했다.

"윤공현?"

이준은 양손으로 공현의 뺨을 감싸 쥐었다. 목소리에 응하기라도 하듯이 공현이 풀린 눈을 억지로 떴다.

"살아 있었어. 다행이다. 다행이야."

이준은 공현의 뺨을 쥔 채 중얼거리다가 울컥 터져 나오는 울음을 참지 못했다.

"이 몸으로 못 나올 줄 알았는데 나왔네요. 진짜 질기고 독해."

눈물 반, 웃음 반이 섞인 이준의 말에 공현의 미간이 꿈틀거렸다. 반박하고 싶은데, 말할 힘이 없어 보였다.

그러나 다시 만나 반가운 것도 잠시였다. 이준은 공현이 막고 있는 상처를 보았다. 이전보다 훨씬 더 많은 양의 피를 흘리고 있었다. 이대로 뒀다간 윤공현은 여기서 죽게 될 게 분명했다.

이준은 공현의 피에 젖은 손을 꽉 움켜쥐고서 그의 눈을 똑바로 바라보았다.

"검사님한테 무사히 연락했어요. 곧 올 거예요. 저도 사람을 데려올게요. 의식 잃지 말고, 조금만 기다려 줘요. 절대로 죽거나, 쓰러지거나, 지지 말아요. 알았죠? 사장님 독한 사람이니까, 끝까지 질기고 독하게 버티란 말이에요."

이준이 신신당부를 하며 힘겹게 공현의 손을 놓으려고 할 때였다. 툭 치면 쓰러질 것처럼 아주 미미한 힘이 이준의 손을 끌어당겼다. 자리에서 일어나려던 이준이 공현을 다시 바라보았다. 공현은 힘겹게 한쪽 팔을 뻗어 이준을 끌어안았다. 이준이 눈을 부릅뜬 채 그 상태로 얼어붙었다.

"……기다려."

잔뜩 갈라진 목소리로 공현이 속삭였다.

"그러다가 큰일 나요."

이준은 떨리는 목소리를 숨기며 말했다.

"안 죽어. 그러니까 사람들이 찾을 때까지 기다려."

공현은 가물가물해지는 의식을 다잡으며 말했다. 공현은 거의 기다시피 창고를 벗어나면서 사람들의 말소리를 들었다. 불을 왜 질렀냐는 누군가의 험악한 소리에, 흉악범은 '쥐새끼들이 안 나오니 불을 지를 수밖에.' 라며 껄껄거리고 웃었다. 아마도 이 상황을 확인하러 윤태성이 보낸 사람인 듯했다.

그 사람들은 이 불길이 잦아든 후 시체를 확인할 게 분명했다. 혹시나 하는 마음에 이 주변을 살피면서 사람들을 찾을 수도 있고. 이런 상태에서 설이준이 혼자 숲길을 돌아다니다가 혹시나 그 사람들을 만나기라도 한다면 위험하다. 윤태성이 고용한 사람이라면 절대로 이준이 홀로 상대할 수 없다. 이 상태로 자신이 죽어버리는 게 낫지, 숲길 한복판에서 설이준이 시체로 죽어가는 건 절대로 두고 볼 수 없었다.

"그래도……."

공현은 미세하게 고개를 흔든 채 이준을 끌어안았다.

"……괜찮아."

잔뜩 갈라진 목소리로 공현이 속삭이며 이준을 끌어안았다. 코끝으로 설이준의 냄새가 났다. 그럴 리 없겠지만, 뱃속의 고통이 조금 완화되는 듯했다. 그게 아니라면 과다출혈로 몸에서 마비 증상이 나타난 것이거나. 어떤 쪽이든 상관없었다. 지금은 설이준과 이렇게 있다는 것만으로도 꽤 괜찮게 느껴졌다.

"사장님."

"어."

공현이 힘 빠진 목소리로 대답했다.

"절대로 의식 놓으면 안 돼요. 사장님, 그거 기억나요? 사장님 아팠을 때 내가 죽도 해주고 물도 끓여준 거. 사실 사장님이 죽을 다 버리면 어떻게 하나 고민했거든요. 그런데 싹 다 먹어줘서 고마웠어요. 아주 오랜만에 죽을 끓인 거거든요. 지금 생각해 보니까 간도 안 봤네……."

그래서 그렇게 맛이 없었나.

공현은 웃고 싶었으나 입술 끝에서 잔 경련이 일어날 뿐이었다.

"그리고 사과할 게 있어요. 사장님이 물 떠오라고 했을 때 컵에 손가락 담근 적 있어요. 그래도 화내지 말아요. 사장님은 그 물 미심쩍다고 안 마셨거든요. 오히려 날 마시게 했지. 사장님은 참 독한 사람이에요. 또 그것도 기억나요? 일전에……."

귓가에 조근조근 이준의 말소리가 스며든다. 어떻게든 자신의 의식을 잡고 있으려는 듯 이준은 끝없이 말을 이어갔다. 일부러 화날 만한 이야기만 골라서 하는 것 같았다. 그러나 불행히도 공현은 조금도 화나지 않았다. 이준의 입에서 자신의 이야기가 흘러나오는 것이 좋았다.

그래도 우리에게 꽤나 많은 추억이 있었구나.

공현의 눈이 나른해졌다. 타닥타닥 불길이 이는 소리, 길게 이어지는 바람 소리, 끝없이 파도처럼 흔들리는 나뭇잎 소리가 뒤섞여 이준의 목소리가 자장가처럼 들렸다. 피를 철철 흘리는 이런 상황과 걸맞지 않지만 평온했다. 평화가 이럴까. 이준의 목소리를 조금 더 듣고 싶은데, 어느새 물에 빠진 것처럼 웅웅거릴 뿐 들리지 않았다.

자신이 죽으면 설이준은 슬퍼할까. 정이 많고 책임감이 강한 사람이니 그럴 거다. 이럴 줄 알았으면 잘해줄걸. 아무리 잘해준 것들을 떠올리려고 해도 생각나는 게 없다. 좋은 사람으로 남겨지지 못하는 것이 아쉽다. 그래도 설이준이라면 자신을 좋은 사람으로 기억할 거다. 설이준이 좋은 사람이니까.

"사장님, 사장님! 내 말 들려요? 사장님? 고개를 끄덕여 봐요."

이준은 공현의 상태가 심상찮은 것을 알아챘다. 공현의 양쪽

빰을 감싸 쥔 채 소리쳐 물었다. 공현의 입술이 벙긋거렸다. 그러나 아무 말도 흘러나오지 않았다.

미안하다, 약속을 못 지켜서.

공현은 그 말도 채 뱉지 못한 채 눈을 감았다. 가까스로 이준의 어깨에 걸쳐져 있던 팔이 툭 떨어졌다. 동시에 이준의 심장도 툭 떨어졌다.

"……사장님?"

이준이 작게 속삭였다. 대답이 돌아오지 않았다.

"사장님, 사장님…… 야! 윤공현!"

이준의 입에서 비명 같은 외침이 쏟아져 나왔다.

소환은 땀에 젖은 얼굴을 신경질적으로 쓸어 올렸다.

[여기에 없습니다.]

[안 보입니다.]

연달아 들려오는 좋지 않은 대답에 소환은 얼굴을 와락 구겼다.

처음 이곳에 도착했을 때 보인 것은 활활 타오르는 창고와 그 앞에서 죽어 있는 한 남자였다. 신원조회할 것도 없이 윤소환은 그 남자를 알아보았다.

이 별장에서 윤태성의 얼굴에 불을 지르고 살해한 남자.

그 남자가 한 손에 칼을 쥐고서 바닥에 쓰러져 있었다. 그의 품에서 유서가 나왔다. 윤태성을 향한 원한이 깊어 그 자식을 죽였고, 이제 더는 죽일 사람이 없어서 죽겠다는 내용이었다. 아무것도 모르는 상태였다면 소환은 그 유서를 믿었을지도 모른다. 그러나 이건 날조된 문서였다.

진화 작업을 마친 창고는 볼품없었다. 뼈대만 남은 창고 안은 그을음으로 가득했다. 사람들의 만류에도 불구하고 소환은 마스크도 쓰지 않은 채 안으로 들어갔다. 폭발음의 주범이었을 자동차가 보였다. 이리저리 살핀 결과 자세히 알아볼 순 없었으나 시체로 보이는 것은 없었다. 설이준과 윤공현이 어딘가에 살아있을 수도 있다. 소환은 곧장 사람들을 그 주변으로 풀었다. 그러나 30분이 넘어가는 지금, 사람을 찾을 수 없다고 했다.

"어디 가십니까, 검사님."

"나도 찾으러 가야죠. 연락하겠습니다."

수사관이 등 뒤에서 무어라 이야기했으나 소환은 길을 따라 뛰어 내려갔다. 얼마쯤 뛰었을까. 별장을 에워싼 산의 규모가 어마어마해서 오늘 내로 다 뒤지긴 무리였다. 더군다나 해가 저물고 있었다. 윤공현이 다쳤다고 했고, 이준 또한 다쳤을지도 모른다. 산속에서 다친 상태로 밤을 버텨내는 건 무리다. 목이 바짝 말라왔다. 소환이 다급하게 길을 찾아 헤맬 때였다.

"경찰인가?"

밭을 다녀오는 듯 소쿠리를 들고 있는 노인이 구부정하게 서서 물었다.

"네. 혹시 이 주변에서 젊은 남녀 못 보셨습니까?"

"젊은 남녀는 못 봤소만, 젊은 남자는 봤소."

"보셨다고요? 어디서요?"

소환이 노인에게 바짝 다가섰다. 노인은 고동빛으로 물든 손가락으로 산속을 가리켰다. 소환이 내려온 반대편이었다.

"저쪽으로 올라가던데, 그때부터 깜깜무소식이오."

"저긴 그냥 산인데……. 아!"

뒤늦게 떠오른 생각에 소환은 짧게 탄성을 내질렀다. 둘은 도망치는 상황이었다. 더군다나 다친 상황. 도망치는 것보단 숨어야 하는 상황이다. 왜 몰랐을까.

"감사합니다!"

소환은 노인이 가리킨 곳을 향해 있는 힘껏 달렸다.

노인이 가리킨 곳은 멀리서 보면 숲이었으나 가까이 다가갔을 땐 한 사람이 지나갈 법한 좁은 길이 나 있었다. 대체 이런 길이 왜 이곳에 숨겨져 있는지, 이준과 공현은 어쩌다가 이곳까지 오게 된 건지 알 수 없었다.

"윤공현! 이준 씨!"

소환은 손으로 울림통을 만들어 크게 소리쳤다. 아무 대답이 돌아오지 않았다. 목 안이 바짝 타들어갔다. 둘 다 의식을 잃고 쓰러진 걸까? 그럼 정말 큰일이다.

"윤공현! 이준 씨!"

다시 한 번 불렀다. 숲인지 길인지 구분 안 갈 만큼 좁은 곳을 올라가던 소환의 걸음이 뚝 멈췄다. 두 사람이 있었다. 커다란 나무에 기대어 앉아 있는 공현과 넋이 나간 얼굴로 그 곁을 지키고 있는 이준이었다. 하얗게 질린 얼굴로 소환은 두 사람을 향해 뛰어갔다. 공현은 눈을 감은 채 쓰러져 있었고, 이준은 공현의 상처 부위를 꽉 눌러 지압하고 있었다.

"공현아! 정신 차려! 이준 씨! 괜찮아요?"

두 사람은 창고 화재로 날아온 잿더미를 덮어썼는지 엉망진창인 몰골을 하고 있었다. 이준이 느릿느릿하게 고개를 돌렸다. 잿더미가 내려앉은 것처럼 캄캄한 눈동자에 천천히 습기가 고여들었다.

"왜 이러고 있어요? 휴대폰 없어요? 아…… 전파 차단되었지."

말을 잇던 소환이 무언가를 기억하곤 탄식을 흘렸다. 치밀하게도 이 인근 주변이 모두 전파 차단 지역이었다. 정확히 말하자면 누군가가 치밀하게 전파를 차단시켜 놓은 상태였다. 무릎을 굽히고 앉은 소환은 이준을 바라보았다. 죽음과 같은 절망을 맛본 얼굴이었다.

"……세요."

땀, 눈물, 잿더미로 엉망진창이 된 얼굴로 이준이 입술을 달싹거렸다. 그 희미한 소리를 바람이 스치며 뭉갰다. 그러나 살려주세요, 라는 그 미미한 알아들은 소환은 뻣뻣하게 굳었다.

소환은 무선기를 통해 대기 중이던 구급 대원을 불렀다. 공현은 들것에 실려 구급차까지 이송되었다. 이후 구급차에서 공현의 상처를 본 사람들은 모두 다 말을 잇지 못했다. 칼자루가 배에 고스란히 박혀 있었다. 구급대원의 말에 의하면 칼로 인해 출혈 속도를 늦출 수 있었으나, 그로 인해 움직일 때마다 장기가 칼에 손상되었을 확률이 높다고 했다. 감히 상상조차 할 수 없는 통증이었을 거라고.

병원에 도착하자마자 공현은 수술실로 곧장 들어갔다. 그 앞을 소환이 직접 지켰다. 소환은 수술실 앞에서 두 손을 가지런히 모으고 있는 이준에게 다가갔다.

"이준 씨도 씻고 치료 좀 해요."

"……괜찮아요."

목소리에 힘이 없었다.

"이준 씨는 윤태성에 대해 알고 있었죠?"

"……."

대답이 돌아오지 않자 소환은 어금니를 깨물었다. 화가 울컥 치밀어 올랐다. 두 사람은 이 사실을 모두 알고 있으면서 자신에게 언급하지 않았다. 자신은 두 사람을 믿었는데, 결국 두 사람은 자신을 믿지 못한 것이나 다름없었다.

"왜 진즉에 나한테 연락 안 했어요? 그럼 적어도 이 상태까진 오지 않았을 거 아니에요? 내가 어떻게든 막았을 거예요. 날 믿을 순 없었어요? 날 조금만 믿어줬더라면……!"

자신도 모르게 화를 내던 소환은 이준의 고요한 시선과 마주하자마자 말문이 막혔다. 그의 투명한 눈동자가 묻고 있었다. 정말로 네가 하고 싶은 말이 그것이냐고. 소환은 마른침을 삼켰다. 아니다. 자신이 하고 싶은 말은 이런 원망이 아니었다. 무능한 스스로가 싫어서 어디론가 이 화를 표출하지 않으면 가슴이 터질 것 같아서 그랬다.

"……미안합니다, 설이준 씨."

최선을 다한 그녀에게 자신이 할 수 있는 말은 그뿐이었다. 소환은 의자에 털썩 주저앉아 있는 힘껏 주먹을 말아 쥐었다. 몸이 터질 것만 같다. 화가 나고, 스스로가 원망스럽고, 공현이 걱정스럽고, 이런 일에 휘말려들게 한 이준에게 미안해서.

"믿지 못한 게 아니라, 걱정한 거예요."

눈동자만큼이나 고요한 목소리가 들렸다. 소환은 여전히 주먹을 꽉 쥔 채 이준의 목소리를 들었다.

"이 사실을 알면 검사님이 아플까 봐, 사장님은 아주 많이 걱정하고 또 걱정한 거예요."

"……."

"사장님은 검사님 좋아하거든요."

"……."

"자신만 참으면 된다고 생각했을 거예요. 제가 잡혀가지만 않았더라면, 사장님은 아마 평생 함구하고 있었을지도 몰라요. 제가 알아채지만 않았더라면…… 그랬더라면…… 사장님도 지금쯤은……."

투투툭.

습기를 잔뜩 머금은 눈물이 무거운 소리를 내며 손등 위로 쏟아져 내렸다. 머릿속에 안개가 찬 것처럼 멍해 있다가도 사장님, 소리만 하면 눈가를 비집고 눈물이 나왔다.

매캐한 화재의 연기를 담은 바람이 스산하게 퍼지던 가운데, 눈을 감고 있는 윤공현이 떠올랐다. 그때의 공포와 절망이 가슴을 갈기갈기 찢어놓고 달아났다.

"설이준."

자신을 부르던 목소리가 듣고 싶다.

"이리 와."

자신을 끌어당기던 손이 그립다.

"내가 다 해줄게."

자신을 간절하게 바라보던 눈이 그립다.

모른 척할 수 있었음에도 끝내 자신을 구하러 와준 윤공현이 미치도록 보고 싶다.

"장기 손상이 심하긴 했으나 다행히 목숨에 지장은 없습니다. 향후 조금 더 지켜봐야 알겠지만, 괜찮을 것 같군요."

수술을 마친 의사에게서 말을 들은 이준은 휘청거렸다. 마침내 듣고 싶은 말을 들으니 온몸에 힘이 빠졌다. 소환이 손을 뻗어 이준을 붙들었다.

"그럼 이만."

"의사선생님."

돌아서는 의사를 이준이 불렀다. 왜 그러냐는 듯 쳐다보는 의사에게 이준이 물었다.

"환자를 개인 병원으로 옮길까 하는데 괜찮을까요?"

이준의 물음에 소환이 놀란 얼굴로 그녀를 쳐다보았다. 병원을 옮긴다니.

긴 수술을 마친 의사는 지친 얼굴로 대답했다.

"환자 몸에 무리가 가긴 하지만 아예 불가능한 건 아닙니다만, 왜 그러십니까?"

"일단 알겠습니다."

"무슨 소리예요?"

의사가 멀어진 것을 확인한 소환이 이준에게 물었다.

"병원을 옮겨야 해요."

"왜요?"

"사람이 많아요. 제가 사람들을 모두 외운다고 하더라도 한계가 있어요."

"그야 종합병원이니까……."

말을 하던 소환이 멈칫했다. 종합병원이기 때문에 환자들을 비롯해 의료진들이 많다. 교대하는 인원도 많아서 작정하고 윤태성의 수하가 숨어든다면 찾아낼 수가 없었다. 지금쯤이면 윤태성의 귀에도 공현의 소식이 전해졌을 거다. 윤태성이 결정적인 증거인 윤공현을 그냥 둘 리 없었다. 소환은 조금 놀란 얼굴로 이준을 바라보았다. 아무 생각 없이 멍하게 앉아 있는 줄 알았는데 이준은 공현이를 지키기 위해 이미 모든 계산을 마친 상태였다.

"마땅한 곳이 있어요?"

소환은 목소리를 낮춰 이준에게 물었다.

"네. 딱 한 곳 있어요."

이준은 빛이 서린 눈동자로 대답했다.

이준은 병원을 둘러본 끝에 윤태성의 수하를 알아보았다. 이태가 입원한 당시 자신을 지켜보던 사람 중 하나였다. 그는 이준이 자신을 알아봤다는 걸 모르는 듯했다.

이준은 이 사실을 소환에게 전했다. 소환과 이준은 비밀리에 믿을 수 있는 측근들을 시켜 공현을 빼돌렸다. 구급차가 두 대 동원되었다. 한 대는 가짜 윤공현을 실은 구급차였고, 또 다른 한 대는 진짜 윤공현을 실은 구급차였다. 가짜 윤공현을 실은 구급차는 일부러 뱅뱅 돌아 아주 먼 산골로 향했다. 그 뒤를 자동차 두 대가 따르는 것을 확인한 후에야, 진짜 윤공현을 실은 구급차가 움직였다.

공현은 소장의 누나가 운영하는 개인병원으로 옮겨졌다. 전후 사정을 들은 소장의 누님은 기꺼이 돕기로 했다. 공현이 입원한 층엔 믿을 만한 사람으로만 채웠다. 재료나 치료 도구가 바뀌지 않도록 이미 마련되어 있는 것들로만 사용하기로 했다. 소장은 강.남. 보디가드 업체의 보디가드 네 명을 파견해 공현이 입원한 층을 경호했다.

"고맙습니다."

이준은 소장에게 감사의 인사를 전했다.

"감사하긴. 나중에 네 검사님이 다 지불하기로 했어. 그나저나 이게 웬일이냐, 진짜."

소장이 낮은 한숨을 내쉬었다. 윤 회장은 소장을 미끼로 썼을 뿐, 그를 처음부터 납치하지 않았었다. 감정에 휩쓸린 이준은 사실 확인조차 하지 않은 채 윤 회장에게 납치된 것이었다. 이 사실을 전해들은 소장은 제 탓인 것만 같아 마음이 답답했다. 한숨을 길게 내쉬는 소장을 보며 이준이 말했다.

"이모한테 들었어요."

"아아, 별거 아니다."

소장은 손을 휘휘 내저었다. 어젯밤 이모는 이준에게 연락을 해왔다. 당분간 이태와 함께 소장의 집에 머물기로 했다는 거였다. 무슨 일인지 모르겠지만, 어서 마무리되었으면 좋겠다는 뜻을 전했다. 무슨 일인지 묻지 않고 자신의 뜻을 따라준 가족들이 고마웠다. 더욱이 위험한 일인데도 기꺼이 나서주는 강.남. 보디가드 가족들에게 고마워서 이준은 하루에도 몇 번씩 코끝이 찡했다.

"이놈은 네가 이렇게 열심히 뛰어다니는데 눈 안 뜨고 뭐

하냐?"

소장은 누워 있는 공현을 흘깃 쳐다보며 타박했다.

"그러게요."

이준은 씁쓸한 얼굴로 공현을 바라보았다. 수술도 성공적으로 마쳤다는데도 불구하고 공현은 하루 동안 눈을 뜨지 않았다.

"에효, 나중에 이자까지 다 쳐서 받아내."

"그럴게요. 감사합니다."

이준은 다시 한 번 소장에게 허리를 굽혀 감사의 뜻을 전했다.

"감사할 거 없어, 이미 가족 같은 사이끼리. 나는 가보마. 일 생기면 곧장 연락 주고."

"조심해서 가세요. 그리고…… 아시죠?"

이준은 목소리를 낮춰서 경고했다. 소장은 지겹다는 얼굴로 고개를 끄덕였다.

"그래, 알았다. 차 조심, 길 조심, 사람 조심, 도청 조심 등등. 인마, 너 때문에 요새 자동차 타기 전에 수십 번도 더 점검해. 이러다가 안전 노이로제 걸릴까 봐 걱정이다. 어휴. 그리고 윤 검인지, 유 검인지한테 어서 처리하라고 해. 왜 아직도 윤태성이 버젓이 TV에 나오는 거야? 무섭게. 난 간다."

제 할 말을 우르르 쏟아놓은 후 소장은 손을 휘휘 내저으며 병실을 나섰다. 이준은 멀리 못 나가서 죄송하다는 말을 남긴 후 의자에 앉아 공현을 바라보았다.

눈을 감고 있는 공현의 얼굴이 깨끗했다. 긴 속눈썹, 가로로 길게 이어진 눈, 오뚝하게 솟은 콧날, 반듯한 입술. 며칠간 먹지 못해서인지 퀭하게 말라 있는 것을 빼곤 완벽했다. 미남이라 여고생들의 마음을 절절하게 울린다는 이태는 감히 명함도 못 내밀 만큼 훌륭했다.

"그래도 눈 뜬 게 더 멋있는데."

이준은 중얼거리다 말고 손을 뻗어 공현의 뺨을 감쌌다. 따뜻했다. 이준은 하루에도 몇 번이나 공현의 뺨을 만지며 그의 온기를 확인했다. 그가 살아 있다는 것을 확인해야만 마음이 놓였다.

"멀쩡하다는데 왜 눈을 안 떠요?"

이준은 여전히 눈을 감고 있는 공현에게 투정을 부렸다.

그러다 문득 나무 기둥에 기대어 앉아 자신을 바라보던 공현의 눈동자가 떠올랐다. 수만 가지의 감정이 투명한 눈동자에 고였다가 사라지기를 반복했다. 그때 그는 무슨 생각을 했을까. 분명 무언가 말을 하려고 입술을 달싹였던 것 같은데, 듣지 못한 게 억울하다.

"이래저래 사람 속 썩이는 데는 타고났지."

이준은 혼잣말처럼 중얼거리며 공현의 손을 잡았다.

"속 썩여도 좋으니까 눈 떠요. 욕을 하든 화를 내든 다 받아줄 테니까……."

이준은 작게 중얼거리며 엎드렸다. 공현에게서 살 냄새가 났다. 그가 살아 있다는 것이 여실히 느껴졌다. 그땐 살아만 줘도 좋을 거라고 생각했는데, 지금은 멀쩡하게 눈을 떠줬으면 좋겠다는 욕심이 생겨났다. 이준은 그의 손등에 이마를 가져다 대며

빌었다.

꿈에라도 멀쩡한 모습으로 나와주기를. 그럼 조금 더 힘내서 기다릴 수 있을 텐데…….

늦은 저녁 무렵이 되어 병실을 찾은 소환의 얼굴은 깊은 밤만큼이나 어두웠다. 오늘 아침 병실에서 곧바로 출근할 때만 해도 소환은 '오늘은 윤우연, 아니, 윤태성 잡아넣을 겁니다.' 라고 호기롭게 외쳤다. 그러나 그것이 무색하게도 오늘 정오 무렵 윤태성은 '기업인들의 만찬' 에 버젓이 웃는 얼굴로 나타났다. 항간에는 그가 정계에 진출할 거라는 말까지 나돌았다. 재력을 갖춘 윤태성이 권력까지 갖는 순간 어마어마한 일이 벌어질 것 같아 가슴이 선득했다.

"증거가 없어서 안 된답니다, 부장검사가."

소환은 힘없이 소파의 팔걸이에 걸터앉으며 말했다. 그럴 거라 예상했다. 소환은 지친 얼굴을 제 손바닥에 문질렀다. 힘을 내고 싶은데 힘이 나질 않았다. 잠깐 공현을 구출하러 다녀온 사이 소환의 메일이 사라졌다. 계정이 해킹당한 것이었다. PC에 따로 저장해 둔 내용물도 모두 사라졌다. 이로써 검사 쪽에도 윤태성의 인간이 있다는 것이 확인되었다. 그 사람이 한 명이면 다행일 테지만, 만약 수도 없이 많다면…….

"부장검사도 의심스러워요. 외압이 있는 건지, 윗선에서 막는 건지 알 수 없지만 그 일에서 손 떼라고 하더군요."

"……."

"하아, 윤태성이 어디까지 손을 뻗고 있는지 알 수가 없어요."

소환이 힘 빠진 목소리로 중얼거렸다. 하루 종일 뛰어다녔다. 그러나 그 어디서도 만족스러운 결과를 얻지 못했다.

"아마 우리가 생각하는 것보다 많을지도 몰라요. 벌써 10년 넘게 그 사람은 자신을 지킬 준비를 했을 테니까요."

이준의 담담한 말에 소환의 어깨가 더욱 무겁게 내려앉았다.

"이 엄청난 사실을 공현이가 혼자 떠안고 있었을 거라고 생각하면 미안해요. 얼마나 힘들었을까요."

소환의 시선을 따라 이준이 고개를 돌렸다.

"그러게요."

"이준 씨는 혹시 따로 생각해 놓은 방법 없어요?"

소환은 이준을 바라보았다. 이준은 똑똑하고 강한 사람이었다.

"죄송한데 이번엔 없네요. 일단 지금은 증거물이 모두 사라진 상태고, 지금 설령 사장님의 머리카락을 뽑아서 친자 확인을 한다고 하더라도 그 결과가 나오기도 전에 윤태성의 귀에 들어갈 확률이 높아요. 사장님이 이렇게 의식 없을 땐 위험해요."

오히려 역추적 당해서 공현의 위치가 노출될 수 있다. 그땐 정말 위험하다. 윤태성은 웃는 낯으로 돌아다니고 있으나 누구보다 바짝 독이 오른 상태였다.

"그렇네요."

이준의 말을 들은 소환은 희미하게 웃으며 고개를 끄덕였다.

"죄송합니다. 별 도움이 못 되어서요."

"아뇨. 이준 씨가 없었으면 저 혼자 무너졌을 겁니다. 고마워요. 그리고…… 나야말로 별 도움이 못 되어서 미안합니다."

소환은 희미하게 웃으며 이준에게 사과의 말을 건넸다. 이준도 따라 웃었다.

"그런데 이준 씨."

"네?"

"한 가지만 물어봐도 돼요? 이전부터 계속 궁금했던 건데……."

소환이 턱을 긁적거리며 물었다. 창문을 반쯤 열며 이준은 대답 대신 고개를 끄덕였다.

"공현이한테 왜 이렇게 잘해줘요? 공현이는 이준 씨를 괴롭히기만 하던데. 오히려 속 시원하다라고 생각하고 떠나야 하는 거 아니에요? 미운 정이라도 들었어요?"

"어…… 그게……."

생각지도 못한 질문에 이준은 잠시 어안이 벙벙했다. 그러고 보니 왜 자신이 윤공현의 생사에 이토록 집착하는 것일까. 잠시 고민하던 이준은 뒷목을 긁적거리며 말했다.

"정 들었나 봐요."

"정이요? 그게 다예요?"

"그리고 불쌍하기도 하고, 안타깝기도 하고……."

"아아, 동정심?"

“아뇨. 100% 동정심이라고 하기엔 또 애매한 게…….”

이준은 점점 말을 할수록 휘말려 들어간다는 생각을 했다. 단 한 번도 생각해 보지 않았다, 자신이 윤공현을 어떻게 생각하는지. 동정심, 안타까움, 미운 정, 고운 정, 그런 마음이 뒤섞인 데다 ‘조금 더 함께 있고 싶다’ 라는 이 간절함이 섞인 감정은 무엇일까. 답 없는 질문지를 받아 든 것처럼 속이 갑갑해졌다.

“모르겠어요?”

소환은 싱긋 웃으며 물었다.

“네.”

“난 알겠는데.”

“뭘요?”

“공현이의 마음도, 이준 씨의 마음도.”

“뭔데요?”

“그건 본인이 찾아봐요. 내가 말해주면 재미없잖아요. 그런데 좀 아깝네요, 공현이보다 내가 먼저 발견했는데.”

“네?”

아까 전부터 모를 소리만 늘어놓는 소환을 이준이 멍하게 쳐다보았다. 알아듣게 말을 해, 라고 이준은 얼굴로 말했다. 소환은 픽 웃으며 이준을 물끄러미 바라보았다.

여러 종류의 사람 중 이준은 보면 볼수록 마음을 동하게 하는 사람이었다. 마치 돌인 줄 알고 주웠는데 알고 보니 진주였더라, 라는 느낌을 주는 사람. 그래서 함께할수록 그 은은한 빛에 매료되었다. 때론 천진난만하고, 어떨 땐 똑똑하고, 또 어떨 땐 능글맞을 줄 아는 이준의 성격은 좀처럼 찾기 힘들었다. 거기다가 이목구비가 뚜렷해서 조금만 꾸미면 미인일 얼굴이었다.

"갑님, 왜 말을 하다가 말아요?"

이준이 물었다. 소환은 어느새 맞은편 소파에 앉아 있는 이준을 향해 손을 뻗었다. 그러고는 이준의 머리카락을 쓱쓱 쓰다듬어 주었다.

"그러게요. 이 말을 하면 건잡을 수가 없을 것 같아서 말을 할 수가 없겠네요."

"손 떼."

고요하던 공간에 또 다른 목소리가 울렸다. 이준과 소환의 움직임이 뚝 멈추었다.

이준은 눈물 나게 듣고 싶었던 그 목소리가 흘러나온 곳으로 천천히 고개를 돌렸다.

못 볼 걸 본 사람처럼 얼굴을 구기고 있는 공현이 보였다. 믿기지가 않아서 멍하게 쳐다보자, 공현은 살벌하게 얼굴을 구기며 말했다.

"그 머리의 소유권은 나한테 있으니까, 그 손 떼라고, 윤소환."

긴 꿈을 꾸었다. 꿈속에서 자신은 어둠 속에 갇혀 있었다. 엄청난 무게의 쇠고랑을 찬 것처럼 온몸이 무거웠다. 몸은 늪에 빠져 들어가듯이 조금씩 어둠 속으로 잠식되어 갔다. 어둠이 머리끝까지 차오르면 죽겠구나, 막연히 그런 생각이 들었다. 슬프거나 힘들지는 않았다. 오히려 평온했다. 머릿속이 몽롱해졌고, 점차 온몸에서 힘이 빠졌다. 이대로 영영 머물러도 썩 나쁘진 않겠다 싶을 때였다.

'사장님, 일어나 봐요.'

누군가의 희미한 목소리가 들렸다. 온 머리가 울리는 목소리였으나 귀찮았다. 일어나고 싶지 않았다. 조금이라도 빨리 늪에 갇혀 이 지겨운 침묵에서 벗어나고 싶었다. 그러면서 머릿속 한 귀퉁이에선 '누구 목소리야' 라는 생각이 들었다.

'나 혼자 어쩌라고요.'

울음이 섞인 담담한 목소리를 듣는 순간, 진득하게 몸에 들러붙던 늪이 멈추었다.

'이렇게 보내면 후회할 것 같단 말이에요.'

목소리에 조금 더 울음이 맺혀 있었다.

나를 기다리는 사람이 있다.

그 생각을 하자마자 검은 늪이 진동했다. 자신을 집어삼키기 위해 꾸물거리는 검은 늪을 공현은 텅 빈 눈으로 바라보았다. 자신을 맛보듯이 아주 느릿하게 기어오르던 검은 늪이 집채만 한 파도처럼 치밀어 올랐다. 자신을 집어삼키려는 검은 파도를 본 순간, 공현은 생각했다.

아니다. 사실은…… 내가 기다리는 사람이 있다.

설이준.

그 이름을 뱉는 순간, 사방이 순식간에 환한 빛으로 둘러싸였다.

❖ ◈ ❖

"사장님!"

자리에서 벌떡 일어난 이준이 한달음에 공현에게 달려갔다.

"괜찮아요? 기억이 없다거나, 혹은 내가 누군지 못 알아본다거나……."

"내가 쓰러진 동안 드라마 봤어?"

그럴 리가 있냐는 얼굴로 공현이 쳐다보았다.

"다행이다. 진짜 다행이다."

이준은 눈물이 그렁그렁한 얼굴로 공현을 바라보았다. 며칠 만에 눈을 뜬 공현은 핼쑥한 것 외엔 무탈해 보였다.

"머리 숙여."

"네?"

"머리 숙이라고."

공현은 이준의 옷을 끌어당겼다. 엉겁결에 이준은 고개를 숙였다. 그러자 공현은 손을 뻗어 소환의 손이 닿았던 곳을 털었다. 마치 더러운 것을 턴다는 태도였다.

이준의 부드러운 머리카락이 손가락 사이로 스르륵 스치자, 마치 선선한 바람이 부는 갈대밭에 서 있는 듯했다.

"일어나자마자 그러기냐."

뒤에서 지켜보던 소환은 기가 막히다는 얼굴로 다가섰다.

"어떻게 된 거야?"

"보다시피 무사히 구출되었지. 그리고 넌 아주 무사히 성공적으로 수술을 마친 후 살아있고."

소환이 별거 있겠냐는 듯 어깨를 으쓱거리며 대답했다. 공현은 이준에게로 시선을 옮겼다. 얼마나 시간이 흘렀는지 모르겠지만 이준의 얼굴은 말라 있었다. 여기저기 생채기도 나 있었고, 혈색 돌던 얼굴이 검게 죽어 있었다. 공현은 손을 뻗어 얼굴을 매만지고 싶었으나 누운 상태로는 꼼짝도 할 수 없었다.

"나 좀 일으켜 줘. 침대를 올려줘도 괜찮고."

"괜찮겠어요?"

"어."

이준은 반신반의하며 침대 상부를 끌어 올렸다. 윽, 하고 공현은 짧게 신음했으나 괜찮다는 듯 손을 들어 보였다. 공현은 반쯤 기대어 앉은 채 소환을 쳐다보았다.

"다행이네. 무사해 보여서."

공현이 소환을 아래위로 살피며 말했다.

"그래 보이냐? 겉은 이래도 정신은 아주 너덜너덜하다. 누가 던져 준 핵폭탄급 사실 때문에. 지금도 그 생각을 하면 피가 거꾸로 돌아."

작은아버지의 무덤이라 생각했던 게 실은 자신의 아버지 무덤이었다. 작은아버지의 제사가 실은 자신의 아버지 제사였고. 혼란스럽고 괴롭지 않다면 거짓말이었다. 지금이라도 윤우연의 행세를 하고 있는 윤태성을 죽이고 싶은 마음뿐이었다. 그러나 일에는 순서라는 게 있었고, 아직 자신은 윤태성을 상대할 만한 힘이 없었다.

"윤태성은?"

"잘 살아 있어. 오늘도 미행하는 거 겨우 따돌리고 여기 온 거야."

"증거는?"

"하아, 윤태성한테 모두 압수당했어. 이제 친자 확인만 하면 되는데, 윤태성을 만날 길이 없어. 혹시나 해서 오늘 찾아갔는데 머리카락 하나 못 주웠어."

한 번 당했으니 두 번은 당하지 않을 거라고 생각했지만, 윤태성은 치밀했다. 공현은 아무 말이 없었다. 소환은 이제 겨우 눈 뜬 환자에게 짐을 지워주는 것 같아 애써 쾌활한 목소리로 말을 이었다.

"걱정하지 마라, 내가 알아서 할 테니까. 너는 일단 쉬어. 네가 다 나을 동안 어떻게든 윤태성의 머리카락이나 칫솔을 챙겨 놓을게. 일단 그걸 확보하면 윤태성과 내가 친자 관계가 성립하지 않는다는 걸 퍼뜨리면 되니까."

"아니, 안 돼."

"뭐가?"

물끄러미 앞을 응시하는 공현의 눈동자가 예리하게 빛났다.

"형을 입양했다고 우기거나, 혹은 부인의 외도로 인해 태어난 자식이라고 우기면 끝이야. 친자 확인은 무조건 내가 해야 해."

곁에 서 있던 이준도 공현의 생각에 동의한다는 듯 고개를 끄덕였다.
“후우, 어렵네.”
소환은 한숨을 내쉬며 침대에 걸터앉았다.
“어려울 거 없어. 딱 하나만 성공하면 돼.”
침대에 비스듬히 기대어 앉은 공현의 눈빛이 예리하게 빛났다.

“그럼 난 이만 가볼게.”
늦은 밤이 되어서야 회의가 끝났다. 시간을 확인하던 소환이 몸을 일으켰다. 반사적으로 이준이 따라 일어났다.
“어딜 가.”
소환을 뒤따라 움직이던 이준은 옷자락을 잡아당기는 힘에 멈춰 섰다. 공현이 옷을 잡아당기고 있었다.
“옷 늘어나요.”
“머리 아파.”
공현의 말에 이준의 미간이 좁아졌다.
“방금 전까지 굉장히 멀쩡하지 않았어요?”
방금 눈 뜬 사람이 맞나 의심스러울 만큼 공현의 머리는 팽팽 돌아갔다. 그런데 이제 와서 두통이라니. 미심쩍다는 듯 쳐다보자 공현이 이마를 짚었다.

"오랜만에 머리 썼더니 아파."

"간호사 언니 불러 줄까요?"

"아니, 이마에 열나는지 확인해 봐. 형은 조심해서 가고."

병실 문을 열다 말고 소환은 기가 막히다는 얼굴로 공현을 바라보았다. 한 번 다치고 나더니 설이준을 향한 소유욕을 거침없이 드러내고 있었다.

"나를 향한 애정은 없냐?"

소환이 섭섭하단 목소리로 물었다. 그러자 단박에 공현의 얼굴이 못 들을 걸 들은 사람처럼 구겨졌다.

"됐다, 됐어. 내가 뭘 더 바라겠냐. 을님, 전 이만 가볼게요."

"조심히 가세요, 갑님. 다음에 배웅해 드릴게요. 지금은 상황이 좀 그러네요."

소환은 여기서 더 머물렀다간 공현의 살벌한 눈빛에 얼어 죽을지도 모른다고 생각하며 몸을 틀었다. 소환이 나가자마자 병실이 고요해졌다. 정해진 사람 말고는 출입이 불가능한 층이었다. 이준은 공현에게 다가가 이마에 손을 짚었다.

"열은 안 나네요."

"하지 마."

공현의 낮고도 딱딱한 목소리에 이준은 얼굴을 찌푸렸다.

"방금 본인이 이마 짚어달라면서요. 어느 장단에 맞춰 춤추라고요."

"그거 말고, 갑님. 을님."

이준은 자신이 헛다리 짚은 것을 알고는 짧게 탄성을 뱉었다.

공현은 이상하리만치 소환과 자신이 함께 있는 것을 싫어했다. 이유가 뭘까 고민해 봤지만 마땅한 답이 생각나지 않았다.

"대답."

"노력해 볼게요."

이준의 대답이 썩 마음에 들진 않는 듯했지만 공현은 별다른 말을 하지 않았다.

"열은 안 나요. 간호사 불러 올게요."

"그냥 있어."

"혹시나 모르잖아요."

"괜찮아."

그래도 혹시 모른다며 간호사를 부르러 가려는 이준의 손을 공현이 붙들었다. 환자가 맞나 싶을 만큼 강하고 단단한 힘이었다. 도로 침대에 앉혀진 이준은 공현을 물끄러미 바라보았다.

"왜요? 시킬 일 있어요?"

"울었어?"

공현이 이준을 바라보며 물었다. 그의 잔잔한 눈동자를 보는 순간, 이준은 왜인지 모르게 가슴이 울컥했다. 한 번 더 보길 간절히 바란 눈동자라서 그런 것일까. 마른침을 꼴깍 삼킨 이준은 억지로 평온을 가장한 채 대답했다.

"조금요."

"……."

"네, 제 매력은 대책 없는 솔직함이죠. 솔직하게 말할게요. 펑펑 울었어요. 눈두덩이가 한라산이랑 백두산 되도록 아주 펑펑 울었어요."

창고가 불타는 걸 본 순간부터 윤공현이 눈을 뜨기 직전까지의 삶은 설이준 인생에서 최악의 기간이었다. 괜찮다고 마음을 다잡다가도 불길해졌고, 평온을 유지하다가도 울컥 울음이 났다. 침착해야 한다는 걸 알면서도 윤태성이 TV에 나오면 리모컨을 집어 던졌다. 자신이 자신이 아닌 것처럼 하루에도 몇 번씩 마음이 뒤바뀌었다.

"나도."

갑작스런 대답에 이준은 눈만 움직여 공현을 보았다.

"……나도 울었어."

"……."

"설이준 때문에 나도 울었다고."

공현의 잔잔한 목소리가 마음을 툭 치고 달아났다. 그보다 더 치명적인 것은 누워서 자신을 그윽하게 바라보는 공현의 눈빛이었다. 스스로를 감추려는 듯 검게만 빛나던 그의 눈동자가 오늘은 한없이 투명하게 빛났다. 마치 마음에 걸려 있던 빗장을 거둔 것처럼.

이준은 입술을 깨문 채 공현을 쳐다보았다.

"……거짓말 치기는. 못 봤어요."

"자주 울었는데."

"……."

"설이준이 갑자기 사직의 뜻을 표할 때부터."

"그건……!"

"알아. 내가 싫어서가 아니라 모두를 살리기 위해서였다는 거."

"……."

"나의 무력함과 무능함이 싫었을 뿐이야."

공현의 낮은 목소리가 괴로움으로 물들었다. 그런 공현을 이준이 힘껏 노려보았다.

"그런 걸로 불쌍한 척해도 안 통해요. 난 정말로 사장님이 죽는 줄 알고, 심장이 하루에 열두 번도 더 멈췄다가 뛰길 반복했어요. 아마 사장님 때문에 내 수명은 절반도 안 되게 줄었을 거라고요. 내 인생의 목표가 무병장수인데, 사장님 때문에 글러 먹었어요. 이걸 어쩔 거예요?"

"보상해 줄게."

"보상은 무슨. 돈 얼마 줘봤자 안 통해요! 우리 동네 재개발구역 되는 바람에 가족사진도, 사진관도, 집도 모두 사라졌다고요. 이제 돈을 모아봤자 소용없다고요."

다시 생각하니 울컥했다. 다사다난하다는 말로 표현이 안 될 만큼 어마어마한 일들이 벌어졌다. 그 어마어마한 일들은 아직 매듭도 지어지지 못했다.

"계약해."

공현의 단출한 대답에 이준은 입을 쩍 벌렸다.

"하……. 이 와중에 노예 계약하자는 말이에요? 지금 나보고 또 을의 불합리함을……."

"내가 을이야."

"……."

이준이 할 말을 잃은 얼굴로 바라보았다. 자신이 제대로 들은 게 맞나 의심스러웠다.

그런 이준의 얼굴을 빤히 바라보며 공현은 선서를 하듯 경건한 얼굴로 말을 이었다.

"네가 갑이고, 설이준이 나 때문에 상실한 수명의 기간만큼, 내가 옆에 있을게."

"……."

"필요한 만큼 쓰고, 부려먹고 싶은 만큼 부려먹어."

"대체 저한테 얼마를 요구하시려고요?"

"무보수야. 이런 계약, 흔치 않은 거 알지?"

"왜, 왜, 왜 이래요, 사장님?"

공현의 파격적인 제안에 이준은 말까지 더듬었다.

"머리를 너무 크게 다쳤다거나, 혹시 다른 영혼이 몸에 들어왔다거나……."

이준은 오늘따라 이상행동을 지나치게 많이 보이는 공현을 걱정스러운 얼굴로 쳐다보았다. 공현의 미간이 살짝 좁아졌다.

사람이 진심을 말하는데 믿어주질 않는다. 어쩌면 그게 정상인지도 모른다. 자신도 스스로가 이상하게 느껴지니까. 눈앞에 설이준이 있다는 것만으로 가슴이 울렁거리고 손끝이 저릿했다.

"동공도 멀쩡하고, 초점도 멀쩡한데 대체 뭐가 문제지……."

이준은 고장 난 기계를 살피듯 찬찬히 공현의 얼굴을 살폈다. 공현의 시야로 이준의 얼굴이 왔다 갔다 거렸다.

"아무래도 의사선생님을 불러야겠어요. 아니면 간호사라도 불러 올게요."

"설이준."

"네?"

돌아서다 말고 이준이 멈춰 섰다.

"이상한 짓 하는 김에 하나만 더 하자."

공현이 알 수 없는 말을 던진 후 이준을 끌어당겼다.

"그게 무슨……."

이준의 말이 끝까지 이어지지 못했다. 코끝으로 공현의 냄새가 파고들었다. 얇은 옷자락 너머로 맞닿은 심장의 박동이 느껴졌다. 맥없이 공현에게 안긴 이준은 멍하게 앞을 바라보았다. 아무리 노력해도 눈에 초점이 잡히질 않았다.

"눈 뜨자마자 널 봐서 다행이야."

숨소리가 섞인 달달한 목소리가 귓속을 부드럽게 파고들었다.

"물론, 윤소환이랑 그러고 있는 건 별로였지만."

10. 역전 (1)

침대에 걸터앉은 윤 회장의 모습은 자고 일어났다고 믿을 수 없을 만큼 말끔한 모습이었다. 결벽증이 있는 윤우연의 행세를 하다 보니 몸에 익은 습관이었다. 몸을 일으킨 윤 회장은 습관처럼 창문을 열어젖혔다. 화창한 하늘을 바라보는 그의 눈이 갸름하게 얇아졌다.

이런 날은 별로였다. 모든 것이 씻겨 내려갈 수 있도록 비가 오거나, 어떤 것도 보이지 않는 밤이 좋았다. 그 때문일까. 윤 회장의 심기는 어제보다 더 불편한 상태였다. 윤공현과 설이준은 어디론가 사라졌고, 윤소환은 기가 막힐 정도로 잘 빠져나갔다. 그걸로 부족해 자신을 찾아와 아무렇지 않은 척 대화까지 나누고 돌아갔다.

이후 윤 회장은 더욱 철저하게 준비했다. 윤공현과 설이준을 찾으면 소리소문없이 처리해 두라고 사람을 시켜놓았다. 윤공현의 집에 있는 모든 물건을 회수해서 부순 지 오래였고, 일부러 칫솔을 비롯해 집 안의 물건은 생전에 윤우연이 쓰던 것들로 모두 바꿔놓았다. 누군가가 침입하라고 일부러 경호도 느슨하게 해두었다. 이렇게 모든 것이 완벽함에도 찝찝했다. 마치 누군가가 뒤통수를 잡아당기는 것처럼.

똑똑, 노크를 한 후 수행비서가 문을 밀고 들어왔다.

"회장님."

"아침에 내가 말할 때까지 들어오지 말라고 했을 텐데."

고개를 비스듬히 기울인 윤 회장이 문가에 서 있는 수행비서를 바라보았다.

"죄송합니다. 심각한 사안이라서 무례를 무릅쓰고 들어왔습니다."

수행비서의 허리가 아래로 숙여졌다. 윤 회장은 느릿하게 몸을 돌려세웠다. 윤 회장의 뱀같이 서늘한 눈이 무슨 일이냐고 묻고 있었다.

"윤공현의 집에 침입자가 있었답니다."

혹시나 몰라 윤공현의 집에도 사람을 여럿 붙여두었다.

"침입자? 누구?"

"그게, 복면을 쓰고 있어서 얼굴을 확인하지 못……."

쾅!

윤 회장의 손이 티테이블을 내려쳤다. 검은 티테이블이 잘게 진동했고, 수행비서는 마른침을 삼켰다. 어젯밤 자정이 넘은 시각 세 명의 감시원을 제압하고 네 사람이 들이닥쳤다. 복면을 쓴 사람들은 감시원들의 눈을 가린 후 1분도 채 되지 않아 도망쳤다. 이른 아침 교대를 위해 발걸음한 감시원들에게 발각되었다.

"그 말은 놓쳤단 말이군."

"죄송합니다."

수행비서가 할 말 없다는 듯 고개를 숙였다.

"가져간 물건은?"

"확인 결과 아무것도 없었습니다. 저희가 판단하기론 남아 있는 물건이 있는지 확인하기 위해서라고 판단됩니다."

"아니, 아니야. 그럴 놈이 아니야."

윤 회장은 작게 고개를 가로저었다. 윤 회장은 티테이블을 톡톡 두들기며 생각에 잠겼다. 그 집에 자신이 모르는 무언가가 있었다. 분명 모든 물건을 회수했고, 확인 결과 자신에 관한 모든 자료는 폐기되었다. 윤공현이 착용하고 있던 안경형 몰래카메라도 부수었고, 혹시나 해서 사람들을 풀어 집은 물론이고 집 주변의 몰래카메라까지 샅샅이 뒤졌다.

뭘까, 뭘까. 침입해서 가져갈 만한 물건이 무엇이 있었을까.

생각에 잠긴 윤 회장의 서늘한 얼굴 위로 새하얀 햇살이 내려앉았다.

"회장님!"

수행비서가 휴대폰을 들고서 다급하게 그를 불렀다. 윤 회장의 고개가 위를 향했다. 수행비서의 얼굴이 심각하게 굳어 있었다.

"확인하셔야겠습니다."

"이게 뭐야? 영상?"

윤 회장은 수행비서가 내민 휴대폰을 받아 들었다. 재생버튼을 누르자 영상이 움직였다.

[윤태성.]

[돌아가신 어른의 이름을 함부로 부르는 게 아니다.]

[난 당신을 부른 거야.]

[…….]

[돌아가신 건 윤우연이겠지.]

[…….]

[당신이 쓰고 있는 그 이름의 주인, 내 작은아버지.]

그 영상 속의 인물은 윤 회장 자신과 윤공현이었다. 윤 회장의 얼굴이 살벌하게 구겨졌다. 그날 밤 영상이 녹화된 자료가 아직 남아 있었다.

"안 막고 대체 뭘 한 거야!"

휴대폰이 퍽 소리를 내며 벽에 꽂혔다. 분노로 소리 지르는 목소리와 달리 윤 회장의 얼굴은 가면을 덮어쓴 것처럼 무표정했다.

"새벽에 갑작스럽게 벌어진 일이라서 미처 대처하지 못했습니다."

"막아."

"최대한 막고 있습니다만, SNS와 유튜브를 통해 퍼지고 있는 속도가 상상을 초월해서……."

"내가 지금 변명이나 듣자고 널 세워둔 것 같아?"

윤 회장의 눈빛이 어두침침하게 가라앉았다. 당장에라도 목덜미를 잡아 뜯을 것처럼 낮게 속삭이는 목소리에 수행비서가 면목없다는 듯 고개를 숙였다. 숨을 깊게 들이마시며 윤 회장은 끓어오르는 분노를 억지로 내려 앉혔다.

아침에 일어난 순간부터 뒷덜미가 서늘했다. 아무 일이 없을 거라고 생각하면서도 묘하게 거슬렸었다. 이런 일이 생길 거라는 걸 본능적으로 짐작했었나 보다. 그러나 아직 시간이 남았다. 여기서 물러서려고 자신의 손에 수많은 사람들의 피를 묻히진 않았다.

윤 회장은 테이블을 짚고 서서 서늘한 눈으로 수행비서를 노려보았다.

"허위사실을 유포한 사람은 엄중하게 대처하겠다고 하고, 언론사들한텐 광고 받고 싶으면 무조건 입 다물라고 해. 무조건 막아. 그리고 설이준, 윤소환, 윤공현이 어디 있는지 알아내."

"알겠습니다. 일단 지금은 몸을 피하시는 게 좋을 것 같습니다."

"몸을 피해? 피하면 내가 죄를 지은 것 같지 않나. 모양새가 좋지 않아."

윤 회장이 몸을 일으켜 세우며 말했다. 그의 얼굴은 결백을 자신하듯 무표정했다. 실제로 윤 회장은 스스로에게 죄가 없다고 믿고 있었다. 자신을 이렇게 만든 것은 윤우연이다.

가만히 내버려 뒀으면 음지에서 살았을 텐데, 자신과 비슷한 얼굴로 고상하게 손을 뻗어오던 윤우연. 자신의 유일한 자식까지 훔쳐 가버린 윤우연. 그래서 똑같이 그의 삶을 훔쳤을 뿐이다. 정당방위인데 어째서 그게 죄라는 것인지.

"아니지, 아니야."

창밖을 보며 생각에 잠겨 있던 윤 회장이 불현듯 말했다.

"여기 갇혀 있으면 그 녀석들을 못 보지 않나. 거처를 옮기도록 하지. 수틀리더라도 오만한 그 녀석들에게 가르침은 줘야 하지 않겠나."

창문에 비친 윤 회장의 입술에 반듯한 미소가 걸렸다.

윤 회장의 주차장 문이 열리자마자 집 앞에 몰려 있던 취재진들이 연신 사진을 찍기 시작했다. 창문이 짙게 선팅된 자동차 넉 대가 줄지어 나왔다.

"어? 이게 뭐야!"

"아이 씨, 알 수가 없잖아!"

"어디야!"

"선팅 때문에 안 보여!"

취재진들이 우왕좌왕하며 미리 준비해 둔 자동차에 올라탔다. 그러나 달려 나가는 검은색 자동차의 속도가 빨라 따라잡을 수가 없었다.

"이러다가 놓치겠는데?"

"안 돼! 얼마 만의 특종인데! 따라잡아!"

"어느 차를 따라잡으라고?"

생각지 못한 상황에 취재진들 사이에서 욕설이 터져 나왔다.

그때였다. 쾅! 하고 어마어마한 파열음이 주위를 쩌렁쩌렁 울렸다. 취재진들의 움직임이 일제히 멈췄다. 붉은색 자동차가 가로로 검은색 자동차의 진로를 막고 있었다. 충격이 상당했는지 검은색 자동차가 박혀 있는 붉은색 자동차의 옆면은 형편없이 구겨져 있었다. 검은색 자동차가 빠져나가기 위해 후진을 했으나 뒤따라오던 자동차들에 막혀 옴짝달싹할 수 없이 갇혔다. 붉은색 자동차에 이어 은색 자동차가 주차를 했다. 검은색 자동차의 진로를 완전히 차단한 것이다. 벗어나기 위해 연신 붉은색 자동차를 들이받을 준비를 하던 검은 자동차도 포기한 듯 고요해졌다. 뒤는 이미 취재진들의 차량으로 빠져나갈 수 없는 상황이었다.

"회장님."

수행비서가 굳은 얼굴로 뒤를 돌아보았다. 어떻게 할 거냐는 물음이었다. 윤 회장은 사람 얼굴 같지 않은 무표정한 얼굴로 붉은색 자동차를 응시했다.

붉은색 자동차 문이 열리며 공현이 얼굴을 구긴 채 내렸다. 공현은 마치 차 안을 투시하는 사람처럼 윤 회장이 있는 첫 차로 걸어왔다. 그리고는 주먹으로 창문을 두드렸다.

"나오시죠."

공현의 건조한 목소리에 일단 문을 걸어잠근 수행비서는 윤 회장을 쳐다보았다. 윤 회장은 고요한 얼굴로 앞을 응시하고 있었다. 자동차를 밀어버리고 빠져나갈 수 있지만, 그러기엔 취재진들의 눈이 지나치게 많았다. 윤 회장의 입에서 까득, 소리가 났다. 어금니를 부술 것처럼 깨물며 윤 회장은 창문 가까이로 제 얼굴을 들이밀고 있는 공현을 노려보았다.

일부러 지금을 노린 거다. 자신이 차후를 도모할 수 없도록, 그리고 많은 증인을 남겨놓기 위해서. 영상을 공개하면 자신이 집에서 빠져나올 것을 윤공현은 계산하고 있었던 것이다.

자신이 당하다니.

사위가 고요했다. 취재진은 갑작스럽게 윤 회장의 차량을 가로막은 사람이 영상 속의 남자라는 것을 알아챘다. 흥미진진한 상황을 바라보면서 사진을 찍으며 그들은 윤 회장이 모습을 드러낼지 말지 유심히 지켜보았다.

공현은 제 모습이 비치는 선팅된 창문을 바라보았다. 이준이 어젯밤 한 말을 떠올렸다.

"이 영상이 퍼지면 윤 회장은 오늘 새벽에 나올 거예요. 칩거를 하면 자신이 할 수 있는 일이 줄어드니까. 그때를 노려야 해요. 그리고 만약 혼란을 주기 위해 여러 대의 자동차가 나온다면 첫 차일 겁니다. 첫 차가 가장 빠르게 빠져나간 후 남은 차량은 취재진들의 차가 못 나오도록 느릿하게 움직이면서 시간을 벌어줄 거예요."

그 말을 할 때 이준의 눈이 반짝였다. 가끔 가다가 보이는 설이준의 치명적인 똑똑함이 여기서 발휘되었다. 설이준의 말대로 첫 번째 차에 윤 회장이 타고 있었으니까.

"내리시죠."

자동차에선 어떤 반응도 없었다.

"어쩔 수 없죠."

느긋하게 웃으며 공현은 창문을 깨는 망치를 들어 보였다. 그가 망치로 창문을 깨려고 할 때였다. 창문이 스르륵 내려갔다.

"이게 누구야. 공현이 아니냐."

윤 회장의 얼굴에 온화한 웃음이 맺혔다. 동시에 프레쉬와 함께 찰칵거리는 소리가 연신 들렸다.

"내리시죠."

"영상 봤다. 생각지도 못했구나. 몰래카메라가 더 있을 줄이야."

공현의 안경에 몰래카메라가 있다는 것을 알았다. 이후 집 안을 샅샅이 뒤져 여섯 개의 몰래카메라를 찾아냈다. 더는 없을 거라고 확신했었다. 그러나 딱 하나, 미처 생각지 못한 곳이 있었다. 화재경보기. 그곳에 몰래카메라를 내장시켜 놨을 거라곤 생각지도 못했다.

"그쪽을 상대하는데 허투루 하진 않았겠죠. 일단 내리시죠."

"그러고 싶다만 가볼 곳이 있어서 말이다."

"내리시라고 말했습니다."

공현은 창문을 짚고 서서 고개를 비스듬히 기울였다. 살벌하게 굳는 공현의 얼굴을 보며 윤 회장은 웃었다.

"몸이 많이 달았나 보구나. 그런데 어쩌냐. 넌 나에게 이래라 저래라 할 수 없어. 날 움직이고 싶다면 법대로 하거라."

"그 법대로 하려고 저도 같이 왔습니다."

윤 회장의 시선이 공현의 등 뒤로 다가온 소환에게 닿았다. 소환은 보란 듯이 윤 회장에게 웃어 보였다. 이어 검찰 측에서 나온 사람들이 네 대의 검은 차를 에워쌌다. 윤 회장의 눈이 뱀처럼 가늘어지며 예리해졌다. 소환은 몸을 앞으로 기울여 윤 회장의 얼굴 가까이로 다가갔다. 그는 서늘한 눈을 한 채 빙긋 웃었다.

"그럴 리 없다고 생각하시는 겁니까? 왜요? 검찰 측과 가까워서? 뿌린 돈이 많아서? 그래도 이건 아셨어야죠. 팔은 안으로 굽는다는 걸. 결국 검사는 검사 편이고, 검사들은 생각보다 겁이 많다는 걸. 특히 한순간에 아버지를 잃어버려서 뭐든 하겠다는 미친 검사가 바로 코앞에 있는데, 회장님 편을 들 미친놈이 어디 있을까요? 그러니까 내리시죠. 내 손으로 당신이 가진 것들을 다 부숴줄 테니까."

오늘 새벽에 퍼진 영상을 부장검사에게 내밀었다. 아무 말도 잇지 못하는 부장검사에게 소환은 냉정하게 말했다. 이걸 시작으로 더한 일들이 앞으로 벌어질 텐데, 미친놈과의 알량한 이익관계를 지킬지 마지막 남은 검사의 자존심을 지킬지 선택하라고. 결국 10분을 고민하던 끝에 부장검사는 사람들에게 전화를 걸었고, 소환에게 윤 회장을 잡아들일 것을 명했다.

소환의 살벌한 경고가 끝나자마자 윤 회장의 얼굴이 비틀어졌다. 소환은 손을 뻗어 뒷자리의 잠금장치를 해제했다. 윤 회장은 순식간에 체포되었다. 윤 회장은 생각 외로 순순히 끌려갔다.

"큭."

동시에 붓으로 그린 듯 반듯하게 이어진 입술에서 웃음이 터져 나왔다. 혹시 모를 도주를 우려해 곁에 서 있던 소환과 공현의 눈이 가늘어졌다. 윤 회장이 걸음을 멈춘 채 소환과 공현을 바라보았다.

"너희가 이겼다고 생각하는 거로구나. 다 끝났다고 생각하는 거고."

윤 회장의 시선이 느릿하게 공현을 향했다.

"차로 사람을 쳤다지?"

그의 말에 공현의 몸이 눈에 띄게 굳었다.

"사람이란 원래 그런 거야. 내가 살기 위해 타인을 죽여야만 하지. 그리고 너희는 너희가 살기 위해 나를 죽이는 거다. 결국 너희와 나는 다를 게 없어. 알량한 정의도 그 얇은 껍질을 한 번 까보면 살의지."

"……."

"너는 역시 내 아들이야."

"……입 닥쳐."

공현의 입술에서 억눌린 목소리가 새어 나왔다.

"부인하고 싶겠지. 그렇지만 결국 짐승처럼 살아남아서 나를 물어뜯으려고 했잖아? 날 죽이고 싶었을 거고, 지금도 그렇겠지. 안 그래? 나는 이 상황이 아주 만족스럽다. 날 죽이려고 안달하는 네 눈빛이, 살의를 억지로 침착하게 가라앉히는 네 숨소리가 좋아."

"……."

"내가 이 자리에서 죽어도, 난 만족한다."

"……."

"내가 만든 네가 있으니까. 나와 똑같은 너, 말이다. 그건 죽어도 죽은 게 아니지. 너의 피를 타고 또 나 같은 자식이 나올 테니까."

윤 회장이 입술을 늘이며 저주 같은 말을 속삭였다. 그 말이 귀를 타고 흘러들어 심장을 차갑게 식혔다.

끝이 없는 저주.

소환은 반사적으로 고개를 돌려 공현을 보았다. 찬물을 한 바가지 덮어쓴 사람처럼 차갑게 얼어붙어 있었다.

"뭐 해? 안 데려가고!"

소환이 소리치자 검사와 경찰이 윤 회장을 끌고 사라졌다. 취재진들이 윤 회장을 따라 우르르 몰려가고 몇몇 취재진은 공현과 소환에게 달려들었다. 소환은 취재진들을 뿌리치며 공현을 끌고서 은색 자동차로 향했다. 공현의 몸이 힘없이 딸려왔다.

"정신 차려, 윤공현."

넋이 나간 공현을 보며 소환이 말했다.

"그러려고 애쓰고 있어."

덤덤한 대답과 달리, 공현의 눈빛엔 초점이 잡히지 않았다. 소환은 낮게 한숨을 내쉬었다.

이준은 공현을 흘깃 보았다. 참고인 자격으로 조사를 마친 후, 잠시 검사실에 들르라는 소환의 연락을 받고 향하던 길이었다.

"몸은 괜찮아요?"

이준은 걱정스러운 얼굴로 물었다. 사고가 났다고 했다. 뉴스를 보니 공현의 자동차가 반쯤 찌그러져 있었다. 다행히 조수석이긴 했지만, 그 충격을 고스란히 받았을 공현의 몸 상태가 걱정스러웠다.

"어."

공현은 별거 아니라는 듯 가볍게 고개를 끄덕였다.

"그러길래 내가 한다니까요."

이준은 성치 않은 몸으로 사고까지 낸 공현이 못마땅한 듯 얼굴을 구겼다.

"무면허로 사고 내면 답 없어."

무뚝뚝한 공현의 말에 이준은 수긍할 수밖에 없었다. 그곳에 몰린 취재진의 수가 어마어마했다. 그들 앞에서 무면허인 이준도, 조사를 해야 할 검사인 소환도 사고를 낼 순 없었다.

"사장님."

공현은 대답 대신 이준을 바라보았다.

"진짜 괜찮아요?"

"어."

뭐가 괜찮은 건지 물어보지도 않고 공현은 대답했다. 이준은 그런 공현의 뒷모습을 물끄러미 바라보았다. 공현은 평소처럼 덤덤하고 차분했다. 그런데 어째서인지 절벽 끄트머리에 서 있는 사람처럼 간당간당해 보였다. 미풍이라도 불라치면 그는 뚝 떨어져 버릴 것 같았다. 그 아슬아슬함 때문에 눈을 뗄 수가 없다.

"뭐야."

공현은 자신의 팔을 덥석 붙잡은 이준을 바라보았다. 이준은 자신도 알지 못했다, 왜 자신이 공현을 이토록 다급하게 붙잡았는지. 그냥 홀로 가게 둘 수 없었다.

"예? 아…… 같이 가자고요."

공현은 아무 말 없이 자신을 붙든 이준의 팔을 물끄러미 바라보았다. 텅 빈 공현의 눈동자 위로 수많은 감정이 차르륵 흘러갔다. 이윽고 공현의 목울대가 오르내렸다. 할 말이 많지만 꾹 참는 것처럼 몇 번이고 삼킨 후에야 공현은 걸음을 옮겼다.

소환의 검사실 문이 예고도 없이 벌컥 열렸다. 때마침 머리를 한데 모으고 고민하던 세 사람이 고개를 들었다. 수호였다. 얼굴을 잔뜩 굳힌 수호가 빠른 걸음으로 곧장 방 안을 가로질렀다.

"형."

올 게 왔다는 얼굴로 소환이 말을 건넸으나, 수호는 그를 빠르게 지나쳤다. 수호는 소환의 곁에 서 있던 공현의 멱살을 틀어쥐었다. 충분히 막을 수 있었으나 공현은 멱살을 내어주었다. 옆에 서 있던 이준이 움찔했으나, 공현은 손을 들어 말렸다. 이준은 얼굴을 구긴 채 수호를 쳐다보았다.

"형!"

소환이 소리쳤으나, 수호는 공현을 가까이 끌어당긴 채 으르렁거렸다. 공현의 텅 빈 눈동자를 수호가 매섭게 노려보았다.

"태어날 때부터 사람 엿먹이더니, 아주 끝까지 사람 진을 빼는구나. 이 새끼야, 이제 뭐가 더 남았냐? 뭘 더 알고 있냐고! 들어나 보자, 이 새끼야!"

"없어. 이게 끝이야. 그러니까 놔."

공현의 덤덤한 목소리에 화가 더 미친 수호는 까드득 소리 나게 이를 깨물었다.

"놔? 니가 놓으라면 내가 놔야 하는 거냐? 내 아버지가, 알고 보니 네 아버지라지? 넌 그걸 알고 있었고. 재미있었냐? 아주 즐거워서 정신이 없었지? 그래서 그렇게 기고만장했던 거냐? 아아, 그래서 그렇게 늘 뻔뻔했던 거고."

"형! 그만해! 왜 공현이한테 화풀이야!"

보다 못한 소환이 달려들어 수호를 막았다.

"너도 똑같아, 이 새끼야! 네가 지금 윤공현 편 들 때야? 다 알고 있었는데 여태까지 가만히 있었다잖아! 지금 이 새끼를 믿어? 누가 알아. 그 미친 새끼랑 짜고서 이러는 걸지도!"

"무슨 말을 그렇게 해!"

더는 못 듣겠다는 듯 소환이 소리쳤다.

"무슨 말이긴! 내가 틀린 말 했어? 여기에 이 새끼랑 그 미친 새끼랑 짜고서 우리 그룹 엿먹이려는 게 아니라는 증거 있어? 가장 중요한 이 시점에 총수가 살인자였다는 보도가 나갔어. 지금 회사가 어떻게 돌아가는 줄이나 알아?"

"그게 왜 공현이 탓이야!"

"정신 차려, 윤소환."

수호의 눈동자가 분노로 번들번들 빛났다. 수호가 소환에게 다가갔다.

"이 새끼가 어떤 새끼인지 잘 알잖아. 중학생 때 자기 집 뒷마당에서 고양이 세 마리를 도륙한 새끼야. 그때 튄 피가 담벼락을 흥건히 적셨어. 그건 사람이 할 짓이 아니라고. 그런 새끼가 제정신일 리가 없잖아? 안 그래?"

수호의 말에 이준은 움찔했다. 그 모습을 공현은 보았다.

"그건 공현이가 아니었어!"

"그건 모를 일이지. 아무도 못 봤고, 저 새끼도 아무 말 못 했잖아."

"후우, 일단 진정해, 형."

"진정? 내가 진정하게 생겼어? 지금 진정하게 생겼냐고!"

수호가 방 안이 쩌렁쩌렁 울리도록 소리치며 손에 잡히는 대로 집어 던졌다. 그러고도 그는 분이 풀리지 않는지 씩씩거리며 연신 고함을 내질렀다.

"형, 정신 차려! 이런다고 아버지가 살아 돌아오시지 않아!"

소환의 외침에 날뛰던 수호의 행동이 멈췄다. 광기로 번들거리던 수호의 눈동자가 소환을 향했다. 소환이 울먹거렸다.

"지금 나도 미치기 일보 직전인 거 참고 있어. 형만 아버지 잃은 거 아니야. 난 아버지도 잃고, 아버지를 죽인 살인자 새끼를 하루에 몇십 번이나 봐야 하는 사람이야. 그러니까 형까지 보태지 마."

소환의 고개가 힘없이 아래로 떨어졌다. 꾹꾹 눌러 밟고 있었다. 슬픔과 괴로움은 나중에 아버지 무덤에 가서 터뜨려도 늦지 않다고 생각하며 견뎌냈다. 그러나 더는 못 버티겠다는 듯 소환의 눈에서 눈물이 툭 떨어졌다.

그 모습을 공현은 텅 빈 눈으로 물끄러미 바라보았다. 검사실 안이 찬물을 끼얹은 것처럼 고요해졌다. 그 안으로 진득한 슬픔과 괴로움이 꾸역꾸역 차올랐다. 그 순간 송곳보다 날카로운 목소리가 허공을 갈랐다.

"너 때문이야."

목소리가 들린 쪽으로 공현은 고개를 돌렸다. 수호가 냉정한 눈으로 공현을 노려보고 있었다. 광기는 줄었으나 포악한 눈이었다.

"윤공현, 너 때문이야."

쐐기를 박듯 수호가 다시 한 번 말했다. 그 말이 가슴을 세게 때렸다. 공현은 아무 말도 할 수 없었다.

"내가 언제 윤우연을 죽여야겠다고 생각했는 줄 아니? 이렇게 날 쏙 빼닮은 네가 감히 내 앞에서 윤우연을 아버지라고 부를 때다. 윤우연을 죽게 만든 건 너다, 윤공현."

윤태성의 목소리가 귓가에 울렸다. 수호의 말이 옳았다. 자신의 탓이었다. 자신이 아니었다면, 감히 윤우연의 아들로 살고 싶다는 욕심을 품지 않았다면, 인간처럼 살고 싶다고 애타게 원하지만 않았더라면 이런 비극은 생겨나지 않았을 거다.

마음 위로 돌이 얹힌다. 평생 동안 온 힘을 다해 밀어도 밀어지지 않을 죄책감이라는 돌.

"그만해, 형. 나가자."

더는 수호의 막말을 견디지 못한 소환이 그를 끌고 나갔다. 검사실 문이 닫혔다.

가족의 일이라 끼어들지 못해 지켜만 보고 있던 이준은 조심스럽게 공현의 앞에 섰다. 이준은 그때까지만 해도 그를 어떻게 위로해야 할까 고민했다. 그러나 모든 감정을 비워낸 채 안으로 숨어들어 간 그의 얼굴을 보는 순간 아무 말도 할 수 없었다. 울컥하고 무언가가 솟구치더니 목구멍이 탈 것처럼 뜨거워졌다.

이준은 손을 뻗어 공현을 끌어안았다.

체온을 나눠주는 것, 이것 말고는 그를 위로할 수 있는 방법이 없었다.

❖ ❖ ❖

윤태성의 기행이 담긴 영상이 급속도로 인터넷에 퍼졌다. 허위사실 유포 시 엄중하게 대처하겠다고 기업의 대변인이 나서서 발표했으나, 사람들은 아랑곳하지 않았다. 오히려 해외 계정을 이용해 보란 듯이 더 빠르게 유포시켰다. 사람들이 이용하는 해외 웹사이트로 영상이 확산되었다.

대한민국 유명 대기업 회장의 살인 혐의는 사람들을 들끓게 만들었다. 쌍둥이 형제를 살해한 것으로도 부족해 그의 삶을 훔쳤다는 사실에 사람들은 기함했다. 인터넷이 들썩거린 지 얼마 되지 않아 윤 회장의 체포 소식이 전해졌고, 그 이후에야 뉴스를 비롯해 언론 매체들이 슬그머니 속보라는 이름으로 소식을 전했다.

윤태성은 혐의를 부인한 후 묵비권을 행사했다. 그러나 얼마 못 가 윤공현과의 친자 확인을 통해 윤우연 회장이 사실은 그의 쌍둥이 동생인 윤태성이라는 사실이 밝혀졌다.

그 일이 있은지 얼마 후, 기업의 대표로 수호가 나와 사회적 물의를 일으킨 점을 사과하며 자신들 또한 피해자라는 사실을 언급했다. 기업은 크게 타격을 입었고, 주가는 하루가 다르게 하향세를 찍었다. 윤우연 회장은 이사진들에 의해 파직당했다. 대신 수호가 그 자리에 올라섰다.

사람들의 관심은 이 사건의 중심이자 윤태성의 아들인 윤공현에게로 향했다. 윤공현을 향한 시선은 극명하게 세 갈래로 나뉘어졌다. 그의 수려한 외모를 칭송하는 시선, 그를 동정하는 시선, 그리고 살인자의 피를 타고났으니 무섭다는 시선.

공현은 고개를 들어 창문 너머를 바라보았다. 어두운 야경을 빗줄기가 끊임없이 가로지른다. 불이 꺼진 실내에 눅눅한 공기가 차올랐다. 윤태성이 한바탕 휩쓸고 지나간 후, 자신의 집에 남은 것은 아무것도 없었다. 가전제품이 아닌 나머지 물건에도 몰래카메라가 있는지 확인하느라 엉망진창으로 배열되어 있었다. 타인의 손을 타버린 집은 남의 것 같다. 그럼에도 공현은 이곳으로 올 수밖에 없었다.

있을 곳이 여기밖에 없어서.

허물어져 가는 마음을 내려놓을 곳이…… 이곳밖에 없었다.

공현의 얇은 입술 사이로 탁한 한숨이 새어 나갔다.

"공현아, 웃어보렴. 환하게 웃으면 해처럼 밝게 살 수 있단다. 너희 아버지도 곧 그렇게 될 거야. 내가 그렇게 만들어줄 거다. 그러니까 날 믿고 넌 행복하기만 하면 돼."

상처투성이인 자신의 손을 잡고서 윤우연은 해처럼 밝게 웃었다. 아버지와 닮은 얼굴이라고는 믿을 수 없을 만큼 다른 느낌이었다. 마주 잡은 손에서 광기가 아닌 따스함이 몰려들었다. 그때 자신은 그 사람처럼 되길 간절히 바랐다. 아픔을 털어내고, 웃으면서, 해처럼 밝게. 그리고 자그마한 욕심을 가졌다. 부디 평생 이 사람을 아버지라고 생각하고 따를 수 있기를.

"너 때문이다, 윤공현."

간절한 그리움 위로 수호의 서늘한 목소리가 파고든다. 마음이 끝없이 요동친다. 그럴 리 없다고 부인하며 발버둥 치지만, 그럴수록 아픔만 점점 더 깊어진다. 수호의 말이 사실 같아서 부인할 수가 없다. 아픔을 견뎌내 보려는 듯 공현의 미간이 한없이 구겨졌다.

"사장님."

몸을 돌려세운 공현은 거실 한가운데 서 있는 이준을 보았다. 꿈 같다. 꿈에서 깰까 봐 공현은 눈도 깜빡일 수 없었다. 그러나 눈앞의 설이준은 실재하고 있었다.

"여기서 뭐 해요?"

이준은 반쯤 열린 베란다 문을 완전히 열어젖히며 물었다. 비를 맞았는지 이준의 앞머리가 조금 젖어 있었다.

"넌?"

잔뜩 잠긴 목소리로 공현이 물었다. 이준은 앞머리가 성가신지 손으로 툭툭 털며 대답했다.

"사장님 찾으러 왔죠."

"왜?"

"그야……."

이준은 대답하다 말고 멍한 표정을 지어 보였다. 자신도 여길 왜 찾아왔는지 모르는 얼굴이었다. 공현은 대답을 듣고야 말겠다는 듯 그런 이준을 물끄러미 바라보았다. 잠시 눈을 데굴데굴 굴리던 이준은 속마음을 툭 던져 놓았다.

"걱정되어서요."

쉽게 던져 놓은 이준의 속마음에 공현의 눈이 가늘어졌다. 마치 들을 거라고 기대하지 못했던 말을 들은 사람처럼.

이준은 공현을 보며 말을 이었다.

"다 죽어가는 얼굴로 가버리니까 신경 쓰이잖아요. 밥은 챙겨 먹었는지 궁금하기도 하고, 또 몸도 안 좋은데 아프진 않을까 싶기도 하고. 그런데 오길 잘했네요. 도 닦듯이 창밖만 보고 있을 줄 알았어요. 밥도 안 먹었죠? 밥 먹으러 가요. 오늘은 제가 맛있는 거 사줄게요. 짜장면 좋아하죠?"

이준이 돌아서며 물었다.

이준은 공현이 차로 데려다 준 후, 내내 그의 표정이 마음에 걸렸다. 수호에게서 들은 '너 때문이다, 윤공현.' 이라는 말을 마치 수긍한 것처럼 그의 얼굴이 새하얗게 굳어 있었다. 끌어안아서 자신의 온기를 나눠주어도 그는 죽은 사람처럼 미동조차 하지 않았다. 이준은 자신의 온기가 그에게 어떠한 영향력도 미치지 않는다는 사실이 충격적이면서도, 아팠다.

"뭐 해요? 안 가요?"

반쯤 돌아서던 이준은 미동조차 없는 공현을 보며 물었다.

"……내가 안 무서워?"

야경을 등지고 선 공현이 건조한 목소리로 물었다. 그의 목소리가 스산한 바람처럼 거실을 가로질렀다.

"사장님이 왜 무서워요?"

이준은 공현을 똑바로 쳐다보며 무슨 소리냐는 듯 물었다. 박제처럼 서 있던 공현은 이준의 눈을 집요하게 응시하며 건조하게 말을 이었다.

"별장에서 차로 사람을 쳤어. 내가 살기 위해서 다른 사람을 죽일 뻔한 거지. 퍽 소리가 나면서 그 사람이 튕겨 나갔어. 자칫 잘못했으면 그 사람은 정말로 죽을 뻔했어. 실제로 죽이고 싶었고."

"……."

"윤태성이 그러더군, 너와 나는 다를 게 없다고. 그럴지도 모르지. 나는 그때 내가 살기 위해서라면 사람을 죽일 수도 있었어. 실제로 칼에 찔리지만 않았으면 내 손으로 그 살인범을 죽였을지도 모르니까."

"……."

"윤우연의 아들이길 바랐는데, 난 결국…… 윤태성의 아들이었어."

살인자의 아들. 태어날 때부터 찍혀 있던 낙인 아래에 또 다른 낙인이 찍힌다. 살인자를 닮은 아들.

그로 인해 잉태되었으나, 절대로 그를 닮지 않길 바랐는데 결국은…….

공현의 입술이 하얗게 질렸다. 자신이 이긴 게임인 줄 알았는데, 결국은 윤태성이 이긴 게임이었다. 윤태성이 자신에게 바란 것은 '자신의 아들이라는 낙인' 이었으니까.

"거기다가 윤태성의 말대로 난 윤태성을 완성시켰는지도 모르지."

공현은 이준을 물끄러미 바라보았다. 살인자의 핏줄이 자신으로부터 계속해서 이어진다. 고로, 자신이 욕심내는 순간 이준의 새하얀 영혼이 더럽게 얼룩져 버릴지도 모른다. 그래서 감히 손을 뻗을 수가 없다. 심장이 바짝 타들어간다. 설이준을 잡는 법은 알아도, 놓는 방법은 모르는데……. 놓을 수 있을까? 없다. 그럴 수가 없다.

공현의 텅 빈 눈동자로 고통이 번져 갔다.

"말 다 했어요?"

팔짱을 낀 채 가만히 듣고 있던 이준이 불쑥 물었다. 공현이 대답 대신 가만히 바라보자 이준은 성큼성큼 다가와 그의 앞에 섰다. 이준은 야경의 불빛을 잔뜩 담은 반짝반짝 빛나는 눈동자로 공현을 똑바로 바라보았다.

"여태까지 그거 고민한 거예요? 차로 친 새끼라면 별장에서 우리 죽이려고 했던 그 새끼 말하는 거죠? 그 새끼 안 죽인 건 대단한 거예요. 내가 사장님이었으면 그 새끼는 진즉에 죽었어요. 자동차로 밀어요? 들어보니까 중간에 브레이크 밟았다면서요. 그게 무슨 살해예요? 만약 내가 사장님을 대신해서 그 자리에 있었다면 그 새끼 밀어버렸을 거예요. 그런 새끼를 앞에 두고 살의가 안 끓는 사람이 어딨어요?"

"……."

"그리고 사장님, 윤태성 아들 맞아요."

이준의 말에 공현의 몸이 딱딱하게 굳었다. 가장 듣기 싫은 소리를 들은 사람처럼 그의 표정이 어두워졌다. 그 모습을 고스란히 눈에 담으며 이준이 말을 이었다.

"근데 그게 뭐 어때서요? 윤태성의 아들이든 윤우연의 아들이든, 아니, 희대의 살인마 아들이라고 해도 상관없어요."

"……."

"나한테 사장님은 누구의 아들이 아니라 윤공현 그 자체니까."

"……."

"좀 까칠하고, 재수 없고, 말도 막 하지만, 결국은 날 구하러 와주고, 결정적인 순간에 내 편이 되어주는 사람이니까. 나한테는 더할 나위 없이 아주아주 좋은 사람이니까요."

"……."

"그러니까 그런 생각 하지 말아요. 세상 사람이 모두 사장님 욕해도 난 사장님 편 할 거예요. 자, 약속."

이준은 공현에게 새끼손가락을 척 내밀었다. 공현은 먹먹한 눈으로 그 손을 바라보았다. 이준의 새끼손가락 끝에 주홍색 가로등 불빛이 동그랗게 고였다. 그 빛이 아니더라도 이준의 새끼손가락은 빛났다.

밀려 올라오는 감정을 주체하지 못해 얼굴을 와락 구긴 공현이 손을 뻗었다.

"엇!"

이준은 갑작스럽게 자신을 끌어당기는 힘에 눈을 크게 떴다. 어느새 윤공현의 품 안이었다. 코끝으로 공현의 향기가 번졌다. 시원하고, 깨끗하고, 청량한 느낌. 새파란 하늘을 바라보는 것처럼 시원한데, 왜 심장은 벅차게 뛰는지 모르겠다.

"설이준."

그가 자신을 불렀다. 이준은 자신을 부술 것처럼 끌어안는 공현의 강한 힘에 옴짝달싹할 수 없었다.

"이제 안 놔."

"……."

"이제 그런 생각도 안 할 거야."

놓지 않는다. 놓을 수 없다면 놓지 않으면 될 일이다.

욕심이든 이기심이든 이제 자신에게서 설이준을 뺀 삶은 상상할 수조차 없으니까. 공현의 얼굴이 이준의 목덜미로 파고들었다.

"면회? 윤태성을?"

소환은 자신이 제대로 들은 것이 맞는지 의심하는 얼굴로 물었다.

"왜? 무리야?"

공현은 앞에 놓인 찻잔을 들며 느긋하게 물었다.

"아니. 무리는 아닌데, 다시 봐서 좋을 거 없잖아. 왜 만나려고?"

"할 말이 있어."

"전해줄게. 말해봐."

"왜 못 만나게 해?"

"그다지 좋은 방법은 아닌 것 같아서."

소환은 무언가를 감추는 얼굴로 우물쭈물했다. 그런 소환을 그윽하게 바라보며 공현이 입을 열었다.

"왜? 윤태성 기분이 좋은가 보지? 그걸 보고 내가 기분 나쁠까 봐?"

"어떻게 알았어?"

"그럴 거라고 예상했으니까."

윤태성은 자신이 얼어붙는 모습을 보고서 쾌락에 젖은 얼굴로 웃었다. 그 웃음은 진짜였다. 그래서 공현은 윤태성의 기분이 좋을 거라고 생각하고 있었다. 자신이 이겼다고 생각하고 있겠지, 바보처럼. 공현의 입술이 비스듬히 휘었다.

"넌 가끔 무서우리만큼 똑똑할 때가 있어."

소환이 혀를 내둘렀다.

"설이준한테 옮아서 그래."

공현이 덤덤하게 답했다. 설이준은 바보 같으면서도 천재 같을 때가 있다. 대담한 것 같으면서도 소심한 면이 있듯이. 종잡을 수 없는 성격 때문에 설이준과 함께 있는 것이 즐거웠다. 소환은 어느새 픽 웃는 공현을 바라보았다.

"설이준 씨 생각했냐?"

"어."

이제 자신의 마음을 감추지도 않는다. 그런 공현을 보니 다행스럽기도 하고 안쓰럽기도 했다. 타인을 사랑하는 아주 당연한 마음을 이제야 깨닫다니.

"일단 알았어. 오늘 오후에 찾아와. 만나게 해줄게. 물론 잠깐만 가능해."

소환의 말에 공현은 고개를 끄덕였다. 소환은 손목시계를 흘깃 보더니 자리에서 일어났다.

"점심시간 끝나간다. 난 이만 간다. 조심해서 가. 계산은 돈 많은 네가 하고."

아주 오래전, 윤태성이 죽었다고 알려지면서 그의 재산이 고스란히 공현에게 상속되었다. 그로 인해 집안에서 공현은 재산이 많은 축에 속했다. 소환은 빌지를 공현 앞에 보란 듯이 내민 후 돌아섰다.

"형."

소환이 멈칫하더니 놀란 얼굴로 돌아섰다. 공현은 특별한 일이 아니면 자신을 형이라고 부르지 않았다. 공현의 시선이 앞을 향하고 있었다.

"……미안해."

"……."

"위로를 해주고 싶은데, 어떤 말을 해야 할지 모르겠다. 그래서 미안하고, 사실을 너무 늦게 알려줘서 미안."

윤우연이 사실 윤태성이라는 것을 깨달은 후 공현은 오랫동안 방황했다. 자신이 아버지처럼 따르던 사람이 살해당했다는 사실 때문에 가슴이 헛헛했다. 그 자리를 공포가 채웠고, 시간이 흘러 공포는 분노가 되었다. 이 고통을 지금 소환이 겪고 있을 거라고 생각하니 암담해졌다. 소환은 손을 뻗어 공현의 어깨를 두들겨 주었다.

"됐어. 너도 혼자 이겨냈는데 나라고 못 이겨내겠냐. 너야말로 수고했어, 혼자 껴안고 있느라 힘들었을 텐데."

소환은 안쓰러운 눈으로 공현을 바라보았다. 화가 나지 않았다면 거짓말일 것이다. 그러나 그 긴긴 시간 고통, 자책, 협박에 시달리며 스스로를 벌하고 있었을 공현을 생각하니 차마 화를 낼 수 없었다.

"정 미안하면 앞으로 꼬박꼬박 형이라고 불러."

"그건 좀 더 고려해 볼게."

"끝까지 안 지지."

픽 웃은 소환은 장난스럽게 공현의 어깨를 꽉 누른 후 돌아섰다.

카페 밖으로 나온 소환은 고개를 들어 하늘을 보았다. 어젯밤 쏟아진 폭우가 거짓말인 것처럼 화창했다. 거리도 모두 반짝거렸다.

부디 자신들에게 남은 시간도 이토록 화창하길 소환은 간절히 바랐다.

❖ ❖ ❖

괜찮겠냐고 연신 물어오는 소환을 겨우 안심시킨 공현은 면회실 문을 밀고 들어갔다. 오랜 조사 끝의 윤태성의 몰골은 형편없었다. 그러나 형형한 눈빛만큼은 조금도 누그러들지 않았다. 공현은 맞은편 자리에 앉아 윤태성을 마주 보았다.

"오랜만이구나."

윤태성의 목소리가 잔뜩 갈라진 채 흘러나왔다.

"그러게요."

"너에게 마침 물어볼 게 있었는데 기막히게도 잘 찾아왔구나."

윤태성의 입술이 반사적으로 늘어났다. 가죽만 웃을 뿐, 조금의 의미도 담기지 않은 웃음은 섬뜩해 보였다. 윤태성은 등받이에 등을 대고서 턱을 치켜 올렸다.

"언제부터였니? 내가 윤우연인 척하고 있다는 걸 안 것이."

"고양이 사건."

"고양이 사건? 아아."

윤태성은 기억난다는 듯 고개를 작게 끄덕이며 웃었다. 친인척들이 모두 모인 집안 행사였다. 그날 밤, 집의 뒷마당에서 고양이 세 마리가 처참하게 도륙된 채 놓여 있었다. 그 고양이들을 최초로 발견한 사람은 공현이었다. 깜짝 놀라 굳어 있는 사이, 때마침 지나가던 가사도우미들이 비명을 내질렀다. 친척들은 너나 할 것 없이 공현을 몰아붙였다.

"윤태성 새끼의 핏줄이라서 그래."
"누가 그 아비의 그 자식 아니랄까 봐."
"무서운 새끼, 저 눈 좀 봐."

쏟아지는 비난 속에 공현은 옴짝달싹하지 못했다. 자신이 한 것이 아니라고 말을 해야 하는데, 피비린내 때문에 헛구역질이 치밀어올라 아무 말도 할 수 없었다. 그때였다. 윤우연이 조심스럽게 다가와 공현의 손을 잡았다. 공현은 그를 바라보며 고개를 가로저었다. 아니라고, 자신이 절대로 아니니까 믿어달라고 눈빛으로 절박하게 외쳤다. 그러나 윤우연은 상황과 맞지 않게 웃으며 물었다. '괜찮아. 말해봐. 왜 그랬니?' 라고.

그의 말 한마디로 공현은 고양이를 도륙 낸 범인이 되었다. 믿을 수가 없었다. 자신이 아는 윤우연은 이럴 리 없었다. 그때 공현은 그의 손바닥에 난 상처를 보았다. 자신이 냈던 그 상처를. 그리고 손가락 사이에 미처 닦지 못한 핏자국까지. 비명과 구역질이 한꺼번에 터져 나오려 했다. 그러나 공현은 악착같이 버텼다. 자신은 윤태성의 잔인한 성격을 잘 아는 사람이었다. 자신이 입을 잘못 놀렸다간 고양이가 아니라 자신이 죽을 수도 있었다. 그날, 아무 말도 하지 못한 채 서 있던 공현은 범인으로 낙인찍혔다.

이후 공현을 향한 친척들의 혐오는 극에 달했다. 윤태성을 닮은 저 인간을 내쳐야 한다는 말까지 흘러나왔다. 흉흉한 친인척들의 기세에 못 이겨 공현은 거의 쫓겨나다시피 집에서 나와야 했다. 그 이후로 이름을 알 수 없는 누군가로부터 협박물이 날아왔다. 자신이 외출할 때면 꼭 그 사진을 찍어 보내곤 했다. 감시하고 있으니 행동 조심하라는 것처럼.

윤태성은 고개를 끄덕였다.

"그래, 그랬었지. 잘 참았는데 그땐 만취 상태라서 실수를 했지 뭐야. 거기다가 치우는 것까지 깜빡했었지. 그때부터 지금껏 잘도 모르는 척했구나."

"원래 사냥에 나서기 전엔 준비할 시간이 필요하니까."

공현은 덤덤한 얼굴로 대답했다. 윤태성의 얼굴에 웃음이 피어올랐다.

"그래. 네가 날 찾아온 이유는?"

"마지막으로 해주고 싶은 말이 있어서."

마지막이라는 말에서 윤태성의 눈이 못마땅한 듯 구겨졌다. 그러나 자세히 보지 않으면 알아채지 못할 만큼 미비했다.

공현은 테이블 쪽으로 상체를 숙였다. 검은색 페인트를 바른 듯 검기만 한 윤태성의 눈을 똑바로 바라보았다. 그의 눈엔 어떤 것도 담겨있지 않았다.

"인정하기로 했어, 내가 당신 아들이라는 걸."

공현의 나지막한 목소리에 윤태성의 입술에 즐거운 미소가 걸렸다. 아들을 향한 비이상적인 집착이 완성되는 순간이었다.

그의 즐거움을 똑바로 응시하며 공현은 입을 열었다.

"그래서 더 열심히 윤우연 씨를 닮기로 했어."

윤태성의 얼굴에서 웃음기가 한순간에 사라졌다. 마치 가면을 쓴 것처럼 차가운 얼굴이었다.

"그게 가능할 거라고 생각하나 보지? 넌 이미 사람을 죽일 뻔했어."

윤태성의 입술에서 짓눌린 목소리가 새어 나왔다. 공현은 무표정하게 윤태성을 바라보며 말을 이었다.

"아니, 그건 당신이나 그렇겠지. 난 좋아하는 사람을 지켰을 뿐이야."

"살인에 의미는 없어."

"결국 살인하진 않았으니까. 결과가 중요한 거야."

공현은 가볍게 대꾸했다. 윤태성의 얼굴이 서늘하게 식었다. 그 얼굴을 공현은 똑바로 응시했다.

"당신을 용서할게."

공현의 목소리가 고요한 공간을 울렸다. 윤태성의 목이 기이하게 비틀렸다. 마음에 들지 않는 상황이 벌어질 때 보이는 그의 습관이었다.

"용서?"

"그래, 용서."

"용서라니. 난 너에게 죄를 짓지 않았다."

그는 눈을 한 번도 깜빡이지 않은 채 섬뜩한 얼굴로 공현을 노려보았다.

"그럼 내가 일방적으로 용서하는 거라고 쳐. 그리고 이게 마지막이야. 당신이 나를 보는 것. 그리고 내가 당신을 기억하는 것."

공현의 말에 윤태성의 표정이 딱딱하게 굳었다.

"거기서 지켜봐. 당신의 아들이 얼마나 윤우연을 닮아가는지. 윤우연과 똑같은 삶을 살아가는지 말이야."

공현은 윤태성에게 완벽한 이별을 고하고 있었다. 공현은 자리에서 일어났다.

"윤공현!"

윤태성이 비명을 내질렀다. 지옥에 떨어진 사람처럼 발악하는 그를 곁에 있던 사람들이 제압했다.

"윤공현! 안 돼! 너는 내 아들이다! 내 아들이야! 내가 아니면 넌 있을 수가 없어! 내가 널 만들었듯이 널 죽이는 것도 나여야 한다! 멈춰!"

윤태성이 온몸을 비틀며 횡설수설하다 절규했다. 그러나 표정이 없어서 보는 사람을 섬뜩하게 만들었다. 공현은 그런 그를 물끄러미 응시했다.

윤태성의 삶은 윤우연을 향한 반감과 자신을 향한 일그러진 집착으로 채워져 있었다. 자신만이 자신의 아들을 죽일 수도, 살릴 수도 있다고 믿는 그에게 공현은 마지막 형벌을 내렸다.

"잘 지내요."

다시는 볼 수 없는 형벌을.

공현은 미련없이 돌아섰다.

❖ ❖ ❖

일주일이 넘는 기간 동안 온 매체가 윤태성의 기행으로 떠들썩했다. 윤태성은 정신 감정 끝에 정신병동에 갇히게 되었다. 그곳에서 공현의 이름만 무섭도록 되뇌고 있다고 했다. 이후 공현은 윤태성이 시킨 일이 없는지, 혹은 그의 수하가 뒷일을 도모하고 있는지 소환과 알아보기 위해 불철주야 뛰어다녔다.

그토록 바쁜 와중에 소환과 공현은 시간을 맞춰 윤우연이 묻혀 있는 무덤을 찾았다. 사람이 찾지 않는 을씨년스러운 무덤이었다.

"아버지."

꾸역꾸역 울음을 참던 소환은 무덤을 보자마자 왈칵 울음을 터뜨렸고, 공현은 무릎을 꿇었다.

"못 알아봐서 죄송합니다. 정말…… 죄송합니다."

해외에서 오랜 유학을 했다지만, 자신의 아버지를 알아보지 못한 것은 자신의 실수였다. 단지 증언과 미소만 갖고 판단할 일이 아니었는데.

흙에 코를 박고서 오열하는 소환의 등을 공현은 두드려 줄까 하다가 손을 거두었다. 타인의 위로가 짐처럼 느껴질 만큼 슬픈 순간이 있다. 바닥을 드러낼 때까지 슬픔을 토해내도록 내버려 두었다. 공현은 텅 빈 눈으로 무덤을 바라보다 손을 뻗었다. 까실까실한 풀이 손바닥을 아프게 문질렀다.

……죄송합니다.

공현은 소리 죽여 입술을 벙긋거렸다. 이윽고 그 입술 위로 뜨거운 눈물이 비처럼 떨어져 내렸다.

이준은 소환에게서 집 근처 카페로 나오라는 연락을 받았다. 소환의 얼굴은 까칠했다.

“수고했어요.”

창가에 자리를 잡고 앉은 소환은 이준에게 입금확인서를 내밀었다. 이게 뭐냐는 듯 이준이 쳐다보자 소환은 싱긋 웃으며 말했다.

“예전에 약속했던 금액이요.”

“아…….”

정신없이 달려온 탓에 이런 계약을 했었다는 것조차 잊고 있었다. 이준은 테이블 위에 놓인 입금확인서를 물끄러미 바라만 보았다.

“확인 안 해요?”

“이걸 받아도 되는 걸까, 생각하는 중이었어요.”

“당연히 받아야죠. 이준 씨가 목숨 걸고 공현이를 지키려고 뛰어다녔는데, 이것보다 더 챙겨주지 못해서 미안한걸요.”

소환은 미안한 듯 웃었다. 누구도 쉽게 해내지 못할 어렵고 고단한 일을 이준은 최선을 다해 해냈고, 소환은 그런 이준이 고마우면서도 미안했다. 이준은 고민 끝에 감사하다는 말을 하며 입금확인서를 들었다. 약속했던 금액이 찍혀 있었다. 이 금액이라면 사진관도 사고 집도 샀을 테지만, 이젠 모두 소용없었다. 사라진 집과 사진관을 생각하니 가슴이 퍼석, 하고 내려앉았다.

"요즘은 어디서 지내요?"

소환이 커피잔을 들며 물었다.

"집에서 지내고 있어요. 당분간 쉬려고요."

"가족들은 다들 잘 지내요?"

"네. 동생은 학교 다니고, 이모는 다시 하숙집 하시기로 했어요. 다행히 소문이 많이 사라졌거든요. 물론 예전 같은 명성을 되찾으려면 더 많이 노력해야겠지만요."

고민 끝에 이모는 다시 하숙집을 열기로 했다. 돈이 필요한 게 아니라 사람이 그리워서 안 되겠다는 것이 이모의 뜻이었다. 더불어 이모는 이제 더는 방황 그만하고 몇 남지 않은 가족끼리 함께 살자며 이준과 이태에게 함께 살 것을 권유했다. 이준과 이태는 기꺼이 이모의 뜻을 존중했다.

"그래요. 필요한 도움이 있으면 언제든지 말해요. 그리고 다시 한 번 고마워요. 이준 씨가 아니었으면 공현이는 지금쯤 없을지도 몰라요."

소환의 말에 이준은 씩 웃었다.

"그렇게 생각해 주시면 감사하고요."

"그런데 왜 나한테 갑님이라고 안 불러요?"

"아, 이제는 그렇게 못 부를 것 같아요."

"왜요? 공현이가 부르지 말래요?"

소환의 물음에 이준은 난처한 듯이 웃었다. 소환은 빨대를 문 채 쓰게 웃었다. 설이준을 향한 집착과 소유욕이 상당한 녀석이라 자신들만의 애칭을 두고 보지 않을 거라고 생각했다. 예상하고 있었으나 생각 외로 씁쓸했다.

"욕심 많은 녀석. 그럼 전 이만 가볼게요. 밀린 일이 워낙에 많아서."

소환은 어깨를 으쓱거리며 자리에서 일어났다.

"검사님."

이준의 부름에 소환이 무슨 일이냐는 듯 돌아보았다.

"괜찮으시죠?"

이준의 조심스런 말에 소환은 잠시 멈칫했다. 목적어가 빠져 있지만 소환은 단번에 알아들었다. 이런 일을 겪은 후 자신의 마음이 괜찮냐고 묻고 있는 것이었다.

"아뇨, 안 괜찮아요."

한순간에 아버지를 잃었고, 긴긴 세월 아버지를 알아보지 못했다는 죄책감이 하루에 열두 번도 더 치솟아올랐다. 순식간에 어두워지는 소환의 얼굴을 보며 이준은 한참이나 입술을 달싹이다가 말을 꺼냈다.

"제가 오지랖 떠는 거면 죄송한데, 이 말씀은 꼭 드리고 싶어서요. 죄책감을 삶의 양분으로 삼는 것 옳은 일이지만, 죄책감으로 스스로를 때리진 않으셨으면 합니다."

열린 창문 틈으로 밀려들어 오는 바람과 함께 이준의 말이 날아들었다. 소환은 잠시 멍하게 서 있었다. 그러다 무언가를 깨달은 듯, 소환이 울컥한 표정을 지었다. 죄책감으로 스스로를 때리지 마라. 그 말을 되뇌던 소환이 희미하게 웃었다.

"고마워요. 역시 공현이가 부럽네요. 공현이 말 안 들으면 나한테 와요, 내가 잘해줄 테니까."

"사장님이 말 안 듣는 건 당연한 거라서 갈 일이 없을 것 같네요."

이준이 장난스럽게 대꾸했다. 이준은 조금도 알아채지 못하는 듯했다, 자신이 은근슬쩍 돌려서 고백했다는 사실을. 그리고 그 고백의 싹을 방금 댕강 잘라냈다는 것조차도.

소환은 웃으며 돌아섰다. 카페 문을 밀고 나가자 선선한 바람이 몰아쳤다. 바람도, 햇살도, 온도도, 세상의 향기도 어제와 모두 달랐다. 계절이 바뀌는 풍경을 그윽하게 바라보며 소환은 깊게 숨을 들이마셨다.

이제 모두 끝났다.

일도, 아주 미미하게 시작하려던 자신의 짝사랑도.

그럼에도 기분이 썩 나쁘진 않았다.

11. 역전 (2)

소환과 헤어진 후 귀가하던 중 이준은 휴대폰을 쳐다보았다. 조용하다. 골목길을 올라가던 이준의 걸음이 단숨에 느려졌다. 다리에 힘이 쭉 빠졌다. 얼마 전 베란다에서 끌어안을 때는 언제고, 그때부터 묵묵부답이었다.

소환을 통해 윤태성이 벌여놓은 일이 많고, 워낙에 큰 사건이라 수습하는 데 시간이 꽤 걸릴 거라서 공현이 바쁘다는 말을 전해 듣긴 했었다.

"그래도 검사님은 전화라도 자주 하지."

이준은 불만스러운 표정으로 휴대폰을 노려보았다. 전화를 한번 해볼까? 공현의 휴대폰번호를 입력하다 말고 이준은 휴대폰을 껐다. 한창 바쁜데 자신이 귀찮게 하는 걸 수도 있으니까.

거기다가 윤공현이 굳이 자신에게 전화할 이유는 없었다. 모든 일이 끝났고, 더는 만날 이유가 없으니까.

그래도…… 다신 안 보더라도 마지막으로 차라도 한잔 마셔 주지.

이준은 씁쓸한 표정으로 고개를 숙였다.

"오빠!"

골목길을 쩌렁쩌렁 울리는 목소리에 이준은 얼굴을 찌푸렸다. 이 동네는 자신이 슬플 틈을 주지 않는다.

"오빠아아."

대체 누가 이렇게 목청이 크나 싶었다.

"오빠!"

느릿하게 골목길을 올라가던 이준은 자신의 등을 후려치는 매서운 손길에 휘청했다. 홱 돌아서자 익숙한 교복을 입은 여학생이 똘망똘망한 눈으로 자신을 쳐다보고 있었다.

"오빠! 불렀는데 왜 못 들은 척하고 그래요?"

그 오빠가 자신일 줄은 꿈에도 몰랐었다. 자신이 경호하던 학교의 여학생이었다. 유난히 목청이 크고, 자신의 사진을 많이 찍었으며, 거침없는 애정을 드러내던 여자애. 능글맞기로 둘째가라면 서러운 이준이지만 이런 식의 갑작스러운 조우는 당황스러웠다.

"어. 어."

이준은 목소리를 낮게 깔며 대답했다.

"오빠, 어떻게 나한테 한마디 말도 안 하고 학교를 그만둘 수 있어요? 제가 얼마나 외롭고 힘들었는지 알아요?"

"어, 그게……."

이준은 해명하고 싶었으나 그럴 틈이 없었다. 말 못 해 죽은 귀신이 붙은 것처럼 여자애는 한시도 쉬지 않고 말을 쏟아냈다. 거기다가 도망칠 수 없게 자신의 팔을 꽉 움켜쥔 채였다.

이준의 등 뒤로 땀이 흘러내렸다. 여자인 자신이 여고생을 상대로 능글맞게 대처할 수가 없었다.

"오빠 찾으려고 강.남. 보디가드 업체까지 들렀었다고요. 그런데 머리 벗겨진 소장인가 뭔가 하는 아저씨가 오빠 관뒀다고 하잖아요. 마음 같아선 오빠 사진이 담긴 전단지를 사방팔방 붙이고 싶었는데……."

"뭐가 이렇게 시끄러워."

그 누구도 막지 못할 거라고 생각한 여고생의 말이 뚝 끊어졌다. 이준의 고개가 돌아갔다. 익숙한 남자가 한쪽 귀를 막은 채 이쪽으로 다가오고 있었다. 그는 여고생의 목소리가 시끄러운지 얼굴을 찌푸리고 있었다.

"우와!"

방금 전까지 오매불망 서방님만 기다리고 있던 조강지처처럼 굴던 여고생의 입이 떡 벌어졌다. 곁에 서 있던 이준의 표정도 미묘하게 달라졌다.

"오빠 친구예요? 진짜 잘생겼네요. 그런데 TV에서 본 것 같기도 하고……."

여고생이 다가오는 공현을 턱으로 가리키며 묻다가 고개를 갸웃거렸다.

친구라……. 이걸 친구라고 불러도 될는지.

이준은 애매한 표정으로 다가오는 공현을 바라보았다. 어느새 공현은 이준과 여고생 앞에 섰다. 공현의 시선이 이준의 팔을 붙들고 있는 여고생의 손에 닿았다. 공현은 자연스럽게 이준을 자신 쪽으로 끌어당겼다. 엉겁결에 여고생은 이준을 놓쳤다.

"친구는 무슨. 남자친구야."

공현은 이준의 어깨를 감싸며 말했다. 순간 이준의 가슴은 철렁 내려앉았고, 여고생의 표정은 미묘해졌다. 여고생이 빠르게 둘을 번갈아 보았다. 이준 또한 무슨 소리냐는 얼굴로 공현을 쳐다보았다.

"남자…… 친구요?"

"어."

"아……. 하긴 남자니까 남자친구시죠."

여고생이 떠보듯 물었다.

"편할 대로 생각해."

더는 대화 나누기 귀찮다는 기색을 풀풀 풍기며 공현은 이준의 어깨를 감싼 채 돌아섰다. 여고생이 뒤따라오려고 하자, 공현은 고개를 비스듬히 기울였다. 따라오는 건 네 마음이지만 뒷일은 책임 못 진다는 냉랭한 기운이 풀풀 풍겨져 나오는 공현의 표정에 여고생의 걸음이 딱 멈추었다.

설마…… 두 사람.

여고생은 입을 틀어막은 채 눈을 크게 부릅떴다. 그런 사정도 모른 채 이준은 심각한 얼굴로 공현을 불렀다.

“사장님.”

“왜?”

고개를 돌리는 공현의 얼굴은 언제 그랬냐는 듯 평온했다.

“남자친구라는 게 무슨 소리예요?”

“말 그대로. 내가 네 남자친구라고.”

이준의 심장이 쿵쿵 뛰었다. 그러다 정신 차렸다. 공현은 자신을 남자로 알고 있었다. 그러니 남자친구일 수밖에. 갑자기 김샜다.

“손 좀 내려주실래요?”

“왜?”

“불편해서요.”

불편하다기보단 어깨 쪽이 화끈거렸다. 온몸의 피가 어깨로 쏠린 것 같기도 하고.

이준은 불편하다는 기색을 풀풀 풍기며 공현의 손에서 벗어나려고 꼼지락거렸다. 그럴수록 공현은 이준의 어깨를 더욱 꽉 움켜쥐었다. 동시에 이준은 마른침을 꼴깍 삼켰다.

“미안한데, 몸이 아직 덜 나아서 부축 좀 해줘야겠다.”

환자가 맞나 싶을 만큼 공현의 손엔 힘이 잔뜩 실렸다.

“그러게 몸도 안 좋은데 뭐 하러 나왔어요?”

“그래도 할 건 해야지.”

“뭐 하시게요?”

“밥 얻어먹어야지. 딱 식사 시간이네.”

"네?"

뜬금없는 말에 이준이 되물었다. 갑자기 하늘에서 뚝 떨어진 것처럼 찾아와 인사는 생략한 채 알 수 없는 소리만 해대고 있었다.

"다 왔다."

공현의 말에 고개를 돌린 이준의 얼굴이 기묘해졌다. 어느새 이모의 하숙집에 도착했다. 이 남자가 왜 여길 찾아오나. 이준은 도저히 이해가 안 간다는 듯 공현과 하숙집을 번갈아 보았다.

"들어가자."

"사장님이 여길 왜 들어가요?"

"밥 먹어야 한다니까. 얼른 들어와."

공현은 마치 제집처럼 아주 자연스럽게 현관문을 열고 들어갔다. 홀로 남겨진 이준은 황망한 얼굴로 공현의 뒷모습만 바라보다가 부랴부랴 걸음을 옮겼다.

"아이구, 이제야 왔구나. 기다리다가 목 빠지는 줄 알았어!"

때마침 거실 한가운데 상을 차리던 이모가 공현과 이준을 번갈아 보며 말했다.

"좀 일찍 일찍 다녀! 배고파 죽을 뻔했잖아! 누……."

미리 상 앞에 앉아 숟가락을 들고 있던 이태가 버럭 소리를 지르다 말고 멈칫했다. 이준과 공현이 함께 있었다. 하마터면 심장 떨어질 뻔했다. 이태는 재빠르게 누나라는 말을 꿀떡 삼킨 채 이준을 노려보았다. 대체 이게 무슨 일이냐고. 이준은 잘 모르겠다는 듯 어깨를 으쓱거렸다.

"뭐 해? 천장 안 무너지니까 두 사람 다 어서 앉아."

이모가 빈자리 두 곳을 가리켰다. 이준은 딱 4인용으로 차려진 밥상을 쳐다보며 고개를 갸웃거렸다. 마치 이모는 공현이 올 줄 알고 있었던 듯했다.

"잘 먹겠습니다."

공현도 아주 자연스럽게 이모가 가리킨 자리에 앉았다. 공현은 마치 제집처럼 자연스럽게 숟가락을 들고 식사했다. 결벽증 있고 깐깐하던 이 남자가 왜 이러나 싶었다. 갑작스럽게 벌어진 상황에 이준은 혼란스러웠다.

"이모, 사장님 오는 줄 알았어?"

자리에 앉으며 이준이 이모에게 물었다.

"그럼."

"어떻게? 두 사람 나 몰래 연락도 해?"

이준은 공현과 이모를 번갈아 보았다. 공현은 삼 일간 자신에게도 연락하지 않았다. 그런데 언제 이모에게 연락했을까. 그러자 이모는 별소리 다 한다는 얼굴로 이준의 앞에 반찬을 들이밀며 말했다.

"오늘 아침에 너희한테 말했잖아. 한 사람 더 같이 살게 되었으니까 집 깨끗하게 쓰라고."

"그 한 사람이 그러니까, 사장님이라고?"

"너는 알고 있었던 거 아니었어?"

이모가 눈을 둥그렇게 뜬 채 물었다.

"쿨럭! 쿨럭!"

가장 먼저 반응한 것은 이태였다. 이준은 멍하게 이모를 바라보다가 공현에게로 시선을 옮겼다.

"설마, 그러니까, 이모가 오늘 아침에 말한 그 새로운 하숙생이……."

그는 허리를 꼿꼿하게 편 채 남 이야기를 듣듯 느긋하게 식사를 하고 있었다. 시선이 마주쳤다.

"잘 부탁해."

공현은 웃는 낯으로 태연자약하게 대답했다.

이준은 식사를 하는 내내 공현에게 어떻게 된 거냐고 묻고 싶었다. 그러나 조용한 식사 시간을 원하는 이모 때문에 이준은 꾹꾹 참았다. 밥이 코로 들어가는지 입으로 들어가는지 모를 식사를 마친 후, 공현을 따라가던 이준은 이태에게 붙잡혔다.

"제정신이야? 나한테 진즉에 말을 해줬어야지. 저분은 누나가 여자라는 거 알아?"

이준을 구석으로 몰아넣은 이태가 눈을 부릅뜬 채 낮은 목소리로 말했다.

"아니, 모를걸. 그리고 같이 살게 된 건 나도 방금 알았어."

"뭐? 방금 알아? 어떻게 할 거야? 난 되도록 저분이 우리 집에서 나가줬으면 좋겠어."

"왜?"

이준이 의아하다는 듯 이태에게 물었다. 무슨 이유에서인지 이태는 공현을 좋아하는 축에 속했다. 그런데 나가줬으면 좋겠다니.

"어려워. 난 어려운 사람이랑 같이 못 살아. 하여튼 누나가 알아서 처리해. 알았지?"

이태는 신신당부한 후 이준을 두고서 약속 있다며 밖으로 나갔다. 때마침 이준의 눈에 2층으로 올라가는 공현이 보였다.

"잠시만요."

이준은 공현의 앞을 막아섰다. 공현은 느릿하게 고개를 들어 이준을 쳐다보았다.

"왜?"

"무슨 생각이에요?"

"뭐가."

"사장님이 여기에 하숙하러 들어오는 게 말이 돼요?"

"왜 안 돼?"

공현이 느긋하게 벽에 기대서서 되물었다.

"사장님처럼 돈도 많고, 집도 있는 사람이 갑자기 무슨 하숙이에요? 대체 무슨 생각이에요?"

"너랑 같이 살 생각."

"……."

이준은 잠시 말문이 막혔다.

"집도 있고 돈도 있는데 혼자 살려니까 심심하잖아. 같이 살자고 해도 넌 싫다고만 하고."

"그, 그야 계약이 끝났으니까……."

이준은 답지 않게 말을 더듬었다. 공현은 팔짱을 낀 채 덤덤하게 이준을 쳐다보았다.

"그러니까, 같이 살고 싶은 내가 와야지."

"결벽증 있잖아요. 합숙이나 하숙 같은 거 못 하면서……."

"그런 척한 거지."

공현은 손을 뻗어 이준의 머리를 쓰다듬었다. 그러더니 느릿하게 이준에게로 얼굴을 숙였다. 이준이 흠칫했다. 자신의 손짓과 행동에 반응하는 이준을 더없이 만족스럽게 바라보던 공현이 낮은 목소리로 속삭였다.

"심심하면 언제든지 놀러 와, 바로 옆방이니까."

침대에 걸터앉은 공현은 때마침 울리는 휴대폰을 들었다. 소환이었다. 공현은 좁은 침대에 누워 휴대폰을 귀에 가져다 댔다.

"왜?"

[너, 집 내놨다며? 어디야? 이사 갔어?]

"이사라고 볼 수도 있지. 설이준 집이야."

[뭐? 동거해?]

"설이준 하숙집에서 살기로 했어."

[네가?]

자신이 제대로 들은 게 맞냐는 듯 소환이 물었다. 그러니까,

라고 속으로 중얼거리며 공현은 침대에 누워 색이 바랜 오래된 천장을 바라보았다. 이런 천장 색은 처음 봤다. 자신도 이런 방에 누워 있다는 게 믿기지 않았다.

[진짜야?]

"어."

[무슨 생각이야, 라고 묻고 싶은데 네가 대답할 리는 없고 내가 이해할 리도 없지. 너의 귀엽고 깜찍한 생각은 따라갈 수가 없으니까.]

"전화 끊자고?"

[아니. 술이나 한잔하려고 들렀다가 없어서 전화해 봤다. 오늘 술자리는 다음으로 미루자. 설이준 씨 하숙집은 어때?]

"좁아. 그리고 불편해."

하숙집은 2층임에도 공현이 혼자 쓰던 아파트 하나보다 좁았다. 거기다가 다닥다닥 나눠진 방은 창고처럼 좁았고, 오래되어서 벽지가 모두 바랬다. 침대도 오래되어서 움직일 때마다 삐끄덕 소리가 났고, 자신의 물건을 넣을 곳이 없어서 2인실을 통째로 빌렸다. 그럼에도 좁아서 몸을 움직일 수가 없었다. 창문을 열어놓지 않으면 답답해서 숨을 쉴 수가 없을 것 같았다.

[그래서? 후회해?]

"아니."

공현은 칼같이 대답했다. 침실, 욕실, 거실, 그 어느 곳 하나 마음에 드는 곳이 없지만 그럼에도 짐을 싸서 나가야겠다는 생각은 들지 않았다. 공현의 시선이 벽으로 향했다. 손바닥 두께

정도 되는 벽 너머에 이준이 움직이고 있을 거라고 생각하자 입술 끝이 늘어났다.

"신기해."

이 벽 너머에 설이준이 있다는 사실이, 온 집 안에서 설이준의 냄새가 난다는 것이, 설이준의 가족들과 한 공간을 나눠 쓰고 있다는 사실까지도.

[설이준 씨가 기적을 보이는구나. 네가 자진해서 하숙집까지 들어가게 하다니. 이제 설이준 씨랑 함께 살면서 뭘 할 건데?]

"글쎄."

공현의 고개가 기울어졌다. 일단 엉망이 된 자신의 집이 싫고, 설이준이 없다는 사실이 싫어서 무작정 하숙집을 찾긴 했지만 별다른 계획이 없었다. 그저 설이준이 어떻게 지내는지, 설이준과 함께 살면 어떨지가 궁금했을 뿐이다.

[알겠다. 다음에 보자.]

"어, 쉬어."

통화를 마친 후 공현은 몸을 일으켜 창가로 다가갔다. 이 낡은 집에서 가장 마음에 드는 것은 창밖의 풍경이었다. 창문을 살짝 가리고 있는 키 큰 나무들의 나뭇잎과 어우러진 야경은 사람의 마음을 평온하게 만들었다. 공현은 숨을 깊게 들이마셨다.

이 느낌을 뭐라 설명해야 할지 모르겠지만, 평온인 것 같다. 아마도. 아니, 평온이다. 더불어 행복하기도 하고.

그의 표정이 나른하게 늘어졌다.

❖ ⁂ ❖

간단히 씻은 후 젖은 머리 위에 수건을 얹은 채 계단에서 내려오던 이준은 흠칫했다. 이태가 팔짱을 낀 채 사냥개처럼 노려보고 있는 탓이었다.

"너, 그러다 눈 튀어 나온다. 네 눈을 소중히 여겨."

이준이 심드렁하게 말했다.

"누…… 후우, 하여튼. 잠깐 따라와."

이태는 이준을 잡아채더니 구석으로 몰아붙였다.

"윤공현 씨가 왜 아직도 우리 집에 있어? 벌써 며칠째인 줄 알아? 이틀째야."

"이모한테 허락받아서 정당하게 하숙하러 들어온 사람을 어떻게 내쫓아?"

"내쫓기 싫은 건 아니고?"

"그러는 넌 왜 자꾸 내쫓고 싶어 하는데?"

"불편하다니까. 누나를 누나라고 부르지 못하는 이 상황도 기가 막히고, 그리고……."

이태의 말문이 잠시 막혔다. 그 순간을 빠르게 캐치한 이준이 말했다.

"너보다 잘생긴 남자가 왔다 갔다 하니까 자존심 상하냐?"

이준이 한쪽 입꼬리를 끌어 올리며 씩 웃었다. 그러자 이태의 얼굴이 단박에 굳었다. 살면서 이태는 외모로 밀려본 적이 없었다. 그런 이태를 따라 집 앞까지 찾아오는 여학생들이 수두룩했다. 이태는 싫은 척했으나, 내심 그 반응을 즐기고 있었다. 여학생들이 주는 선물도 가계에 큰 도움이 되었고.

그런데 단 하루 만에 전세역전이 되었다. 지겹도록 할 일이 없다며 마당에 물을 뿌리던 공현을 여학생들이 발견한 것이었다. 여학생들은 땅에 발이 붙은 사람처럼 멈춰 서서 해바라기처럼 공현을 바라보았다. 흰 티셔츠에 청바지 주머니에 손을 푹 찔러 넣고 선 공현의 모습은 화보 속 모델처럼 근사하다고 여고생들이 중얼거렸다. 공현은 힐긋 여학생들을 쳐다보다가 귀찮은지 얼굴을 와락 찌푸렸으나, 여고생들에겐 어떤 타격도 미치지 못했다.

그러더니 어제부터 이태에게 향하던 선물의 절반이 공현에게로 향하기 시작했다. 그 일부분은 이준을 향하기도 했다.

"그게 무슨 말도 안 되는 말이야!"

이태가 발끈하며 발을 굴렀다. 그러나 이미 이태의 귀 끝은 벌겋게 달아올라 있었다. 속일 걸 속여야지. 다른 사람도 아니고 자신을 속이려 드는 이태가 귀여워서 이준은 픽 웃었다.

"그럼 가만히 있어. 좋잖아. 이대로 가다간 꽃미남 하숙집으로 소문이 날 거야. 물론 이모는 여학생들은 안 받겠다고 하긴 했지만, 어쨌든 하숙집이 홍보가 되는 거잖아? 좋은 일이니까 이대로 두고 봐."

"난 싫다니까, 누나!"

"됐어. 질투 그만해."

이준은 이태의 어깨를 탁탁 두드렸다. 그리고 막 돌아서던 이준은 흠칫하며 멈춰 섰다. 때마침 난간을 쥔 채 공현이 서 있었다. 다른 사람이 다가오는 인기척을 느끼지 못한 건 드문 일이었다.

"사, 사, 사장님."

심장이 바닥까지 내려앉는 줄 알았다. 공현은 느릿하게 이준을 쳐다보았다. 잠시 멎었던 심장이 거세게 뛰기 시작했다. 자신들의 대화를 모두 들은 게 아닌지 걱정스러웠다. 그중 이태가 '누나' 라고 부르던 걸 들었을까 봐 걱정되었다. 오늘 내로 공현에게 자신이 여자라는 사실을 이실직고할 생각이긴 했지만, 이렇게 들키고 싶진 않았다.

"불렀으면 말을 해."

공현은 무덤덤한 얼굴로 말했다.

"아뇨. 아무것도 아닙니다. 아침 식사하세요. 그럼 전 이만."

이준이 숨을 들이마신 채 스윽 지나쳤다.

"그럼 저도 이만."

이태도 스윽 지나치려 할 때였다.

"잠시만."

공현의 부름에 이태가 멈칫했다.

"네?"

"잠시 대화 좀 할까?"

공현이의 시선이 이태를 향했다. 가로로 유난히 긴 공현의 눈을 마주한 순간, 이태는 자신도 모르게 마른침을 꼴깍 삼켰다.

청량한 바람이 부는 오후의 골목이었다. 이준은 고개를 들어 새파랗게 물든 하늘을 보았다. 공기도, 바람도, 나뭇잎이 스치는 모습도, 햇살마저도 모두 아름다웠다.

이런 게 여유구나.

느릿하게 골목길을 따라 올라가던 이준은 자신을 뒤따르는 발소리에 돌아섰다. 흰 티셔츠에 물이 빠진 옅은 청바지를 입은 공현이 따라오고 있었다. 걸음을 멈춘 이준이 공현을 바라보았다.

"사장님, 지금 저 따라오고 있는 거예요?"

"어."

"왜요?"

"할 게 없어서."

이준은 당황스럽다는 듯 공현을 쳐다보았다.

"사장님, 회사는 때려치웠어요?"

"휴가 냈어."

"사장님이 휴가 내도 돼요?"

"사장도 사람인데 쉴 땐 쉬어야지. 믿을 만한 사람으로 직원도 몇 명 더 뽑았고."

공현의 추리게임은 경쟁사를 따돌리고 모바일 게임 다운 수 1위를 달성했다. 색다른 게임이라는 업계의 호평에 힘입어 단기간 최고 매출이라는 영애를 얻기까지 했다. 공현을 견제하기 위해 수호가 투자했던 유사 게임은 대기업의 홍보에 잠시 반짝했으나 얼마 못 가 허술하다는 평을 받으며 사장되었다. 공현은 순이익에서 새 게임 개발비, 투자 비용 등 몇 가지 항목을 제외하곤 직원들과 똑같이 나눠 가졌다. 그 사실이 밝혀지면서 공현의 회사로 지원하는 사람들이 부쩍 늘었다. 경력, 학벌에 상관없이 공현은 블라인드 테스트를 통해 네 명의 인력을 더 뽑았고, 그날 밤 직원들에게 '휴가계'를 제출했다.

"절 따라오신다고요?"

이준이 곤란한 얼굴로 뺨을 긁적였다.

"왜? 안 돼?"

"상관없기는 하지만…… 딱히 재미는 없을 거예요."

"상관없어."

같이 있기만 해도 재미있으니 말 그대로 상관없었다.

공현은 이준의 곁에 서서 나란히 걸었다. 함께 걷는 동안 공현은 아무 말 하지 않았다.

"사장님, 이태는 어떻게 구워삶은 거예요?"

이준이 흘깃 공현을 보며 물었다. 세 시간 전만 해도 공현을 내쫓으라며 어금니 꽉 깨문 채 경고하던 이태는 갑자기 온화하게 웃으며 '형님이 오래오래 여기 계셨으면 좋겠어.'라고 태도를 달리했다. 그 변화에 공현이 개입하고 있을 거라고 생각했다.

"게임 쿠폰을 줬어."

"게임 쿠폰이요?"

"우리 회사 게임에 쓸 수 있는 쿠폰이 있어. 모바일 게임용 쿠폰 두 개, PC용 게임 쿠폰 두 개. 희귀 아이템 쿠폰이야. 때마침 이태가 우리 회사 게임을 하고 있더라고."

"……."

아이템에 넘어간 거냐, 설이태.

이준은 기가 막혔다. 게임에 대해 문외한인 이준은 혀를 내둘렀지만, 실제로 공현이 이태에게 준 아이템은 현금으로 어마어마한 가치를 지니고 있었다. 게임 유저들 사이에서 몇 달간 눈코 뜰 새 없이 뛰어야만 겨우 얻을까 말까 한 아이템이었다. 공현은 굳이 그 사실을 말하지 않았다. 설이준 성격에 알았다간 이태에게 압수해서 돌려줄 것이 뻔했기에.

공현은 함께 걸으며 곁눈질로 이준을 바라보았다. 바람이 불어 앞머리가 살짝 들렸다가 내려앉았다. 단정한 헤어스타일과 그 아래로 곧게 뻗은 하얀 목덜미가 싱그러웠다. 이런 애를 남자라고 알고 있었던 스스로가 기가 막힐 지경이었다. 공현은 낮은 한숨을 흘리며 걸음을 옮겼다.

이준의 발길이 멈춘 곳은 공사를 하다가 멈춘 건물 앞이었다. 본래 사진관이 자리하고 있던 곳이라는 걸 공현은 단박에 알아보았다. 공사를 하다 만 건물을 바라보는 이준의 눈빛이 탁하게 흐려졌다.

"이럴 줄 알고 온 거잖아."

이준의 사정을 대충 아는 공현은 바지주머니에 손을 찔러 넣으며 말했다.

"그러니까요. 이럴 줄 알고 온 건데…… 표정 관리가 쉽지 않네요."

알면서도 마음처럼 되지 않는 것이 있다. 이준은 늘 자신이 시선을 두었던 곳을 바라보았다. 이젠 흙냄새를 머금은 바람만 뱅글뱅글 도는 빈자리가 을씨년스럽다.

"사진관 아들, 무리해서 사업하다가 파산해서 도망치는 중이래요. 그래서 이젠 정말로 우리 가족사진이 어디 있는지 모르게 됐어요."

허공을 바라보며 이준이 힘없이 중얼거렸다. 이제 모든 것이 준비되었는데 정작 가장 중요한 것이 빠졌다. 혼자 멍하게 생각에 잠겨 있던 이준은 무심코 고개를 돌렸다가 공현과 눈이 마주쳤다. 그의 얼굴이 심각했다.

걱정하고 있구나.

이준은 자신을 걱정하는 공현의 모습을 보니 마음이 뭉클했다. 그러면서 가슴이 또다시 뛰기 시작했다.

"걱정하는 거죠?"

이준이 물었다.

"어."

"그럼 위로의 한마디 건네봐요."

"뭐?"

"걱정된다면서요. 그럼 위로하는 게 당연하잖아요."

이준은 그에게 위로의 한마디를 꼭 듣고야 말겠다는 듯 공현을 바라보았다. 공현의 미간이 좁아졌다. 진지하게 고민하던 공현은 한참이 지나서야 입을 열었다.

"네가 착한 사람이면 가족사진이 너한테 돌아올 거야."

"그게 위로예요?"

이준은 기가 차다는 듯 물었다. 공현은 고개를 끄덕였다. 그러나 이준은 공현이 최선을 다해 말한 것이라는 걸 알고 있었다.

"일단 마음에 들진 않지만, 위로 고마워요. 그리고 아주 다행히 휴대폰에 사진을 찍어두긴 했어요. 백업해 두기도 했고."

이준은 입꼬리를 끌어 올리며 웃었다.

"설이준."

"네?"

"만약에 그……."

공현이 입을 달싹일 때였다. 주머니에 들어 있던 이준의 휴대폰이 길게 울었다.

"잠시만요. 이모예요."

이준은 휴대폰을 귀에 가져다 댔다. 그 모습을 공현이 물끄러미 바라보았다. 아무래도 다음에 이야기해야 할 듯했다.

"이모가 집으로 오래요. 시킬 게 있나 봐요."

"그래, 가자."

이준과 공현은 올라왔던 길 그대로 걸어 내려갔다. 올라가는 길은 한참이었는데 내려오는 길은 금방이었다. 어느새 하숙집이 보였다. 그 앞에 몇몇 여고생이 진을 치고 있었다. 공현의 얼굴이 확 구겨졌다.

"요즘 고딩들은 왜 이렇게 일찍 마쳐?"

"시험 기간이라서 일찍 마치나 봐요."

"그럼 가서 공부를 하던가."

공현은 귀찮다는 기색을 노골적으로 풍기며 말했다. 이준은 여고생 세 명을 보았다. 그중 유난히 눈에 띄는 예쁘장한 여학생이 보였다. 긴 생머리에 사슴처럼 긴 목, 하얀 얼굴에, 단아한 모습을 하고 있었다. 지금쯤 이태는 하숙집 안에 들어갔을 테니, 문 앞에서 기다리고 있는 건 공현을 기다리는 무리일 게 분명했다. 저런 여학생도 공현을 보기 위해 기다리고 있었다. 생각해 보면 어딜 가나 공현에게 호감을 표하는 여자들이 있었다. 파티장에서도, 회사에서도, 하다못해 여고생들까지도.

이준은 흘깃 공현을 쳐다보았다. 좋아할 만하다. 일단 외모는 넋을 놓고 바라보게 생겼다. 키도 훤칠하고, 스타일도 깔끔하고, 거기다가 목소리도 좋고 능력까지 있었다. 단 한 가지 치명적인 흠이라면 성격인데, 이젠 적응이 돼서 그런지 썩 나쁘게 느껴지지도 않았다. 오히려 좀 좋은 것 같기도 하고.

"오빠!"

공현을 발견한 여학생들이 금세 공현에게 다가왔다. 공현은 걸음 속도를 높였다. 공현은 여고생들이 자신을 잡을세라 금세 대문 안으로 사라졌다. 대신 붙잡힌 건 이준이었다.

"오빠."

"……어."

이준은 엉겁결에 대답했다.

"저 오빠 이름, 윤공현 맞죠? 인터넷에서 보니까 윤공현이라던데."

"어…… 맞아."

"그 사건 있었던 남자 맞죠? 사진으로 봤을 때만 해도 완전 미남이었는데, 실제로 보니까 더 대박이네요. 연예인 안 한대요?"

"못 해."

"왜요?"

"그럴 성격이 아니야."

내키지 않는 건 목에 칼이 들어와도 안 하는 공현의 성격을 생각하건대, 연예인이라는 직업은 택도 없었다.

"그럼 이상형이 어떻게 돼요?"

사슴 같은 여고생이 커다란 눈망울을 반짝이며 이준에게 물었다.

"글쎄, 나도 그런 건 안 물어봐서. 조심해서 가."

이준은 여고생들이 더 붙잡을세라 얼른 대문 안으로 들어섰다. 문 너머로 여고생들의 투덜거림이 전해졌다. 15분 넘게 기다렸는데 얼굴도 제대로 못 봤다는 내용이 주를 이루었다. 팬서비스 정신도 없다며 투덜거리는 여고생들의 말을 들으며 이준은 한숨을 내쉬었다.

일반인이 대체 왜 팬서비스를 해줘야 한단 말인가.

그러다 문득 이준도 궁금해졌다. 공현의 이상형이 어떻게 될까. 남자들은 예쁜 여자를 좋아한다던데. 아무래도 남자다운 여자보단 여자 같은 여자를 좋아할지도 모른다. 갑자기 머릿속이 복잡해지기 시작했다.

한숨을 내쉬며 고개를 들던 이준은 마당 한가운데 길게 늘어져 있는 빨래를 보았다. 그 빨래를 의아한 눈으로 바라보고 있는 공현까지도. 이준의 고개가 공현의 시선을 따라 돌아갔다. 흰색 브래지어와 팬티가 걸려 있었다.

"사장님! 변태예요?"

이준은 자신도 모르게 버럭 소리 지르며 속옷을 확 잡아챘다. 공현의 시선이 이준을 향했다.

"널어놨길래 본 것뿐인데 그게 변태야?"

"남의 속옷, 그러니까 왜 여자 속옷을 그렇게 유심히 보냐는 거죠."

"우연히 시선이 갔을 뿐이야. 그러는 넌 남의 속옷을 막 잡아도 되는 건가? 그거 여자 거잖아."

"네? 아, 네."

이준은 움찔했다. 공현의 눈앞에서 저것을 당장 치워야겠다는 생각에서 잡아챘는데, 이게 문제일 줄이야.

"이모님 건가?"

"……."

"사이즈가 아닌 것 같던데."

한눈에 봐도 몸집이 있는 이모가 입기엔 턱없이 작은 사이즈였다. 이준은 습관처럼 세탁기에 자신의 속옷을 넣어둔 것을 후회했다. 이준은 숨을 깊게 들이마셨다. 어차피 공현에게 사실대로 말할 생각이었다. 공현이 어떻게 받아들일지 몰라서 여태껏 말을 못 하고 있었을 뿐.

"사장님, 드릴 말씀이 있어요."

공현이 무표정한 얼굴을 삐딱하게 기울였다. 이준은 지금이라도 말해야 한다는 생각에 어렵사리 말문을 열었다.

"아마 들으시면 무척 놀랄 거라고 예상되는데요. 어쩌면 배신감을 느끼실 수도 있고, 할 말도 많으실 거예요. 그치만 제가 모두 말할 때까지 조금만 참고 기다려 주세요. 사실은 저……."

"이준이 얘는 온다더니 대체 어디쯤 온 거…… 아휴, 왔네? 한데 왜 이러고 있어!"

현관문이 벌컥 열리며 이모가 나왔다. 동시에 바짝 긴장하고 있던 이준은 깜짝 놀라 이모를 쳐다보았다. 이모는 문 뒤에 있는 공현을 발견하지 못한 채 이준만 쳐다보았다.

"어, 어?"

"여기서 뭐 하고 있어? 할 거 없으면 이모랑 목욕 가자고. 등 좀 밀어줘. 너 없으니까 등 밀어줄 사람이 없잖니. 어서 준비해."

"이, 이모! 내 말부터……."

이준이 이모의 입을 막기 위해 얼른 말을 꺼냈으나, 속수무책이었다.

"그리고 손에 쥔 건 뭐야? 덜 마른 속옷을 뭐 하러 쥐고 있어. 아이구, 사장님 보기 부끄러워서 그래? 내가 그걸 깜빡했네. 그럼 네 방에다가 널어놔. 창가에다 널어놔야 한다. 아! 목욕 가방 가지러 가야겠네."

눈치 없는 이모는 마지막에 쐐기를 박고는 다시 문 안으로 사라졌다. 순식간에 벌어진 일이었다. 공현의 시선이 속옷으로, 이후 느릿하게 이준을 향했다.

자, 사실대로 불어봐.

그의 얼굴이 그렇게 말하고 있었다. 오늘 내로 말할 생각이긴 했지만 자신의 입으로 말하고 싶었는데, 이렇게 까발려질 줄이야.

이준은 막막한 표정으로 한숨을 내쉬었다.

“일단 자리를 옮겨서 이야기해.”

이준이 이실직고하기 직전, 공현이 먼저 말했다. 이후 공현은 곧장 2층으로 올라갔고, 지은 죄가 있는 이준은 아무 말 없이 따라갈 수밖에 없었다. 2층 거실은 텅 비어 있었다. 거실 한가운데에 선 공현은 팔짱을 낀 채 이준을 물끄러미 쳐다보았다.

어디 한번 이야기해 봐.

그의 무표정이 그렇게 말하고 있었다. 이준은 숨을 깊게 들이마신 후 공현을 바라보았다. 자신을 친구라고 철석같이 믿고 있는 사람에게 이런 말을 하려는 게 쉽지 않았다. 자신이 여자라고 해도 공현은 지금처럼 자신을 친구로 여겨줄까. 어쨌든 지금은 진실을 이야기해야 할 시간이었다.

“놀랐을 거라고 생각해요. 사실은 저…….”

이준은 크게 숨을 들이켰다.

“……여자예요.”

이준의 말이 마치기가 무섭게 싸한 바람이 불었다. 고등학교 졸업 이후 벌 받는 듯한 기분이 드는 건 처음이었다. 이준은 흘깃 공현을 쳐다보았다.
“알아.”
공현이 한 박자 뒤늦게 대답했다.
“아신다니까 다행…… 네?”
풀죽은 얼굴로 대답하던 이준은 뒤통수를 얻어맞은 사람처럼 멍한 표정을 지었다.
“지금 뭐라고…….”
“설이준, 네가 여자라는 거 안다고. 내가 궁금한 건 네가 왜 여자라는 사실을 여태껏 숨겼냐는 거야.”
그가 팔짱을 낀 채 덤덤하게 물었다.
“어, 언제부터 내가 여자라는 걸 알았어요?”
이준의 눈이 크게 부릅떠졌다.
“꽤 됐어.”
“어떻게 알았어요?”
“우연히.”
이준이 얼굴을 찌푸렸다. 우연히 자신이 여자라는 사실을 알 리 없다. 다른 건 몰라도 자신의 성별만큼은 철저하게 숨긴 이준이었다. 잠시 눈을 굴리던 이준은 가슴 앞으로 두 손을 가지런히 모았다.
“설마…… 저 잠들었을 때나, 취했을 때 몸을 더듬어봤다거나…….”
“그렇게 본인의 몸매를 과신하고 사는 줄 몰랐어.”
“하긴, 그건 그렇죠.”

이준은 덤덤하게 아무것도 없는 자신의 평면 가슴을 바라보았다. 더군다나 자신이 알고 있는 공현의 성격으론 타인의 몸을 더듬을 성격이 아니었다. 오히려 닿기만 해도 질색하며 손을 씻으러 갈 사람이었다.

"그럼 어떻게……."

"내 집에 들일 사람 뒷조사 한 번 안 해봤을 것 같아?"

"아."

이준은 그제야 알겠다는 듯 고개를 끄덕였다. 꼼꼼한 공현의 성격상 자신의 뒷조사를 하다가 발견했을 확률이 높았다.

"갑자기 맥이 확 풀리네. 나는 이 사실을 숨기느라 얼마나 고생했는데요. 언제 말해야 할지 조마조마하기도 했고요. 여태껏 왜 말 안 했어요?"

"그러는 너는?"

"저야 아무래도 남자라고 하는 편이 일하기 편하니까 그렇죠. 남자랑 단둘이 같이 사는 근무 상황을 고려했을 땐 더더욱 그렇잖아요."

"편하게 활동하라는 나의 배려라고 생각해."

말이나 못 하면.

이준은 기가 막힌 얼굴로 공현을 바라보았다. 힘이 풀려 이준의 어깨가 축 늘어졌다. 공현을 속이고 있다는 사실 때문에 하루에도 몇 번씩 명치에 돌이 걸린 것처럼 뻐근했다. 그런데 그게 다 헛수고였다.

"조금 억울하긴 하지만, 미안해요, 사장님. 제가 편하게 지내려고 사장님을 속인 건 사실이니까요. 이거 말고 더는 숨기는 거 없어요. 그건 믿어주셔도 돼요."

이준은 흘깃 공현을 바라보았다. 그는 여전히 무슨 생각을 하는지 모를 표정을 짓고 있었다. 무표정한 얼굴로 그저 고요하게 바라보고 있을 뿐이었다. 음소거를 한 것처럼 사위가 고요해졌다. 불안하게 입술을 달싹거리던 이준은 조심스럽게 공현에게 말을 꺼냈다.

"제가…… 남자가 아니라서 실망했어요?"

이준은 입술을 살짝 깨물었다. 그저 듣기만 하는 공현에게 이준은 천천히 제 마음의 타래를 풀어냈다.

"사실 이럴까 봐 말을 못 했어요. 사장님은 이제야 겨우 저를 좋은 친구로 생각하고 있는데 속였다는 사실을 알게 되면 더 이상 친구를 못 할까 봐요. 거기다가 실제로 사장님이 그런 말도 했잖아요. 여자랑은 친구를 안 한다고. 해본 적도 없고, 할 생각도 없다고. 그 말을 듣고 나니까 차마 사실대로 말할 수가 없더라고요."

"……."

"왜인지 모르겠지만 저는 사장님이 참 좋거든요. 못됐고, 같이 있으면 힘든 일도 많이 일어나지만, 그래도 함께 있으면 즐겁거든요."

별것 아닌 게임을 하면서도 즐거웠다. 시답지 않은 내기를 하는 동안에도, 게임에 져서 물을 뜨러 가는 그런 소소한 일도 모두 재미있었다. 그렇지 않으면 못 해냈을 일이었다. 예전의 일을 떠올리느라 이준의 표정이 아득해졌다.

나른한 듯 풀어진 이준의 얼굴을 바라보던 공현의 눈이 가늘어졌다. 자신과 함께했던 시간을 행복하게 여기는 사람의 얼굴은 난생처음이었다. 손끝이 저릿할 만큼 감동적이었다.

"그래서 계속 숨기고 싶었나 봐요. 미안해요. 속인 것도, 남자가 아닌 것도. 제가 남자였으면 사장님과 지금처럼 좋은 우정을 쌓아갈 수 있었을 텐데요."

공현은 아무 말 하지 않았다. 남자가 아니라서 미안하다니. 살면서 들은 말 중에 가장 어처구니가 없는 말이라 공현은 잠시 아무 말도 잇지 못했다.

그러나 그의 침묵이 마지막을 예고하는 듯해서 이준은 씁쓸한 웃음을 지었다. 역시 친구는 힘들구나. 난생처음으로 이준은 자신이 여자라는 사실이 아주 조금 원망스러웠다.

"그럼 저는 이모한테 가볼게요."

어설프게 씩 웃으며 이준이 돌아섰다.

"네가 남자가 아니라도 상관없어."

"……."

"아니, 남자가 아니라서 다행이야."

공현의 목소리를 들으며 이준은 천천히 고개를 돌렸다. 공현은 여전히 무표정했으나 묘한 눈빛을 하고 있었다.

"좋아해."

순간, 낯선 말이 들렸다.

"네가 누구든, 무엇을 하는 사람이든, 어떤 모습을 하고 있든지."

"……."

"아주 많이, 좋아해. 설이준."

가슴 밑바닥에서 끌어 올린 것처럼 그의 고백엔 깊은 울림이 있었다. 2층 공간을 울리고, 기어코 듣는 이의 마음까지 울려 버리는 그런 울림. 그는 그 울림과 지독하게 잘 어울리는 표정을 짓고 있었다. 환희와 울음이 뒤엉킨 얼굴로 공현이 거실을 가로질러 걸어왔다. 이준의 바로 앞에 멈춰 선 공현은 이준을 물끄러미 바라보았다.

"……친구 같은 거, 이제 못 해."

"……."

"나는 너랑 친구 할 생각이 없거든."

그는 손으로 얼어붙은 이준의 양쪽 뺨을 조심스럽게 감쌌다. 그러고는 천천히 고개를 숙였다. 신성한 선언을 하듯, 그의 입술이 조심스럽게 이준의 입술 위로 내려앉았다.

친구라면 할 수 없는, 따뜻하고 포근한 입맞춤.

멎었던 바람이 다시금 불어왔다. 피할 수도 없이, 아주 오랫동안 바람이 이어졌다.

잠을 설쳤다. 베개에 뒤통수가 닿기만 해도 잠들던 평소와 달리 밤을 거의 새다시피 한 이준은 피곤한 몸을 일으켜 세웠다.

그러고는 벽을 물끄러미 노려보았다. 이 불면증의 원인은 벽 너머의 남자였다.

어제 오후 공현은 고백과 함께 입을 맞춘 후, 아무 말도 없이 자신의 방으로 들어갔다. 홀로 거실에 남은 이준은 그 자리에서 한참이나 꼼짝할 수 없었다.

"좋아해."

또 귓가에 그 목소리가 들렸다. 뒤이어 입술이 화끈거렸다. 키스도 아니고 단순한 입맞춤인데 화상 입은 것처럼 입술이 뜨거워서 살 수가 없었다.

"으으."

이준은 눈을 감은 채 온몸을 부르르 떨었다. 심장병이 온 건지 심장이 아무렇게나 쿵쿵 뛰고, 머릿속에선 공현의 얼굴만 자꾸 맴돌았다. 더는 참지 못하고 이준은 방문을 밀고 나갔다. 간단히 샤워라도 해야겠다 싶어서 욕실 문을 벌컥 열어젖힌 이준은 몰려나온 수증기에 한 걸음 물러났다.

욕실에서 구름 같은 뽀얀 수증기가 빠져나오면서 점차 하나씩 보였다. 물에 젖은 남자의 등, 비스듬히 돌린 옆얼굴에 고인 햇살, 뚝뚝 떨어져 내리는 물방울까지. 이준은 숨을 내쉬는 것도 잊은 채 그의 뒷모습을 바라보았다.

"어딜 훑어?"

공현이 까칠하게 물었다.

"아……."

"구경 다 했어? 그럼 문 좀 닫아."

공현의 잠긴 목소리가 탁하게 흩어졌다.

"아…… 미안해요!"

그제야 정신을 차린 이준은 우렁차게 사과를 한 후 욕실 문을 쾅 하고 닫았다. 눈을 빠르게 감았다 뜬 이준은 한꺼번에 숨을 몰아쉬었다. 그러곤 머리를 쥐어뜯었다.

"미치겠다, 진짜."

안 그래도 입맞춤 때문에 정신없는 머릿속으로 공현의 야한 뒷모습이 떠올라 엉망진창이 되어버렸다.

"뭐가."

욕실 문이 반쯤 열리며 공현이 머리를 내밀고서 물었다. 물에 젖어서인지, 어제 입맞춤 때문인지 그의 모습이 한층 더 야해 보였다. 이준은 자신의 하숙집 앞까지 찾아와 열광적으로 반응하는 여고생의 마음을 아주 조금은 이해할 수 있을 것 같았다.

"문 잠그고 샤워해야죠."

이준은 애써 침착한 얼굴로 말했다. 책임 소재는 분명히 해야 했다. 이걸로 책임져라, 마라라는 이야기가 나오면 곤란하니까.

"어제 고장 났다고 말했을 텐데."

"……."

"물소리 났잖아. 알고 연 거 아냐?"

공현의 입술이 느슨하게 늘어났다.

"무슨 소리예요! 그럴 리가요! 못 들었어요."

발끈한 이준은 빠르게 고개를 가로저었다.

"같이 사는 사람이 있다는 걸 알면 노크부터 해봐야 하는 게 예의잖아."

"윽."

입이 있어도 할 말이 없다. 이전처럼 공현을 능글맞게 대하고 싶은데, 입술에 시선이 닿는 순간 얼굴로 열이 올랐다.

"마저 씻으세요. 그럼 이만."

더는 공현을 마주할 힘이 없어진 이준은 고개를 홱 돌린 채 방으로 들어갔다.

샤워를 마친 후 방으로 들어온 공현은 머리를 닦다 말고 픽 웃었다. 자신의 뒷모습을 바라보던 이준의 얼굴이 생각났다. 직업의 특성과 여러 사람이 합숙하는 거주 환경 때문에 이준은 남자들과 많이 어울렸다고 했다. 그런데도 자신의 뒷모습을 바라보는 이준의 얼굴은 조선시대 처녀가 지을 법한 표정을 하고 있었다. 그 표정 때문에 당황스러운 감정도 일순 사라졌다.

대충 머리를 말린 후 1층으로 내려가자 거실 테이블 위로 아침 식사가 차려져 있었다. 이태와 이준이 마주 보고 앉아 있었다. 이모가 부엌에서 본인의 국그릇을 들고 나오다가 공현을 발견하곤 반갑게 웃었다.

"때마침 잘 왔어요. 앉아요. 밥 차려놓길 잘했네."

"감사합니다."

공현은 일부러 이준의 옆자리에 털썩 소리 나게 앉았다. 이준은 이쪽을 흘깃 보더니 숟가락을 들었다. 모르는 척하겠다는 기색이 역력했다.

공현은 픽 웃다 말고 밥상을 보았다. 시래깃국과 잡곡이 섞인 밥, 몇 가지 가정식 반찬이 놓여 있었다. 흔하지만 집이 아니면 쉽게 먹기 힘든 밥상이기도 했다. 어렸을 적부터 이준이 먹고 자랐을 밥상이기도 했다. 그래서 공현에겐 뜻깊은 밥상이었다.

"불편한 곳은 없어요?"

이모가 공현을 보며 물었다.

"편합니다. 감사합니다."

가볍게 고개를 숙이며 되레 감사의 인사를 전하는 공현을 이모는 감탄하며 바라보았다. 목소리도 좋고, 외모도 근사하고, 직업도 좋고, 진중한 성격도 마음에 들었다.

"불편한 게 있으면 언제든지 말해요."

"네, 알겠습니다."

이모의 당부에 공현은 가볍게 웃으며 감사의 인사를 건넸다. 조용한 식사가 이어졌다. 공현은 옆자리에 앉아 밥그릇에 코를 박을 것처럼 고개를 숙이고 있는 이준을 보았다. 어울리지 않게 어깨까지 웅크리고 있었다. 자신과 닿지 않으려고 안간힘을 쓰고 있었다. 공현의 한쪽 눈썹이 슬쩍 올라갔다.

고백하고 입까지 맞춘 보람없이 자신을 전염병 환자를 대하듯이 하다니. 도망치려면 진즉에 그랬어야 했다. 이미 늦었다.

"잘 먹었습니다. 이모, 난 외출 좀 할게."

이준은 숟가락을 내려놓은 후, 다급하게 자리에서 일어났다.

"어디 가? 그리고 밥을 왜 그렇게 급하게 먹어? 체하면 어쩌려고?"

이모가 걱정스러운 얼굴로 이준을 보며 물었다.

"부끄러운가 봐요."

대답을 한 것은 공현이었다. 이모는 무슨 말이냐는 듯이 공현을 바라보았다. 공현은 사업상 회의할 때나 지을 법한 깔끔한 미소를 지으며 말문을 열었다.

"아침에 일이 있었거든요. 제가 샤……."

공현의 말은 끝나지 못 했다. 이준이 공현의 입을 틀어막은 탓이었다. 이준은 눈을 부릅떴다. 샤로 시작할 단어는 샤워밖에 없었다. 아침에 일어난 불미스러운 일을 가족들에게 낱낱이 말할 생각이냐는 듯 쳐다보자, 공현의 눈이 휘어졌다.

"잠시 대화 좀 하시죠, 사장님."

이준이 어금니를 깨문 채 말했다.

"왜 사람 입을 막아? 두 사람, 무슨 일 있었어?"

여태껏 묵묵히 밥을 먹던 이태가 의심스럽다는 얼굴로 쳐다보며 물었다.

"일은 무슨. 별거 아니야. 일단 일어나시죠, 사장님."

"나, 밥 먹는 중인데."

"식사는 천천히 하시죠."

이준이 공현의 팔을 잡아당겼다. 공현은 되레 힘을 주어 이준을 앉혔다. 순식간에 힘으로 압도당한 이준은 난생처음 겪는 일에 공현을 멍하게 쳐다보았다.

“난 밥이 우선이야. 이모님이 정성스럽게 차려준 밥, 남길 순 없잖아. 그러니까 네가 옆에서 기다려.”

“아휴, 사장님이라서 돈 개념, 음식 개념 없을 줄 알았는데 대단하시네. 그래. 이준아, 사람이 밥은 먹어야지. 일단 네가 기다려.”

“그래, 뭔지 모르겠지만 누나가 기다려. 사장님 식사하셔야지.”

이런 상황을 두고 팔은 밖으로도 굽을 수 있다는 건가. 이모와 이태가 짠 것처럼 공현의 편을 들고 나섰다. 이준은 기가 막힌 얼굴로 공현을 쳐다보았다. 대체 언제 자신의 가족을 구워삶은 걸까. 그러나 공현은 대답 대신 보란 듯이 아주 천천히 식사를 할 뿐이었다.

10분이면 식사를 끝내는 평소와 달리 공현의 식사 시간은 30분간 이어졌다. 그런 그를 두고 가족들은 싫은 소리를 하지 않았다. 자신이 모르는 사이에 어떤 일이 생긴 것이 틀림없었다. 이준은 공현을 데리고 2층으로 올라갔다. 아무도 없다는 것을 알면서도 이준은 습관적으로 주변을 살폈다.

“사장님, 저한테 왜 그래요?”

"뭐가."
공현이 심드렁한 얼굴로 반문했다.
"가족들한테 아침에 있었던 일을 발설하시면 어떻게 해요? 오해할 뻔했잖아요."
"그러길래 왜 피해? 평소처럼 굴었으면 나도 그렇게까지 할 이유 없잖아. 안 그래?"
공현은 이 상황이 못마땅한지 팔짱을 낀 채 이준을 쳐다보며 말했다.
"그야…… 어색하니까 그렇죠."
"내가 널 좋아하는 게 어색한 일인가?"
"그럼 당당할 일이에요?"
"어."
틈도 주지 않고 공현이 대답했다. 그 때문에 이준은 말문이 막혔다.
"네가 누군가한테 사랑받고 있다는 게 당당한 일 아니야?"
"……."
"넌 아닐지 몰라도, 난 내가 널 좋아하는 게 자랑스럽거든. 그래서 이 자랑스러운 기분을 아주 노골적이고 직접적으로 드러내기로 했어."
공현의 얼굴이 더할 나위 없이 진지했다. 그가 진심으로 말하고 있다는 것이 느껴졌다. 이준은 입술을 달싹이다가 다물었다. 그의 진심이 입술을 무겁게 만든 탓이었다. 눈을 내리까는 이준을 바라보며 공현은 침착하게 말했다.

"내가 한 고백에 대한 대답은 천천히 해. 나도 바로 대답 들을 생각 없으니까."

"전에 일했던 여고, 기억하지? 재개발이 된다 만다 말만 나오고 있는 중이라 아직도 주변이 어수선한가 봐. 그쪽에선 네가 꼼꼼하게 일해준 게 마음에 든다면서 널 지목했어. 만약 이 일이 싫으면 남고도 있어. 남고 주변에 깡패들이 어슬렁거리나 봐. 3인 1조로 배정해 줄 테니까 거기서 일하는 것도 좋고."

의자에 앉아 말을 하는 내내 소장은 소파 쪽을 흘깃거리며 말을 이었다.

"음……."

이준은 잠시 고민에 빠졌다. 그사이 소장이 조용히 허리를 굽혀 이준을 불렀다.

"이준아."

"네?"

"대체 저 사람은 왜 여길 온 거냐?"

소장은 턱짓으로 소파에 앉아 있는 공현을 가리키며 물었다. 이준은 대답 대신 한숨을 내쉬었다.

"어휴."

보디가드 사무실로 향하는 자신의 뒤를 공현이 따라왔다. 왜 따라오냐고 묻자, 공현은 '그 사무실에 볼일이 있다' 라고 대답하며 여기까지 꾸역꾸역 따라왔다. 이준은 그가 별의별 이유를 다 만들어서 자신을 따라온다고 생각했다.

"그냥, 없는 사람이라고 생각하세요."

이준은 고개를 절레절레 흔들었다.

"의뢰를 하고 싶은데요."

옆에서 들리는 공현의 목소리에 이준은 움찔했다. 어느새 공현이 자신의 옆자리에 서 있었다. 공현은 재킷 주머니에 들어 있는 종이를 소장에게 내밀었다.

"이게 무슨……."

"의뢰 내용, 보수가 적힌 계약서입니다."

소장은 종이를 받아 든 채 이준을 바라보았다. 이준도 모르겠다는 듯 고개를 절레절레 내저었다. 소장은 종이를 펼쳤다. 읽을수록 소장의 표정이 기묘해졌고, 더는 못 참겠다는 듯 이준도 고개를 숙여 종이를 확인했다. 점차 이준의 표정도 일그러졌다.

"진심으로…… 이런 제안을?"

소장이 조심스럽게 물었다.

"네."

공현은 문제 있냐는 듯 대답했다. 소장은 다시 한 번 계약서를 보았다. 난감한 표정을 짓고 있는 소장을 향해 공현은 근사한 미소를 지으며 계약서에 적힌 내용을 말해주었다.

"24시간 보호받기를 원합니다. 설이준 보디가드로부터요. 계약 금액과 보수는 최대한으로 맞춰 드리죠."

잠시 멍하게 공현을 바라보던 이준이 소리쳤다.

"사장님!"

"귀 안 먹었어."

공현이 한 손으로 자신의 귀를 막으며 덤덤하게 말했다.

"갑자기 무슨 계약이에요?"

이준은 소장의 손에 들려 있는 종이를 낚아채 공현의 코앞에서 흔들었다.

"보디가드가 필요해."

"왜요?"

"필요하니까."

공현은 이준이 펄펄 날뛰든 말든 시종일관 태평했다. 오히려 이준이 펄펄 날뛸 거라 예상한 얼굴이었다. 그런 공현을 이준은 기가 막힌 얼굴로 바라보았다.

"이제 필요한 일 없잖아요. 쫓기는 일도 없고, 협박당하는 일도 없고."

"언제 어떻게 유사한 사건이 생길지 모르잖아? 알다시피 윤수호도 날 때려잡을 거라고 눈을 시퍼렇게 뜨고 있어. 혹시 알아? 윤수호가 청부살인이라도 의뢰할지."

"진심이에요?"

"진심이야."

공현이 심각하게 말하니 이준은 '거짓말하지 마요!' 라고 반박할 수도 없었다. 소환에게 전해 듣기로도 윤수호의 분노는 어마어마하다고 들었다. 무슨 일이 생기면 자신에게 연락하라고 신신당부했으니, 공현의 말이 아예 거짓말은 아니었다.

그러나 공현의 말을 철석같이 믿긴 어려웠다. 일단 저 얼굴. 세상 종말이 벌어져도 '어쩔 수 있나' 라고 덤덤히 넘길 것 같은 저 얼굴은 공포와는 거리가 멀었다.

"그런 조짐이 요 근래 있었어요?"

"아니."

"그런데 보디가드는 왜요?"

"보디가드를 고용하는 이유는 예방 효과를 기대하기 때문 아닌가? 무슨 일이 생겼으면 보디가드를 찾는 게 아니라 경찰을 찾았겠지."

팔짱을 낀 채 공현은 느긋하게 말했다. 그의 말이 맞았다. 보디가드는 불운한 어떤 일이 생길지도 모른다는 이유로 고용하는 거니까. 그렇지만 이건 아니다.

"거절하겠습니다."

이준은 공현에게 계약서를 도로 내밀었다. 공현의 미간이 확 좁아졌다. 거절당할 줄은 추호도 생각 못 한 얼굴이었다.

"왜?"

"사장님과 갑과 을로 엮이고 싶지 않아요."

"윤소환은 되고 난 안 되는 이유는?"

"사장님과 더 이상 갑과 을로 엮이고 싶지 않아요."

"그러니까 왜?"

공현은 자신을 납득시키기 전까지 물러서지 않겠다는 듯 집요하게 물었다.

"동등해지고 싶으니까요."

"……."

생각지 못한 이유에 공현의 미간이 탁 풀렸다. 이준은 계약서를 반듯하게 접으며 말을 이었다.

"지금 제가 여기서 사장님에게 고용된다면 우린 평등할 수도, 동등할 수도 없으니까요. 사장님에게 좋은 사람이 되고 싶지, 고용되고 싶진 않아요. 그래도 혹시나 만약 윤수호 씨로 인해 사장님의 신변에 문제가 생긴다면 그때 말해주세요. 그건 여태껏 쌓은 우정 마일리지로 도와드릴 테니까요. 그러니까 이거 가져가세요."

이준은 계약서를 공현에게 안겨주다시피 건넨 후 돌아섰다. 공현은 자신의 가슴팍에 놓인 계약서를 받아 들 수밖에 없었다.

소장은 턱을 괴고서 흥미진진한 얼굴로 둘을 바라보고 있었다. 소장의 눈이 공현과 이준을 번갈아 보았다. 어떻게든 이준을 곁에 두고 싶어 하는 공현의 마음과 그런 공현과 동등해지고 싶은 이준의 마음이 모두 이해가 되었다.

"소장님."

"응?"

"여고로 배정해 주세요. 거기서 일하겠습니다. 언제부터예요?"

"거기선 당장 오라고 그러지."

"그럼 지금 가볼게요. 특별한 일이 생기면 연락 주세요. 아! 그리고 소장님."

"왜?"

"제가 가는 곳, 이 사람한테 알려주지 마세요."

이준은 공현을 손가락으로 가리켰다.

"사장님도 따라올 생각하지 말고요. 저는 이만 가보겠습니다. 수고하세요."

이준은 소장에게 꾸벅 인사를 한 후 문을 밀고 나갔다. 사무실에 홀로 남은 공현은 소장을 지그시 바라보았다.

"그렇게 쳐다봐도 내가 도움 줄 수 있는 건 없어. 우리 사무실의 첫 번째 원칙은 자유와 평등이거든. 보디가드가 싫어하는 일은 강요할 수 없어. 그쪽도 이제 이준이의 성격에 대해 충분히 알 때도 되었을 텐데?"

소장은 가볍게 어깨를 으쓱거렸다. 이준은 자신이 맡은 바 일에 최선을 다하되, 자신이 한 번 아니라고 생각한 것엔 가차 없이 거절하는 성격이었다.

"이준이에 대해 잘 아시죠?"

"잘 알지."

"이준이와 친하시고요."

"그럼. 왜? 설마 나한테 질투하는 건 아니겠지?"

공현은 팔짱을 풀고서 소장이 앉아 있는 곳으로 다가섰다. 소장은 자신을 덮칠 것처럼 가깝게 선 공현을 물끄러미 바라보았다. 코앞에서 공현이 멈춰 섰다. 그는 고개를 살짝 숙여 소장과 눈을 맞추었다. 남자가 봐도 감탄할 만큼 유려하게 생긴 외모에, 소장은 자신도 모르게 속으로 감탄했다.

"제가 설이준을 좋아합니다."

"눈치채고 있었어. 그걸 나한테 이야기하는 이유는?"

"회유와 포섭을 하기 위해서죠."

"아하, 나를 포섭하겠다? 나보다는 설이태를 포섭하는 게 빠를 거야. 설이준의 삶에서 가장 큰 지분율을 차지하고 있는 녀석이니까. 이준이 가족이라면 끔뻑 죽거든."

참고하라고 던진 소장의 말에 공현은 나른하게 웃었다. 그 뜻 모를 미소를 바라보고 있던 소장의 눈이 점차 가늘어졌다.

"설마, 이미?"

"이미."

당연한 거 아니냐는 듯 그가 가볍게 고개를 끄덕였다.

"하. 이태가 자네 편을 들기로 했다고?"

소장은 기가 막힌 얼굴로 되물었다.

"사람은 실리에 약한 법이니까요."

"설마 이준이네 하숙집에 들어간 것도?"

공현이 대답 대신 웃었다. 가장 처음 이준의 하숙집에 들어가야겠다고 마음먹은 것은 황폐한 자신의 아파트를 마주한 순간이었다. 설이준, 한 사람이 빠졌을 뿐인데 집이 모두 텅 빈 듯했다. 충동적으로 이준의 하숙집에 들어갔고, 그날 밤 생각했다. 설이준의 주변 사람들도 모두 포섭해야겠다고.

설이준은 아무 생각 없고 단순해 보이지만 중요한 부분에선 기가 막히게 어려운 사람이었다. 특히 어린 시절부터 가장으로 살아와서 여성성을 꽤나 상실한 상태라, 연애 세포를 살리려면 한참이 걸릴 것 같았다. 이럴 때 주변 사람들이 자신의 편을 들어주면 일 처리는 한결 편하게 흘러갈 게 뻔했다. 그래서 공현은 이준이 모르게 이모님의 하숙집 공사를 해주었고, 이태에겐 원하는 게임의 아이템을 건네주었다. 두 사람 다 처음엔 쭈뼛거리며 어려워하더니 이젠 아주 자연스럽게 '이준이 좋아하는 건 말이야.', '우리 누나가 좋아하는 건요.' 라며 알아서 정보를 갖다 주기에 이르렀다.

"내가 거절하면 어떻게 하려고?"

소장이 턱을 괸 채 물었다. 호락호락하게 넘어가지 않겠다는 뜻이 보였다. 공현은 그런 소장을 보며 건실한 사업가의 미소를 지어 보였다.

"저는 강.남. 보디가드 업체의 발전을 누구보다 바라는 사람입니다. 제가 그 발전에 도움이 될 수 있으리라고 생각하는데요."

"그렇게까지 투자하려는 이유는?"

"그야 설이준이죠."

"설이준을 그렇게 좋아해? 자네가 가진 걸 다 퍼다 나를 만큼?"

소장은 역시나 호락호락하게 넘어가지 않았다. 공현은 그런 소장을 보며 고개를 끄덕였다.

"네."

"……."

"놓을 수가 없습니다."

한 번 움켜쥐었더니 놓을 수도 없고, 놓는 방법도 모르겠다.

그냥 설이준이라는 사람에게 정신없이 빠져들고 있는 중이었다. 그런 자신의 중독 상태를 공현은 즐기고 있었다.

소장은 낮게 한숨을 내쉬었다. 이준을 향한 공현의 마음은 진심이었다. 그러나 윤공현에 대한 소장의 생각은 딱 반반이었다. 외모, 학벌, 재력 등은 모두 만점이지만, 그의 비이상적인 육아 환경이 걱정스러웠다. 그러나 자신의 어깃장이 전혀 소용없을 거라는 걸 깨달았다. 윤공현도, 설이준도, 스스로는 모르는 것 같지만 서로가 서로를 열심히 끌어당기고 있는 중이었다. 마치 운명처럼.

소장은 포스트잇을 한 장 떼어내 그 위에 무언가를 갈겨 썼다.

"자."

소장이 공현에게 내밀었다.

"지금 가장 필요로 한 게 이거일 것 같군."

공현이 기꺼이 자신의 편이 되어주기로 한 소장에게 미소를 지어 보이며 포스트잇을 받으려 할 때였다. 소장이 손을 슬쩍 뒤로 뺐다. 공현이 쳐다보자, 소장은 신중한 표정으로 말했다.

"약속은 지켰으면 좋겠군. 강.남. 보디가드가 대성할 수 있도록 투자해 주는 것과 가장 중요한 한 가지. 이준이를 행복하게 해줬으면 좋겠어."

"약속드리죠."

공현의 약속에 소장은 포스트잇을 건네주었다. 공현은 포스트잇에 적힌 여고의 이름을 확인했다.

❖ ◈ ❖

하교하던 여고생들의 시선이 한곳으로 향했다. 삼삼오오 모여 있던 여학생들은 자기네들끼리 숙덕거리다가 꺄르륵 웃으며 달려 나갔다. 용기 있는 몇은 휴대폰을 꺼내 교문에 서 있는 남자를 슬쩍 찍기까지 했다. 여고생들의 소란스러움에 거슬릴 만도 하건만 학교를 보고 선 남자는 일절 움직이지 않았다. 그 상황을 지켜보다 못한 이준이 남자의 앞으로 다가갔다. 동상처럼 꼼짝도 안 할 것 같던 남자의 시선이 거짓말처럼 이준을 향했다.

"대체 언제까지 그러고 있을 거예요?"

여고생들을 흘깃 쳐다보던 이준이 복화술로 말을 건넸다. 공현은 손목시계를 흘깃 쳐다보았다.

"너 퇴근할 때까지."

"이럴 거예요?"

"뭐가?"

"왜 따라다니냐고요."

"글쎄. 나도 모르게 그렇게 되네."

공현은 도저히 모르겠다는 듯 덤덤하게 대답했다. 이준은 대답 대신 한숨을 훅 내쉬었다. 공현이 찾아온 건 한 시간 전이었다. 교문 안으로 진입하려는 걸 외부인은 출입을 금한다는 말로 막았더니, 공현은 대문에서 딱 한 발자국 떨어진 곳에 멈춰 섰다. 그러고는 한 시간째 시위하듯이 이준을 바라보고 서 있었다. 이준은 무어라 공현에게 이야기를 하려다가 다시 교문 안으로 들어갔다. 지금은 따져 묻기에 보는 눈이 많았다.

"아는 사람인가?"

나이 지긋한 경비원이 이준에게 물었다.

"네."

이준은 난처한 표정으로 고개를 끄덕였다.

"인물이 훤하구만. 여고생들이 시끄럽게 굴 만해."

"죄송해요. 원래 저런 사람이 아닌데 갑자기 저러네요."

이준의 말에 경비원은 고개를 돌려 남자를 보았다. 교문에서 한 발자국 떨어진 남자는 이준의 등을 뚫어져라 바라보고 있었다. 무언가를 요구하는 것도, 화를 내는 것도 아닌, 말 그대로 주시하는 시선이었다. 주변에서 어떤 소란이 일어나도 남자는 평정을 잃지 않았다. 자제력이 강한 성격처럼 보였다. 그런 성격인데도 여기까지 이준을 쫓아와 지켜보고 있다라…….

"자네를 걱정하고 있는 거 아닌가?"

경비원이 이준에게 불쑥 물었다.

"네?"

"저 남자가 자네를 걱정하고 있는 거 아니냐고 물었어. 보아하니 심심해서 쫓아다닐 성격처럼 보이는 건 아닌 듯 보여서 말이야. 나이가 들어서 깨달은 것 중 하나는 때때로 나도 내 마음을 모를 때가 있다는 걸세. 내가 왜 이런 행동을 하는지, 내가 왜 이런 생각을 하는지 전혀 모르는 체하게 되는 경우가 있어. 내가 보기엔 저 총각이 딱 그런 경우 같구만. 본인도 스스로 왜 저러고 있는지 모르는 얼굴이야. 그런데도 저러고 있다는 건 자네를 보고 있어야만 안심이 된다는 거 아닐까?"

경비원의 말에 이준은 고개를 돌려 공현을 보았다. 눈이 마주치자 공현의 눈빛이 살짝 누그러졌다. 바람이 불자 공현의 머리카락이 갈대처럼 부드럽게 휘어졌고, 그는 조금 안심한 표정을 지었다.

이준은 공현이 단순히 심통을 부리거나 장난을 치는 거라고 생각했다. 경비원의 말대로 그는 불안해하고 있는지도 모른다는 생각이 들었다. 그는 스스로의 불안함에 대해 전혀 깨닫지 못하고 있고.

무슨 말을 할 것처럼 입술을 달싹이다 말고 이준은 입을 다물었다. 그에게 어떤 말을 해주고 싶은데 어떤 말을 해야 할지 모르겠다.

이준은 씁쓸한 표정으로 공현을 바라보다가 고개를 돌렸다.

어깨가 찌뿌듯했다. 이준은 억지로 어깨를 빙글빙글 돌리며 걷다가 무심코 걸음을 빵집 앞에서 멈춰 세웠다. 꼬르륵, 배에서 요동을 쳤다. 몇 시간 내내 교문 앞을 지키고 있다가, 학교 안을 살핀 후, 주변까지 둘러보느라 에너지 소비가 컸다는 것이 떠올랐다. 이준은 주머니를 뒤적거리다가 절망했다. 급하게 옷을 갈아입고 나오느라고 돈을 챙겨 나오지 못했다.

"빵 좋아해?"

옆을 흘깃 보았다. 어느새 공현이 옆자리에 서 있었다. 공현은 발소리가 없었다. 윤태성의 심기를 거스르지 않기 위해 걷기 시작할 때부터 배운 습관이라고 했다. 그 생각이 불쑥 나자 공현의 반듯한 옆얼굴이 안쓰럽다.

"왜 그렇게 봐?"

공현이 눈을 아래로 내리뜨며 물었다.

"아니에요. 어서 가요."

이준은 걸음을 돌려세웠다. 공현은 흘깃 빵집의 간판을 보더니 뒤따라 걸음을 옮겼다.

"사장님."

"왜."

공현이 무미건조하게 답했다.

"날 왜 이렇게 따라다녀요?"

"몰라, 나도."

그는 진심으로 모른다는 표정을 하고 있었다. 이준은 공현의 얼굴을 보았다. 경비원 아저씨의 말이 맞는지도 모른다. 그는 자신의 감정을 모르고 있었다.

이준은 고개를 돌려 노을이 지고 있는 거리를 보았다. 이내 곧 어둠이 내려앉을 거리는 한산했다. 하루가 마무리되어 가는 쓸쓸한 거리를 바라보며 이준은 공현에게 물었다.

"무서워요?"

"뭐가."

"제가 갑자기 한순간에 사라질까 봐."

"……."

공현의 어깨가 움찔했다. 이준은 그 행동을 놓치지 않았다. 맞구나. 이준은 암담한 표정을 지었다.

공현은 '사랑하는 사람'에 대한 부재가 오래도록 이어져 온 사람이었다. 갑자기 사랑하는 사람이 생겼고, 그 사람을 어떻게 대해야 할지 몰랐다. 또다시 사라질지도 모른다는 불안함과 계속해서 보고 싶다는 집착이 뒤섞여서 한시도 떨어지기 싫은 지금의 행동으로 발현되었다.

갑자기 온 마음이 먹먹해졌다. 자신에겐 이태, 이모, 소장님, 친구들을 비롯해 소중한 사람이 많았다. 그 수많은 사람 중 공현은 한 사람일 뿐인데, 공현에겐 자신밖에 없었다. 더 마음 아픈 것은 스스로도 그 감정을 전혀 자각하지 못했다는 것. 자신의 감정조차 어떻게 다뤄야 할지 모르는, 아주 서툰 사람.

이준은 공현을 바라보고 싶었다. 그러나 그의 표정을 보면 마음이 먹먹해서 어떤 말도 못 할 것만 같았다. 잠시 입술을 달싹이던 이준은 입술을 꽉 다물었다.

"맞아."

오후의 적적한 풍경과 그의 낮은 목소리는 잘 어울렸다.

"설이준이 사라질까 봐 겁나."

"……."

그가 생각 외로 순순히 자신의 감정을 시인했다. 이준은 고개를 옆으로 돌려 공현을 보았다. 그는 무표정하게 앞을 쳐다보고 있었다. 그러나 깊은 생각에 잠긴 표정이었다.

"그런데 그것보다 더 무서운 게 있어."

그게 뭐냐는 듯 이준이 공현의 옆얼굴을 물끄러미 보았다.

"설이준에게 아직까지 평생을 함께해도 좋은 사람이라는 확신을 주지 못한 것 같아서. 앞으로도 그럴까 봐 무서워."

공현의 검은 눈동자에 가로등 불빛이 고였다가 사라졌다. 물 표면이 일렁이듯 그의 얼굴 위로 수많은 감정의 파동이 스쳤다가 가라앉았다. 이후 그는 입을 꾹 다물었다. 이준은 공현을 보다가 어색함에 고개를 돌렸다.

버스정류장에 도착했다. 공현은 이준을 따라 걷느라 학교 옆에 자동차를 세워두어야 했다. 이준은 길게 뻗은 도로 위로 자동차가 쉼없이 달려가는 것을 보았다. 흔한 풍경을 바라보는 이준의 얼굴은 복잡해졌다.

공현은 좋은 사람이다. 자신에게도 공현이 없는 삶은 상상을 할 수가 없었다. 가능하다면 그와 오래도록 알고 지내고 싶은 게 이준의 마음이었다.

그러나 좋은 사람과 좋은 남자는 별개의 문제였다. 이준은 공현과 키스를 한 후 물밀 듯 밀려오던 어색함을 아직도 기억하고 있었다. 공현을 남자로 대할 수 있을까. 아니, 자신이 연애를 할 수 있을까. 다른 세상의 언어처럼 멀게만 느껴졌던 연애를, 공현과 한다는 것이 도무지 상상이 되질 않았다.

하지만 이준도 알고 있었다. 공현의 인내력이 얼마 남지 않았다는 것과 언젠가 그에게 대답을 해주어야 한다는 것을.

❖ ❖ ❖

귀가 후, 이준은 곧장 1층 욕실로 향했다. 2층 욕실에서 불미스러운 일을 겪은 후 이준은 1층 욕실을 이용했다. 2층 욕실의 문고리를 수리했지만 찜찜했다. 자신이 샤워하는 타이밍에 운 없이 다시 고장이 나면 어쩔 건가. 윤공현이 자신의 알몸을 본다고 생각하니 눈앞이 아찔해져서 2층 욕실을 도무지 사용할 수가 없었다.

샤워기에서 쏟아지는 물줄기 아래에 선 이준은 복잡한 머릿속을 털어내려고 애썼다. 그런데 아무리 노력해도 머릿속에 박힌 것처럼 윤공현이라는 남자의 얼굴이 지워지질 않았다.

"에이, 진짜."

이준은 투덜거리며 물줄기 아래에 얼굴을 들이박았다. 물줄기가 따갑게 얼굴을 때렸다. 그러자 머릿속이 조금씩 비워져 가는 것 같았다.

간단히 샤워를 마친 후, 편안한 옷차림으로 갈아입은 이준은 욕실 문을 밀고 나갔다가 그대로 멈춰 섰다. 늦은 밤이라 텅 비어 있어야 할 거실이 사람들로 복잡했다. 이태, 이모, 공현을 비롯해 게임 회사 사람들 세 명이 테이블에 둘러앉아 있었다. 게임 회사 사람들도 이준을 발견하곤 놀란 표정을 지었다.

"무슨 일이에요?"

이준이 공현의 뒤통수를 흘깃 보다 말고 이모에게 물었다.

"글쎄다. 나도 방금 막 앉아서 잘은 모르겠다. 나도 차를 가져다주려다가 엉겁결에 앉은 거라서."

이모도 모르겠다는 듯 어깨를 으쓱거렸다. 이준은 이태를 쳐다보았다. 이태는 눈을 반짝반짝하게 뜨고서 세 사람을 쳐다보았다.

"게임 회사 직원분들인데 공현 형님을 회사에 도로 데려가려고 왔대."

이태의 말에 이준은 고개를 갸웃거렸다. 휴가 중이라고 했는데, 급한 일이라도 생긴 걸까. 그럼 한달음에 달려가야 하는 건 사장인 공현이었다. 그런데 직원들이 왜 죽을상을 하고서 공현을 쳐다보고 있는 것일까. 더군다나 이 늦은 시각에 하숙집까지 찾아와서 말이다.

"저희가 사장님 찾느라 얼마나 고생했는지 아세요? 휴가 다녀온다고 달랑 쪽지 한 장 남겨놓고 사라지시면 저희보고 어쩌라는 겁니까."

공현의 기세에 눌려 입 한 번 제대로 놀리지 못하던 직원 하나가 독기가 바짝 오른 표정으로 소리 질렀다. 당장 잘려도 할 말은 해야겠다는 기세였다.

"메일로 꾸준히 지시는 했을 텐데?"

"그걸로 부족하니까 그렇죠. 새로 들어온 직원들 교육시키랴, 새로운 게임 프로젝트 진행하랴, 서비스 중인 게임 프로모션에 기타 등등, 해야 할 일이 얼마나 많은데요. 사장님한테 승인받아야 할 일도 많은데 하루에 딱 한 번씩 메일 주고받는 걸로 일

처리를 다 하라니요! 말이 안 되잖습니까!"

"예전부터 그렇게 해왔잖아."

공현은 팔짱을 낀 채 삐딱하게 쳐다보며 대답했다.

"예전과 지금은 상황이 많이 다르니까 그렇죠. 그땐 게임 하나씩만 출시하는 데다가 규모도 작았잖아요. 물론 PC게임 때문에 바쁘긴 했지만. 지금은 그때랑 비교할 수 없을 만큼 회사의 규모가 커졌지 않습니까!"

직원이 목에서 피를 토할 것처럼 소리치더니 분에 못 이겨 테이블을 내려쳤다. 이준은 고생한 티가 역력한 직원의 얼굴을 안쓰럽게 바라보았다. 그 직원은 이준도 아는 사람이었다. 분명 통통한 체격이었는데 지금은 스트레스를 많이 받았는지 홀쭉해져 있었다.

"사장이라도 휴가는 보장받아야지."

"휴가를 대체 누가 한 달 넘게 갑니까?"

"억울하면 니들도 가던가."

"사장님!"

직원이 숨넘어갈 것처럼 소리 질렀다. 주변 사람들이 모조리 깜짝 놀랄 성량이었음에도 불구하고 공현은 시종일관 덤덤한 표정을 유지하고 있었다.

"휴가 끝났습니다. 회사로 돌아오세요. 휴가 연장도 없습니다. 더 이상 쓰실 휴가계도 없잖아요?"

"음."

직원의 말이 사실이었는지 공현은 짧게 침음했다. 여태껏 밀린 휴가계를 모두 사용했다. 그래 봐야 며칠 남짓 남았다.

"딱 하나 남았잖아."

"남아요? 대체 무슨 휴가가 더 남아 있습니까?"

직원이 화를 내며 물었다.

"육아 휴직."

공현의 덤덤한 말에 테이블을 둘러싸고 있던 사람들의 입이 쩍 벌어졌다. 어느새 테이블에 둘러앉게 된 이준도 마찬가지였다.

저 남자가 대체 뭐래.

"사, 사, 사장님. 사, 사고 치셨어요?"

마치 남자가 애를 낳았다는 소리를 들은 것처럼 놀란 직원이 말을 더듬으며 물었다.

"아니, 그래 볼까 해서."

나른하게 대답을 하며 공현의 시선이 대각선 방향의 이준에게 닿았다. 뒤따라 사람들의 시선이 이준에게로 향했다. 엉겁결에 주목을 받은 이준은 다급하게 고개를 가로저었다.

"저는 모르는 일입니다."

이준의 해명에 직원은 그러면 그렇지, 라는 얼굴로 공현을 쳐다보았다.

"이 와중에 무슨 그런 농담을 하십니까, 사장님. 휴가받겠다고 아이를 갖겠다고요? 왜 그러십니까."

"더 이상 칩거해야 할 이유도 없으니까 출퇴근하면서 함께 일합시다! 저희는 삼고초려까지 불사하기로 했습니다. 오늘 거절하셔도 내일 또 올 겁니다. 그러니까 서로 힘 빼지 말고 오늘 결정하시죠! 내일부터 회사로 출퇴근하시겠다고요!"

직원들의 성토가 이어졌다. 공현은 낮게 한숨을 내쉬었다. 얼마 전부터 직원들에게서 항의성 메일이 자주 날아왔다. 회사로 복귀하라는 내용이었다. 직원들의 말대로 회사의 규모가 커져서 사장이 중심을 잡고 있어야 한다는 걸 알면서도 공현은 차마 발이 떨어지지 않았다.

이준을 따라다니는 것이 재미있었다. 이준은 한시도 집에 가만히 있지 않았다. 동네를 돌아다니고, 사람들을 만나고, 일을 하고, 시장을 보러 다녔다. 그 소소한 일상을 곁에서 함께 누리는 것이 좋았다. 자신이 평범한 사람의 삶을 산다는 것이 믿기지가 않아서 꿈을 꾸는 것 같기도 했다. 그래서 회사가 줄기차게 바쁘다는 걸 알면서도 차마 돌아가지 못했다.

거기다가 회사로 돌아가면 출퇴근 시간 때문이라도 이사를 가야 했다. 하숙집에서 회사까지는 한 시간 정도 거리였으나, 아침 출근 시간엔 지옥길이나 다름없어서 세 시간 정도 필요로 했다. 출퇴근 시간만 길에서 여섯 시간을 허비할 순 없으니 말이다.

거실이 조용해졌다. 사람들의 시선이 모두 공현에게 집중되었다. 직원들은 오늘 기필코 대답을 듣고야 말겠다는 기세였고, 이태와 이모는 직원들의 절박한 표정에 휘말려 '회사로 복직하세요.' 라는 뜻을 은근히 내비치고 있었다.

공현은 턱을 괴고서 눈을 갸름하게 떴다. 생각에 잠긴 채 한참이나 입을 다물고 있던 공현이 고개를 들었다.

"어떻게 생각해?"

공현이 이준에게 불쑥 물었다.
“뭐가요?”
“내가 회사로 돌아갔으면 좋겠어?”
“글쎄요.”
“결정해, 네가 시키는 대로 할 테니까.”
공현의 말에 사람들의 시선이 우르르 이준에게 향했다. 이준을 향한 공현의 마음을 잘 아는 이태와 이모는 그러려니 했지만, 직원들의 얼굴엔 의아함이 가득했다. 대체 무슨 사이이기에 저 독한 사장이 무려 ‘시키는 대로 할게.’라고 말한단 말인가. 이준은 뜨악한 표정으로 공현을 쳐다보았다.
“왜 그런 중대한 일의 결정을 저한테 맡겨요?”
“네 대답이 듣고 싶거든.”
공현은 덤덤하게 대답했지만, 이준은 그 속에 담긴 뜻을 알아챘다. 공현은 자신의 마음을 떠보고 있는 중이었다. 자신을 붙잡아주길 바라면서.
이준은 고개를 슬쩍 돌려 직원들을 보았다. 다이어트 약 한 달치를 하루에 다 복용한 사람들처럼 빼빼 마른 직원들의 얼굴이 처참했다. 그들은 진심으로 공현을 필요로 하고 있었다. 자신은 공현이 없으면 섭섭하고 심심한 정도겠지만 저 사람들은 생계가 달린 일이었다. 이준은 숨을 깊게 들이마셨다.
“이제 그만 휴가 끝내고 돌아가세요, 사장님.”
이준은 공현을 보면서 대답했다.
“내가 이사 가야 하는 건 알고 있어?”

공현이 눈을 가늘게 뜬 채 물었다.

"네."

이준은 깔끔하게 대답했다. 공현은 이준에게 왜, 라고 묻지도 않고 오래도록 덤덤하게 바라보았다.

"그래. 내일부터 출근할 테니까 다들 돌아가."

공현은 직원들에게 말을 한 후 자리에서 일어났다. 직원들은 만세를 불렀고, 이태와 이모는 복잡한 표정을 지었고, 이준은 2층으로 올라가는 공현의 뒷모습을 지켜볼 수밖에 없었다.

❖ ❖ ❖

이준의 손이 위로 올라갔다 내려가길 반복했다. 자려고 누웠다가 냉담하게 돌아서던 공현의 뒷모습이 생각나서 잠을 이룰 수가 없었다. 어쩔 수 없이 이준은 늦은 시각임에도 불구하고 공현의 방문 앞에 섰다.

이준의 손이 다시금 허공에 올라갔다. 문을 두드려야 할지 말아야 할지. 죄를 지은 것도 아닌데 방문 두드리는 게 왜 이렇게 힘든지 모르겠다. 잠시 고민하던 이준은 에잇 하며 방문을 두드렸다. 쿵, 쿵, 방문을 두들기자 문 너머에서 '들어와.' 라고 공현이 대답했다. 이준은 방문을 열고서 고개를 빼꼼 내밀었다.

"제가 두드린 건 줄 어떻게 알았어요?"

"그럴 사람이 너밖에 없으니까."

공현은 짐을 싸고 있었다. 짐이 꽤 많았다. 그제야 이준은 자신이 한 말의 무게가 여실히 다가왔다. 자신의 한마디로 인해 공현은 이사 갈 준비를 하고 있었다.

"도와줄 거 없어요?"

이준은 주변을 둘러보며 물었다.

"없어."

"기분 안 좋아요?"

"좋진 않아."

공현은 솔직하게 대답했다. 이준은 침대에 걸터앉아 짐을 싸고 있는 공현의 모습을 물끄러미 바라보았다. 공현은 자신이 방에 들어온 이후 눈 한 번 맞추지 않았다. 아무래도 기분이 제법 상한 모양이었다.

"사장님이 키워온 게임 회사잖아요. 사장님이 좋아하는 일이기도 하고. 저는 사장님이 좀 더 책임감 있게 자신의 일을 하길 바라요."

"알아."

공현은 들고 있던 티셔츠를 내려놓으며 이준을 바라보았다. 이준의 성격상 자신을 회사로 돌려보낼 거라고 예상했다. 그러나 실제로 별 고민 없이 회사로 돌아가라고 말하는 이준에게 공현은 난생처음 이상한 기분을 느꼈다. 그 기분이 섭섭함이라는 것을 깨닫는 데는 얼마 걸리지 않았다.

"너한테 화가 난 게 아니야."

공현의 목소리가 한층 더 낮아졌다. 사위가 고요한 밤, 공현은 시간이 멈춘 사람처럼 이준을 물끄러미 바라보다가 말을 이었다.

"내가 이상해서 그래."

공현은 그렇게밖에 말을 할 수가 없었다. 이준과 함께하다 보면 낯선 감정과 마주하게 되었다. 그렇게 하나씩 새로운 감정을 맞닥뜨릴 때마다 이준을 향한 집착이 조금씩 더 심해지는 것을 느꼈다. 이러다가 자신이 미쳐 버리는 게 아닐까, 윤태성이 자신에게 했던 비이상적인 집착을 자신이 이준에게 하는 건 아닐까 겁이 났다. 그런데 더 무서운 건, '내가 이상해지면 말해줘.' 라는 말을 이준에게 할 수 없다는 거였다. 정말로 설이준이 '사장님, 이상해요. 제 곁에 오지 마세요.' 라고 선을 그을까 봐서.

공현은 복잡한 표정으로 자신을 바라보고 있었다. 그가 무슨 생각을 하는지 모르겠지만, 불안해하고 있다는 것이 여실히 느껴졌다.

"왜 그런 얼굴이에요?"

"아냐."

"정말 아무것도 아니에요?"

"어."

공현이 시선을 내리깔았다. 할 말을 삼키는 공현을 보며 이준은 짧게 한숨을 내쉬었다. 분명 안 좋은 생각을 한 게 틀림없었다. 저런 표정을 하고서 아무것도 아니라니. 새빨간 거짓말이다.

"사장님."

이준이 한참 만에 공현을 불렀다.

“말해.”

“어디로 이사 갈 거예요? 본래 있던 집으로 가요?”

이준은 개울가에서 물장구를 치듯이 발을 휘저으며 공현에게 물었다.

“어. 집이 안 빠졌거든. 당장 이사 갈 시간도 없고.”

“거기서 쭉 살 거예요?”

“어.”

“그래도 여긴 가끔 놀러 올 거죠?”

“아니.”

“안…… 올 거예요?”

“가끔이 아니라 자주 올 거야.”

공현이 눈만 들어 이준을 보았다. 그의 대답에 이준의 입꼬리가 씩 올라갔다. 가끔 이렇게 툭 던지는 공현의 말이 좋았다. 공현은 이준을 따라 픽 웃으며 다시 짐 싸는 것에 열중했다. 이준은 그런 공현을 쳐다보다가 물었다.

“가끔 회사에 놀러 가도 돼요?”

“어.”

“밥 사줄 거예요?”

“어.”

“맛있는 걸로 사줄 거고요?”

“어.”

“그럼 전화해도 돼요? 보고 싶을 때마다?”

“…….”

짐을 싸던 공현의 움직임이 뚝 멈췄다. 공현은 천천히 고개를 들어 이준을 쳐다보았다. 그 말이 무슨 뜻이냐고, 그가 표정으로 묻고 있었다. 이번엔 이준이 혼란스러운 표정을 지었다. 이 말을 하는 게 옳은지 아닌지 아직도 확답을 내릴 수 없었다. 그러나 확실한 것은 지금 이 말을 하지 않으면 언젠가 크게 후회할 날이 올 것 같다는 생각이 들었다. 이준은 멋쩍은 얼굴로 말했다.

"아직 확실하지 않아요. 뭐라고 확답을 줄 순 없지만, 지금처럼 천천히 가까워지고 싶어요. 여기서 더 멀어지지 말고 차근차근 조금씩 가까워져요. 매일 통화하고, 가끔 얼굴 보고, 함께 밥도 먹고, 뭐 그렇게……."

"……."

이준이 말끝을 흐렸다. 공현에게선 어떤 대답도 돌아오지 않았다. 그저 굳은 채로 이준을 물끄러미 바라보고 있었다.

"저도 사장님을 많이 아끼거든요. 지금 제가 할 수 있는 말은 이게 전부예요. 너무 큰 뜻으로 받아들이진 말고요. 그럼 가볼게요."

이준은 자리에서 벌떡 일어나 공현이 잡을세라 방을 빠져나왔다. 덤덤하게 말하고 멋지게 나올 생각이었다. 그런데 어째서인지 '사장님을 많이 아끼거든요.' 라는 말을 한 순간 가슴 중간이 한없이 간지러워서 견딜 수가 없었다. 거기다가 설상가상으로 공현은 넋이 반쯤 나간 얼굴로 자신을 물끄러미 바라보고 있었다. 공현은 세상에서 가장 달콤한 고백을 받은 남자의 모습을 하고 있었다. 그 모습까지 보자 손끝까지 저려와서 이준은 도망치듯 자신의 방으로 넘어올 수밖에 없었다.

"으, 내가 미쳤지."

이준은 침대에 뛰어들다시피 누워서 온몸에 이불을 돌돌 감았다. 사랑한다고 고백한 것도 아닌데 정신을 못 차리겠다. 이준은 번데기처럼 이불 안에 들어가서도 자신의 얼굴을 손으로 가렸다. 손바닥이 후끈거릴 만큼 얼굴이 뜨거웠다.

쿵쿵. 방문을 두들기는 소리가 들렸다. 꿈틀거리며 온몸을 베베 꼬던 이준의 움직임이 딱 멈추었다.

"설이준."

공현의 목소리였다. 이준은 숨죽인 채 문 쪽에 신경을 쏟았다.

"나와 봐. 줄 거 있어."

공현의 말에 이준은 몸을 벌떡 일으켰다. 방문을 열기 위해 한 발자국 움직이던 이준은 벽에 걸린 거울을 보곤 멈칫했다. 얼굴이 온통 새빨갛다. 이런 얼굴로 나갈 순 없다.

"지, 지금 좀 바빠요!"

"뭐 하는데."

"오, 옷 갈아입어요."

"그럼 그냥 들어."

"네."

이준은 공현이 마치 보고 있기라도 한 것처럼 고개를 끄덕였다.

"방문 앞에 걸어놓고 갈 테니까 챙겨."

"뭔데요?"

"보면 알아. 그리고."

"……."

쿵, 하고 문에서 소리가 났다. 주먹으로 방문을 찍은 듯했다. 이후 경고하듯 공현의 목소리가 음산하게 낮아졌다.

"내가 없는 틈에 여고생, 남자들 줄줄이 끌고 다니지 마. 여고생들이 네 얼굴 막 찍게 두지도 말고."

"……."

"보고 싶을 때마다 전화할 테니까 휴대폰 배터리는 늘 충전해 두고."

"……."

"잘 자."

"……."

"대답은?"

"……네."

이준은 짜내듯이 대답했다. 거울 속에 비친 자신의 얼굴은 마그마처럼 벌겋게 달아올라 있었다. 심장이 쿵쿵 뛰고 눈앞이 어질거렸다. 사람의 말을 듣고 있는 것만으로 이런 이상현상이 생길 수 있다는 것이 놀라웠다. 발소리가 들리진 않았으나 공현이 멀어져 가는 것이 느껴졌다.

한참 후 이준은 방문을 밀고 나갔다. 방문 고리에 익숙한 베이커리 로고가 박힌 비닐봉지가 놓여 있었다. 이준은 비닐봉지를 열어 내용물을 확인했다. 여러 사람이 나눠 먹어도 될 만큼 수북한 양의 빵이 담겨 있었다.

"갑자기 웬 빵……. 아!"

이준이 짧게 감탄했다. 오늘 퇴근길에 베이커리 앞에 서 있던 자신을 공현이 보았었다. 이준은 자신도 모르게 픽 웃었다.

언제 나가서 사온 거지?

마음이 간지러우면서 발끝이 오므라들었다. 이준은 베이커리 봉지를 품에 안고서 방으로 들어왔다. 그중 가장 크고 맛있는 빵을 골라 한입 베어 물었다. 입안에서 슈크림이 달달하게 퍼졌다. 이준의 얼굴에 흡족한 미소가 피어올랐다.

빵도 달고, 창문 너머로 들어오는 바람도 달고, 마음도 달달한 밤이었다.

모처럼 휴일의 아침이었다. 평일 내내 여고의 경비를 섰고, 요즘 들어 부쩍 사무실의 일이 많아져서 늦은 밤에 일하러 가는 경우도 있었다. 공현 또한 새롭게 착수한 게임 개발 프로젝트 때문에 정신없이 바빠서 일주일 넘게 만나지 못했다. 다행히 통화는 자유롭게 할 수 있었고, 열흘 만에 이준은 공현과 만나기로 약속했다.

공현과 만나기로 한 주말의 아침, 거짓말처럼 눈이 번쩍 떠졌다. 창가에 서서 화창한 하늘을 한 번 확인하고, 들뜬 얼굴을 숨기지 못한 채 욕실로 달려갔다.

준비를 마친 이준은 약속 시각에 맞춰 골목길에 섰다. 평소라면 목을 빼고서 이리저리 공현이 오기를 둘러보고 있었겠지만, 오늘은 휴대폰을 들여다보고 있었다.

터치할 때마다 사진이 한 장씩 넘어갔다. 그때마다 다른 헤어스타일이 나타났다. 끝도 없이 이어진 헤어스타일을 보던 이준은 얼굴을 와락 찌푸리며 고개를 들었다.

"무슨 헤어스타일이 이렇게나 많아? 뭘 해야 할지 모르겠잖아."

이준은 한숨을 훅 내쉬었다. 이 고민의 발단은 오늘 아침 이태의 말 한마디로 시작되었다.

"이제 누나가 여자라는 거 알 만한 사람은 다 아는 것 같은데 헤어스타일이라도 바꿔보는 게 어때?"

평소라면 귓등으로 듣고서 흘려 버릴 이야기였지만, 뒤이어진 이태의 말에 발목 잡혔다.

"남자치고 여자 긴 생머리 안 좋아하는 사람 없다? 공현 형님도 마찬가지일걸?"

이태의 말에 '쓸데없는 소리 하지 마.' 라고 대꾸하곤 집에서 나왔다. 그치만 점점 이태의 말이 신경 쓰였다. 돌이켜 생각해보면 윤공현의 곁엔 수많은 여자들이 따랐다. 대부분 예뻤고, 아름다웠다. 이준은 휴대폰을 들어 자신의 모습을 비췄다.

머리 감기 편한 짧은 커트 머리, 갸름하고 자그마한 얼굴, 균형 있게 잘 갖춰진 이목구비. 하필이면 주변 사람인 윤공현과 설이태가 과할 정도로 잘생겨서 그런 거지 자신도 어디 가서 빠진 적이 없었다. 특히 여고생들조차도 자신을 좋아하며 따르지 않았던가.

"이만하면 됐지."

"아침부터 웬 자뻑이야?"

"힉."

갑자기 들리는 말에 고개를 드니, 바지주머니에 손을 푹 찔러 넣고 선 공현이 보였다.

"사장님, 언제 왔어요?"

"방금."

공현은 그렇게 대꾸하더니 이준의 턱을 잡아 이리저리 돌렸다.

"왜 이래요?"

이준은 공현의 손에서 벗어나려고 요리조리 고개를 돌렸으나, 공현의 손에서 빠져나갈 수가 없었다. 아프지 않으면서 이렇게 집요하게 턱을 잡는 것도 능력이라면 능력이었다.

"얼굴 감평을 필요로 하는 것 같아서 대신 해주려고. 본인이 하면 객관성이 떨어지잖아."

공현은 이준의 얼굴을 이리저리 살피며 무심하게 대꾸했다.

"윽. 어떤데요? 어때 보여요?"

이왕 이렇게 된 거 감평이나 받아보자 싶어서 이준은 턱을 쭉 내밀었다. 공현은 그런 이준의 얼굴을 찬찬히 살펴보았다.

"잘 모르겠는데."

"그럼 떨어져요."

"멀리 있어서 잘 모르겠어. 가만히 있어봐."

공현이 허리를 숙이자 어느새 공현의 얼굴이 코앞까지 다가왔다. 이준은 흡, 하며 숨을 들이켰다. 조금만 더 고개를 숙이면 코끝이 닿을 듯했다.

"……뭐 하는 짓이에요?"

이준은 숨을 참은 채 말했다.

"뭐 하긴, 감평하잖아."

공현은 무덤덤하게 대답하며 이준의 눈을 바라보았다. 짙은 갈색 눈동자가 빛을 받아 밝게 빛났다. 자신을 똑바로 바라보는 곧은 시선, 자그맣지만 분명하게 올라와 있는 콧대, 아무것도 바르지 않아도 불그스름한 입술까지. 입을 맞추고 싶다. 그렇지만 아직 허락 없이 입술을 맞추기엔 관계가 분명하지 않았다. 공현은 치솟는 욕심을 억지로 눌러 참으려고 주먹을 쥐었다.

공현의 시선이 느릿하게 자신의 얼굴을 훑자 이준은 견딜 수가 없어졌다. 그저 보기만 하는 건데 체온이 3도는 올라간 것 같았다. 턱 끝에 닿은 공현의 시선이 다시금 이준의 눈으로 향했다. 도망치고 싶으면서, 도망치기 싫은 이율배반적인 마음이 들자 이준은 심란해졌다.

"10점."

마침내 공현의 갸름하고 반듯한 입술에서 점수가 떨어졌다. 이준의 얼굴이 팍 구겨졌다. 얼굴 감평이랍시고 3분 내내 얼굴을 쳐다보더니 기껏 내린다는 점수가 저거다.

"왜 이렇게 점수가 야박해요?"

"이 정도면 넉넉한 점수 같은데."

공현이 흘깃 이준을 쳐다보며 말했다. 이준은 울컥했다. 윤태성의 사건으로 공현을 향한 여론의 동정론은 엄청났다. 그 엄청난 동정론의 이유로는 공현의 화려한 외모가 한몫했으리라 짐작하고 있었다. 그 사실을 확인시켜 주듯 윤태성의 사건이 잠잠해진 지금까지도 공현에게 인터뷰를 요청하는 언론 매체의 수가 어마어마하다고 들었다. 대외적으로 외모를 인정받은 공현이, 하필이면 자신에게 그런 점수를 줬다는 것에 울컥했다.

"10점이 넉넉해요? 장난쳐요? 날 좋아한다고 따라다니는 게 누군데!"

"10점 만점에."

"그러니까 10점 만점에 지금 나한테 고작 10점……."

"만점을 줘도 난리군."

"만점…… 이요?"

이준이 머쓱한 얼굴로 물었다.

"그럼 내가 좋아하는 얼굴인데 만점 줘야 할 거 아냐. 설이준 눈에는 내가 100점 만점에 10점짜리 외모를 가진 여자를 따라다니는 남자로 보여?"

"하, 그럼 내 얼굴이 마음에 들어서 좋아하는 거예요?"

이준이 입술을 살짝 깨물며 물었다. 외모 칭찬이 싫지 않은 모양이었다. 오히려 좋은지 지나치게 웃으면서 묻고 있었다. 갓

길에 세워둔 자동차를 향해 걸어가던 공현은 그런 이준을 보며 픽 웃었다.

감정을 숨길 줄 모른다. 그런 면이 좋아서 만나는 거지만.

"그렇다고 자백하진 말고. 타."

공현은 턱으로 자동차를 가리키며 말했다.

이준은 반으로 쩍 소리 나게 나무젓가락을 뜯다 말고 식탁 위에 내려놓았다.

"하아, 사장님."

이준의 입술에서 깊은 한숨이 새어 나왔다.

"왜?"

"이건 아니잖아요."

"뭐가."

"오랜만에 보는 건데, 하필이면 여기서……. 하, 이건 아니잖아요?"

이준은 진지한 얼굴로 공현을 쳐다보며 말했다. 데이트하자며 공현이 이준을 데려온 곳은, 공현의 집이었다. 새롭게 수리를 했는지 새집 냄새가 났으나 구조나 인테리어가 크게 바뀐 곳은 없었다.

설마 하는 심정으로 따라왔던 이준은 역시나 하고 속으로 한숨을 내쉬었다. 공현은 아주 자연스럽게 이준에게 휴대폰을 내밀었다. 신작 게임이라고 했다. 확인해 보고 필요한 부분을 조언해 달라고 했다. 거기까진 어떻게든 참을 수 있었다. 자신의 도움을 필요로 한다는 것이 만족스러웠으니까.

문제는 그 이후였다. 이준이 게임을 마치고 몇 가지 첨언을 하자 공현은 직원과 30분가량 통화를 했다. 그러고는 '배고프지?' 라고 묻더니 짜장면을 시켰다.

"이게 데이트예요?"

울컥한 이준이 젓가락을 내려놓으며 말했다.

"데이트?"

공현이 반문했다.

"네, 데이트."

"우리가 데이트 중이었군. 아직 사귀는 게 아니라서 데이트는 아닌 줄 알았는데?"

뼈가 있는 공현의 말에 이준은 잠시 할 말을 잃었다.

"그래요. 그럼 데이트가 아니라 사귀기 전에 서로를 알아보는 탐색기라고 칩시다. 근데 탐색기에 집으로 데려와요? 밥 먹고는 뭐 할 건데요? 또 TV게임 하는 거 아니에요? 내기 걸고서?"

"똑똑하네."

"하, 진짜."

이준은 눈을 뾰족하게 뜨고서 공현을 노려보았다. 자신이 생각한 대로 공현은 TV게임을 할 생각인 모양이었다. 공현은 자연스럽게 짜장면을 돌돌 말아 입에 넣었다. 이 와중에 이준은 짜장면을 조금도 묻히지 않고 우아하게 먹는 공현의 모습에 감탄했다.

어떻게 저렇게 먹지?

"안 먹어?"

공현이 물었다.

"네. 입맛 없어요."

이준은 팔짱을 낀 채 대답했다. 화려하고 요란한 데이트를 기대한 건 아니었다. 다만 평소와 조금 다른 데이트를 하길 바랐다. 말 그대로 태어나 난생처음 하는 데이트, 아니, 탐색기니까.

"여기에 있으면 종종 헛걸 봐."

티슈로 아무것도 묻지 않은 입가를 닦으며 공현이 불쑥 말했다. 이준은 대답 대신 삐딱하게 공현을 쳐다보았다. 공현은 턱을 살짝 든 채 무표정한 얼굴로 이준을 바라보았다. 집 안은 여전히 고요했다. 공현의 사소한 움직임에서 바스락거리는 소리가 모두 들릴 만큼.

"가끔 네가 거실을 가로질러 가."

공현의 목소리가 낮게 퍼졌다.

"거실에서 잠자고 있기도 하고, 이른 아침엔 TV 앞에서 게임을 하고 있어. 처음엔 몇 번 말을 걸었어. 이젠 내가 헛걸 보고 있다는 걸 아니까 그냥 지켜보고 있어. 그럼 점점 사라져서 없어져."

"……."

"정신병인가 싶어서 전문의와 상담을 했더니 간절함이 지나쳐서 그렇다더군. 그래서 널 데려온 거야. 다시 우리 집에서 왔다 갔다 하는 네 모습이 보고 싶어서.”

“…….”

“내 욕심이 커서 널 배려하지 못한 건 미안. 그런데 꼭 한 번 더 보고 싶었어.”

이준의 입술이 자그맣게 벌어진 채 붕어처럼 벙긋거렸다. 차분하고 나지막한 목소리가 분명 공현의 것이었으나, 그 목소리에 담긴 깊은 감정은 난생처음 느껴보는 것이라 낯설었다.

저렇게 말하니까 잠시 투덜댄 이쪽이 엄청난 죄인이 된 것 같다. 생각해 보니 자신이 게임하는 내내 공현은 턱을 괴고서 자신을 바라보았다. 자신이 잠시 게임을 하다 말고 화장실을 갈 때에도, 소파에 드러눕다시피 앉아 있을 때에도, 물을 찾아 부엌으로 갈 때에도. 그저 자신을 구경하는 거겠거니 생각했는데, 실제론 그보다 더 깊은 뜻이 담겨 있었다.

“아니, 뭐, 그렇게까지…….”

“나가자. 뭐 하고 싶어?”

공현이 자리에서 일어났다.

“잠시만요. 있어봐요. 나, 아직 못 먹었어요.”

이준이 부랴부랴 젓가락을 들었다.

“입맛 없다며.”

“입맛이라는 게 갈대 같아서 없다가도 다시 생기고 그래요. 사장님도 다시 식사하세요.”

이준은 공현을 다시 앉힌 후 젓가락으로 퉁퉁 분 짜장면을 휘휘 저었다.

잠시 이준을 바라보던 공현은 자리에 앉아 젓가락을 들었다.

이준은 불어터진 짜장면을 먹으면서 흘깃 공현을 쳐다보았다. 눈을 내리깔고 있는 공현의 모습을 보고 있자니 가슴이 먹먹해졌다. 자신이 생각하는 것보다 윤공현은 자신을 많이 그리워하고 있었다는 것이 여실히 느껴졌다.

"사장님."

이준의 부름에 공현이 고개를 들었다.

"오늘은 사장님 집에서 놀아요. 대신 다음엔 같이 놀이공원 가요. 놀이공원도 가고, 동물원도 가고, 같이 영화도 보러 가요."

공현의 입술이 나른하게 늘어났다. 보는 사람의 마음을 녹아내리게 하는 미소였다. 10점 만점에 10점짜리 외모는 자신이 아니라 윤공현이었다.

저 남자를 어떻게 이겨.

이준은 고개를 절레절레 내저으며 짜장면을 먹기 시작했다.

분명 식탁 앞에선 애틋한 분위기가 이어졌었다. 이준은 헛것을 볼 만큼 자신을 그리워했다는 공현의 말에 감동과 함께 뭉클함을 느꼈고, 기꺼이 그와 게임을 하기로 마음먹었다. 그러나 게임을 한 지 얼마 되지 않아 그 마음이 산산조각 났다.

처음에 두 판 정도 졌을 땐 그러려니 했다. 오랜만에 게임을 하는 데다가 공현의 직업을 감안했을 때 충분히 그럴 수 있었다. 그런데 연속으로 다섯 판을 패하자 오기가 생겼다. 공현도 오늘 처음 하는 게임이라는 말에 자존심까지 상했다.

그때 공현이 게임기를 손에서 내려놓았다. '재미없어.' 라는 말과 함께. 그의 말에 이준의 자존심이 퍼석 소리 내며 쪼개졌다.

"그런 게 어딨어요? 다시 해요."

이준은 공현의 손에 게임기를 다시 쥐어주었다.

"재미없어."

"한 번만 더 해요."

"재미없다니까."

공현은 더 이상 이 게임을 하기 싫다는 표정으로 게임기를 내려놓았다.

"하, 그런게 어딨어요? 내가 짜장면 사줄게요. 그러니까 딱 한 판만 더 해요. 네?"

이준은 공현을 뚫어져라 쳐다보았다. 무표정한 공현의 얼굴은 무기력해 보였다. 진심으로 게임이 재미없다는 표정이었다. 이럴 순 없다. 이제 막 몸이 달아올랐는데 여기서 게임을 그만하다니.

"딱 한 판만 더 하자고요. 억울해서 그래요."

"그럼, 내기라도 하던지."

"내기요?"

이준이 경계하는 표정으로 쳐다보았다.

"동기 부여가 돼야 나도 게임을 할 거 아냐."

공현의 말에 설득된 이준은 잠시 고민하는 얼굴로 TV게임을 바라보았다. 이제 게임의 작동 방법은 손에 익었다. 딱 한 판만 더 하면 공현을 이길 수 있을 것 같았다.

"게임에서 이기면 뭐 시킬 거예요?"

"글쎄. 아직 생각하진 않았는데. 넌?"

"전 있어요."

이준이 눈을 반짝거리며 공현을 쳐다보았다. 이준은 공현에게 물셔틀을 시키고 싶었다. 정확히 36.5도의 물을 가져다 달라고 할 생각이었다.

"뭔데?"

"비밀이에요."

"그러던지."

공현은 대수롭지 않다는 얼굴로 말했다. 잠시 공현을 쳐다보고 있던 이준은 결심한 듯 비장한 얼굴로 고개를 끄덕였다.

"내기해요. 대신 오늘 안에 할 수 있는 걸로 시켜야 해요. 예를 들어 보디가드 계약을 하자거나, 이 집에서 살라고 하거나, 이런 식으로 장시간 걸리는 소원은 안 돼요. 알았죠?"

"그래."

"각오해야 할 거예요. 이번엔 내가 이길 것 같으니까요."

공현은 대답 대신 픽 웃으며 게임기를 들었다. 이준과 공현이 동시에 버튼을 누르자 TV 화면이 바뀌었다. 운전 게임으로 누가 더 빠른 시간 내에 결승 지점에 진입하느냐가 게임의 승리를 좌우했다.

공현은 게임기를 쥔 채 이준을 흘깃 보았다. 게임기를 쥔 손에 힘이 바짝 들어가 있었다. 어떻게든 이기고야 말겠다는 얼굴이었다.

정말로 자신을 이길 수 있다고 생각하는 걸까.

가끔 천재가 아닐까 싶을 만큼 똑똑하다가도 이준은 대책 안 설 만큼 멍청한 실수를 하곤 했다. 그 실수 중 하나가 이것이었다. 지금 하는 이 게임은 처음이라지만, 공현은 실제로 운전을 하는 사람이었다. 더욱이 이런 비슷한 유의 게임은 셀 수도 없이 많이 했다. 이런 게임은 발로 해도 이준을 이길 수 있었다. 그럼에도 아주 아슬아슬하게 이준에게 이겼다. 처음엔 놀리려고 그랬고, 지금은 내기 때문이었다. 설이준은 생각보다 아주 쉽게 자신이 쳐놓은 덫에 걸렸다.

"사장님, 안 해요?"

이준은 TV 화면에 시선을 둔 채 비장하게 물었다.

"할 거야."

공현은 나른하게 웃으며 자세를 고쳐 앉았다. 저쪽이 진심을 다해 덤비는데 이쪽도 어느 정도 응해주는 게 예의일 테니까. 곧 화면에 스타트 문구가 떠올랐다. 땡 하는 순간 이준과 공현이 버튼을 동시에 눌렀다.

한 판만, 하던 것이 어느새 세 판이 되었다. 그리고 세 판 연

속으로 이준이 패했다. 이준은 도무지 믿을 수 없다는 얼굴로 게임기를 손에서 놓쳤고, 고개를 푹 숙인 채 패배감에서 헤어나오질 못하고 있었다.

"이럴 순 없어. 분명히 이길 수 있을 것 같았는데."

이준이 중얼거렸다. 공현은 느릿하게 일어나 게임기를 정리한 후 이준의 앞에 섰다.

"고개 들어."

"그게 소원이에요?"

이준이 시무룩하게 물었다.

"아니."

"그럼 안 들래요. 고개 들 힘도 없어요."

"그래, 그럼. 그 상태로 내 소원 들어. 아마 듣고 나면 고개가 저절로 들릴 테니까."

"……."

이준은 고개를 푹 숙인 채 생각했다. 공현이 어떤 소원을 빌까. 그래 봤자 사람 골탕 먹이려고 '물 떠와.' 라거나 혹은 '짜장면 먹자.' 정도겠지. 들어줘야 할 소원이 세 개쯤 되니까 아마도 물 떠오기, 짜장면 먹기, 그리고 한 가지 소원이 더 있을 거다. 자존심이 상하긴 하지만 들어줘야겠지, 라고 생각할 때였다.

"키스해 줘."

전혀 생각지 못한 말이 들렸다. 이게 무슨 말이야? 공현의 말대로 이준의 고개가 저절로 들렸다. 눈을 크게 뜬 채 이준은 공현을 보았다. 그는 무표정한 얼굴로 팔짱을 낀 채 이준을 물끄러미 내려보고 있었다.

"……뭐라고요?"

"키스해 달라고."

"장난이죠?"

"진심인데."

"……."

"어서."

저 남자가 진심으로 하는 말일까.

"세 가지 소원 전부 다 키스해 줘. 세 번 같은 한 번의 키스도 괜찮고."

공현은 안기라는 듯 두 팔을 활짝 벌린 채 서 있었고, 그런 공현을 이준은 암담한 눈으로 바라보았다.

아무래도 저 남자는 진심인 모양이었다.

"다른 소원은 없어요?"

한참 만에 이준이 물었다.

"없어."

"그럼 지금이라도 다른 소원을 생각해 봐요. 기다릴게요."

이준은 절벽 앞에 선 사람처럼 절박한 얼굴로 말했다.

"없어. 어서."

공현은 팔을 벌린 채 담담하게 요구했다.

"이건 성추행이에요."

"내기를 통한 합리적인 대가야."

"나랏법도 그렇게 생각할까요?"

"일단 신고하려면 키스부터 하고 해야겠네. 선사건 후신고니까."

공현의 말에 이준은 할 말을 잃었다. 공현은 요지부동이었다. 팔도 여전히 벌린 채였다. 품에 안기기 전까진 절대로 팔을 거둘 생각이 없어 보였다.

이 남자가 갑자기 왜 이래.

살갗만 닿아도 질색하고, 타인 보기를 돌같이 하는 윤공현이라는 게 믿기지가 않았다. 이준은 공현의 몸을 보았다. 단단한 어깨와 길게 뻗은 팔, 보기에도 근사한 저 품에 안기는 건 솔직히 거슬릴 게 없었다. 모르는 남과 프리허그도 하는 세상인데 포옹쯤이야 뭐가 문제겠는가. 문제는 윤공현이 '자신을 덮쳐 주길' 바란다는 것에 있었다. 그것도 자신의 입술을.

"뭐 해?"

공현이 물었다.

"생각 중이요."

"무슨 생각?"

"때리고 튈까, 그냥 튈까. 뭐, 이런."

"신고는 네가 당하겠는데?"

"당해도 일단 살고 봐야죠."

이준은 덤덤하게 대답했다.

"나랑 키스하는 게 싫어?"

공현의 미끈한 미간이 확 좁아졌다. 담배를 한 대 물려주면 퍽이나 잘 어울릴 것 같은 퇴폐적인 표정이 드러났다.

"그게 아니고……!"

이준은 답답한 마음에 소리치다가 입을 꾹 다물었다.

"뒷말 마저 이어봐. 그게 아니면 뭐?"

이준은 억울한 얼굴로 공현을 노려보았다. 무슨 키스를 재산몰수하듯이 하려고 하나. 누가 보면 키스 못 해서 죽은 귀신이 붙은 줄 알겠다. 이준은 우물쭈물거리며 한숨을 내쉬었다. 자신의 성격상 우물쭈물거리는 것도, 난처해하는 것도 황당했다. 본래 성격이라면 일단 저지르고 보자, 였으니까. 그렇지만 이 키스 문제만큼은 달랐다. 일전에 윤공현과 한 키스가 처음이었다. 고로, 이준은 키스를 할 줄 몰랐다. 윤공현은 정신을 녹여 버릴 만큼 멋진 키스를 보여주었는데, 자신이 형편없는 키스를 선보이기 창피한 탓이었다.

"후우. 꼭…… 키스를 받아야겠어요?"

"어."

빛과 같은 대답이 돌아왔다. 이준은 다시 한 번 한숨을 내쉬며 공현에게 다가섰다. 내기는 내기다. 그것도 자신이 졸라서 한 내기였으니 책임도 자신이 지는 것이 맞았다. 피할 수 없으면 어쩔 건가. 즐겨야지.

더욱이 이준도 공현과 하는 키스가 나쁘지 않았다. 이준은 한 발 더 성큼 다가가 공현의 앞에 섰다. 어느새 공현의 팔 안에 이준이 서 있었다.

"최선을 다해볼게요."

"전쟁 나가?"

"전쟁 나가는 군인의 심정으로 이 앞에 선 거예요. 그러니까 제 말은…… 못 한다고 웃으면 안 돼요."

"참아볼게."

그렇게 말하는 공현의 입술은 이미 나른하게 늘어나 있었다. 가까이서 보니 더 치명적으로 야하게 생겼다. 이런 남자가, 자신의 키스를 바란다는 게 썩 기분 나쁜 일은 아니라고 생각했다. 이준은 손을 뻗어 공현의 뺨을 감쌌다. 하얗고 미끈한 피부가 손바닥에 와 닿았다. 공현의 눈이 나른하게 풀리면서 살짝 가늘어졌다. 삼분의 이쯤 보이는 갈색 눈동자에 빛이 고여 반짝거렸다. 사람을 홀리려고 작정한 눈빛이었다. 심장이 쿵쿵 뛰었다.

"괜찮아?"

공현이 물었다.

"뭐가요?"

이준은 짐짓 태연하게 답했다.

"손바닥에서 땀 나는데."

"그런 건 모른 척해줄래요? 지금 일생일대의 위기라서요."

이준의 대답에 공현은 픽 웃었다. 호를 그리며 휘어지는 붉은 입술을 바라보는데 입안이 바짝 타들어갔다. 저 입술에 키스를…….

집 안은 고요했고, 공기의 흐름도 정적이었다. 심장 뛰는 소리가 아니었다면 시간이 멈춘 게 아닐까 하는 착각이 들 정도였다. 이준은 마른침을 삼키며 느릿하게 공현을 향해 다가갔다. 다가가는 동안 이준은 눈을 감았고, 마침내 닿았다. 따뜻하고 부드러울 거라는 예상과 달리 조금은 까칠했다. 입술이 이렇게 까칠할 수가 있나. 분명 보드랍게 보였는데.

"……뭐 해?"

입술이 닿았는데, 어째서 공현의 목소리가 또렷하게 들리는 걸까. 눈을 뜬 이준은 다급하게 고개를 뒤로 젖혔다.

"이런."

공현은 얼굴을 찌푸린 채 손바닥으로 턱을 닦았다. 이준은 황망한 얼굴로 눈을 깜빡였다. 용기 내어 키스한 곳이 공현의 턱이었다. 공현이 장난쳐? 라는 물음을 담고서 자신을 쳐다보고 있었다. 이준의 얼굴이 붉어졌다. 키스를 한 것보다 이게 더 민망하고 부끄럽다. 키 계산을 잘못했다. 조금 더 위를 공략했어야 했는데…….

"일단 저는 이걸로 제가 맡은 바 소임을 다했습니다."

이준의 입에서 기계음처럼 딱딱한 목소리가 흘러나왔다.

"뭐?"

무슨 말도 안 되는 말이냐는 듯 공현이 반문했다. 진심으로 납득할 수 없는지 공현의 얼굴은 미묘하게 금이 가 있었다.

"키스를 하라고 했잖아요. 키스가 꼭 입과 입으로 하는 것도 아니고, 신선하게 턱과 입으로 키스했다고 생각해요. 일단 맞닿긴 했으니까 끝이에요."

이준은 자신이 억지를 쓴다는 걸 알면서도 계속했다. 두 번은 못할 짓이었다. 심장이 터질 것처럼 뛰어대고, 손바닥에서 땀이 흘러나오는 짓을 또 어떻게 한단 말인가. 설령 한다고 하더라도 아까처럼 턱에 입을 맞추는 불상사를 저지르지 않는다는 확신도 없었다.

"그럼 저는 이만."

"두 번 더 남았을 텐데."

공현의 삼엄한 목소리가 이준의 발목을 덥석 잡았다.

"아……."

이준의 입에서 자그맣게 소리가 새어 나갔다. 잠시 잊고 있었다. 소원은 세 가지였다. 그와 동시에 이준의 몸이 뒤로 홱 젖혀졌다. 본래 있던 자리로 돌아온 이준의 턱을 공현이 움켜쥐었다. 공현의 손에 힘이 실린다는 생각이 듦과 동시에 이준의 입술이 자그맣게 벌어졌다. 정신을 차릴 틈 없이 입술이 맞닿았다.

누구의 것인지 알 수 없는 숨이 엉켜들었다. 입술 사이로 미끈한 혀가 밀려들어 와 순식간에 입안을 점령했다. 잠시 돌처럼 뻣뻣하게 굳어 있던 이준은 이윽고 자신을 끌어안는 공현의 팔 힘을 느꼈다. 벗어나려고 발버둥 쳤지만 꼼짝도 할 수 없었다. 얼마 못 가 이준은 반항하기를 포기했다. 그의 힘에서 벗어나기란 무리인 데다, 어디서 돈을 주고 배운 게 아닐까 의심스러울 만큼 공현의 키스는 사람을 노곤하게 만들었다. 약한 부분이 어딘지, 느낌이 좋은 곳이 어딘지 공현은 귀신처럼 잘 알아냈다. 공현의 혀가 입안을 부드럽게 휘감았다. 동시에 머릿속에 안개가 차오르는 것처럼 몽롱해졌다.

이걸 어떻게 따라 하라는 건지.

조금 억울했다. 이준의 눈꺼풀에서 점차 힘이 빠졌다. 눈을 스르륵 감기 전, 이준은 경건하게 보이는 공현의 감은 눈을 보았다. 에라, 모르겠다는 심정으로 이준은 공현을 끌어안았다.

"누나, 너 얼굴이 왜 그래?"

늦은 밤, 집에 들어서자마자 거실에 앉아 있던 이태가 놀란 얼굴로 물었다. 멍한 정신으로 집 안에 들어서던 이준은 제 뺨을 쓸었다. 얼굴에 뭐라도 묻은 걸까.

"뭐가."

"더워?"

"아니."

"근데 왜 그래? 얼굴이 붉고, 땀도 좀 나는 것 같고, 보자. 설마 누나……."

이태의 얼굴이 삽시간에 굳었다. 동시에 이준은 바짝 굳었으나, 내색하지 않았다. 자신보단 부족하지만 이태도 꽤 눈치가 빨랐다. 자신이 공현과 데이트한 것을 알고 있으니, 이 녀석이라면 무언가 알아챌지도 모른다는 생각이 들었다.

어떻게 변명해야 하나. 발뺌해야 하나. 아니, 죄를 지은 것도 아닌데 발뺌할 필요가 있나. 수만 가지 생각이 머릿속을 오갔다.

그사이 이태가 심각한 얼굴로 말했다.

"누나, 너, 갱년기야?"

"……."

"불면증도 있지? 요즘 보아하니 2층에서 쿵쿵대던데. 아 씨, 귀찮게 됐네. 이모가 갱년기 때도 집에서 피바람이 부는 줄 알았는데 이젠 누나까지. 하아, 정말 바람 잘 날 없다."

잠시 잊고 있었다. 이태가 인기가 많은 것과 별개로 여자에 대해 굉장히 무지하다는 것을. 갱년기도 언제 오는 건지 모른 채 증상만 알고서 떠벌리는 게 틀림없었다.

"됐어."

이준이 말하지 말라는 듯 손을 내저었다.

"아! 누나!"

"왜?"

"2층에 새로운 하숙생 들어왔어. 공현 형님 방이야."

"그래."

이준은 대충 대답한 후 2층으로 올라갔다. 일주일 사이에 하숙집에 새로운 하숙인들이 세 명이나 들어왔다. 그들은 이미 1층의 방을 모두 차지했고, 이제 2층 방까지 하숙인이 들어오는 모양이었다. 공현의 방에 새로운 사람이 들어왔다고 생각하니 조금 씁쓸했다. 그러다 문득 공현을 떠올리던 이준은 손등으로 입술을 가렸다.

분명 공현은 '세 번 같은 한 번의 키스'를 한다면 봐줄 용의가 있다고 했다. 이준은 그 말을 굳게 믿었다. 그러나 공현은 '세 번 같은 세 번의 키스'를 했다. 키스만 했을 뿐인데 시간이 훌쩍 지나 있었다. 이런 게 어디 있냐고 항변하는 이준에게 공현은 덤덤하게 대답했다.

"강제징수."

내버려 뒀다간 날밤 새거나, 혹은 애꿎은 턱을 혹사시킬 게 뻔해 보이니 직접 강제징수를 했다는 말이었다. 공현의 그 말에 이준은 어떤 반박도 할 수 없었다. 사실이니까.

방문을 밀고 들어간 이준은 곧장 침대에 쓰러져 누웠다. 웬만한 일에도 끄떡없는 강철 체력인데 키스 세 번으로 넉다운이라니. 자신의 기가 공현에게 다 빨려 나간 게 아닌가 의심스러웠다.

"그나저나 이게 무슨 사이지……."

이준은 찜찜한 얼굴로 중얼거렸다. 천천히 알아가자고 한 지 얼마 되지 않아 포옹과 키스를 한 번에 마스터했다. 그런데도 불구하고 아직 사귀는 단계는 아니었다. 무언가가 빠졌다. 대체 뭐가 빠진 걸까. 이준은 진지하게 고민했다. 그러나 치열하게 고민하는 머릿속과 별개로 눈은 점점 감겼다. 눈을 완전히 감기 직전, 이준은 마침내 떠올릴 수 있었다.

고백. 서로에게 사랑한다는 고백이 결여되어 있었다.

12. 청혼

여고 경비 일을 마친 후, 이준은 소장의 연락을 받고 큰 공연장으로 달려갔다. 업체에서 요구한 인력보다 더 많은 수의 사람이 필요해 급하게 연락했다고 했다. 이준은 끼니까지 거른 채 늦은 밤까지 일을 했다. 요즘 들어 규모가 작은 강.남. 보디가드 회사엔 끊임없이 일감이 몰려들었다. 소장의 말에 의하면 이제야 '강.남. 보디가드'의 가치를 사람들이 알아준다고 했지만, 눈치 빠른 이준은 알아챘다. 소장의 뒤에 윤공현이 있다는 것을. 두 사람 사이에 어떠한 교류가 있었으리라는 건 어렵지 않게 짐작할 수 있었다.

그러나 이준은 그것으로 화를 내거나 아는 체하지는 않았다. 두 사람이 협력한다고 하더라도 자신에게 불리한 일이 생길 리 없었고, 협력했다는 건 두 사람이 서로 윈윈할 수 있는 길을 찾았다는 것이기 때문에. 물론 자신의 희생이 어느 정도 들어가겠지만.

"배고파, 피곤해."

이준은 중얼거리며 납덩이처럼 무거운 발을 옮겼다. 길을 따라 올라가며 이준은 주머니에서 휴대폰을 꺼냈다. 오늘따라 휴대폰이 조용했다. 게임 개발에 들어간다고 하더니 공현도 정신없이 바쁜 모양이었다. 이준은 공현에게 연락을 할까 하다가 접었다. 집중해서 일하고 있을 사람을 괴롭힐 생각은 없었다.

"설이준 씨."

이준은 등 뒤에서 들리는 목소리에 올 게 왔다고 생각했다. 아까 전부터 따라붙는 발소리를 느끼고 있었다. 그 때문에 배가 고픈데도 집으로 곧장 향하지 못하고 골목길을 뱅뱅 돌고 있었다. 여차하면 공격하거나 도망가야겠다고 생각하던 때에, 남자가 불쑥 자신을 부른 것이었다. 이준은 잰걸음으로 한 발자국 물러섰다. 남자는 깔끔한 정장 차림이었다.

"누구세요?"

이준은 물으면서 주변을 살폈다. 다행히 주변에서 인기척이 느껴지지 않았다. 이 골목길엔 이 남자 하나란 소리였다. 제압할 수 있을까, 라는 계산을 할 무렵 남자가 정중하게 허리를 굽혔다.

"윤 대표님이 기다리십니다."

"윤 대표요? 전 그런 사람 모릅……. 설마, 윤수호 씨를 말하는 건가요?"

남자는 대답 대신 가볍게 고개를 끄덕였다. 이준은 기가 찼다. 그 남자가 자신을 이 시각에 왜 찾아온단 말인가. 자신과 윤공현만 봤다 하면 이를 드러내고 으르렁거리는 남자가 아닌가. 이준은 손목시계를 보았다. 자정에 가까운 시각이다. 끌려가서 쥐도 새도 모르게 야산에 파묻히기 딱 좋은 시각 아닌가. 대부분의 범죄는 밤에 이루어진다는 점을 상기하며 이준은 쌀쌀맞은 표정을 지었다.

"죄송한데 다짜고짜 찾아와서 만나자고 한다고 막 따라가는 성격이 아니라서요. 다음에 약속 잡고 오세요."

"잠시만 시간을 내주시면 됩니다."

"그러니까 지금 그 잠시의 시간이 안 되거든요. 죄송합니다. 다음에 날이 환할 때 찾아오세요. 그땐 언제든지 시간을 뺄 수 있으니까요. 그럼 이만."

이준은 남자가 자신을 따라오지 못하게 뛰었다. 어둑한 밤거리로 이준의 모습이 금세 사라졌다. 남자는 따라오지 않았다. 다만 난처한 얼굴로 휴대폰을 꺼낼 뿐이었다. 이준은 윤수호가 자신을 찾아올 일이 뭐가 있는지 궁금하긴 했지만, 촉이 말하고 있었다.

좋은 일은 아닐 거라고.

이준은 자신의 직감에 감탄, 또 감탄했다.

이준은 조만간 윤수호가 다시 자신을 찾아올 거라 예상했다. 그 예상이 다음 날 정확하게 맞아떨어졌다. 윤수호는 치밀하게 이준의 점심시간에 학교 앞까지 찾아왔다. 그는 자동차 창문으로 차가운 얼굴을 보이며 '삼고초려할 생각 없으니 순순히 타.' 라고 말했다. 더 이상 빠져나갈 구멍이 없기도 했을뿐더러, 이준도 수호의 속내가 궁금했던 터라 따라갔다.

수호와 이준은 학교에서 10분 정도 떨어진 곳에 자리한 카페로 향했다. 사람이 없어 한적했고, 정적이었다. 이준은 찻잔을 드는 수호를 물끄러미 바라보았다.

갖춰 입은 정장, 한 올도 빠짐없이 바싹 올린 헤어스타일, 자주 얼굴을 찌푸려서 이미 주름이 생긴 미간, 타인에게 틈 보이는 걸 싫어하는 성격, 예민하고 신경질적이며 깐깐하다는 정보까지 주르륵 읽어갈 때였다.

"원래 그렇게 사람을 뚫어져라 쳐다보나?"

수호가 불쾌한 낯빛으로 불쑥 물었다.

"아뇨."

"그럼 날 왜 그렇게 빤히 쳐다보는 거지?"

"기분 나쁘셨다면 죄송합니다."

"알면 됐고."

수호의 쌀쌀맞은 목소리에 이준은 아무 대답도 하지 않았다. 수호는 불편함과 불쾌함을 고스란히 드러낸 얼굴로 이준을 쳐다보았다.

"돌려 말하는 재주 없으니 그냥 말하도록 하지. 더는 공현이를 만나지 않았으면 하는군."

찻잔을 집던 이준의 손이 멈칫했다. 수호가 자신을 찾아왔다고 했을 때 몇 가지 불운한 상황을 예측하긴 했지만, 이런 시나리오는 없었다. 마치 재벌가 시어머니처럼 굴 줄이야. 이준은 도저히 이해 안 간다는 얼굴로 수호를 쳐다보았다.

"제가 왜 그래야 합니까?"

"내가 이런 것까지 구구절절 설명해야 해? 헤어지라면 헤어질 것이지, 어디서 캐물어?"

수호의 눈썹이 삐쭉 섰다. 윤태성 사건 뒷수습하느라 예민하다는 말이 사실인 모양이었다. 이전에 만났을 땐 비아냥거리는 여유라도 있었는데 지금은 그 모습조차 찾아보기 힘들었다. 그러나 이준은 덤덤한 얼굴로 수호에게 말했다.

"저는 납득 안 가는 말은 수긍하지 않습니다."

"하, 퍽이나."

"말씀 다 하셨으면 일어나겠습니다."

이준이 미련없이 자리에서 일어나려고 할 때였다.

"공현이는 결국 윤씨 집안사람이야. 마음에 안 들지만, 이번 일을 해결한 데에는 공현이 녀석의 공로가 크기도 했고. 앞길 창창한 녀석이니 그에 걸맞은 여자를 만나야지. 가진 거라고는 아무것도 없는 빈털터리를 만날 순 없잖아. 안 그래?"

일부러 자존심을 할퀴려는 듯 말에 가시가 잔뜩 서 있었다. 그러나 이준의 얼굴엔 조금의 표정 변화도 없었다. 오히려 이준은 차분한 태도로 자리에 도로 앉아 수호를 쳐다보았다.

"뭐 하는 거야?"

생각지 못한 이준의 반응에 수호의 미간이 확 좁아졌다.

"진심으로 그렇게 생각하세요?"

"뭐?"

"진심으로 윤공현 사장님이 걸맞은 여자를 만나길 바라는 거냐고 물었어요. 어떤 여자를 소개해 주실 건데요? 어떤 집안의 여자죠? 그걸 알아야 제가 생각이라는 걸 하죠."

"내가 너한테 그런 것까지 대답할 필요는 없다고 생각하는데?"

수호의 대답에 이준은 등받이에 등을 댄 채 예리하게 그의 얼굴을 바라보았다. 수호의 눈빛이 아주 잠깐 흔들렸다. 이준의 시선은 무딘 것 같으면서도 마치 송곳처럼 예리했다. 속을 꿰뚫리는 느낌에 수호는 더욱 얼굴을 구겼다. 그사이 이준이 입을 열었다.

"대답할 필요가 없는 게 아니라 아직 생각을 안 해두신 거겠죠. 어떤 여자를 소개해 줘야 할지요. 윤 대표님이 생각나는 대로 막 뱉으시는 것 같으니 저도 똑같이 막 뱉죠. 제 생각과 촉에 의하면 윤 대표님은 두 가지 생각을 하고 계신 것 같아요. 첫 번째는 윤공현이라는 집안사람을 팔아서 사업적 파트너를 얻으려는 생각, 두 번째는 저를 떼어놓음으로써 윤공현이라는 사람을 아프게 하려는 생각."

"무슨 소리를 하는 거야?"

"만약 윤 대표님이 정말로 윤공현 사장님을 생각했다면 저를 찾아와서 이런 뒷수작을 부릴 게 아니라 직접 윤공현 사장님을 찾아가셔야죠. 그리고 진지하게 눈을 보고서 설명을 했겠죠. 그런데 윤 대표님은 저를 직접 찾아오셨어요. 왜일까요? 무의식적으로 윤공현 사장님과 마주하기 싫었기 때문이죠."

이준의 설명이 이어질수록 수호의 표정이 점점 굳어갔다. 마침내 말이 끝나기가 무섭게 하얗게 굳는 수호의 얼굴을 보며 이준은 쓰게 웃었다. 이럴 때마다 자신의 직감이 좋은 건지 나쁜 건지 도저히 구분되질 않았다.

"단지 제 생각일 뿐입니다. 그리고 제 생각이 부디 틀리길 바랍니다."

틀리진 않은 것 같지만.

이준은 뒷말을 삼켰다. 여태껏 보여준 윤수호의 태도를 곱씹어보건대 그는 윤공현에게 콤플렉스가 있는 사람이었다. 하물며 이전의 사건으로 윤공현을 향한 분노가 상상을 초월했다. 그런 그를 위해서 윤수호가 직접 나설 리 없었다. 방금 뱉은 말은 허울 좋은 변명에 지나지 않았다. 그는 그냥 윤공현이 아프길 바랄 뿐이었다.

"너, 지금……."

속내를 들킨 수호가 이를 사리문 채 말문을 열 때였다.

"이게 대체 무슨 조합이야."

등 뒤에서 덤덤한 목소리가 두 사람 사이를 갈랐다. 고개를 돌린 이준은 등 뒤에 서 있는 남자를 보았다. 그는 이 상황을 목격한 것이 썩 달갑지 않은 듯 얼굴을 구긴 채 고개를 삐딱하게 들고 있었다.

"사장님!"

이준이 눈을 동그랗게 뜨고서 공현을 불렀다. 그가 이곳을 어떻게 알았는지 의아했다. 그러나 그는 이야기할 생각이 없어 보였다. 공현의 시선은 초지일관 수호를 향하고 있었다. 일촉즉발의 상황처럼 아슬아슬한 분위기가 이어졌다.

"일어나."

공현의 말에 이준은 수호를 흘깃 쳐다보다가 자리에서 일어났다. 그런 이준을 수호가 못마땅한 얼굴로 쳐다보았다.

"아직 대화 안 끝났어. 다시 앉아, 설이준 씨."

"이리 와, 설이준."

동시에 공현이 손을 뻗어 이준에게 내밀었다. 이준은 수호와 공현을 번갈아 쳐다보다가 자리에서 일어났다.

"내 말 안 들리나, 설이준 씨?"

수호가 다시 한 번 어금니를 깨문 채 이준에게 말했다. 이준은 당장에라도 테이블을 엎을 것처럼 새파랗게 분노하고 있는 수호를 덤덤하게 바라보았다.

"죄송한데 제가 말을 들어야 할 사람은 윤수호 씨가 아니라 윤공현 씨라서요."

"뭐?"

"더 좋아하는 사람의 기분을 챙기는 게 당연한 거잖아요. 전 윤공현 씨 기분 거스르고 싶지 않아서요."

이준은 보란 듯이 공현에게 다가가 그의 곁에 섰다. 어깨를 마주 대고 서면서 손끝이 살짝 스쳤다. 동시에 공현의 입술이 살짝 늘어났다. 수호는 얼굴을 와락 구겼다. 잠깐 지은 미소였지만, 공현은 누가 봐도 행복한 얼굴을 하고 있었다.

저 얼굴이 싫었다. 자신은 순식간에 아버지를 잃고, 어마어마한 일을 떠맡게 되었는데 정작 사건의 중심인 공현은 행복해하고 있었다. 이건 말도 안 되는 일이었다. 억울하다. 분하다. 아무것도 가지지 못한 주제에 모든 걸 가진 것처럼 오만한 저 얼굴도, 행동도 모두 다 마음에 들지 않았다.

테이블에 놓은 수호의 주먹이 가늘게 떨렸다. 그는 그 모습을 보이기 싫어서 손을 테이블 아래로 내리며 이준을 노려보았다.

"난 분명히 기회를 줬어, 설이준 씨."

"제 귀에는 협박으로 들렸습니다만."

웬만한 사람이라면 움찔하고도 남을 만큼 냉정한 목소리였으나, 이준은 눈 하나 깜빡하지 않았다. 수호는 덤덤하게 받아치는 이준을 쳐다보며 턱을 치켜들었다.

"아직 상황 파악을 못 해서 정신을 못 차리는 모양인데, 윤공현의 옆에 있어서 그다지 행복한 사람을 본 적이 없어. 어른들은 저주받았다고 하고, 우리들 사이에선 유난히 재수 없는 녀석이지. 그것도 핏줄 영향인지 뭔지 모르겠지만 말이야."

"그만하십시오."

이준이 그를 말렸다. 그러나 수호는 말을 멈추지 않았다.

"왜? 내가 틀린 말 한 건가? 지금은 당장 느껴지지 않을 거야.

그렇지만 살다 보면 알게 될 거야. 함께하는 것만으로도 재수 없는 사람이 있다는걸. 아아, 이미 몇 번 겪어보지 않았나? 윤공현 때문에 죽을 뻔했잖아? 그걸 겪고도 윤공현 옆에 있을 생각을 하다니. 멍청한 건지 답이 없는 건지."

수호의 빈정거림에 공현의 얼굴이 싸하게 얼어붙었다. 핏줄은 공현의 유일한 아킬레스건이라는 걸 수호는 잘 알고 있었다.

윤수호가 자리에서 벌떡 일어났다. 그러고는 두 사람을 냉담한 눈길로 번갈아 보다가 상황에 맞지 않게 빙긋 웃었다.

"너희 아버지는 잘 계시는지 갑자기 궁금해지네."

빈정거리며 웃던 수호가 걸음을 옮길 때였다.

"윤수호."

공현이 그를 불렀다. 그 낮은 목소리에 윤수호의 걸음이 뚝 멈췄다. 수호의 고개가 비스듬히 돌아갔다. 어깨를 맞대고 두 사람이 얼굴을 마주했다.

"지금, 니가 감히 내 이름을 부른 거야? 죽다 살아나다 보니 누가 형인지 잊은 모양이지?"

"이게 마지막이야. 설이준 따로 불러내지 마."

공현의 입술 사이로 냉기가 풀풀 날리는 말이 흘러나왔다. 주변 공기가 금세 팽팽해졌다. 수호의 눈끝이 위로 치켜 올라갔다.

"지금 니가 나를 협박하는 거야?"

"아니, 경고."

공현의 검은 눈동자가 더욱 짙게 빛났다. 그는 어떤 감정도 읽어낼 수 없는 무표정한 얼굴로 말을 이었다.

"네 말대로 내가 누구의 핏줄인지 잊지 마."

"……."

"원하는 걸 위해선 뭐든 다 해."

"……."

"그러니까 건들지 마. 나도, 설이준도."

공현의 조용하지만 힘 있는 경고에 수호가 얼어붙었다. 지금 윤공현이 뱉은 말은 진심이었다. 그의 눈빛이, 그의 표정이, 그의 목소리가 그걸 증명하고 있었다. 잃을 것이 하나인 사람과 잃을 것이 다수인 사람의 싸움은 절대적으로 후자가 불리하다. 공현은 그렇게 말하고 있었다. 공현은 이준의 손을 잡은 채 얼음처럼 굳어버린 수호를 지나쳤다.

카페 밖으로 나온 공현은 골목 앞에 주차해 놓은 자동차로 이준을 데려갔다. 이준은 공현을 흘깃 보더니 잔말 않고 조수석에 올라탔다. 운전석에 탄 공현이 차에 시동을 켰다. 금세 차가 부드럽게 골목길을 벗어났다. 이준은 공현을 흘깃 보았다. 무표정한 옆얼굴엔 어떤 표정도 담겨 있지 않았다.

"왜 그렇게 쳐다봐?"

"안 물어봐요? 윤수호 씨가 왜 찾아왔는지?"

"뻔하겠지만 원한다면 물어볼게. 윤수호가 뭐라고 그래?"

"헤어지래요."

"……."

그럴 줄 알았다는 얼굴이었다. 윤공현의 유일한 약점을 윤수호가 그냥 두고 볼 리 없었다. 이준을 찾아 학교로 갔다가 경비원으로부터 정장 입은 남자와 함께 근처 카페에 갔다는 말을 들었다. 거리상 윤소환일 리는 없었고, 어쩌면 윤수호일지도 모른다는 생각으로 가장 가까운 카페를 찾았다가 마주 앉아 있는 두 사람을 발견했다.

"그래서? 뭐라고 대답했는데?"

공현이 핸들을 톡톡 두들기며 물었다.

"그럴 수 없다고 대답하려는 찰나에 사장님이 오셨어요."

"왜?"

"네?"

뜬금없는 물음에 이준이 다시 한 번 되물었다. 공현은 시선을 앞으로 고정시킨 채 물었다.

"왜 나랑 헤어질 수 없냐고. 윤수호의 말이 맞을 수도 있잖아. 정말로 내가 불운할지도. 그럼 도망쳐야 하는 거 아닌가?"

자신은 이미 설이준이라는 사람이 없으면 안 되게끔 프로그래밍되어 버렸다. 그렇지만 설이준은 다르다. 원한다면 언제든지 자신에게서 도망칠 수 있었다. 만약 그렇게 된다면, 절대로 상상하고 싶지 않지만, 자신은 이준을 멀리서 지켜볼 수밖에 없었다. 자신이 원한다고 설이준을 억지로 꺾어서 자신의 옆에 묶어둘 순 없으니까. 파릇파릇한 설이준이 자신의 옆에서 죽는 걸 눈 뜨고 지켜볼 생각은 추호도 없었다.

"괜찮아요. 제가 억세게 운이 좋으니까요."

"……."

심각하게 말을 꺼낸 게 무색하리만치 이준은 단순하게 대답했다. 진심이냐, 라고 물을 것도 없이 설이준은 진심이었다. 윤공현의 불운이나 불행 따윈 관심 없다는 얼굴이었다.

"그리고 사장님도 절 만났으니 운이 좋은 거예요. 이 정도면 완벽하게 운이 좋은 사람들이죠. 더 이상 바라면 욕심이에요."

이준의 대답에 공현은 손등으로 입가를 가렸다. 입술이 제멋대로 길게 늘어지려 했다. 설이준과 함께 있으면 모든 것이 단순하고 손쉽다. 그리고 그 단순함은 전염성이 높아서 쉽게 옮았다. 공현은 설이준을 만나게 되었으므로 자신이 억세게 운 좋은 남자라는 그 말을 믿기로 했다.

더는 못 참겠다.

공현은 속으로 그 말을 중얼거렸다.

"사장님."

"왜?"

"우리 어디 가요? 점심시간 끝나서 복귀해야 해요. 이제 겨우 20분 남았다고요."

손목시계로 시간을 확인한 이준이 눈썹을 모으며 말했다.

"그럼 남은 그 20분만 할애해. 지금 미치도록 보여주고 싶은 게 있으니까."

"뭔데요?"

이준은 의아한 얼굴로 공현의 얼굴을 쳐다보았다.

"가보면 알아."

❖ ◈ ❖

이준은 공현이 차를 몰고 가는 동안 고개를 갸웃거렸다. 낯익은 동네로 접어들었다. 이모의 하숙집과 멀지 않은 동네로, 이준이 어린 시절 지냈던 길이었다. 그러나 재개발에 착수하면서 온 동네가 텅 비다시피 한 곳이었다.

"사장님, 어디 가는 거예요?"

이준이 다시 한 번 물었으나 공현은 가보면 안다는 듯 말을 아꼈다. 이준은 더는 캐묻지 않았다. 대신 창밖을 물끄러미 바라보았다. 사진관이 있던 자리는 부도가 나서 건물을 짓다 만 채로 멈춰 있었다. 어린 시절 자신이 크고 자란 집은 재개발 구역에 들어가면서 어느새 허물어져서 흔적도 없이 사라졌다. 어린 시절 자신에게 높게만 보였던 낮은 담벼락과, 낡은 담벼락을 칭칭 감아 올라가던 넝쿨, 집의 크기에 비해 넓었던 마당, 좁았지만 세 사람이 기대어 살기엔 무척이나 좋았던 집.

어린 시절의 집을 생각하자 가슴이 욱신거렸다. 최선을 다해 노력했음에도 어떤 것도 지켜내지 못했다.

가족사진도, 가족과 함께한 집도.

이제 곧 재개발에 들어가면 흔적조차 남지 않을 거다. 대신 그 자리를 까마득히 높은 아파트들이 채우게 될 거다. 차마 더는 보지 못하고 이준은 고개를 아래로 푹 숙였다. 어서 이 동네를 훌쩍 지나갔으면 하는 생각뿐이었다. 얼마쯤이나 더 갔을까. 차가 멈춰 섰다.

"고개 들어."

공현의 말에 이준은 미적거리며 고개를 들었다. 낯선 동네였다.

"여긴 어딘데요?"

"바로 옆 동네."

이준은 말없이 주변을 둘러보았다. 분명 낯선 동네인데 익숙한 느낌이 들었다. 대부분의 골목이 그러하듯 재개발 구역과 비슷한 분위기를 풍겼다.

"내려."

뭔가 더 묻기도 전에 공현이 차에서 내렸다. 뒤따라 내린 이준은 대체 여기 뭐가 있다고, 라고 중얼거리며 주변을 둘러보다가 말을 멈췄다. 분명 낯선 동네인데 눈에 무척 익은 집이 보였다.

"저건……."

이준은 눈을 깜빡일 수조차 없었다. 낮고 하얀 담벼락. 그 담벼락을 타고 올라간 넝쿨. 갈색 대문과 대문으로 올라가는 계단 두 개. 눈을 감고도 그릴 수 있는, 그러나 이젠 이 세상에 더 이상 존재하지 않는 그 집이 자신의 눈앞에 자리하고 있었다.

닮은 집일까. 하지만 닮았다고 하기엔 지나치게 똑같다.

"이 집, 뭐예요?"

이준은 다급하게 공현에게 물었다.

"글쎄."

공현은 작게 중얼거리며 대문 앞에 섰다. 옆 동네에 자신이 살던 집과 똑같은 집이 있을 줄이야. 이준은 홀린 것처럼 다시 한 번 집을 바라보며 중얼거렸다.

“이 집, 제가 사야겠어요.”

“살 거면 일단 내부부터 확인해 봐야지.”

공현이 대문을 밀었다. 그러자 손쉽게 열렸다. 이준은 이상하다는 것을 느낄 새도 없이 공현을 뒤따라 집으로 들어갔다. 자신이 살던 옛집과 내부가 같은지 확인하고 싶은 마음뿐이었다. 대문 안으로 들어간 이준은 입을 틀어막았다.

집 구조에 비해 꽤 넓은 정원, 그 정원 옆에 세워진 키가 작은 단풍나무, 들어가는 현관, 2층으로 올라가는 계단의 위치까지 모두 다 같았다.

“이, 이, 이 집 사야겠어요.”

이준은 홀린 것처럼 중얼거렸다.

“일단 들어와.”

공현은 넋이 나간 채 정원을 둘러보고 있는 이준을 보며 말했다. 공현은 현관문을 열고 있었다. 먼저 들어가라는 표시였다. 이쯤 되자 이준은 무언가 이상하다는 것을 눈치챘다. 설마, 하는 마음이 들었다. 이준은 공현을 의아한 눈으로 바라보다가 집 안으로 들어섰다.

“……말도 안 돼.”

현관으로 들어간 이준이 넋이 나간 목소리로 작게 중얼거렸다. 집 안의 구조가 이전의 집과 동일했다. 그러나 그보다 더 놀라운 것이 자리하고 있었다. 신발을 벗고 집 안으로 들어간 이준은 몇 번이고 휘청거리는 다리에 억지로 힘을 주어야 했다. 이준은 벽면에 걸린 사진으로 천천히 다가갔다.

환영일까.

이준은 제 눈을 의심하며 천천히 손을 뻗었다. 손끝에 사진액자가 닿았다. 낡고 오래된 액자틀을 따라 이준의 손이 천천히 올라갔다. 아주 어린 남매와 그 남매를 사랑스럽다는 듯 껴안고 있는 어린 여자가 그곳에 있었다. 허공에서 빙빙 돌던 이준의 손끝이 마침내 어린 여자의 얼굴에 닿았다.

울컥. 가슴 밑바닥에서 뜨거운 무언가가 치고 올라왔다. 안개라도 찬 것처럼 눈앞이 뿌옇게 변했다.

"엄마……."

다시는 보지 못할 거라 생각했던 가족사진이 이곳에 있었다. 이준은 천천히 엄마의 얼굴을 쓰다듬었다. 그러다 더는 버티지 못하고 고개를 푹 숙였다. 후드득 떨어진 눈물이 바닥을 적셨다.

한참이나 고개를 숙인 채 울던 이준은 무심코 자신의 등이 무겁다는 것을 느꼈다. 툭, 툭. 등을 때리는 건지 두들기는 건지 구분 못 할 만큼 서툰 손길이 느껴졌다. 울던 와중에 이준은 픽 웃음이 났다. 이준은 손바닥으로 눈물을 닦으며 고개를 들었다. 공현의 손이 어색하게 허공에 들려 있었다.

"사장님."

이준의 부름에 공현은 손을 거둬들였다.

"왜."

"이 집, 뭐예요?"

"내가 지은 집."

"어떻게요?"

"설이태, 이모님의 도움. 사진이 없어서 참고하는 데 힘들었어."

"……."

이준은 뭐라 할 말이 없어서 입술을 깨물었다. 아주 가끔씩 공현의 방에서 이태가 나오곤 했다. 그땐 게임을 좋아하는 이태가 공현에게 이것저것 게임 아이템을 얻거나 게임을 배우는 중이라고 생각했다. 이런 일을 생각하고 있을 거라곤 추호도 생각지 못했다.

이준이 그저 멍하게 쳐다보고만 있자 공현이 팔짱을 꼈다. 그러고는 차분한 표정으로 말문을 열었다.

"마음 같아선 이전 집을 사주고 싶었는데, 안타깝게도 재개발 구역에 들어간 집을 다시 사오는 능력까진 없었어. 이태의 말로는 이 동네의 이 위치가 가장 옛집과 흡사한 분위기라더군. 그래서 샀어. 그리고 보다시피 이 집을 지었고."

"가족사진은요?"

이준은 고개를 돌려 벽에 걸려 있는 사진을 보며 물었다.

"샀어."

"뭐라고요? 그 돈에 미친 인간이 쉽게 주진 않았을 텐데요?"

이준이 눈을 둥그렇게 뜬 채 물었다. 사진관 아들의 탐욕은 지독했다. 특히나 이태와의 싸움 후로는 이전 가격에 세 배 정도를 제시했다. 그 돈이면 이준이 평생 일해도 벌 수 없는 돈이라서 어쩔 수 없이 반쯤 포기하고 있었다. 그러다가 어느 순간 사진관 아들이 과도하게 벌인 사업이 줄줄이 부도나면서 그가 사라졌다. 사진도 영영 찾을 수 없게 되었다고 생각하던 차였다. 그런데 그 사진을 공현이 가지고 나타났다.

"그래서 이자 쳐서 갚아줬어."

공현이 별것 아니라는 듯 대답했다.

"설마…… 사진관 아들이 갑작스럽게 부도난 것도……."

이준의 조심스러운 짐작에 공현은 가볍게 고개를 끄덕였다.

"탐욕이 많은 사람은 조금만 부채질하면 알아서 망하게 마련이거든."

그럼 그렇지. 갑자기 망해서 의아했는데, 뒤에서 사주한 공현이 있었던 모양이다. 공현이라면 사진관 아들 하나쯤 부도내는 건 일도 아니었을 거다. 생각 외로 집착이 강하고 머리가 똑똑한 사람이니까.

집 안이 고요해졌다. 먼지가 내려앉는 소리가 모조리 들리는 듯했다. 이준은 뒷목을 천천히 쓸어내리며 멋쩍은 얼굴로 공현을 쳐다보다 마침내 물었다.

"왜 이렇게까지 해줘요? 나는 사장님한테 이렇게까지 해줄 수가 없는데……."

미안함과 고마움이 뒤범벅되었다. 무슨 말을 해야 할지 몰라 이준은 연신 머쓱한 표정만 지었다. 난생처음 어쩔 줄 몰라 하는 이준을, 공현은 무심한 눈으로 응시했다.

"나도 처음엔 이해할 수가 없었어."

낮고 깊은 목소리가 집 안을 울렸다. 이준은 시선을 들어 공현을 보았다. 거실 한중간에 선 그는 창가에서 스며들어 오는 햇살을 받고 있었다. 얼굴의 반이 하얗게 빛나는 모습으로 그가 말을 이었다.

"내가 왜 이러는지."

공현은 자신이 왜 이런 짓을 하는지 모르겠다는 생각을 하면서도, 사진관 아들에게 연락했다. 그가 제시하는 터무니없는 가격에 응해 사진을 구매한 후 돌아오는 길 내내 헛웃음을 지었다. 왜 자신에게 전혀 필요도 없는 이 사진을 사는 건지, 스스로도 이해할 수 없었다. 그러면서도 가장 이해할 수 없었던 것은 갑작스레 쏟아진 비에 사진이 젖을까 봐 안고 뛰었던 사실이었다. 사진이 젖지 않았다는 사실에 안도하기까지 했었다. 그때는 스스로를 이해할 수 없었다. 자신이 왜 그렇게까지 하는지.

"그런데 지금은 그 이유를 알아."

공현은 한층 깊어진 시선으로 이준을 바라보았다. 이준의 눈, 코, 입을 부드러운 시선으로 바라보던 공현은 입을 열었다.

"설이준이 좋아하는 모습을 보고 싶었으니까."

"……."

"설이준이 좋아하는 거면 뭐든지 다 해줄 수가 있으니까."

"……."

"한참 후에 프러포즈할 때 보여주려고 했었어. 그런데 더는 못 참겠더라."

자신이 억세게 운이 좋으니 걱정 말라고 사랑스럽게 말하는 이준을 보는 순간, 더는 견딜 수가 없어졌다. 아니, 어쩌면 겨우겨우 참아오던 마음이 이번 일을 빌미로 터졌는지도 모른다. 언젠가부터 그랬듯 이제 윤공현에게 설이준이 없으면 안 된다.

거실을 가로질러 걸어온 공현은 이준의 손을 잡았다. 그러고는 이준의 손바닥을 펼쳐 그 위에 반지 케이스를 놓았다. 멍하게 반지 케이스와 자신의 얼굴을 번갈아 보는 이준의 사랑스러운 얼굴을 바라보며 공현이 말했다.

"결혼하자, 설이준."

"누나, 왔어요?"

2층으로 올라온 이준은 자신을 반기는 목소리에 고개를 들었다. 이제 막 씻고 나왔는지 머리에 수건을 두른 채 현태가 씩 웃고 있었다. 현태는 공현이 나간 방에 들어온 하숙생으로, 하숙집에서 버스로 몇 정거장 떨어진 대학교에 재학 중이라고 했다. 현태는 큰 키에 깔끔한 외모와 서글서글한 성격 덕분에 하숙집 내에서 인기가 좋았다.

"어."

이준은 힘없이 손을 들어 보였다.

"왜 이렇게 힘이 없어요? 무슨 일 있었어요?"

현태가 의아한 눈으로 쳐다보았다. 이준은 그런 현태를 물끄러미 바라보았다. 현태한테 말해볼까. 괜한 짓인 것 같아 이준은 고개를 가로저었다.

"그냥. 머리가 복잡해서. 들어가 볼게."

이준은 힘없이 인사한 후 방으로 들어왔다.

"하아."

창문을 보며 이준은 길게 한숨을 내쉬었다. 이준은 오른쪽 주머니에서 반지 케이스를 꺼냈다.

"결혼하자, 설이준."

공현의 그 말에 이준은 한참이나 아무 말도 하지 못했다. 그저 멍하게 서 있다가 '돌아갈 시각이에요. 어서 가요.' 라는 말로 도망쳤다. 그런 자신을 공현은 말없이 바라보다가 자동차로 걸어갔다. 말하지 않았지만 공현이 상처 입었으리라는 건 어렵지 않게 짐작할 수 있었다.

학교로 향하는 동안 두 사람은 짠 것처럼 아무 말도 하지 않았다. 자동차 안으로 어색한 공기가 흘렀다. 학교 앞에 도착한 자동차에서 내리기 직전, 이준은 겨우 '조심히 가세요.' 라는 말만 뱉을 수 있었다.

왜 그렇게까지 긴장하고 놀랐을까. 아니, 왜 도망쳤을까. 자신은 공현의 청혼을 받자마자 도망쳤다.

스스로에게 물어보지만 마땅한 대답이 떠오르지 않았다. 이제 막 연애를 시작한 듯 만 듯한 관계에서 갑작스럽게 결혼이라는 말이 나와서일까. 아니면 한 번도 생각해 본 적 없던 결혼이라는 말을 들어서일까.

고민하던 중 공현의 무표정한 얼굴이 떠올랐다. 상처를 많이 받았을까. 내색하지 않았지만 아주 크게 받았을지도 모른다. 남자는 청혼할 때 가장 크게 긴장한다고 했으니까.

이래저래 복잡한 머리를 굴리고 있는데 누군가가 방문을 쿵쿵 두드렸다.

"누나, 나야. 방에 있어?"

이태의 목소리가 들렸다.

"어, 들어와."

이준은 얼른 주머니에 반지 케이스를 밀어 넣었다. 이태가 방문을 열고 들어섰다.

"뭐 해?"

"이제 옷 갈아입으려고. 왜?"

"내려와서 과일 먹으라고. 이모가 오랜만에 가족끼리 담소 좀 나누자고 하더라."

"그래, 알았어. 아! 이태야."

"왜?"

방문을 열고 나가다 말고 이태가 멈춰 섰다.

"너, 사장님한테 우리 옛집에 대해서 가르쳐 줬어?"

"들었어?"

이태가 삐딱하게 서서 심드렁하게 대꾸했다.

"응."

"집은 가봤고?"

"응."

"어땠어? 사실 기억 되살리는 데 애먹었어. 이모도 그렇고."

"조금 다른 부분이 있긴 하더라."

처음엔 옛집과 완벽하게 일치해 보였다. 그러나 조금씩 시간이 지나자 옛집과 구조가 아주 미미하게 다른 것이 느껴졌다. 거기다가 새집을 일부러 낡게 보이기 위해 이곳저곳에 일부러 상처를 낸 흔적이 보였다. 그럼에도 좋았다. 옛집의 향수를 느낄 수 있어서.

"그렇지? 내 기억력의 한계야. 하도 오래전 일이니까."

"그래도 좋았어. 애썼어. 고맙다고. 그 말 하려고."

"나한테 고마워해야 할 게 아니라 사장님한테 고마워해야지. 그렇게 해줄 수 있는 사람이 세상에 몇이나 있겠어?"

"……."

이태의 말에 이준은 할 말이 없었다. 이태의 말대로 그런 이벤트를 해줄 수 있는 사람은 윤공현밖에 없었다.

"사장님 좋은 사람 같더라. 아니, 좋은 사람이라기보단 좀 안타까워 보이더라."

"무슨 소리야? 왜 안타까워?"

생각지 못한 말에 이준이 이태를 뚫어져라 쳐다보았다. 윤공현은 세상만사 자신 편할 대로 사는 사람이었다. 안타깝다는 표현과 가장 어울리지 않는 사람이었다. 이준이 의아하다는 듯 쳐다보자, 이태는 뒷머리를 긁적거리며 마땅한 표현을 찾기 위해 고민했다.

“뭐라고 해야 할까……. 가끔 절박해 보인다고 해야 하나.”

“…….”

“다른 거엔 초연한데 누나와 관련된 일에는 사람이 절박해 보여. 이번에 그 집도 준비하는 데 사력을 다하더라. 보는 내가 짠하더라. 뭐, 그건 단순히 내 느낌이야. 아닐 수도 있으니까 깊게 생각할 필요 없어. 하여튼 사장님한테 잘해. 난 그런 이벤트 기획하는 남자는 태어나서 처음 보니까. 옷 갈아입고 내려와.”

이태는 손을 휘휘 내저은 후 방문을 닫고 나갔다. 홀로 방에 남겨진 이준은 눈을 깜빡거렸다. 그러고 보니 공현에게 고맙다고 말했는지 기억이 나질 않았다. 정신이 없어서 말 못 했다. 멍청하게.

“에이, 모르겠다.”

이준은 일단 나중에 공현에게 전화를 해야겠다고 생각하며 옷을 훌렁훌렁 벗었다.

편안한 트레이닝복으로 갈아입고 방에서 나오다가 현태와 맞닥뜨렸다. 1층에 물을 마시러 간다는 현태와 하숙 생활에 대해 이래저래 이야기를 나누며 내려왔다가 거실을 점령하고 앉아 있는 남자와 눈이 마주쳤다. 전화할 필요가 없어졌다.

“사장님?”

보고도 믿기지 않아서 떨떠름하게 부르자, 공현은 대답 대신 고개를 비스듬히 기울였다. 공현의 시선이 느릿하게 현태로 옮겨갔다.

공현과 마주친 현태는 움찔했다. 누군지 굳이 묻지 않아도 알 것 같았다. 현태는 1층에서 하숙하고 있는 사람들에게 이따금씩 찾아오는 남자에 대해 들은 적 있었다. 냉기가 흐르는 미남이 이준 때문에 가끔 이 집에 놀러 온다고 들었다. 아마도 이준과 교제하는 사이 같다고 전했었다. 그 냉미남은 하숙집 가족들을 제외한 사람들과 일절 말을 섞지 않는다고 했다. 그러면서 하숙집 이모가 차려준 밥을 굉장히 우아한 자세로 두 공기를 먹어치운다고 했다. 거기다가 까다롭기 그지없는 하숙집 조카인 이태도 휘어잡고 산다고 했다. 그 남자가 눈앞의 남자라고 현태는 확신했다. 저렇게 생긴 미남이 둘일 리가 없다. 그나저나 저 냉미남은 왜 자신을 찔러 죽일 것 같은 눈빛으로 쳐다보는 것일까.

현태는 마른침을 꼴깍 삼켰다. 저 남자의 시선에서 벗어나고 싶은데, 딱히 벗어날 방법이 없었다. 갑자기 자기소개를 할 수도 없는 노릇이고, 악수를 청할 상황도 아니었다.

"2층에서 함께 하숙하고 있는 현태라고 해요."

이준이 대신 공현에게 현태를 소개했다.

"2층?"

공현이 짧게 물었다. 그 물음엔 2층의 어느 방에 묵고 있냐는 물음도 섞여 있었다.

"제 옆방이요."

이준은 순순히 대답했다. 그러자 힘겹게 펴져 있던 공현의 미간이 보란 듯이 파삭 구겨졌다. 마음에 안 든다는 기색을 풀풀 풍기며 공현은 이준과 현태를 번갈아 보았다. 어째서인지 방금 전보다 눈빛의 온도가 5도쯤은 더 낮아진 듯했다.

"저, 저는 물을 마시러 가볼게요."

더는 공현의 눈빛을 받아내기 힘들었던 현태가 도망치듯 부엌으로 달아났다. 이준은 낮게 한숨을 내쉬었다. 현태에게 미안해졌다.

"2층에 저 남학생 한 명뿐인가요?"

공현이 이모에게 물었다.

"응, 다른 학생들은 1층에 있어. 조만간 2층에 다른 학생도 들어오기로 했어, 여학생으로."

이모는 자신도 모르게 다급하게 '여학생'이라는 말을 붙였다. 왜 그랬는지 모르겠지만 꼭 그래야 할 것만 같았다. 공현은 눈을 내리깐 채 테이블을 물끄러미 응시하고 있었다.

"무슨 생각 해요, 형?"

침묵을 지키고 있는 공현을 보다 못한 이태가 물었다.

"휴가를 받을 수 있는 방법에 대해 고심 중이야. 그게 아니면 여기서 출퇴근할 수 있는 방법이 뭐가 있을까 고민 중이기도 하고. 제일 확실한 방법은 게임 회사 사무실을 이 부근으로 옮기는 거지. 진지하게 토의 중이야."

"하하. 형님, 농담도 참."

웃으며 손을 내젓던 이태는 무표정하게 앉아 있는 공현을 보고서야 진심이라는 것을 알았다. 한다면 하는 남자다. 조만간 게임 사무실을 이 부근으로 옮겼다는 말을 전할지도 모를 일이었다. 그것도 이사를 마친 후에 '근처로 옮겼어.' 라고 통보를 할 거다.

그사이 이준은 거실 바닥에 앉아 이모를 쳐다보았다.

"무슨 할 말 있다고 하지 않았어요?"

"잠시 내가 먼저 말할게."

대답을 한 것은 공현이었다. 이준은 공현을 쳐다보았다. 오늘 오후의 어색함이 아직도 남아서 뱅뱅 맴돌았다. 공현의 표정도 평소보다 조금 딱딱해 보였다.

"이걸 안 줬더라고."

공현이 턱짓으로 곱게 포장되어 있는 무언가를 가리켰다.

"그게 뭔데요?"

"액자."

그 액자가 무엇인지 이준은 굳이 묻지 않아도 알 수 있었다. 이준의 시선이 액자를 향했다. 안 그래도 액자를 다시 한 번 보고 싶었다. 청혼 때문에 무척 놀라서 챙겨온다는 것을 깜빡했을 뿐. 공현은 튼튼하게 포장되어 있는 액자를 이준의 앞으로 내밀었다.

"챙겨놔."

"감사합니다."

이준은 꾸벅 인사한 후 액자를 받아 들었다. 그러는 사이 손끝이 잠깐 스쳤다. 이준은 자신도 모르게 화들짝 놀라 손을 거

뒤들였다. 찰나 어색하고 냉랭한 분위기가 두 사람 사이에 흘렀다. 공현이 이준을 물끄러미 바라보다가 자리에서 일어났다.

"그럼 가보겠습니다."

"벌써?"

이모가 아쉽다는 듯 불렀다. 공현의 입가에 옅은 미소가 맺혔다. 자신이 간다는 말에 서운한 표정을 지어주는 사람이 있다는 사실이 감동이었다.

"네. 다음에 또 찾아뵙겠습니다."

"그래. 바쁜 사람 잡을 수도 없으니, 원. 조심히 가봐. 다음에는 연락하고 와. 그래야 내가 밥도 한 솥 해놓지. 오늘처럼 밥 똑 떨어진 날 오니까 아무것도 못 먹고 가잖아."

"알겠습니다. 꼭 그렇게 하겠습니다."

공현은 정중하게 인사한 후 신발을 신고 나섰다. 이준은 이태와 이모에게 등 떠밀려 공현을 배웅하기 위해 나섰다. 공현은 자동차 앞에 서서 이준을 물끄러미 바라보았다. 이준은 그 시선을 잠시 마주하다가 자신도 모르게 눈길을 돌렸다. 청혼을 받은 후부터 몇 발자국 더 멀어진 기분이었다.

"난 무를 생각 없어."

공현이 불쑥 말했다. 무엇을 무를 생각이 없다는 건지 이준은 단박에 알아들었다. 청혼을 말하고 있었다. 이준은 공현을 물끄러미 바라보았다. 그의 눈빛이 한층 더 진지해졌다.

"진심이니까."

"……."

"그렇지만 힘들면 보류는 할 수 있어."

"……."

"기다릴게. 천천히 생각해."

한참이나 이준을 보던 공현은 대답도 듣지 않고 자동차에 올라탔다. 공현이 타고 있는 차가 순식간에 멀어졌다. 이준은 공현의 차가 사라진 후에도 한참이나 그곳을 바라보았다. 밤바람이 제법 차가웠음에도 움직일 수가 없었다. 가슴이 미치도록 답답해서.

"누나."

주먹으로 가슴을 쿵쿵 내려치고 있는데 등 뒤에서 이태가 불쑥 이준을 불렀다. 인기척을 느끼고 있던 이준은 대수롭지 않게 '왜?' 라고 물었다. 대문 쪽에서 슬그머니 나온 이태는 이준의 옆에 나란히 섰다.

"형님이랑 싸웠어?"

이태가 공현의 차가 사라진 방향을 쳐다보며 무심히 물었다.

"아니."

이준은 여전히 공현이 사라진 방향을 쳐다보며 대답했다.

"그런데 웬일로 두 사람 사이가 서먹서먹해?"

"그래 보여?"

"어. 아주 엄청나게 어색해 보여. 원래 두 사람 같이 있으면 좋아죽는 게 티가 났는데 오늘은 서먹서먹하더라. 특히 누나가 피하는 것 같던데. 그럴 리 없겠지만, 형님이 실수라도 한 거야?"

이태의 대답에 이준은 막막한 표정을 지었다. 다른 사람의 눈에 보일 만큼 사이가 서먹서먹해졌다. 이준의 입술이 달싹거렸다. 한참이나 움찔거리던 끝에 이준이 툭 하고 말을 뱉었다.

"청혼받았어, 오늘. 액자, 집, 반지로."

그러고 보니 어마어마한 청혼이었다. 집과 반지를 동시에 받는 청혼이라니. 이준은 바지주머니에 손을 푹 찔러 넣으며 작게 중얼거렸다.

"그렇구나."

생각 외로 이태의 반응은 덤덤했다. 이준이 쳐다보자, 이태는 무표정하게 '그럴 줄 알았어.' 라고 대답했다. 이준이 어떻게 알았냐는 듯 쳐다보자, 이태가 무심한 얼굴로 대답했다.

"내가 누나보다 연애 쪽은 더 감이 빠르잖아."

이준은 그 말에 반박할 수 없었다.

"그래서 누나는 어쩔 건데?"

이태의 물음에 이준은 잠시 아무 말도 할 수 없었다. 청혼을 받았고, 대답을 할 일만 남았다. 결혼. 이준은 그 단어를 입안에서 다시 한 번 굴려보았다. 이전처럼 어색하거나 멀게 느껴지지 않았다. 공현과의 결혼이라면…… 꽤 재미있을 것 같다. 함께 게임을 하고, 함께 밥을 먹고, 이전처럼 살 수 있을 거다. 아마 굉장히 특이한 행복을 맛볼 수 있을 것 같았다. 이런저런 생각을 하며 흐뭇하게 웃던 이준이 잠시 멈칫했다. 또 단꿈에 젖어 들었다.

"그럴 때가 아니잖아."

갑작스럽게 이준이 딱딱한 목소리를 냈다.

“왜?”

“왜긴. 아직 너 졸업도 안 했고, 이모 하숙집도 안정되는 거 봐야 하고, 나도 조금 더 내 인생에 대해서 고민을 해봐야 하고…….”

“누나.”

이태의 목소리가 한층 낮아졌다. 이준은 대답 대신 고개를 돌려 이태를 쳐다보았다. 가로등 불빛에 이태의 무표정한 얼굴이 고스란히 드러났다. 처음 보는 동생의 표정에 이준은 의아한 표정을 지었다.

“누나 인생 살아.”

“갑자기 뜬금없이 무슨 소리야?”

“내 걱정, 이모 걱정 하지 말고 누나 인생 살라고. 누나 충분히 다른 사람을 위해서 살았어. 이제 누나를 위해서 살아. 나도 다 컸고, 이모도 빚 다 갚으셔서 괜찮으시잖아.”

“…….”

“그리고 방금 누나, 공현 형님이랑 결혼한 상상한 거 맞지? 굉장히 흐뭇하게 웃더라. 나는 누나가 징그럽게 내 옆에 딱 붙어사는 것보다 멀리서 웃으면서 사는 게 나아. 그러니까 내가 할 말은, 판단 잘하라고. 우리는 엄마를 잃어봤잖아. 이런저런 핑계로 누나가 멍청하게 형님까지 잃지 않았으면 좋겠다.”

“…….”

“형님, 상처받은 것 같더라.”

이태가 툭 하고 말을 뱉은 후 돌아섰다. 대문을 밀고 들어가는 이태의 뒷모습을 보던 이준은 눈을 내리깔았다.

"형님, 상처받은 것 같더라, 이제 누나를 위해서 살아."

그 말이 뱅뱅 돌아서 한참이나 움직일 수 없었다.

손에서 일거리가 빠져나갔다. 실제로 손에서 볼펜과 머그컵을 놓치기도 했다. 공현은 하던 모든 일을 중지한 채 눈을 감았다. 충동적인 청혼처럼 보였겠지만, 실은 오래전부터 생각해 두던 것이었다. 이준이 놀랄 거라고 생각했다. 그 정도는 감안한 청혼이었다. 그러나 그토록 하얗게 얼어붙을 거라고는 추호도 생각지 못했다. 이후 자신을 대하는 이준의 태도가 몹시도 불편해졌다.

이런 반응을 생각한 건 아니었는데. 미친 듯이 좋아하는 모습을 보이진 않더라도, 좋아할 거라고 생각했다. 그러나 이준은 자신이 꺼낸 결혼이라는 말에 못 들을 걸 들은 사람처럼 하얗게 질렸다.

자신과 결혼을 하고 싶지 않은 걸까.

그러나 말한 대로 청혼을 무를 생각도, 이제 와 놔줄 생각도 없었다. 자신은 몇 번이나 기회를 주었다. 이제는 떠날 수 없다.

어떻게 하면 설이준을 조금 더 단단히 옭아맬 수 있을까, 공현은 그 생각뿐이었다. 이래저래 머리를 굴리던 공현은 잔을 들다 말고 멈칫했다.

그나저나 하숙생이라…….

정수기에서 컵에 물을 받고 있던 공현의 눈이 가늘어졌다. 키가 훤칠하게 큰 남학생은 자신을 보자마자 어쩔 줄 몰라 하는 표정을 지었다. 사람이란 지은 죄 없이 겁먹지 않는다. 설마 설이준을 마음에 두고 있는 건가. 그건 자신의 기준에서 사형감이었다. 어떻게 설이준을 하숙집에서 빼올까. 공현이 물로 입안을 적시며 이리저리 생각할 때였다.

딩동. 벨이 울렸다. 공현이 느릿하게 현관문으로 걸어갔다. 윤소환이라면 없는 척할 생각으로 인터폰을 확인한 공현은 의아한 표정을 지었다.

[사장님, 문 열어요! 집에 있는 거 다 알아요!]

이준이 숨을 헐떡거리며 문을 두드려 댔다. 방금 전까지 손끝만 닿아도 질색하던 설이준이 갑자기 여길 왜 찾아온 걸까. 어떤 의미로든 이준의 방문은 뜻깊었기에 공현은 평소보다 빠르게 문을 열었다.

"왜 찾아와?"

"뭐라고요?"

이준이 눈을 부릅뜨며 물었다. 그새 이 남자의 마음이 변했나, 하는 표정이었다. 공현은 이준이 들어오기 편하게 문을 활짝 더 열며 말했다.

"전화하면 내가 데리러 갔을 거 아냐."

"아아, 그런 건 생각을 못 했어요. 원래 하나만 알고 둘은 모르는 성격이니까요."

이준은 헐떡거리는 와중에도 꼬박꼬박 대답했다. 이준은 마지막으로 숨을 깊게 내뱉은 후 허리를 곧게 세웠다. 그러고는 자신을 바라보고 있는 공현을 똑바로 마주 보았다. 그는 여전히 속을 알 수 없을 만큼 무표정했다.

"청혼에 대한 대답을 하러 왔어요."

이준의 대답에 공현의 표정이 미묘해졌다. 긴장, 걱정, 어떤 묘한 설렘이 뒤범벅된 표정이었다.

"이태가 나를 위한 선택을 하래요. 다른 사람도 아니고 나를 위한 선택. 한참 생각하다 보니까 번개 맞은 것처럼 딱 하나만 생각나잖아요. 그래서 여기까지 달려왔어요."

이준은 주머니에서 휴대폰을 꺼내 그에게 내밀었다.

"내 대답은 이거예요."

공현은 이준이 내민 휴대폰 액정을 쳐다보았다. 공현이 주고 간 이준의 어린 시절 가족사진이었다. 공현은 도저히 모르겠다는 듯 쳐다보자, 이준이 손끝으로 액자의 아랫부분을 가리켰다. 그곳에 공현의 사진이 꽂혀 있었다. 인터뷰 때 찍었던 사진이었다. 이준의 가족사진 안에 담긴 자신의 사진을 물끄러미 바라보던 공현의 표정이 미묘해졌다. 이게 무슨 의미인지 이해할 것 같으면서도, 이해하지 못하겠다는 표정을 짓고 있었다. 이준이 그런 공현의 얼굴을 쳐다보며 말했다.

“처음엔 청혼받고서 몰랐어요, 내가 뭘 원하는지. 아주 먼 세계의 이야기처럼 어색하고 낯설기만 했는데, 진지하게 내가 뭘 원하는지 생각해 보니까 사장님만 머릿속에서 뱅뱅 돌잖아요. 사장님을 상처 입히고 싶지 않고, 사장님을 웃게 만들고 싶고, 사장님이랑 행복하게 있고 싶고…… 그러니까요. 제 말은요.”

“…….”

“사장님이랑 가족 하고 싶어요.”

어느새 침착해진 목소리로 이준이 말했다. 공현이 놀란 얼굴로 천천히 고개를 들어 이준을 보았다.

“가족 해요, 우리.”

다시 한 번 이준이 쐐기를 박았다. 그 말이 바람을 타고 날아와 가슴 중간에 내리꽂혔다. 결혼하자는 자신의 말에 가족을 하자고 대답하는 여자. 공현의 눈이 나른하게 늘어졌다. 가만히 듣고만 있던 공현은 빠르게 손을 뻗어 이준의 양쪽 뺨을 감쌌다. 이러지 않고는 도저히 못 견디겠다는 듯.

두 입술이 순식간에 포개졌다. 아직 못다 한 말들이 목구멍으로 꾸역꾸역 넘어갔다. 그러나 이준은 기꺼이 하고자 하는 말을 포기한 채 공현의 목을 끌어안았다. 지금은 말을 하는 것보다 공현이 쏟아붓는 이 애정이 더 좋았기에.

아침부터 부산스러웠다. 새로운 하숙생이 들어온다더니 이사

를 하는 모양이었다. 머리에 까치집을 지은 채 몸을 일으킨 이준은 시계를 확인했다.

아침 8시. 모처럼의 휴일에 이게 무슨 민폐인지. 이준은 비척거리며 자리에서 일어나 2층 욕실로 향했다. 세 번 넘게 잠금을 확인한 후, 간단히 샤워를 마치고 1층으로 내려가자 아니나 다를까 몇 가지 짐박스로 거실이 초토화되어 있었다.

"응?"

박스를 무심코 지나치던 이준의 눈이 가늘어졌다. 꽤 익숙한 물건이 놓여 있었다. 이준은 다시금 뒷걸음질쳐서 박스 앞에 섰다. 눈에 익은 게임 CD와 용품들이 가득이었다. 이준은 목을 길게 내뺐다.

뭔가 불길하다. 아주 불길한 무언가가 느껴진다.

"누나, 뭐 해?"

때마침 방에서 나오던 이태가 불쑥 물었다.

"너, 오늘 이사 온다는 하숙생 누군지 알아?"

"당연히 알지. 누나는 몰라?"

이태가 휴대폰을 만지작거리며 심드렁하게 물었다.

"누군데? 설마……."

"설마는 무슨. 당연히 윤공현 형님이지."

"……."

이태가 당연한 거 아니냐는 듯 심드렁하게 반응했다. 이준은 동시에 얼굴을 구겼다. 이런 중요한 사실을 윤공현은 또 말해주지 않고서 독단적으로 결정했다.

"하아."

깊은 한숨을 내쉬는데 때마침 현관문으로 공현이 걸어 들어왔다. 그는 긴 다리로 손쉽게 상자를 건너며 이준에게로 걸어왔다.

"사장님."

이준이 단호한 목소리로 공현을 불렀다. 공현은 말하라는 듯 이준을 쳐다보았다.

"이사 간다더니 여기로 오는 거였어요?"

"당분간은."

"당분간이라니요?"

"신혼집 정리될 때까진 여기서 머물 거야."

신혼집. 공현의 말에 이준은 잠시 심장이 멎는 듯했다. 낯선 단어다. 그렇지만 이준은 내색하지 않고 물었다. 일단 급한 건 그게 아니었다.

"왜요?"

"설이준이 우리 집에 오지 않으니, 내가 와야지."

공현은 당연한 거 아니냐는 듯 무심한 표정으로 대꾸했다. 이준은 황망한 얼굴로 공현을 쳐다보았다.

결혼하기로 약속한 날, 공현은 자신의 집에서 함께 살 것을 권유했다. 그러나 이준은 결혼 전까지 가족과 함께 시간을 보내고 싶다는 뜻을 피력했다. 공현은 잠시 고민하더니 '그래야겠군.' 이라며 순순히 물러났다.

그때 의심했어야 했는데. 윤공현이 다시 이 집에 들어올 거라고 왜 생각지 못했을까.

“사장님, 회사는 어쩌고요? 출퇴근하는 데 세 시간 걸린다면서요.”

“급한 일이 끝나서 주 3일 출근하면 돼. 원래 재택근무 하기도 했고.”

“하아.”

“내가 오는 게 싫은가 보지?”

공현은 이준의 반응이 못마땅한지 한쪽 눈썹을 삐딱하게 휘었다. 이준의 성격상 두 손 들고 만세를 외칠 거라고 생각지는 않았지만, 대놓고 한숨을 쉴 거라는 생각도 하지 못했다.

“그건 아니지만…… 결혼 전에 같이 사는 건 좀.”

“이전에도 같이 살았을 텐데. 그리고 이모님과 처남한테도 허락받았는데 뭐가 문제지?”

공현이 이해할 수 없다는 표정으로 물었다.

공현은 이준이 결혼하기로 마음먹자마자 다음날 양손 가득 무언가를 바리바리 싸들고 집으로 찾아왔다. 마치 이준의 마음이 바뀌기 전에 결단을 내려야겠다는 듯했다.

공현이 챙겨온 물품은 한두 가지가 아니었다. 민어, 갈비, 이불, 온갖 살림살이를 들고 찾아와 이모에게 내밀며 ‘결혼을 허락해 주십시오.’ 라고 대뜸 말했다. 엄청난 양의 선물에 잠시 넋을 놓고 있던 이모는 얼떨떨한 얼굴로 공현을 쳐다보다가 말했다.

"두 사람 어차피 결혼할 거 아니었어?"

오히려 의아하게 되묻는 이모에게 공현은 '빠른 시일 내에 했으면 합니다.' 라고 급한 성질을 드러냈다. 이모는 잠시 고민 끝에 공현과 이준을 번갈아 보았다. 닮은 듯 닮지 않은, 그러나 마치 퍼즐처럼 꼭 맞아떨어지는 두 사람을 보던 이모는 고개를 끄덕였다.

"그래, 그러세. 우리 이준이 어렸을 때부터 온갖 고생 다 하면서 자랐어. 그러니까 앞으로 지금처럼 잘 좀 챙겨주게."

이모의 허락을 받은 후, 공현의 하숙집 방문은 더욱 노골적이고 잦아졌다. 어쩌면 공현이 하숙집에 눌러앉을 수도 있겠다는 생각을 하긴 했지만 이토록 빠르게 올 거라곤 예상치 못했다.

"싫으면 말해, 짐 뺄 테니까."

공현은 세 칸으로 쌓인 박스 위에 팔을 걸친 채 무표정하게 말했다. 말과 달리 목소리에선 냉기가 풀풀 날렸다.

"말과 표정이 다른데요. 정말로 짐 뺄 거예요?"

"설이준이 나가라고 하면 나가야지. 대신 대문 앞에서 텐트 칠 거야."

한다면 한다. 윤공현이라면 그러고도 남을 사람이었다.

"싫은 건 아닌데요."

이준이 평소보다 작은 목소리로 말했다.

"그럼?"

"부끄럽잖아요."

"뭐가?"

공현의 물음에 잠시 우물쭈물하던 이준은 결국 못 견디고 속을 털어놓았다.

"결혼 전까진 흐트러진 모습 보여주는 게 아니라고 했단 말이에요."

"이미 다 봤잖아."

"그래도요."

"여태껏 꾸미고 다닌 거였어?"

설마, 라는 표정을 짓고 있는 공현을 보며 이준은 울컥했다.

이 남자가.

"적어도 머리에 까치집은 없었잖아요."

"미안한데, 까치집 자주 봤어. 넌 늘 앞머리만 손질하고 뒷머리는 내버려 두잖아."

"……."

"그 까치집을 한두 번 본 게 아니라서."

공현은 손을 뻗어 살짝 삐친 이준의 젖은 머리카락을 쓸어내려 주었다. 표정과 달리 세심한 손길에 이준은 자신도 모르게 흐물흐물해지는 것을 느꼈다. 생긴 거랑 다르게 윤공현의 스킨십은 사람을 녹게 만드는 힘이 있었다.

"걱정하지 마. 한두 번 못 볼 꼴 본 것도 아니고. 그거 다 보고도 좋다는 거잖아. 안 그래?"

공현의 무심한 반응에 이준은 깊은 한숨을 내쉬었다. 생각해 보니 공현의 말이 맞았다. 이제 와서 이미지 관리를 할 수 있을 리가 없다. 이미 자신은 늦었다.

"방은 어디서 묵게요?"

이준은 주변을 둘러보며 물었다. 방은 딱 한 군데 남았다. 부엌의 옆방으로 조금 널찍하긴 했으나 공현이 쓰기엔 턱없이 좁은 방이었다.

"2층."

공현이 말했다.

"2층은 다 찼어요. 이제 1층에서 저 한 군데밖에 안 남았어요."

이준은 빈방을 가리켰다.

"아니, 2층."

다시 한 번 공현이 못을 박으며 2층으로 올라가는 계단을 바라보았다. 마치 그 시선에 응답이라도 하듯이 현태가 한 짐을 끌어안은 채 비틀거리며 내려왔다. 현태가 공현을 보고 흠칫하더니 이내 허리를 숙여 인사를 건넸다.

"안녕하세요."

공현은 대답 대신 가볍게 손짓으로 인사를 대신했다.

"최대한 빨리 비울게요. 오늘 새벽에 치웠어야 했는데, 죄송합니다."

현태는 그렇게 말한 후, 1층의 부엌 옆방으로 걸어갔다. 이준은 이게 어떻게 된 일이냐는 듯 공현을 물끄러미 쳐다보았다.

"현태, 협박했어요?"

"아니, 회유."

"때린 건 아니고요?"

"사람을 뭐로 보고."

뭐로 보긴, 눈빛으로 사람 때리는 남자로 보고 있지.

이준은 차마 그 말을 뱉지 못한 채 공현을 쳐다보았다.

"몇 달 치 하숙비를 대신 내주기로 했어."

"왜요? 굳이 그렇게까지 할 필요 없잖아요."

이해가 안 간다는 듯 이준이 말하자, 공현이 팔짱을 낀 채 삐딱하게 고개를 기울인 자세로 말했다.

"그럼 설이준이 외간 남자랑 벽 하나 사이에 두고 잠드는 걸 아래층에서 참고 있으라고?"

공현이 심각한 표정으로 물었다. 마치 불륜 현장을 목격한 것처럼 불쾌한 얼굴이었다.

"그게 왜 그렇게 돼요?"

이준이 볼멘소리를 냈다.

"사실이니까."

"……."

"절대로 안 돼. 알지?"

이만큼 봐준 것도 많이 봐준 거다. 현태가 이준의 옆방이라는 사실을 알자마자 공현은 이준이 없는 시간에 하숙집에 들이닥쳤다. 때마침 등교하려는 현태를 거실 테이블에 앉혔다. 몇 개월 하숙비를 줄 테니 방을 바꾸자고. 잠시 머뭇거리던 현태는 공현의 무표정에 못 이겨 고개를 끄덕였다. 실제로 손해 볼 장사도 아니었기에 깊게 고민할 필요도 없었다.

"오늘 약속 알지?"

"네, 알아요."

소환과 약속이 있는 날이었다. 결혼 사실을 알리고, 도움을 받을 생각이었다.

"천천히 준비해."

공현은 박스를 든 채 2층으로 올라갔다. 이준은 공현이 사라진 후에 박스를 보다 뒤늦게 픽 웃었다. 현태를 보는 눈이 곱지 않더라니, 기어코 견제한 모양이다. 그렇다고 무작정 여기까지 찾아오다니.

질투쟁이.

늘 누군가를 챙겨주는 데 익숙했는데, 누군가가 자신을 간절히 원하고 챙겨준다는 사실이 어색하면서 기분 좋았다. 아무래도 잘 만났다고 인정해야겠다.

이준은 드문드문 터져 나오는 웃음을 꾹 참으며 박스를 품에 안아 든 채 2층으로 향했다.

13. 우리만의 결혼식

"뭐? 결혼?"

소환의 반응은 예상한 그대로였다. 카페의 테이블을 탕 내려치면서 눈을 부릅뜬 소환은 곧바로 이준을 쳐다보았다.

"이준 씨."

"네."

이준은 침착하게 대답했다.

"왜 인생을 그렇게 낭비해요? 악!"

심각하게 묻던 소환은 테이블 아래에서 날아오는 발길질에 비명을 내지르며 테이블 위로 고개를 박았다.

"쓸데없는 소리 하지 마."

공현이 낮은 목소리로 경고했다.

"아무리 귀여운 내 동생이라지만, 함께 살기엔 힘들지 않겠어요? 이 녀석 성격이…… 악! 그만 차!"

"그만 맞고 싶으면 입 다물어."

이준은 두 사람의 티격태격하는 모습을 익숙한 표정으로 쳐다보았다. 언젠가부터 소환과 공현은 스스럼없이 서로에게 스킨십을 했다. 대부분 주먹과 발길질로 점철된 스킨십이긴 하지만, 확실히 이전보다 더욱 돈독해진 분위기였다. 이준은 두 사람이 티격태격하는 광경을 흐뭇한 얼굴로 지켜보다가 옆얼굴에 그림자가 지는 걸 느껴 고개를 들었다. 긴 생머리에 하늘하늘한 원피스를 입은 여자가 서 있었다.

"어머, 오빠. 오랜만이에요."

한눈에 봐도 시원한 마스크를 지닌 여자가 소환과 공현을 번갈아 보며 불렀다.

"어, 미진아."

소환이 손을 들어 아는 척했다. 그에 반해 공현은 미진을 흘깃 볼 뿐 마치 돌을 본 것처럼 앞을 물끄러미 쳐다보았다. 소환과 미진 사이에 오랜만이다, 잘 지냈느냐, 하는 안부의 말이 오갔다. 미진과 소환은 오래전부터 집안끼리 아는 사이였다. 파티 이야기가 나오고, 집안 이야기가 몇 분 오갔다. 잠시 두 사람의 이야기를 듣고 있던 이준은 금세 지루해졌다. 뭘 할까 고민하다가 흘깃 공현을 쳐다보았다. 공현의 앞엔 손대지 않은 조각케이크가 놓여 있었다.

"먹어도 돼요?"

이준이 공현에게 작은 목소리로 물었다. 그러자 공현은 픽 웃으며 이준의 앞으로 케이크를 밀어주었다. 씩 웃으며 포크로 케이크를 야금야금 먹던 이준은 갑작스레 입술을 덮는 휴지에 눈을 들었다. 공현이 이준의 입가를 꼼꼼하게 닦아주었다.

"묻었어요?"

"조금."

"더러워 보이죠?"

"아니, 맛있어 보여."

그렇게 말하며 공현은 작게 픽 웃었다.

"그럼 좀 먹어봐요."

이준은 케이크를 한 숟가락 퍼서 공현에게 내밀었다. 그때까지만 해도 미진과 소환은 공현이 얼굴을 와락 찌푸리며 피할 거라고 생각했다. 타인과 손끝만 스쳐도 기겁하는 성격이니까. 그러나 공현은 아주 자연스럽게 입을 벌려 케이크를 받아먹었다. 공현의 입술이 부드럽게 움직였다.

"여기 케이크 맛있죠?"

이준이 두 눈을 반짝반짝 빛내며 물었다.

"어."

거기다가 이준이 묻는 족족 다정하게 대답하기까지 했다. 순식간에 미진과 소환의 대화가 뚝 끊겼다. 미진과 소환은 보고도 믿을 수가 없었다. 공현의 냉하고 건조한 성격은 이미 재벌계 자식들 사이에서 유명한 사실이었다. 그런 윤공현이 저토록 따뜻한 표정을 지을 줄이야. 뒤늦게 미진의 시선이 이준을 향했다.

헐렁한 티셔츠, 통이 좁은 바지, 짧은 커트 머리만 보면 미소년 같은데 자세히 보니 하얀 피부에 오밀조밀한 이목구비가 영락없는 여자였다. 대체 누구기에 윤공현과 이토록 다정한 분위기를 풀풀 풍긴단 말인가. 미진은 조금 자존심이 상했다. 자신은 몇 해 전부터 공현에게 눈독을 들였으나 번번이 거절당했었다.

"누구세요?"

미진이 웃는 얼굴로 이준에게 물었다. 그러나 대답을 한 것은 공현이었다.

"이제 그만 가줬으면 합니다. 할 이야기가 많아서요."

공현이 냉랭한 얼굴로 미진을 바라보았다. 미진은 자존심이 상했으나 내색하지 않은 채 방긋 웃었다.

"그래요. 실례했습니다. 오빠, 나중에 연락해요."

미진이 소환에게 손을 흔들어 보인 후 일행이 있는 곳으로 걸어갔다. 미진이 걸어가는 뒷모습을 이준은 턱을 괸 채 바라보았다. 하늘하늘거리는 원피스 아래로 곧게 뻗은 다리가 하얗게 빛났다. 저렇게 입는 여자를 공현도 좋아할까? 이준은 문득 그런 생각이 들었다. 그러나 입을 엄두가 나질 않았다.

"뭘 그렇게 쳐다봐?"

공현이 얼굴로 시야를 가리며 불쑥 물었다.

"아아, 그냥요. 자, 이제 결혼에 대해서 이야기를 나눠볼까요?"

이준은 팔을 걷어붙이며 씩씩하게 말했다.

"아, 결혼."

그제야 다시 생각났다는 듯 소환이 탄식했다. 결혼이라니, 라는 말을 고장난 카세트처럼 반복하던 소환은 다시 한 번 공현에게 정강이를 맞고서야 입을 다물었다. 이후 어떻게 결혼식을 진행할 것인지에 대해 이야기를 나누다가 수호의 이야기까지 흘러나왔다.

"음, 이 사실을 알면 우리 형이 가만히 있지 않을 텐데."

무슨 이유에서인지 근래 설이준과 윤공현을 향한 수호의 분노가 상상초월이었다. 소환의 중얼거림에 공현이 쳐다보았다.

"무슨 말이야?"

"나야말로 무슨 일인지 묻고 싶다. 근래 무슨 일 있었어? 그러니까 내 말은 우리 형 만나서 성질 긁은 적 있냐고."

"성질 긁은 적은 없지만, 만난 적은 있어요."

대답을 한 건 이준이었다. 소환이 이준을 응시했다.

"언제요?"

"좀 됐어요. 그런데 왜요?"

"그때 우리 형이 기분 안 좋아졌나 봐요. 두 사람한테 이런 말 전하긴 좀 그렇지만, 우리 형이 두 사람 결혼을 방해할지도 몰라요. 생각 외로 유치하고, 뒤끝 있는 성격이거든요. 하아."

자신의 형제에 대해 이렇게 말하고 싶지 않지만, 사실이었다. 소환이 아는 윤수호는 수틀리는 사람에겐 끝까지 쫓아다니며 귀찮게 구는 성격이었다.

"음, 그럼 이야기를 안 하면 되지 않을까요?"

"혹시나 알게 됐을 때를 걱정하는 거죠."

소환의 말에 이준은 느릿하게 고개를 끄덕였다. 이후 윤수호가 펼칠 방해 공작에 대해 진지한 의논을 하기 시작했다.

❖ ❖ ❖

이준이 미진을 다시 만난 것은 카페 화장실에서였다. 때마침 화장실을 갔다가 세면대로 나오던 중, 화장을 고치던 미진과 눈이 마주친 것이었다. 미진은 눈을 사르르 접으며 웃어 보였다.

"안녕하세요."

"네, 안녕하세요."

이준은 씩씩하게 대답하며 세면대에서 손을 씻었다.

"소환 오빠랑 공현 오빠랑 친하신가 봐요."

"네, 친해요."

이준의 덤덤한 대답에 미진의 입매가 잠깐 굳었다.

"그러시구나. 저도 어렸을 적엔 친했는데 유학 다녀오면서 잠시 데면데면해졌어요. 실례가 안 된다면 뭐 하는 분이신지 물어도 될까요?"

"보디가드입니다."

"아, 그러시구나."

미진의 얼굴이 활짝 피었다. 그럼 그렇지, 라는 얼굴이었다. 미진이 찬찬히 웃으며 이준의 아래위를 살폈다. 여자치고 큰 키에 민낯치곤 예쁘장한 얼굴이었으나, 자신과 비교할 바가 되질 않았다. 미진은 자신이 괜히 긴장했다고 생각하며 어깨를 축 늘어뜨렸다. 이준은 그런 미진을 빤히 쳐다보다가 한마디 더 보탰다.

"아! 그리고 윤공현이랑 결혼할 여자이기도 하고요."

순간 미진의 입술이 뻣뻣하게 굳었다.

"결…… 혼이요?"

"네."

"보디가드라고 하지 않으셨어요?"

미진은 믿기지 않는다는 듯 물었다.

"네. 보디가드가 법적으로 결혼하면 안 된다는 법은 없으니까요."

"하!"

미진은 자신도 모르게 기가 차다는 듯 웃었다. 그러더니 '진짜 살다 살다 별.' 이라고 중얼거렸다. 이준은 티슈를 뽑아 손을 닦으며 그런 미진을 흘깃 쳐다보았다. 처음 마주쳤을 때부터 미진은 자신을 무시하던 기색이 역력했다.

"윤공현 씨한테 관심 있으세요?"

"네."

미진은 부인하지 않았다. 오히려 뻔뻔할 정도로 당당하게 대답했다.

"그러시구나. 그럴 줄 알았어요."

이준은 심드렁하게 대답했다. 그럴 거라고 생각했다. 처음 마주쳤을 때부터 미진은 공현을 바라보았다. 소환과 대화를 나누는 내내 미진의 시선은 공현을 흘깃댔다.

"포기하세요."

이준이 깔끔하게 말했다.

"뭐라고요?"

"포기하시라고요. 윤공현은 저밖에 몰라요. 이건 세상 누구보다 우리 두 사람이 제일 잘 알아요. 그러니까 괜히 시간 낭비, 감정 낭비 하지 말고 오늘부터 깔끔하게 포기하세요."

"자신만만하시네요. 그런 꼴을 하고서요."

미진은 한쪽 입술을 비틀어 웃으며 이준을 아래위로 살폈다. 지금 보니 옷차림이 더욱 형편없었다. 여성성이라곤 조금도 느껴지지 않는 평이한 캐쥬얼 차림이었다. 더군다나 어느 브랜드인지 알 수도 없었다.

"당연하죠."

이준은 씩씩하게 대답했다. 미진이 이준을 노려보았다.

"그렇게 예쁘게 차려입고도 못 꼬신 남자를, 이런 차림으로 꼬셨는데 자신만만해야죠. 머리 까치집하고도 꼬셨거든요."

이준의 말에 미진의 얼굴이 딱딱하게 굳었다.

"아아, 아니구나. 제가 실수했네요. 제가 꼬신 게 아니라 윤공현 씨가 꼬셨어요. 그러니까 이번 생은 윤공현 씨 포기하세요. 제가 딱 찍었거든요. 그럼 수고하세요."

이준은 상큼하게 웃으며 미진에게 손을 흔들어 보인 후 화장실을 나왔다. 등 뒤로 기가 차다는 듯 미진이 뱉는 한숨 소리가 들렸다. 앞으로 나아가려던 이준이 멈칫했다. 여자 화장실과 마주 보고 있는 남자 화장실 앞에 공현이 서 있었다.

"사장님."

자신의 이야기를 들었을까? 주변이 고요하니 들었을 수도 있겠다는 생각을 하며 이준은 그를 불렀다. 공현은 대답 대신 픽 웃으며 손을 뻗었다. 공현의 손짓에 이준의 머리카락이 부스스 날렸다.

"왜 이래요? 머리 헝클어지게."

"헝클어져도 괜찮잖아. 까치집한 모습 보고도 반했는데."

공현의 말에 이준은 픽 웃었다. 역시 다 들었구나. 아무래도 상관없었다, 사실이니까.

"그건 그렇죠."

이준은 공현의 허리를 끌어안은 채 그의 품에 파고들었다.

그리고 그런 두 사람의 모습을 물끄러미 바라보던 소환이 한숨을 내쉬며 중얼거렸다.

"아주 좋아죽는구나, 부럽게. 에효."

세 사람의 대화는 꽤 오래 이어졌다. 두 사람의 결혼에 대한 축하, 결혼의 진행은 어떻게 할 건지, 상견례에는 누가 참석하는지 꽤 자세한 대화가 오갔다. 상견례 자리에 수호가 나올 리 없고, 설령 나온다고 하더라도 민폐를 끼칠 확률이 높아 그를 배제시켰다. 다른 친척들도 마찬가지였다. 공현에 대한 오해는 풀렸으나, 윤태성의 아들이라는 사실만큼은 변함이 없어서 여전히 친척들은 그를 꺼려했다. 친척들은 공현이 언젠가 윤태성처럼 미칠 거라고 생각하고 있었다. 결국 의논 끝에 예상대로 상견례 자리에는 공현의 측으로 소환만 참석하기로 했다.

"윤수호 씨가 이 결혼식을 알게 되면 어떻게 될 것 같아요?"

이준이 소환을 보며 물었다.

"음, 솔직하게 대답해도 돼?"

"네."

"난리 피울 거야. 결혼식장 취소될 수도 있고, 업체에 문의해서 취소시키려고 할 수도 있고. 뭐…… 가진 게 돈뿐인 사람이니까 여러모로 사람 피곤하게 만들겠지."

소환은 생각만 해도 피곤하다는 듯 좁혀진 미간을 문질렀다. 수호는 얼마 전 공현과 이준에게 무시를 당한 후, 이를 바득바득 가는 상황이었다.

"그렇군요. 그럴 거라고 예상했어요."

"그래도 크게 걱정할 거 없어. 그런 일 없도록 예의주시하고 있을 거니까."

소환이 자신만 믿으라는 듯 빙긋 웃어 보였다. 그런 그가 든든해서 이준도 따라 웃는데, 입술 위로 커다란 손이 덮어왔다. 눈만 움직여 옆을 쳐다보자, 공현이 고개를 비스듬히 기울인 채 쳐다보고 있었다. 그는 눈으로 말하고 있었다.

'딴 남자 앞에서 웃지 마.'

집요한 윤공현이었다. 이준이 알겠다는 듯 고개를 끄덕이자 손을 스르륵 풀었다. 몇 시간에 걸친 결혼 회의를 마친 후, 오랜만에 만난 김에 술이라도 한잔 마시자고 소환이 청했다. 그러나 다음 날 새벽같이 일이 있는 공현과 이준은 거절할 수밖에 없었다.

가게 앞에 선 소환은 오랜만에 본 동생과 이준을 보니 발길이 쉬이 떨어지지 않았다. 오랜만에 봐서인지 함께 있고 싶었다. 그런 생각과 동시에 나란히 서 있는 두 사람이 아주 잘 어울린다는 생각이 들었다. 무표정한 윤공현, 서글서글하게 웃고 있는 설이준. 정반대의 성향인데도 태초부터 한 색이었던 것 같다.

"공현이 화내면 연락해요, 이준 씨."

소환이 웃으며 말했다.

"혼내주시게요?"

"아뇨. 도망가 있으려고요. 내 몸은 소중하니까요. 난 재 화낼 때가 제일 무섭거든요."

소환이 혀를 끌끌 차며 던진 농담에 이준이 픽 웃었다. 저렇게 말하면서도 공현을 바라보는 소환의 눈길에는 애정이 가득했다.

언젠가 한 번 이준이 소환에게 물은 적이 있었다. 공현을 어떻게 좋아할 수 있었냐고. 공현은 집안에서 살인자의 피를 고스란히 물려받은 아들로 낙인찍혀 있었고, 그를 좋아하는 사람이 아무도 없었다. 그때 소환은 픽 웃으며 별거 아니라는 듯 답했다.

"나는 남이 말하는 건 믿지 않아요. 오로지 내가 본 것, 내가 겪은 것, 내가 느끼는 것만 믿어요. 그런데 윤공현은 딱히 나쁜 놈 같지는 않았단 말이죠. 그리고 윤공현이 고양이를 죽인 범인 같지도 않았고요. 정말로 그 고양이들을 윤공현이 죽였다면, 늦은 밤에 혼자서 구역질을 참아가며 묻어줄 이유가 없잖아요. 그런 주제에 사람들이 나쁘다고 말하는데 항변 안 하고 가만히 있는 게 신기하기도 했고. 그러다 보니 관심이 갔고, 애정이 되고, 지금은 죽고 못 사는 형제 같은 사이가 된 거죠."

그다지 설득력 있진 않았지만, 이준은 더 이상 꼬치꼬치 캐묻지 않았다. 세상엔 설명할 수 있는 일보다 설명할 수 없는 일이 훨씬 더 많기에.

소환과 헤어져서 집으로 돌아가는 길에 이준은 근처 편의점에 들러 아이스크림을 골랐다. 배배 꼬여 있는 붉은색 바. 곁에서 있던 공현도 손을 뻗어 같은 것으로 집었다.

"오늘은 특별히 내가 사줄게요."

이준은 공현의 것까지 함께 계산한 후, 공현에게 아이스크림 하나를 척 내밀었다. 공현은 픽 웃으며 아이스크림을 받아 들었다. 그러곤 남은 손으로 이준의 머리를 쓰다듬어 주었다. 부드러운 머리카락이 손가락 사이로 스르륵 흩어져 나갔다.

"사장님."

편의점을 나와 골목길을 올라가는 중, 이준이 불쑥 불렀다.

"왜?"

"나, 머리 기를까요?"

이준이 짧은 머리카락을 당기며 물었다.

"머리는 왜?"

"그래도 결혼식 할 땐 머리가 길어야 예쁘지 않을까요?"

"한 달 안에 기를 수 있어?"

"음, 어깨까진 기를 수 있지 않을까요?"

이준은 자신의 짧은 머리카락을 보려고 눈을 위로 치켜뜨며 중얼거렸다.

"안 길러도 괜찮을 것 같은데."

공현이 중얼거리며 손으로 이준의 머리카락을 쓸었다.

"이 스타일로도 괜찮아요?"

"괜찮아."

공현이 순순히 대답했으나, 이준은 무언가 불만족스러웠다.

"갑자기 헤어스타일에는 왜 꽂힌 거야?"

"그냥요. 일생에 한 번뿐인 결혼식이니까요."

이준은 덤덤하게 대답했다. 그러나 사실 이준의 심경에 변화를 일으킨 일등 공신은 이태였다.

"누나, 결혼식 때도 그런 머리 스타일로 선머슴처럼 할 거야? 머리 좀 길러. 일생에 한 번 있는 결혼식이라고. 말은 안 해도 남자들은 긴 생머리에 대한 환상이 있다? 아마 형님도 그럴걸?"

그땐 이태의 말을 흘려들었는데 그 말이 계속 머릿속에 뱅뱅 돌았다. 자신이 이태의 사사로운 잔소리마저 자꾸 곱씹게 되는 데에는 한 가지 이유밖에 없었다. 이준은 슬쩍 시선을 옮겨 아이스크림을 먹고 있는 공현의 옆얼굴을 보았다.

고요한 밤 골목의 가로등 아래에서도 환하게 빛이 나는 남자. 바지주머니에 손을 넣고 걷고 있을 뿐인데 지나가는 여자가 쳐다보는 남자.

이제 자신이 이 남자에게 잘 보이고 싶었다. 아니, 요즘은 단순히 잘 보이고 싶은 경지를 넘어선 듯했다. 꿈에도 자주 나왔고, 아주 가끔은 늦은 밤 잠이 오지 않을 땐 벽을 허물고서 공현이 뭐 하는지 확인하고 싶을 때도 있었다. 공현에게 좋은 모습만 보여주고 싶고, 따뜻한 눈빛을 좀 더 받고 싶었다. 자신에게 이런 집착이 있었나 하고 놀랄 정도로 빠르게 변화하고 있었다.

"헤어스타일을 바꾸기 전에 다른 것부터."

한참 만에 공현이 말했다.

"어떤 거요?"

"호칭 좀 바꿔. 사장님이라고 그만 불러."

"이게 입에 붙었어요."

"결혼식장에서도 사장님이라고 부를래?"

설마 그럴 리가 있겠냐고 말해야 하는데 그럴 가능성이 높았다.

"말 놔. 이제 다른 호칭으로 부르고."

"어떤 호칭이요?"

이준은 어색하게 물었다. 공현을 사장님으로 부른 지 벌써 수 개월이 지났다. 그를 사장님이라고 부른 게 천 번은 넘을 거다. 이제 와 바꾸려니 어색했지만, 호칭을 달리 써야 한다는 걸 이준도 어느 정도 인식하고 있긴 했었다.

"공현 씨."

"그럼 사장님은 저를 이준 씨라고 부를 거예요?"

"설마."

"왜 저만 공현 씨라고 불러요?"

"그럼 오빠라고 부르던지."

"……."

"그 표정, 뭐야."

공현은 와락 구겨지는 이준의 표정을 쳐다보며 물었다. 이준은 실제로 못 들을 걸 들었다는 표정으로 공현을 쳐다보고 있었다.

"오빠……. 태어나서 그런 호칭은 처음 불러보거든요. 호칭은 찬찬히 생각하도록 해요. 급한 문제가 아니니까요."

이준은 고개를 홱 돌렸다. 오빠라니. 태어나서 남자를 그렇게 불러본 적이 없다. 이준의 걸음이 한층 빨라졌다. 공현을 살짝 앞질러 걷던 이준은 무언가 생각난 듯 걸음을 뚝 멈추더니 공현을 바라보았다.

"사장님."

"다르게 부르라니까."

호칭이 마음에 안 드는지 공현의 미간이 좁아졌다.

"그건 차차 하고요. 저기, 그러니까……."

이준이 눈을 데굴데굴 굴렸다. 평소 직설적으로 제 마음을 툭툭 뱉는 것과 달리 이준이 뜸을 들이자 공현은 걸음을 멈췄다. 한 발자국 사이에 놓고 두 사람이 한적한 골목에 마주 섰다. 아주 멀리서 자동차가 지나가는 소리, 이따금씩 바람 부는 소리가 들렸다. 그 소리들이 아니었다면 적적하다 느껴질 만큼 골목은 조용했을 터였다. 공현은 이준이 말할 수 있도록 차분히 기다려 주었다.

"치마, 입어볼까요?"

한참 만에 뱉은 말치곤 뚱딴지같은 소리였다. 공현의 고개가 기울어졌다.

"왜?"

"그런 건 묻지 말고 사장님 생각은 어떤데요?"

"입고 싶으면 입어."

"입은 모습 궁금하지 않아요?"

"글쎄, 상상해 본 적이 없어서."

공현은 별생각 없다는 얼굴로 말했다. 그러자 이준의 표정이 미묘해졌다. 원하는 대답이 아닌 모양이었다.

"사장님은 내가 치마도 입고, 머리도 기르고, 구두도 신은 모습 궁금하지 않아요?"

"솔직히 대답해?"

"네."

"어. 안 궁금해."

공현의 대답에 이준의 입이 떡 벌어졌다. 보통은 자신의 여자 친구가 달라지는 모습을 대부분 기대하거나 혹은 바라지 않던가. 모든 남자가 그렇다고 이태가 귀에 못이 박이도록 이야기했었다. 이준은 공현을 미심쩍은 눈으로 쳐다보았다.

"왜 그렇게 쳐다봐?"

"혹시 외계인이에요? 아니면 혹시 안면인식장애가 있어서 사람 옷차림이나 머리 스타일이 바뀌면 못 알아본다거나……."

"지금 누굴 환자로 만드는 거야?"

짧은 순간에 외계인으로 의심을 샀다가 뒤이어 곧바로 환자 취급을 받은 공현의 얼굴이 구겨졌다. 그런 공현을 쳐다보며 이준이 항변하듯 말했다.

"그렇잖아요. 여자친구가 예뻐진다는 데 하나도 안 궁금하다니요."

"그게 왜 예뻐지는 거야?"

"네?"

"머리 기르고, 화장하고, 구두 신고, 치마 입으면 설이준이 예뻐지는 거야?"

공현의 물음에 이준은 당연한 거 아니냐는 듯 대답했다.

"그럼 아니에요?"

"설이준은 그냥 설이준일 때가 제일 예뻐."

"……."

"그러니까 머리 길러서 얼굴 감출 생각, 화장으로 얼굴 가릴 생각, 구두로 어정쩡하게 키 커질 생각, 치마로 어설프게 다리

드러낼 생각 하지 말고 지금처럼 딱 있어.”
“…….”
“충분히 예쁘니까.”
공현의 말을 듣고 있던 이준의 입술이 자그맣게 벌어졌다. 공현은 예뻐지고 싶어 하는 자신의 욕심을 이미 간파하고 있었다. 거기다 진정으로 자신이 듣고 싶어 하는 말을 해주었다. 치마도, 긴 머리도, 화장도 자신없었는데. 더군다나 설이준은 설이준일 때가 가장 예쁘다니. 이준의 입술이 옆으로 길게 벌어졌다.
“사장님, 다른 사람들이 들으면 정말 재수 없다고 생각할지도 모르겠는데요. 전 지금 이 말을 꼭 해야겠어요. 아무래도 사장님은 확실히 제 반쪽인 것 같아요.”
어떤 모습을 하고 있어도 자신이 설이준이라는 사실 하나만으로 사랑해 줄 수 있는 남자. 그리고 그 절대적인 애정에 점차 길들여져 가는 자신.
“사장님, 안아도 돼요?”
“물론.”
공현의 허락에 이준은 두 팔을 활짝 벌린 채 공현에게 성큼 다가갔다. 온몸을 내던지듯 껴안는 이준의 포옹에 공현은 기꺼이 답하며 이준의 머리를 부스스 흩었다. 그러자 이준에게서만 나는 달큰하고도 부드러운 향기가 온 얼굴을 덮어왔다.
좋다. 설이준에게서 나는 냄새. 설렌다. 설이준이 주는 온기.
공현은 이준을 조금 더 힘껏 끌어안았다.

"사장님."

그때 이준이 나지막한 목소리로 불렀다.

"왜."

"사장님을 이렇게 불러도 돼요?"

"어떻게?"

"그러니까요……."

이준이 말끝을 늘였다. 공현은 그 긴 기다림을 기꺼이 기다려 주었다. 또 무슨 엉뚱한 소리를 하려고.

"그러니까…… 평소엔 오빠라고 부를 건데요. 아주 기분 좋거나, 분위기를 잡아야 하거나, 사장님이 미치도록 사랑스러워서 못 견딜 땐…… 자, 자, 자, 자기라고 불러도 돼요?"

"……."

"사장님?"

대답이 돌아오지 않자 이준이 의아한 듯 물었다.

"자, 자, 자, 자기가 뭐지?"

공현의 물음에 이준이 눈을 흘겼다. 알아들었으면서 모르는 척하고 있었다. 이준은 숨을 깊게 들이마시더니 용기를 낸 듯 말했다.

"자기요, 자기. 허니. 베이비. 몰라요?"

"알아."

돌아오는 공현의 목소리에 웃음이 맺혀 있었다. 이준은 칫, 하면서도 공현의 목에 감은 팔을 풀지 않았다. 공현은 이준을 끌어안은 채 시선을 옆으로 옮겼다. 맞닿은 뺨으로 뜨거운 열기가 몰려왔다. '자, 자, 자, 자기라고 불러도 돼요?' 라고 한 순간부터 이준의 뺨이 홧홧해졌다. 돌 같은 설이준 성격에 꽤나 용기를 내어 부른 말임이 틀림없었다.

"그렇게 불러. 기분 좋을 때, 혹은 내가 미친 듯이 사랑스러울 때."

"그럼 사장님은 저를 뭐라고 부르실 건데요? 똑같이 자기야? 허니? 사탕? 베이비? 너무 달달한 호칭은 부르지 맙시다. 딱 한 번 부르고 닭 되는 호칭은 싫어요."

이준이 상상만으로도 싫다는 듯 고개를 절레절레 흔들었다. 공현은 손으로 이준의 뒤통수를 쓰다듬었다. 언제부터인가 이준의 머리를 쓰다듬는 것이 습관이 되었다. 부드러운 머리카락과 그 사이에서 언뜻 느껴지는 온기와 동그스름한 뒤통수가 좋았다. 머리를 만져 줄 때면 느슨하게 풀리는 이준의 표정도 좋았다.

지독하게 사랑스럽기도 하지.

"사장님은 뭐라고 부를 거냐니까요?"

이준이 다시 한 번 재촉했다.

공현은 허리를 조금 더 굽힌 후 고개를 돌려 이준의 귓가에 입술을 가져다 댔다. 공현의 입술이 움직였다. 잠시 흠칫하던 이준은 공현의 말에 멍한 얼굴이 되었다.

'우리 이준이, 라고 불러줄게.'

분명 별것 아닌 호칭이었다. 이름 앞에 '우리' 라는 말이 붙었을 뿐. 그런데 그 '우리' 라는 말이 온몸을 따스하게 데워주는 느끼이었다. '우리 이준이' 라고 발음하는 공현의 목소리 톤과 울림이 묘하게 가슴을 간질였다.

이준은 숨을 깊게 들이마시며 생각했다. 자신이 미치도록 사랑스러워질 수 있는 방법을 연구해야겠다고.

우려하던 일이 터지고야 말았다. 이준의 하숙집으로 놀러 온 소환과 공현, 이태와 함께 식사를 하던 중 '윤수호 씨가 조만간 움직일 것 같아요.' 라고 이야기한 지 딱 3일 후의 일이었다.

갑작스럽게 웨딩홀에서 취소 통보를 받았다. 계약금과 위약금을 모두 통장으로 지불했으며 죄송하다는 내용이 전부였다. 무슨 사유인지 밝히지 않았으나, 이준과 공현은 단박에 알아챘다. 이런 짓을 할 사람은 윤수호밖에 없었다. 다른 예식장으로 어렵사리 예약했으나, 그곳도 세 시간 만에 일방적인 취소 연락을 받아야 했다.

공현이 무표정하게 자리에서 일어나는 걸 이준이 다급하게 잡았다.

"어디 가요?"

"윤수호."

"가도 증거가 없으면 우리가 불리해요."

"알아."

알지만 가만두지 않겠다는 기색이었다. 한 번뿐인 결혼식을 방해하는 걸 그냥 두고 볼 수 없었다. 이준은 다시 한 번 공현을 붙잡아 앉혔다. 때마침 연락을 받고 찾아온 소환이 대문을 밀고 들어와 이준과 공현을 번갈아 보다 물었다.

"정말로 예식장이 일방적으로 취소됐어?"

"네."

"미친. 윤수호, 왜 그렇게 하는 짓이 유치해?"

소환은 미간에 손을 올린 채 얼굴을 찌푸렸다. 예상하긴 했지만 설마하는 생각이 강했다. 아직도 따라다니면서 공현을 괴롭힐 거라곤 생각지도 못했다. 그것도 이렇게 유치하고 어설픈 방법으로 할 줄은 더더욱.

"예식장을 제외하고 다른 물품은? 웨딩드레스나 메이크업 같은 건?"

"안 그래도 확인해 봤는데 나머지는 다 괜찮아요. 아무래도 결혼식장만 없으면 결혼할 수 없을 거라고 생각했나 봐요."

"결혼식장은 걱정하지 마. 내 친구 녀석들 몇몇이 갖고 있는 곳 털어보면 결혼식 대관할 곳은 있을 거야. 미안하다. 끝까지 윤수호 때문에."

"괜찮아요."

이준이 태평한 얼굴로 고개를 끄덕끄덕 거릴 때였다. 테이블 위에 올려둔 휴대폰이 울렸다.

"네, 설이준입니다."

휴대폰을 받아 든 이준의 표정이 차츰차츰 굳어갔다. 아주 짧은 통화를 마칠 즈음엔 이준의 표정이 좋지 않았다.

"왜? 무슨 일이야?"
"드레스랑 메이크업도 취소됐네요."
"뭐?"
소환이 기가 막히다는 목소리로 소리쳤다. 자리에서 다시 한 번 벌떡 일어나는 공현을 소환이 막아 세웠다.
"윤수호한테 가게?"
"가만 안 둬."
"일단 앉아. 앉아서 해결 방법부터 강구해."
"윤수호만 없으면 돼."
"왜? 가서 죽이게? 아니면 깽판 치게? 너 결혼식 이제 며칠 안 남았거든? 윤수호는 지금 니가 찾아와서 깽판 부리기만을 기다리고 있을걸? 그래야 경찰시에 집어넣어서 결혼식을 못 하게 할 수 있으니까. 빤히 보이는 호랑이 굴로 꼭 걸어가야겠냐?"
소환의 말에 공현은 어금니를 깨문 채 숨을 골랐다. 화나지만 소환의 말이 맞았다. 윤수호는 일부러 보란 듯이 이러는 게 틀림없었다. 자신의 기분을 상하게 만들어서 마지막엔 경찰서에 밀어 넣을 생각인 거다. 공현은 자리에 앉아 깍지 낀 두 손에 이마를 가져다 댔다. 어떻게 윤수호를 처리할 것인가를 진지하게 고심하기 시작했다.
그사이 소환은 난처한 얼굴로 이준을 쳐다보았다. 공현도 공현이지만, 결혼식의 꽃은 신부다. 결혼식을 사흘 앞두고 줄줄이 예식장, 드레스, 메이크업을 취소당한 이준의 기분이 어떨지 가늠이 되지 않았다. 이런 일을 벌인 것이 하필이면 자신의 형제라는 게 또 못내 화가 나는 소환이었다. 다른 곳을 알아봐도 똑같은 일이 반복될 거다. 무의미한 시간 낭비일 수도 있다. 어떻게 해야 이 상황을 타개할 수 있을까, 고민하던 소환은 일단 두 사람에게 고개를 숙였다.

"이준 씨, 공현아, 일단은 내가 미안하다."

"미안해할 거 없어. 사과해야 할 사람은 다른 사람이잖아."

"그건 그렇지만."

"됐어."

공현은 소환의 사과를 깔끔하게 거절했다. 이준 또한 마찬가지였다.

"윤수호 씨가 죄지, 검사님이 왜 사과를 해요? 걱정하지 마세요."

아무렇지 않게 이준이 씩 웃어 보였다. 이후 하숙집 마당이 조용해졌다. 유난히 바람이 좋고 날이 청량하건만 마주한 세 사람의 얼굴엔 먹구름만 잔뜩이었다. 다른 예식장을 구해도 윤수호가 귀신같이 알아내서 취소시킬 거다. 드레스를 만들기엔 시간이 촉박하고, 일단 다른 어떤 것보다도 예식장이 문제였다.

고민하는 사이 시간이 흘렀다. 누구도 아무 말을 하지 않았다. 미동도 없이 가만히 앉아 있던 이준이 '아!' 소리를 내며 몸을 일으켰다.

"우리 결혼, 이렇게 하면 어때요?"

이준이 두 눈을 반짝반짝하게 뜨며 소환과 공현을 쳐다보았다.

❖ ❖ ❖

수행비서가 내민 서류를 받아 든 남자의 미끈한 얼굴에 만족스러운 미소가 피어올랐다.

"이래서 이런 속담이 생긴 거지. 못 오를 나무는 쳐다보지도 말라고. 오르지도 못할 주제에 쳐다보면 나무 입장에서 얼마나 기분 더러울까."

혼잣말처럼 중얼거리는 수호의 한쪽 입술이 삐딱하게 휘었다. 설이준에게 경고를 하러 갔다가 되레 면박과 협박을 당하고 돌아온 날 수호는 이를 바득바득 갈았다. 자신을 죽일 수도 있을 것처럼 차갑게 번득거리는 공현의 눈빛도 화가 나는데, 그 곁에 서 있던 설이준 또한 만만치 않았다. 공현이 차가운 냉기를 품은 얼음이라면 이준은 불덩이처럼 뜨거운 느낌이었다. 올곧고 직선적인 눈빛으로 자신을 똑바로 쳐다보며 조목조목 따지던 모습이 수호를 더욱 화나게 만들었다.

"건방진 것들."

결혼 준비를 마쳤다고 손을 늘어놓고 있다가 뒤통수를 맞았으니 바쁠 거다. 수호는 흡족한 얼굴로 서류를 한 장 한 장 넘겼다. 그들이 예약해 놓은 곳들을 모조리 찾아내서 모두 다 취소시켰다. 앞으로 윤공현과 설이준이 찾아가는 곳들도 모두 같은 수순을 밟게 될 거다. 예식장 예약을 마친 후 가슴을 쓸어내리자마자 취소 연락을 받게 될 거다. 그래야 충격은 두 배가 될 테니까.

"두 사람은 지금 뭐 하고 있어?"

수호가 서류에 눈을 둔 채 수행비서에게 물었다.

"아무것도 안 하고 있습니다."

"안 해? 다른 곳을 알아보고 있는 게 아니고?"

"네. 하숙집에서 꼼짝도 하지 않고 있습니다."

"흠."

수호는 턱을 괴고서 눈을 갸름하게 떴다. 결혼식이 당장 코앞에 닥쳤는데 아무 준비도 없이 집에 있다라…….

"다른 곳을 예약한 건 아니고?"

"철저하게 뒷조사했지만, 아직 없습니다. 아무래도 포기한 모양입니다."

"그럴 리가. 다른 꼼수를 부릴 생각이겠지. 앞으로도 지금처럼 주시해. 문제 생기면 바로 연락하고."

"알겠습니다."

수행비서는 허리를 굽혀 인사를 한 후 사장실을 빠져나갔다.

예식장, 드레스, 뷔페, 메이크업, 하물며 사진기사까지 줄줄이 취소된 내역이 담긴 서류를 쳐다보던 수호는 픽 웃었다. 두 사람의 얼굴을 직접 봐야 하는 건데. 회사에 묶여 있는 것이 아쉬울 지경이었다. 수호가 마저 읽고 있던 서류로 시선을 옮겼다.

"아무것도 안 하고 있습니다."

그 순간, 갑작스레 비서의 말이 싸하게 목덜미를 훑고 지나갔다.

"무슨 수가 있다는 건가."

수호는 눈을 가늘게 뜬 채 고심에 빠졌다. 인정하기 싫지만 두 사람은 똑똑하다. 가끔 비상하다는 생각이 들 만큼 똑똑한 사람들이니 해결책을 찾아놓은 것은 아닐까. 그러나 아무리 생각해도 드레스, 메이크업, 예식장 없이 결혼을 치르는 것은 무리다. 이번만큼은 자신의 승리였다. 수호는 픽 웃으며 다시 서류로 시선을 옮겼다.

❖ ❖ ❖

소장은 이마에 맺힌 땀을 훔치며 손에 쥐어진 주소를 다시 한 번 확인했다.

"이 근처가 맞아?"

소장은 얼굴을 찌푸리며 주변을 둘러보았다. 이틀 전 이준에게서 연락이 왔다. 결혼식장이 급하게 바뀌었다며 주소를 다시 보내겠다고 했다. 그때 잘못 받아 적은 것일까. 결혼식장은커녕 밥 먹을 곳도 없어 보였다. 소장은 다닥다닥 붙어 있는 집들을 훑어보며 느릿하게 걸음을 옮겼다. 조금만 더 찾아보고 없으면 이준에게 연락할 생각이었다.

"여기 맞습니까?"

미심쩍은지 소장에게 일행 중 한 명이 물어왔다. 그는 강.남. 보디가드 소속으로, 이준의 초대를 받아 소장과 함께 결혼식장을 가던 중이었다.

"나도 몰라, 인마."

"이준이 우리 따돌린 거 아닙니까? 많이 먹을 것 같아서?"

"뷔페에서 많이 먹어봤자지."

소장의 말에 한 명이 아, 라고 하더니 고개를 주억거렸다.

"어? 이것 좀 보십시오."

한 명이 바닥을 가리켰다. 그 손짓을 따라 네 명이 우르르 고개를 돌려 바닥을 쳐다보았다. 우둘투둘한 바닥 아래에 [이준과 공현의 결혼식장으로 가는 길]이라고 종이가 붙어 있었다.

"맞게 찾아가고 있나 봅니다."

"그래. 맞게 찾아가고 있는 것 같긴 한데 왜 이리 기분이 싸하냐."

소장은 뒷목을 긁적거렸다. 자신이 아는 설이준은 가끔 대책 없을 때가 있었다. 그래도 결혼식만큼은 무사히 정상적으로 치를 거라고 생각했는데, 지금 바닥을 보니 그런 것 같지가 않다. 바닥에 적힌 글씨는 분명 이준의 글씨체였다.

"대체 또 무슨 짓을 꾸미는 거야. 하아."

소장은 한숨을 내쉬며 걸음을 옮겼다.

"어서 오세요! 설이준과 윤공현의 결혼식장입니다! 짜잔!"

주소가 가리키는 곳은 집이었다. 낮은 담쟁이덩굴이 벽면을 휘감고 있는 자그맣고 오래된 집. 묘하게 눈에 익은 오래된 집의 대문이 활짝 열려 있었다. 내부를 살펴보기도 전에 가장 먼저 보인 것은 하얀 원피스를 입은 이준과 정장을 빼입은 공현이었다. 손님을 맞이하기 위해 대문가에 서 있던 이준은 소장과 일행을 발견하자마자 두 팔을 활짝 벌리며 환하게 웃었다.

"어서 와요, 우리의 결혼식에!"

"……신부가 이래도 되는 거냐?"

소장은 바지주머니에 손을 푹 찔러 넣은 채 이준에게 진지하게 물었다.

"신부가 이러면 안 돼요?"

"지나치게 씩씩해서 그런다. 뭘 믿고 이렇게 씩씩해? 보통 신부는 비밀스럽게 숨어 있다가 결혼식 시작하면 수줍게 나타나는 게 보통이잖아."

"그런 보통의 결혼식을 할 거라고 생각했어요?"

이준이 고개를 갸웃거리며 물었다.

"결혼식만큼은 정상적으로 할 줄 알았지."

소장이 심드렁하게 대꾸했다.

"그래서요? 다른 결혼식이랑 달라서 안 예뻐요?"

이준은 하얀 원피스를 가리키며 물었다. 소장은 고개를 숙여 이준을 찬찬히 살폈다. 그러자 공현으로부터 '30초 이상 관람 금지입니다.' 라는 답이 돌아왔다. 놀고 있네, 라고 중얼거리던 소장은 이준을 찬찬히 살피더니 한숨을 훅 내쉬었다.

"예쁘다."

"예쁜데 웬 한숨이에요?"

"문화충격에서 아직 못 벗어나서. 이준이가 이렇게 나오면 자네라도 말렸어야지."

소장은 혀를 끌끌 차며 공현을 쳐다보았다. 그러자 공현은 특유의 냉담한 얼굴로 소장을 쳐다보며 말했다.

"누군지도 모르는 주례사에게 주례의 말을 듣고, 30분 만에 쫓겨나듯이 식을 치르는 게 올바른 결혼식이라고 이야기하시고 싶은 겁니까?"

"……아니, 그건 아니고."

공현이 무심하게 던진 말에, 소장은 자신도 모르게 바지주머니에서 손을 꺼냈다. 분명 공현은 자신보다 나이도 어린데 어딘가 모르게 사람을 주눅 들게 만드는 데가 있었다. 곁을 쳐다보니 함께 온 네 명의 일행도 줄줄이 기합 들어간 표정으로 서 있었다.

"다 같이 즐거운 결혼식을 만들고 싶어요."

그때 이준이 말했다.

"즐거운 결혼식?"

소장의 물음에 이준의 얼굴에 환한 웃음이 맺혔다.

"네. 처음엔 보통 결혼식을 치르려고 했는데 사정이 생겨서 식장이 취소되었거든요. 이미 청첩장은 돌렸고, 다른 예식장을 구하려니 시간이 촉박하고……. 그러다가 생각했어요. 내가 가장 좋아하는 공간에서, 가장 좋아하는 사람들과 함께, 맛있게 식사하고 이야기를 나누는 걸로 결혼식을 대신하자고요."

"……."

"결혼식의 절차보다 결혼식의 의미가 중요하잖아요."

이준의 말에 소장은 할 말을 잃었다. 반박할 수가 없었다. 어째서 자신은 당연히 결혼식을 결혼식장에서 해야 한다고 생각했을까. 진정한 결혼식이란 형식보다 의미가 중요한 법인데. 뒤통수를 얻어맞은 것처럼 얼얼해졌다.

"나보다 낫구만."

소장은 자신도 모르게 이준에게 말했다. 이제 보니 고정관념을 깨는 이준의 선택이 신선하게 느껴졌다. 결혼식의 주인공들이 직접 나와서 손님을 맞이하고, 인사를 나누고, 다 함께 즐기는 결혼식을 치른다라…….

"역시 똑똑한 설이준. 그래, 결혼식은 다 같이 즐거워야 제맛이지. 내가 생각이 짧았네, 짧았어. 먼저 들어가 보마. 맛있는 건 많이 해놨겠지?"

"네."

"그래, 그래야지. 조금 있다가 보자."

소장은 이준의 어깨를 툭툭 두들겨 준 후, 대문 안으로 들어섰다.

이준은 싱긋 웃으며 옆에 나란히 서 있는 공현을 바라보았다.

"칭찬받았다."

"봤어."

이준을 따스하게 바라보며 공현이 대답했다.

처음 이준이 신혼집에서 사랑하는 사람들과 즐겁게 식사하는 결혼식을 치르자고 했을 때 소환은 회의적인 반응을 보였다. 윤수호 보란 듯이 더 멋진 곳에서 결혼해야지, 도망치듯이 좁은 집에서 결혼하는 건 별로라는 것이었다. 그러나 한참이나 말이 없던 공현은 '그렇게 하자.' 라고 순순히 응해주었다. '진심이냐?' 라고 믿기지 않는 듯 묻는 소환에게 공현은 '어디서 결혼하느냐보다 결혼을 한다는 사실이 더 중요한 거니까.' 라고 답했다. 그 말에 소환은 할 말을 잃은 얼굴로 입을 다물었다.

이후 결혼식 준비는 일사천리였다. 다 함께 식사를 해야 하는데 거추장스러운 웨딩드레스보다 하얀 원피스가 낫다고 했을 때 공현은 군말 없이 그렇게 하라고 했다. 직접 대문 앞에 서서 손님들을 맞이하자고 했을 때도 공현은 한 번의 고민 없이 고개를 끄덕였다. 이준은 자신이 하는 모든 제안을 고민도 없이 수락하는 공현에게 어젯밤 물었다.

"오빠는 왜 내가 하자고 하는 대로 다 하려고 해요? 결혼식에 대한 로망이 없어요?"

"나는 설이준이랑 결혼만 하면 되거든."

참으로 간단한 대답이었다. 이준은 더 이상 할 말이 없었다. 더 이상 대화를 이어봤자 소용이 없겠다 싶어서 자리에서 일어나는 데 공현이 말했다.

"이번 결혼식에 네가 하고 싶은 대로 원 없이 해."

"정말요?"

"어."

"왜요? 그러니까 제 말은 피곤하지 않겠어요? 제 로망대로 결혼식하면 꽤나 시끌벅적할 텐데요?"

의아한 듯 건네는 이준의 말에 공현은 옅게 웃었다. 그러고는 이준의 손을 끌어당겨 그녀의 손바닥에 입을 맞추며 말했다.

"괜찮아. 네 로망에 함께한다는 것만으로도 난 행복하니까."

그 말을 들은 이준은 청혼을 받았을 때보다 더한 설렘을 느꼈다. 자신의 로망에 함께한다는 사실만으로 행복을 느끼는 남자. 세상에 존재하는 모든 사람에게 굴복하지 않으면서, 자신에겐 한없이 약한 남자.

"오빠."

이준이 공현을 불렀다. 사람들이 오는지 살피던 공현이 흘깃 이준을 쳐다보았다. 이준은 공현의 손을 끌어당겨 꽉 움켜쥐었다. 공현은 맞잡은 손을 바라보다가 느릿하게 이준을 쳐다보았다. 이준의 얼굴에 햇살같이 환한 미소가 담겨 있었다. 이렇게 자신을 향해 웃어줄 때면 온 세상이 빛난다는 걸 아는지.

"행복하다."

빛이 고인 입술로 이준이 속삭였다. 공현은 손으로 이준의 머리를 쓰다듬었다. 공현의 눈동자로 따스한 빛이 고여들었다. 행복하다, 라는 게 뭔지 이제는 조금 알 것 같았다. 가슴으로 온기가 퍼지는 것. 이대로 시간이 멈춰도 좋겠다는 생각이 드는 것. 설이준과 함께할 때면 늘 그런 기분이 들곤 했다.

"결혼식인 건 알겠는데 지나치게 다정하면 곤란해. 난 아직 솔로거든."

고개를 돌리자 소환이 삐딱한 표정을 지은 채 서 있었다.

"오셨어요, 검사님?"

"오늘 예쁘네요, 이준 씨."

"30초 이상 관람 금지야."

"야, 이 야박하고도 사랑스러운 동생아. 30초면 숨 한 번 쉬면 끝나는 시간이야."

"그러니까 딱 숨 한 번 쉴 만큼만 봐."

공현은 그게 뭐 어렵냐는 듯, 오히려 당연한 거 아니냐는 듯 답했다.

"내가 너랑 무슨 이야기를 하겠니. 뷔페 쪽은 문제없었죠?"

혹시 윤수호가 수작을 부릴지도 몰라 출장 뷔페 주문은 소환이 아는 사람을 통해 몇 겹의 비밀을 유지해서 주문했다.

"네. 덕분에 잘 도착했어요. 음식 부족할까 봐 이모가 수육, 족발, 잡채를 한가득 해오시기도 해서 음식이 부족하진 않을 것 같아요."

초대한 손님이라고 해봐야 서른 명 남짓이었다. 공간을 고려해 최소한의 사람들만 부른 탓이었다.

"그나저나 정말 이렇게 결혼해도 되겠어요?"

소환은 웃는 얼굴 반, 걱정스러운 얼굴 반으로 이준과 공현을 번갈아 쳐다보았다.

"네. 전 정말 행복한데요."

이준이 환하게 웃었다.

"지금 한 번 하고 다음에 또 한 번 더 해요. 그땐 내가 엄청나게 지원해 줄 테니까요."

그래도 소환은 마음이 편치 않은지 씁쓸한 얼굴로 말했다.

"리마인드 웨딩 땐 거창하게 할게요."

이준의 말에 소환은 픽 웃었다. 씩씩하게 대답하는 이준을 쳐다보고 있으면 저절로 걱정거리가 스르륵 녹아내렸다. 어떤 상황에서도 긍정적이고 낙천적인 설이준. 아마도 윤공현은 이준의 이런 면에 깊게 빠졌을 거라는 생각이 들었다.

"두 사람 나란히 서봐. 사진 좀 찍게."

소환이 휴대폰을 꺼내 들었다. 자연스럽게 이준과 공현이 나란히 얼굴을 마주 대고 섰다. 액정에 비친 두 사람을 보며 소환은 자신도 모르게 감탄했다. 인정하기 싫지만 두 사람은 무척 잘 어울렸다. 조금 닮아 보인다는 생각이 들 만큼.

"하나, 둘, 셋!"

소환은 두 사람의 사진을 여러 컷 찍었다. 그러고는 흡족한 듯 씩 웃었다.

"난 먼저 들어가 있을게요. 조금 있다가 봐요, 두 사람!"

"네! 저희도 곧 들어갈게요! 아! 그리고 식사는 다 함께 하는 거니까 먼저 드시면 안 돼요! 음료는 드셔도 돼요!"

"물배 채우게 할 속셈이네요."

소환의 장난스러운 말에 이준은 소리 내어 웃었다. 실내엔 아는 사람과 모르는 사람 몇몇이 이미 음료를 마시며 돌아다니고 있었다. 배경은 허름한 주택인데, 분위기만 놓고 보면 선상 리조트다. 이런 황당한 결혼식을 봤나. 소환은 픽 웃으며 아는 사람들에게 인사를 건넨 후 대문가에 나란히 서 있는 두 사람을 바라보았다.

이런 황당무계한 결혼식도 두 사람이라서 할 수 있는 거다. 다른 사람들의 시선에 구애받지 않고, 엮여 있지 않는 자유로운 사람들. 서로에게 서로만 있으면 되는 사람들.

소환은 자신이 결혼을 하게 된다면 이렇게 할 수 있을까, 잠시 고민했다. 자신이라면 할 수 없을 거다. 자신은 다른 사람들의 눈을 의식하고, 다른 사람들에게 매여 있는 사람이니까. 그런 의미에서 소환은 두 사람이 부러웠다.

얼마간 시간이 지나자 사람들이 제법 실내에 들어찼다. 간이 의자에 둘러앉아 있는 사람들 중심에 하얀 꽃다발을 든 이준과 공현이 섰다. 사람들이 반짝거리는 눈으로 두 사람을 지켜보았다.

단발머리, 옅은 화장, 하얀 원피스만 입었을 뿐인데 이준에게선 빛이 났다. 곁에 서 있는 공현 또한 마찬가지였다. 나란히 서 있는 두 사람은 오늘따라 유난히 빛났다.

"올 만한 사람은 다 온 것 같네요! 이제부터 저희 결혼식을 시작하겠습니다!"

이준의 씩씩한 말에 사람들이 와하하 웃음을 터뜨렸다.

"누가 보면 결혼식이 아니라 웅변대회인 줄 알겠네."

소장의 장난스러운 타박에 다시 한 번 장내에 와하하 웃음이 터졌다.

"길게 하는 결혼식, 복잡한 결혼식 싫어하실 테니까 간략하게 저희 결혼한다는 사실만 알리고 곧바로 식사하도록 하겠습니다. 여기 오신 주목적은 식사이실 테니까요."

이준의 말에 사람들이 픽 웃었다. 이준은 꽃다발 아래에 돌돌 말아놓은 편지를 꺼내 들었다. 의아하게 쳐다보는 공현을 향해 이준은 환하게 웃었다. 그러다 어색한지 조금 미묘한 표정을 지으며 말을 꺼냈다.

"사장님, 아니, 오빠는 저한테 청혼도 하고, 반지도 주고, 이 집에서 함께 신혼을 시작하기로 했는데 정작 제가 해준 게 없어서요. 그래서 편지를 썼습니다. 흠, 어색하고 이상해도 감안하고 들어주세요."

이준은 제 손으로 쓴 편지를 읽어야 한다는 사실이 부끄러운지 몇 번이나 헛기침을 했다. 그러자 소장이 '그러니까 담배 끊으라니까, 이준아.' 라고 농담을 던졌고, 그제야 이준은 웃으며 긴장을 풀었다. 이준은 공현과 마주 서서 편지를 찬찬히 읽기 시작했다.

이준이 '세상에 뭐 이런 사람이 있나라는 생각을 했었다.' 라는 말을 시작으로, 공현에게 구박당했던 이야기를 할 땐 사람들이 키득거리며 웃었다. 그러나 점차 공현에게 고마워하는 이준의 마음이 나올수록 사람들의 표정이 짠해졌다.

자리하고 있는 사람들 대부분이 공현의 상황을 아는 사람들이었다. 아버지가 누군지도, 죽을 뻔한 적이 있다는 것도, 힘든 시간을 겪어냈다는 것도. 그 모든 시간에 이준이 함께하고 있었다는 것 또한 알고 있었기에 몇몇은 손으로 눈물을 훔쳐 냈다.

편지를 읽던 이준은 잠시 말을 멈추고 고개를 들어 공현을 바라보았다. 자신에게만 한없이 따뜻한 눈빛을 보이는 공현을 보고 있자니 가슴이 뜨거워졌다.

"내가 촉이 좋잖아요?"

이준의 말에 공현은 가볍게 고개를 끄덕였다. 촉이 좋고, 감이 유난히 발달했으며, 아주 긴급한 상황일 땐 기민할 정도로 머리가 빨리 돌아가는 이준이라는 걸 공현은 잘 알고 있었다.

"지금 내 촉이 말하고 있어요."

뭐라고, 공현은 눈빛으로 그렇게 물었다. 이준의 입술이 길게 늘어났다.

"앞으로 우리 미친 듯이 행복하게 살 거라고요."

말을 마친 이준의 얼굴에 사르르 웃음이 녹아들었다. 보는 것만으로도 심장이 간지러운 그 웃음을 바라보던 공현은 못 참겠다는 듯 두 손으로 이준의 뺨을 감싸 쥐었다. 견딜 수가 없다. 자신의 여자가 기꺼이 되어준 설이준이 저런 얼굴로 웃으면서 행복하게 살 거라고 말하다니. 공현은 마치 성스러운 선언을 하듯 이준의 입술에 입을 맞추었다. 맞닿은 입술에 웃음이 번졌다.

여기저기서 환호성이 터져 나왔다. 사랑하는 사람과의 결혼.

사랑하는 사람들이 진심으로 해주는 축하 소리. 이준은 웃는 얼굴로 눈을 지그시 감았다.

죽어도 여한이 없을 만큼 행복한 결혼식이다, 라고 생각하면서.

결혼식이 끝난 후 두 사람은 신혼여행을 떠났다. 몰디브나 각종 세계 휴양지를 가보는 게 어떠냐는 소환의 권유는 깔끔하게 무시당했다. 두 사람은 유럽으로 일주일간 배낭여행을 갈 거라고 했다. 딱 두 사람다운 선택이다, 라고 생각하며 소환은 손을 흔들었다.

두 사람은 고맙다는 말을 한 후 공항으로 사라졌다. 두 사람이 완전히 사라진 후, 소환은 조마조마한 마음을 내려놓을 수 있었다. 그럴 리 없겠지만, 혹시나 윤수호가 난입해서 한바탕 난리를 치면 어쩌나, 걱정하던 차였다.

"자아, 이제 슬슬 매듭을 지어보실까."

소환은 혼잣말로 중얼거리며 휴대폰을 꺼내 들었다. 두 사람이 마주 보고 있는 사진을 골랐다. 머리부터 발끝까지 행복함이 철철 흘러넘치고 있었다. 갑자기 부러움이 몰려왔다. 마주 보고 있기만 해도 행복하다는 게 어떤 것일까. 힘든 시간을 겪은 탓인지 두 사람에겐 두 사람만이 통하는 기류가 있었다. 그게 대화를 나누지 않아도 눈빛으로 서로 감정을 주고받는 듯했다.

"이러다가 두 사람 나중엔 텔레파시 통하는 거 아냐?"

소환은 사진을 보며 혼잣말로 중얼거렸다.

"그나저나 나도 결혼을 해야 하나."

평생 독신으로 살아야겠다는 생각이 두 사람 때문에 흔들리기 시작했다. 사진을 보며 한참이나 고민하던 소환은 그 사진을 선택해 누군가에게 전송했다.

회의를 마치고 자리로 돌아온 수호는 뒤늦게 휴대폰을 확인했다. 소환에게서 메시지가 한 통 와 있었다. 하얀 원피스를 입은 이준과 정장 차림의 공현이 마주 보고 있는 사진이었다. 수호는 얼굴을 구긴 채 소환에게 전화를 걸었다.

"이 사진은 뭐야?"

[두 사람 결혼사진.]

"뭐?"

[두 사람 오늘 결혼했어. 방금 신혼여행 떠났고.]

까득. 수호는 자신도 모르게 이를 악물었다.

[이 부서지겠다.]

그 소리를 들은 소환이 덤덤하게 말했다. 그러나 수호는 주먹을 불끈 쥔 채 굳은 얼굴을 풀지 않았다. 이준과 공현의 결혼식을 막으면서도 늘 뒷덜미가 싸했다. 이런 일을 예견한 건가? 수호는 마주 보고 서서 웃고 있던 두 사람의 모습을 떠올리며 눈가를 찌푸렸다.

"나한테 이 사진을 보내는 이유가 뭐야?"

[이제 무의미한 짓 그만하라고.]

"무슨 소리야?"

[형이 따라다니면서 두 사람 결혼식 방해한 거 알아. 그런데 그 덕에 두 사람은 자신들이 좋아하는 곳에서 가장 행복하게 결혼식을 치르고 신혼여행까지 무사히 떠났어. 그러니까 내가 하고 싶은 말은, 형은 절대로 두 사람을 불행하게 만들지 못한다는 거야. 형이 가진 것들을 다 포기하고 두 사람을 죽이지 않는 한. 그렇지만 형은 그럴 만한 위인이 못 되지.]

본인이 가진 것을 그 무엇보다 소중하게 생각하는 사람이 수호였다. 그런 수호가 자신이 가진 것을 놓으면서까지 두 사람을 파멸시킨다는 건 있을 수 없는 일이었다.

수호는 이를 사리물었다. 소환이 건네는 말에 반박하고 싶지만 모두 사실이었다. 윤공현의 행복이 미치도록 싫지만, 자신이 가진 것들을 내려놓으면서까지 불행하게 만들 생각은 없었다. 자신의 인생에서 가장 큰 우선순위는 성공이기 때문에.

[그리고 한 가지 더 이야기할 게 있어.]

수호는 대답하지 않았다. 소환도 딱히 수호의 대답을 기대한 건 아니었는지 말문을 열었다.

[이제 두 사람 건들지 마. 이번 결혼식은 그냥 넘어가지만 앞으로는 안 돼.]

"협박하는 거냐?"

[경고야. 여태껏 많이 넘어가 줬잖아.]

"넌 누구 형제야? 니가 윤공현을 싸고돌 상황이야?"

수호는 배신감에 휩싸여 목소리를 높였다.

[내 직업은 검사야, 형. 악을 처단하고 약자의 편에 서야 하는 검사. 내 직업에 충실한 거니까 특별히 오해는 하지 마. 내가 하고 싶은 말은 이게 전부야. 그럼 수고해.]

통화가 끊어졌다. 통화 시각을 알리던 액정이 사라지고 다시금 두 사람의 결혼사진이 튀어 나왔다.

"딱 수준에 맞게 누추한 결혼식이군."

드레스도 아니고 원피스다. 화려한 메이크업이나 장신구 대신 민낯에 가까운 얼굴이었다. 공현도 평소와 크게 다를 바 없었다. 누군가가 결혼식 사진이라고 알려주지 않으면 모를 정도로 허술한 사진이었다. 그런데도 불구하고 수호의 얼굴은 좀처럼 펴지지 않았다.

사진 속 두 사람이 행복해 보였다. 누추하고 허술한 결혼식임에도. 수호는 휴대폰을 꽉 움켜쥐었다. 인정하기 싫지만 인정할 수밖에 없었다.

이제 더 이상 자신이 어찌할 수 없다는 것을.

14. 에필로그

가장 먼저 도착한 신혼여행지는 이탈리아였다. 특별한 이유는 없었다. 어딜 가고 싶냐는 여행 가이드의 질문에 잠시 멍하게 있던 이준의 '이탈리아 아이스크림이 그렇게 맛있다던데…….' 라는 말로 결정되었다.

이탈리아에 도착하자마자 이준이 달려간 곳은 블로그를 통해 알아두었다는 아이스크림 맛집이었다. 대부분의 이탈리아 아이스크림이 다 맛있지만, 유난히 여행객들 사이에서 유명한 곳이 있었다. 영어라곤 한마디도 못 하면서 지도와 감만으로 아이스크림 가게를 찾아가는 이준이 놀라울 따름이었다.

"우와! 우와!"

이준은 양손에 아이스크림을 든 채 연신 감탄을 했다. 오른쪽 손에 들린 아이스크림 한입, 왼손에 들린 아이스크림 한입을 먹으며 이준은 눈을 크게 떴다. 이준은 특별히 아이스크림을 좋아하는 건 아니었지만, 이탈리아 아이스크림은 굉장히 맛있었다.

"우와!"

이준의 눈이 크게 떠졌다.

"아까부터 우와, 거리고만 있는 거 알아?"

"우와, 제가 그랬어요? 우와."

이준의 말에 공현은 픽 웃었다. 그러다가 불현듯 무언가가 생각난 듯 무표정한 얼굴로 자신의 손에 들린 아이스크림을 보았다. 신혼여행이라고 해서 설이준이 갑자기 다정해지거나 애교가 많아질 거라곤 예상하지 않았다. 그러나 아이스크림에 밀릴 거라곤 추호도 생각하지 못했다. 비행기에서 언뜻 여행 계획을 들어보니 죄다 식도락이었다. 그것도 디저트 위주의 식도락. 공현은 그 사실에 별 불만이 없었다. 불만이 생긴다면 숙소에서 나가지 않으면 될 일이었다.

"오빠 건 무슨 맛이에요?"

설이준은 자신의 양손에 아이스크림을 쥔 채 공현의 것을 쳐다보았다. 이준의 두 눈이 반짝반짝했다. 한입 안 주면 울 것 같은 얼굴이었다.

설이준이 이런 거에 약하구나.

공현은 난생처음 알게 된 사실에 픽 웃으며 이준의 입에 자신의 아이스크림을 가져다 댔다. 날름 한입 먹는 이준의 입술이 이내 오물거리기 시작했다. 늦은 저녁에, 하얀 아이스크림을 먹는 설이준의 입술을 바라보던 공현의 눈빛이 낮아졌다.

"오빠 것도 맛있네요."

공현은 대답 대신 이준의 입가를 닦아주었다.

"고마워요."

이준이 생긋 웃었다. 차가운 아이스크림을 쪽 빨아 먹자 이준의 입술이 이전보다 더욱 붉어졌다. 공현은 숨을 깊게 들이마셨다. 이제 겨우 이탈리아에 도착했다. 아직 시간도 많이 남았다. 이런 사실을 잘 알고 있음에도 가슴 밑바닥이 들썩거렸다. 비행기 안에서 설핏 잠이 든 이준이 자신의 어깨에 기댄 순간부터, 꼼지락거리면서 자신의 손을 잡을 때부터, 아니, 결혼식장에서 '자기야.' 라고 불러준 순간부터 마음이 뜨거웠다.

"저녁 먹으러 가자."

"벌써요? 왜요?"

그래야 숙소에 빨리 가지, 라는 말을 공현은 삼켰다. 그사이 이준은 아이스크림 하나를 홀랑 먹어치우고 남은 하나를 든 채 공현을 말똥말똥하게 쳐다보고 있었다.

"배고파요?"

이준이 물었다.

"어."

솔직히 말하자면 배가 고픈 게 아니라 다른 게 고팠다. 사랑하는 사람을 앞에 두고 오래 참았다. 이런 공현을 두고 소환은 '생불' 이라고 놀렸다. 다만 공현은 기다리고 있었다. 모두에게 인정받는 결혼식을 한 후, 첫 여행지에서 함께 하나가 되는 순간을.

"그래요, 그럼. 우리 밥 먹으러 가요. 이탈리아에서 유명한 밥집이 있대요. 거기 가면 굉장히 맛있는 스테이크가 있다나 봐요. 우리 그거 먹으러 갈래요?"

"뭐든지 좋아."

사실 아무거나 상관없다. 밥을 먹지 않아도 상관없었다. 그러나 저녁 식사를 하자고 하는 것은 신혼여행을 식도락 여행으로 착각하고 있는 이준을 위해서였다.

"오빠, 배가 많이 고팠나 보네요. 뭐든지 좋다는 거 보니까."

공현의 까맣게 타들어가는 마음도 모른 채 이준은 생글생글 웃으며 지도를 쫙 펼쳤다.

"보자! 여기네요! 여기로 가요!"

미리 표시해 둔 곳을 척 가리키며 이준이 웃었다.

"그래."

공현은 이준의 손을 잡은 채 앞서 걸었다. 이탈리아의 거리로 두 사람이 금세 사라졌다.

무언가가 잘못 돌아가고 있다는 것을 깨달은 것은 식사를 마친 후였다. 배가 고프다던 공현은 정작 식사의 절반을 남겼다. 오히려 이준이 접시를 모두 싹싹 비웠다. 한국 음식보다 조금 짜고 질겼지만 난생처음으로 하는 해외여행인 데다 언제 또 올지 모른다는 심리가 반영되었다.

공현은 평소의 고요한 표정을 유지하고 있긴 했지만 이준은 알아챘다. 공현이 평소와 조금 다르다는 것을. 어딘가 조급하고, 또 어딘가 초조해 보였다. 그의 초조함이 어디서 기인된 것인지를 알아채는 데는 얼마 걸리지 않았다. 미리 예약해 둔 숙소에 들어서서 배낭을 벗는 순간, 등 뒤로 싸한 기분이 몰려들었다. 동시에 여태껏 식도락 때문에 잊고 있었던 '첫날밤'이라는 단어가 떠올랐다. 공현이 이것을 노리고 있었을 거라는 예감이 들었다. 공현도 남자다. 여태껏 참고 있는 게 용할 정도였다.

이준은 가방을 챙기는 척하며 머리를 데굴데굴 굴렸다.

씻고 싶은데, 씻으러 간다고 하면 속 보일까?

여기저기 다니느라 먼지투성이가 된 채로 공현과 첫날밤을 보내고 싶지 않았다. 어떻게 하면 은근하게 뜻을 전할 수 있을까.

"먼저 씻을래?"

공현이 불쑥 물었다. 그것도 노골적이고 직접적으로.

"아니요. 먼저 씻어요."

이준은 자신이 쓸데없이 어렵게 생각했다는 것을 깨달으며 주섬주섬 짐을 챙겼다. 공현이 욕실에 들어간 후, 이준은 가방에서 짝이 맞는 속옷과 수건, 클렌저 등 기타 필요 용품을 챙겼다. 귀찮을 땐 비누로 씻는 그녀지만 오늘만큼은 좋은 향이 나는 바디워시를 사용하고 싶었다.

얼마 후 욕실 문이 열리면서 뽀얀 수증기가 밀려 나왔다. 이준은 자신도 모르게 마른침을 꼴깍 삼켰다. 침대 모서리에 앉아 있던 이준은 자리에서 벌떡 일어났다. 욕실 문을 밀고 나온 공현의 머리끝이 촉촉하게 젖어 있었다. 채 닦지 않은 피부를 타고 물방울이 또르르 굴러떨어져 내렸다. 한두 번 본 모습이 아닌데도 불구하고 오늘따라 유난히 치명적으로 보였다. 눈에 콩깍지가 씐 탓일까. 아니다. 저 모습은 어느 여자가 보아도 설렐 게 확실했다.

"들어가."

공현이 턱짓으로 욕실을 가리켰다.

"네."

이준은 냉큼 미리 준비해 둔 것들을 챙겨 욕실로 들어갔다. 지나가는 동안 공현과 부딪치지 않게 조심하는 것도 잊지 않았다.

쏟아지는 물줄기 아래에 서서 이준은 숨을 깊이 들이마셨다가 내쉬었다. 살면서 이토록 긴장되는 날은 처음이었다. 평소보다 꼼꼼하게 샤워를 마친 이준은 이모가 특별히 골라준 레이스 무늬의 속옷을 들었다가 내려놓았다. 아무래도 이건 아니다. 고민 끝에 이준은 자신이 챙겨온 핑크색 속옷을 입고, 그 위에 가운을 걸쳐 입었다.

"섹시하게 보여야 할 텐데."

이준은 거울 속의 자신을 유심히 바라보며 중얼거렸다. 일부러 머리도 조금 부스스하게 하고, 입술엔 붉은색이 도는 립글로즈를 발랐다. 가운도 살짝 느슨하게 풀었다. 거울에 비친 자신의 모습을 보던 이준의 얼굴이 불그스름해졌다. 자신에게 이런 여우 같은 면이 있는 줄 몰랐다. 그렇지만 윤공현이 자신을 보고 어쩔 줄 모르게 만들고 싶었다. 사랑스러워서 어쩔 줄 모를 때면 불러준다는 '우리 이준이' 라는 말을 해줄지도 모르니까.

준비를 마친 이준은 꼼꼼하게 뒷모습까지 확인한 후 욕실 문을 열었다가 자신도 모르게 흡 소리를 내며 한 걸음 물러섰다. 자신과 똑같은 가운을 입은 공현이 욕실 앞에 서 있었다.

"여기서 뭐 해요?"

"기다리고 있었어."

공현이 욕실의 맞은편 벽면에 기대선 채 말했다.

"왜 여기서 기다…… 읍!"

말이 입안으로 뭉쳐졌다. 순식간에 다가온 공현이 이준을 끌어안고서 입을 맞춘 탓이었다. 잠시 움찔하던 이준은 입안을 가르고 들어오는 공현을 받아들였다. 공현은 평소보다 성급했고, 입안을 점령할 것처럼 조금 난폭하기도 했다. 한참 이어지던 키스가 잠시 멈췄다. 마치 짠 것처럼 두 사람이 입술을 마주 댄 채 눈을 떴다. 눈이 마주쳤다. 공현의 검은 눈동자가 아주 깊게 가라앉아 있었다.

"오늘, 조금 급할지도 몰라."

공현이 입술을 마주 댄 채 말했다.

"많이 참았거든."

공현의 이어지는 말에 이준의 눈이 스르륵 접혔다. 아무리 둔한 이준이지만 공현이 많이 참아왔다는 걸 알고 있었다. 손끝이 스칠 때, 키스를 할 때, 무심코 눈이 마주쳤을 때 공현의 시선이 뜨거울 때가 있었다.

그가 자신을 원하고 있다.

그 사실 하나만으로 가슴이 뜨끈해졌다. 잠시 배시시 웃던 이준은 기꺼이 공현의 목에 팔을 감았다. 이준은 눈을 감았고, 입 안으로 몰려드는 뜨거운 열기를 조심스럽게 받아들였다.

이준은 알 수 없는 기분에 이끌려 눈을 떴다. 온몸이 천근만근처럼 무거웠으나 눈꺼풀은 생각 외로 쉽게 떠졌다. 눈을 뜨자마자 이준이 본 것은 자신을 바라보고 있는 두 눈동자였다. 밤하늘처럼 검고 짙은 눈동자였다. 놀라기보단 이준은 그 눈빛을 홀린 것처럼 바라보았다. 그러다 뒤늦게 머리가 돌아가기 시작했다.

이른 저녁에 치른 첫날밤과 열기에 젖은 눈으로 자신의 귓가에 '우리 이준이'라고 속삭여 주던 목소리가 떠올랐다. 마치 엄마가 불러주는 것처럼 다정하게 들리는 그 말이 참 좋다는 이준의 말에 공현은 오래도록 '우리 이준이'라고 속삭여 주었다. 그렇게 손을 마주 잡고서 도란도란 대화를 나누다가 스르륵 잠들어 버린 것이 생각났다. 그 순간, 갑작스레 결혼했다는 사실이 피부에 와 닿았다.

진짜로 결혼했구나.

속으로 중얼거린 이준은 자신이 헐벗고 있다는 사실을 인지하곤 시트를 목 끝까지 끌어 올렸다.

"안 잤어요?"

이준이 공현을 보며 물었다.

"잠시 잤어."

"왜 이러고 있어요?"

"깼어."

공현은 푹신한 베개 위에 흐트러져 있는 이준의 머리카락을 귀 뒤로 넘겨주며 탁한 목소리로 말했다. 그도 잠에서 깬 지 얼마 되지 않은 듯 목이 잠겨 있었다. 이준은 공현을 물끄러미 바라보았다. 그가 느릿하게 눈을 감았다 뜨는 행동이 평소와 다르지 않았다. 그렇지만 이준은 그에게서 무언가를 느꼈다. 피부에 와 닿는 감이 그렇게 말하고 있었다.

"무슨 일 있어요?"

"갑자기 무슨 일?"

"그냥, 심란해 보여서요. 악몽이라도 꾼 것처럼."

이준의 말에 공현의 눈이 살짝 벌어졌다.

"맞혔구나, 내가."

이준의 혼잣말 같은 말에 공현은 아무 말도 하지 않았다. 티를 내지 않았는데도 이준은 자신의 감정을 정확하게 짚어냈다. 이게 좋은 건지 나쁜 건지 모르겠지만, 적어도 자신을 알아봐 주는 유일한 한 사람이 있다는 것이 신기했다.

"꿈을 꿨어."

공현은 이준의 머리카락을 쓸어 넘기며 말했다.

"어떤 꿈이요?"

"예전 꿈."

"말해봐요."

"좋은 꿈 아니야."

"그러니까. 좋은 꿈 아니니까 말해서 털어야죠."

이준이 공현의 눈을 지그시 바라보며 속삭였다. 공현은 잠시 말을 할 듯 말 듯 입술을 달싹거리다 마침내 입을 열었다. 그는 말을 꺼내는 순간마저도 자신이 말하는 게 맞는지 의아해하는 표정을 짓고 있었다.

"마당에 고양이가 죽어 있었어. 한 아이가 바라보고 있었고, 내가 그 아이를 쳐다보다가 말하더라. '왜 그랬어?' 라고. 그 아이가 충격받은 얼굴로 날 바라보다가 고개를 숙이더라. 걜 즈음에야 알았어. 그 애가…… 우리 아이라는 걸."

우리 아이, 라는 말을 할 때 공현의 목소리가 깊게 가라앉았다. 그는 티 내지 않으려고 했으나 검은 눈동자가 금이라도 간 것처럼 깨져 있었다.

세상에서 가장 끔찍한 악몽. 윤태성이 했던 짓을 자신이 자신의 아이에게 반복하고 있었다. 모든 걸 극복했다고 생각했는데 결혼한 날, 하필이면 이런 꿈을 꾸었다는 것이 찝찝했다. 아니, 불안했다.

"아주 먼 훗날에 내가 우리 아이에게 상처를 줄까 봐 겁이 나."

공현은 이준의 머리카락을 쓸어 넘기며 차분한 목소리로 자신의 마음을 토로했다. 손에 잡힐 듯이 생생한 꿈이었다. 자신을 바라보던 검은 눈동자가 마음의 문을 쾅 닫아버린 것처럼 검게 변하는 것을 보며 공현은 온몸에서 핏기가 빠져나가는 기분이었다. 사랑을 받고 자란 적이 없어서 사랑을 주는 방법을 모르는 자신이기에 아이에게 실수를 할까 봐 벌써부터 겁이 났다.

이준은 손을 들어 자신의 머리를 쓰다듬고 있는 공현의 손을 꽉 움켜쥐었다. 그러고는 조금 더 얼굴 가까이에 자신의 얼굴을 들이밀고서 눈을 바라보았다. 이준은 조금 굳어 있는 공현의 얼굴을 물끄러미 바라보았다. 그가 겁에 질린 것이 안타까웠다.

"왜 그런 꿈을 꿨는지 알아요?"

이준이 불쑥 물었다. 공현은 대답 대신 의아한 눈길로 이준을 바라보았다.

"지금이 숨 막히게 행복해서 그래요."

"……."

"사람은 숨 막히게 행복하면 그 행복을 의심하거든요. 이 행복이 끊임없이 이어질까, 혹시나 갑자기 꿈이라고 하면서 일어나라고 하는 건 아닐까. 내가 이 행복을 누려도 되는 사람일까. 사장님이 나한테 고백하던 날, 나도 그랬어요. 사장님과 평생 함께 살 수 있겠다는 확신이 든 날에도 그런 불안함을 느꼈고요."

"……."

"그런데 이제는 그런 걱정 안 해요. 이렇게 숨 막히게 행복하다가 잠시 불행해질 날도 오겠죠. 언제나 행복한 삶 같은 건 없으니까. 그렇지만 하나 확실한 게 있잖아요."

"……."

"불행한 순간에도, 행복한 순간에도 결국은 오빠와 내가 같이 있을 거라는 거."

이준이 맞잡은 손에 힘을 주고서 속삭였다. 공현의 눈빛이 가늘게 흔들렸다. 이준은 그 눈빛을 붙잡으려는 듯 더욱 집요하게 바라보며 다시금 말을 이었다.

"그리고 불행엔 끝이 있다잖아요. 잠시 왔다 스쳐 가는 불행을 미리 겁내지 말아요. 행복할 땐 행복을 누리고, 혹시나 조금 불행해지더라도 묵묵히 견디면 다시 행복은 올 거예요."

이준의 따스한 말이 공기에 녹아들었다. 그 공기가 들숨을 타고 온몸으로 스며들었다. 가슴에 돌이 얹힌 것처럼 무겁던 무언가가 스르륵 녹아내리고, 그 자리엔 이준의 목소리만 맴돌았다.

"결국은 오빠와 내가 같이 있을 거라는 거."

공현의 입술에 나른한 미소가 맺혔다. 공현은 대답 대신 이준의 손가락에 깍지를 꼈다. 마치 태초부터 하나였던 것처럼 두 손이 부드럽게 맞물렸다.

"눈 감아봐요."

이준의 말에 공현은 잠시 이준을 바라보다가 눈을 감았다. 이준은 눈을 감고 있는 공현을 바라보며 말을 꺼냈다.

"우리가 아이를 낳으면 신혼집을 수리해서 조금 더 큰 사이즈로 공사를 하는 거예요. 아이는 오빠를 닮은 아들 하나, 나를 닮은 딸 하나를 낳는 거예요. 두 아이가 마당에서 뛰어놀다가 오빠와 나를 보며 아빠, 엄마라고 부르는 거예요. 유난히 하늘이 화창하고 푸른 날, 함께 마당에서 책을 읽고 뛰어놀면서 시간을 보내는 것. 그게 우리의 미래예요."

이준의 말이 이어질수록 공현의 미간이 느슨하게 풀어졌다.

"아이들은 서로를 잘 챙길 거고, 우린 부족하지만 최선을 다해서 아이들을 사랑할 거예요. 아이들도 우리를 잘 따를 거고, 서로를 사랑할 거예요. 그리고……."

말을 잇던 이준은 어느새 고른 숨소리를 내며 잠들어 있는 공현을 바라보았다. 이준의 입꼬리가 말려 올라갔다. 악몽을 꿀까 봐 피곤한데도 잠을 못 자고 있었던 모양이다.

이준은 꿈과 달리 공현이 누구보다 좋은 아빠가 될 거라는 걸 믿어 의심치 않았다. 사랑을 받지 못해도 사랑하는 법을 누구보다 잘 아는 남자다. 자신에게 그러하듯이, 자신의 아이들도 누구보다 열심히 사랑할 거다.

이준은 고개를 숙여 공현의 이마에 입을 맞췄다.

"좋은 꿈 꾸길."

작게 속삭인 후, 이순은 공현의 품으로 꼼지락거리며 들어갔다. 잠든 와중에도 공현은 이준을 끌어안았다. 마치 한 몸처럼 두 사람은 마주 안은 채 잠이 들었다.

그날 밤, 두 사람은 같은 꿈을 꾸었다.

유난히 하늘이 화창하고 푸른 날, 자그마한 마당에서 두 아이가 뛰어놀고, 한 남자가 그 모습을 바라보고, 한 여자가 그 모습을 사진기에 담는 평범하고도 아름다운 꿈을.

〈FIN〉